JULIO CORTAZAR
LOS PREMIOS

LIBRO AMIGO B NARRATIVA

1.ª edición: octubre, 1987
La presente edición es propiedad de Ediciones B, S.A.
Calle Rocafort, 104 - 08015 Barcelona (España)

© Julio Cortázar

Printed in Spain

ISBN: 84-7735-422-7
Depósito legal: B.43549-1987

Impreso por Printer, industria gráfica, s.a.
c.n. II, 08620 Sant Vicenç dels Horts. Barcelona

Diseño de colección y cubierta:
LA MANUFACTURA / Arte + Diseño

Pintura de Marta Gaspar, 1986

¿Qué hace un autor con la gente vulgar, absolutamente vulgar, cómo ponerla antes sus lectores y cómo volverla interesante? Es imposible dejarla siempre fuera de la ficción, pues la gente vulgar es en todos los momentos la llave y el punto esencial en la cadena de asuntos humanos; si la suprimimos se pierde toda probabilidad de verdad.

DOSTOIEVSKI, *El idiota*, IV, 1.

Prólogo

1

«La marquesa salió a las cinco», pensó Carlos López. «¿Dónde diablos he leído eso?»

Era en el *London* de Perú y Avenida; eran las cinco y diez. ¿La marquesa salió a las cinco? López movió la cabeza para desechar el recuerdo incompleto, y probó su Quilmes Cristal. No estaba bastante fría.

—Cuando a uno lo sacan de sus hábitos es como el pescado fuera del agua —dijo el doctor Restelli, mirando su vaso—. Estoy muy acostumbrado al mate dulce de las cuatro, sabe. Fíjese en esa dama que sale del subte, no sé si la alcanzará a ver, hay tantos transeúntes. Ahí va, me refiero a la rubia. ¿Encontraremos viajeras tan rubias y livianas en nuestro amable crucero?

—Dudoso —dijo López—. Las mujeres más lindas viajan siempre en otro barco, es fatal.

—Ah, juventud escéptica —dijo el doctor Restelli—. Yo he pasado la edad de las locuras, aunque naturalmente sé tirarme una cana al aire de cuando en cuando. Sin embargo conservo todo mi optimismo, y así como en mi equipaje he acondicionado tres botellas de grapa catamarqueña, del mismo modo estoy casi seguro de que gozaremos de la compañía de hermosas muchachas.

—Ya veremos, si es que viajamos —dijo López—. Hablando de mujeres, ahí entra una digna de que usted gire la cabeza unos setenta grados del lado de Florida. Así... stop. La que habla con el tipo de pelo suelto. Tienen todo el aire de los que se van a embarcar con nosotros, aunque maldito si sé cuál es el aire de los que se van a embarcar con nosotros. Si nos tomáramos otra cerveza.

El doctor Restelli aprobó, apreciativo. López se dijo que con el cuello duro y la corbata de seda azul con pintas moradas le recordaba extraordinariamente a una tortuga. Usaba unos quevedos que comprometían la disciplina en el colegio nacional donde enseñaba historia argentina (y López castellano), favoreciendo con su presencia y su docencia diversos apodos que iban desde «Gato negro» hasta «Galerita». «¿Y a mí qué apodos me habrán puesto?», pensó López hipócritamente, estaba seguro de que los muchachos se conformaban con López-el-de-la-guía o algo por el estilo.

—Hermosa criatura —opinó el doctor Restelli—. No estaría nada mal que se sumara al crucero. Será la perspectiva del aire salado y las noches en los trópicos, pero debo confesar que me siento notablemente estimulado. A su salud, colega y amigo.

—A la suya, doctor y coagraciado —dijo López, dándole un bajón sensible a su medio litro.

El doctor Restelli apreciaba (con reservas) a su colega y amigo. En las reuniones de concepto solía discrepar de las fantasiosas calificaciones que proponía

López, empeñado en defender a vagos inamovibles y a otros menos vagos pero amigos de copiarse en las pruebas escritas o leer el diario en mitad de Vilcapugio (con lo jodido que era explicar honrosamente esas palizas que le encajaban los godos a Belgrano). Pero aparte de un poco bohemio, López se conducía como un excelente colega, siempre dispuesto a reconocer que los discursos de 9 de julio tenía que pronunciarlos el doctor Restelli, quien acababa rindiéndose modestamente a las solicitaciones del doctor Guglielmetti y a la presión tan cordial como inmerecida de la sala de profesores.

Después de todo era una suerte que López hubiera acertado en la Lotería Turística, y no el negro Gómez o la profesora de inglés de tercer año. Con López era posible entenderse, aunque a veces le daba por un liberalismo excesivo, casi un izquierdismo reprobable, y eso no podía consentirlo él a nadie. Pero en cambio le gustaban las muchachas y las carreras.

—*Justo a los catorce abriles te entregaste a la farra y las delicias del gotán* —canturreó López—. ¿Por qué compró un billete, doctor?

—Tuve que ceder a las insinuaciones de la señora de Rébora, compañero. Usted sabe lo que es esa señora cuando se empeña. ¿A usted lo fastidió también mucho? Claro que ahora le estamos bien agradecidos, justo es decirlo.

—A mí me escorchó el alma durante cerca de ocho recreos —dijo López—. Imposible profundizar en la sección hípica con semejante moscardón. Y lo curioso es que no entiendo cuál era su interés. Una lotería como cualquiera, en principio.

—Ah, eso no. Perdone usted. Jugada especial, por completo diferente.

—¿Pero por qué vendía billetes madame Rébora?

—Se supone —dijo misteriosamente el doctor Restelli— que la venta de esa tirada se destinaba a cierto público, digámoslo así, escogido. Probablemente el Estado apeló, como en ocasiones históricas, al concurso benévolo de nuestras damas. Tampoco era cosa de que los ganadores tuvieran que alternar con personas de digámoslo así, baja estofa.

—Digámoslo así —convino López—. Pero usted olvida que los ganadores tienen derecho a meter en el baile hasta tres miembros de la familia.

—Mi querido colega, si mi difunta esposa y mi hija, la esposa de ese mozo Robirosa, pudieran acompañarme...

—Claro, claro —dijo López—. Usted es distinto. Pero vea, para qué vamos a andar con vueltas: si yo me volviera loco y la invitara a venir a mi hermana, por ejemplo, ya vería cómo baja la estofa, para emplear sus propias palabras.

—No creo que su señorita hermana...

—Ella tampoco lo creería —dijo López—. Pero le aseguro que es de las que dicen: «¿Lo qué?» y piensan que «vomitar» es una mala palabra.

—En realidad el término es un poco fuerte. Yo prefiero «arrojar».

—Ella, en cambio, es proclive a «devolver» o «lanzar». ¿Y qué me dice de nuestro alumno?

El doctor Restelli pasó de la cerveza al más evidente fastidio. Jamás podría comprender cómo la señorita de Rébora, cargante pero nada tonta, y que para colmo ostentaba un apellido de cierto abolengo, había podido dejarse arrastrar por la manía de vender el talonario, rebajándose a ofrecer números a los alumnos de los cursos superiores. Como triste resultado de una racha de suerte sólo vista en algunas crónicas, quizás apócrifas, del Casino de Montecarlo, además de López y de él habíase ganado el premio el alumno Felipe Trejo, el peor de la división y autor más que presumible de ciertos sordos ruidos que oír se dejaban en la clase de historia argentina.

—Créame, López, a ese sabandija no deberían autorizarlo a embarcarse. Es menor de edad, entre otras cosas.

—No sólo se embarca sino que se trae a la familia —dijo López—. Lo supe por un amigo periodista que anduvo reporteando a los pocos ganadores que encontró a tiro.

Pobre Restelli, pobre venerable Gato Negro. La sombra del Nacional lo seguiría a lo largo del viaje, si es que viajaban, y la risa metálica del alumno Felipe Trejo le estropearía las tentativas de flirt, el cortejo de Neptuno, el helado de chocolate y el ejercicio de salvataje siempre tan divertido. «Si supiera que he tomado cerveza con Trejo y su barra en Plaza Once, y que gracias a ellos sé lo de Galerita y lo de Gato Negro... El pobre se hace una idea tan estatuaria del profesorado.»

—Eso puede ser un buen síntoma —dijo esperanzado el doctor Restelli—. La familia morigera. ¿Usted no cree? Claro, cómo no va a creer.

—Observe —dijo López— esas mellizas o poco menos que vienen del lado de Perú. Ahí están cruzando la Avenida. ¿Las sitúa?

—No sé —dijo el doctor Restelli—. ¿Una de blanco y otra de verde?

—Exacto. Sobre todo la de blanco.

—Está muy bien. Sí, la de blanco. Hum, buenas pantorillas. Quizá un poquito apurada al caminar. ¿No vendrán a la reunión?

—No, doctor, es evidente que están pasando de largo.

—Una lástima. Le diré que yo tuve una amiga así, una vez. Muy parecida.

—¿A la de blanco?

—No, a la de verde. Siempre me acordaré que... Pero a usted no le va a interesar. ¿Sí? Entonces otra cervecita, total falta media hora para la reunión. Mire, esta chica pertenecía a una familia de prosapia y sabía que yo era casado. Sin embargo abreviaré diciendo que se arrojó en mis brazos. Unas noches, amigo mío...

—Nunca he dudado de su Kama Sutra —dijo López—. Más cerveza, Roberto.

—Los señores tienen una sed fenómena —dijo Roberto—. Se ve que hay humedad. Está en el diario.

—Si está en el diario, santa palabra —dijo López—. Ya empiezo a sospechar quiénes serán nuestros compañeros de viaje. Tienen la misma cara que nosotros, entre divertidos y desconfiados. Mire un poco, doctor, ya irá descubriendo.

—¿Por qué desconfiados? —dijo el doctor Restelli—. Esos rumores son especies infundadas. Verá usted que zarparemos exactamente como se describe al dorso del billete. La Lotería cuenta con el aval del Estado, no es una tómbola cualquiera. Se ha vendido en los mejores círculos y sería peregrino suponer una irregularidad.

—Admiro su confianza en el orden burocrático —dijo López—. Se ve que corresponde al orden interno de su persona, por decirlo así. Yo en cambio soy como valija de turco y nunca estoy seguro de nada. No precisamente que desconfíe de la Lotería, aunque más de una vez me he preguntado si no va a acabar como cuando el *Gelria*.

—El *Gelria* era cosa de agencias, probablemente judías —dijo el doctor Restelli—. Hasta el nombre, pensándolo bien... No es que yo sea antisemita, le hago notar enfáticamente, pero hace años que vengo notando la infiltración de esa raza tan meritoria, si usted quiere, por otros conceptos. A su salud.

—A la suya —dijo López, aguantando las ganas de reírse. La marquesa, ¿realmente saldría a las cinco? Por la puerta de la Avenida de Mayo entraba y se iba la gente de siempre. López aprovechó una meditación probablemente etnográfica de su interlocutor para mirar en detalle. Casi todas las mesas estaban ocupadas pero sólo en unas pocas imperaba el aire de los presumibles viajeros. Un grupo de chicas salía con la habitual confusión, tropezones, risas y miradas a los posibles censores o admiradores. Entró una señora armada de varios niños, que se encaminó al saloncito de manteles tranquilizadores donde otras señoras y parejas apacibles consumían refrescos, masas, o a lo sumo algún cívico. Entró un muchacho (pero sí, ése sí) con una chica muy mona (pero ojalá que sí) y se sentaron cerca. Estaban nerviosos, se miraban con una falsa naturalidad que las manos, enredadas en carteras y cigarrillos, desmentían por su cuenta. Afuera la Avenida de Mayo insistía en el desorden de siempre. Voceaban la quinta edición, un altoparlante encarecía alguna cosa. Había la luz rabiosa del verano a las cinco y media (hora falsa, como tantas otras adelantadas o retrasadas) y una mezcla de olor a nafta, a asfalto caliente, a agua de Colonia y aserrín mojado. López se extrañó de que en algún momento la Lotería Turística se le hubiera antojado irrazonable. Sólo una larga costumbre porteña —por no decir más, por no ponerse metafísico— podía aceptar como razonable el espectáculo que lo rodeaba y lo incluía. La más caótica hipótesis del caos no resistía la presencia de ese entrevero a treinta y tres grados a la sombra, esas direcciones, vigilantes y *Razón quinta*, colectivos y cerveza, todo metido en cada fracción de tiempo y cambiando vertiginosamente a la fracción siguiente. Ahora la mujer de pollera roja y el hombre de saco a cuadros se cruzaban a dos baldosas de distancia en el momento en que el doctor Restelli se llevaba a la boca el medio litro, y la chica lindísima (seguro que era) sacaba un lápiz de *rouge*. Ahora los dos transeúntes se daban la espalda, el vaso bajaba lentamente, y el lápiz escribía la curva palabra de siempre. A quién, a quién le podía parecer rara la Lotería.

2

—Dos cafés —pidió Lucio.
—Y un vaso de agua, por favor —dijo Nora.
—Siempre traen agua con el café —dijo Lucio.
—Es cierto.

—Aparte de que nunca la tomás.

—Hoy tengo sed —dijo Nora.

—Sí, hace calor aquí —dijo Lucio, cambiando de tono. Se inclinó sobre la mesa—. Tenés cara de cansada.

—También, con el equipaje y las diligencias....

—Las diligencias, cuando se habla de equipaje, suena raro —dijo Lucio.

—Sí.

—Estás cansada, verdad.

—Sí.

—Esta noche dormirás bien.

—Espero —dijo Nora. Como siempre, Lucio decía las cosas más inocentes con un tono que ella había aprendido a entender. Probablemente no dormiría bien esa noche puesto que sería su primera noche con Lucio. Su segunda primera noche.

—Monona —dijo Lucio, acariciándole una mano—. Monona monina.

Nora se acordó del hotel de Belgano, de la primera noche con Lucio, pero no era acordarse, más bien olvidarse un poco menos.

—Bobeta —dijo Nora. El *rouge* de repuesto, ¿estaría en el neceser?

—Buen café —dijo Lucio—. ¿Vos creés que en tu casa no se habrán dado cuenta? No es que me importe, pero para evitar líos.

—Mamá cree que voy al cine con Mocha.

—Mañana armarán un lío de mil diablos.

—Ya no pueden hacer nada —dijo Nora—. Pensar que me festejaron el cumpleaños... Voy a pensar en papá, sobre todo. Papá no es malo, pero mamá hace lo que quiere de él y con los otros.

—Se siente cada vez más calor aquí adentro.

—Estás nervioso —dijo Nora.

—No, pero me gustaría que nos embarcáramos de una vez. ¿No te parece raro que nos hagan venir aquí antes? Supongo que nos llevarán al puerto en auto.

—¿Quiénes serán los otros? —dijo Nora—. ¿Esa señora de negro, vos creés?

—No, qué va a viajar esa señora. A lo mejor esos dos que hablan en aquella mesa.

—Tiene que haber muchos más, por lo menos veinte.

—Estás un poco pálida —dijo Lucio.

—Es el calor.

—Menos mal que descansaremos hasta quedar rotos —dijo Lucio—. Me gustaría que nos dieran una buena cabina.

—Con agua caliente —dijo Nora.

—Sí, y con ventilador y ojo de buey. Una cabina exterior.

—¿Por qué decís cabina y no camarote?

—No sé. Camarote... En realidad es más bonito cabina. Camarote parece una cama barata o algo así. ¿Te dije que los muchachos de la oficina querían venir a despedirnos?

—¿A despedirnos? —dijo Nora—. ¿Pero cómo? ¿Entonces están enterados?

—Bueno, a despedirme —dijo Lucio—. Enterados no están. Con el único que hablé fue con Medrano, en el club. Es de confianza. Pensá que él también viaja, de manera que valía más decírselo antes.

—Mirá que tocarle a él también —dijo Nora—. ¿No es increíble?

—La señora de Apelbaum nos ofreció el mismo entero. Parece que el resto se fraccionó por el lado de la Boca, no sé. ¿Por qué sos tan linda?

—Cosas —dijo Nora, dejando que Lucio le tomara la mano y la apretara. Como siempre que él le hablaba de cerca, indagadoramente, Nora se replegaba cortésmente, sin ceder más que un poco para no afligirlo. Lucio miró su boca que sonreía, dejando el lugar exacto para unos dientes muy blancos y pequeños (más adentro había uno con oro). Si le dieran una buena cabina esa noche, si esa noche Nora descansara bien. Había tanto que borrar (pero no había nada, lo que había que borrar era esa nada insensata en que ella se empeñaba). Vio a Medrano que entraba por la puerta de Florida, mezclado con unos tipos de aire compadre y una señora de blusa con encaje. Casi aliviado levantó el brazo. Medrano lo reconoció y vino hacia ellos.

3

El Anglo no está tan mal en la canícula. De Loria a Perú hay diez minutos para refrescarse y echarle un vistazo a *Crítica*. El problema había sido mandarse mudar sin que Bettina preguntara demasiado, pero Medrano inventó una reunión de egresados del año 35, una cena en Loprete precedida de un vermut en cualquiere parte. Llevaba ya tanto inventado desde el sorteo de la Lotería, que la última y casi menesterosa mentira no valía la pena ni de nombrarse.

Bettina se había quedado en la cama, desnuda y con el ventilador en la mesa de luz, leyendo a Proust en traducción de Menasché. Toda la mañana habían hecho el amor, con intervalos para dormir y beber whisky o Coca Cola. Después de comer un pollo frío habían discutido el valor de la obra de Marcel Aymé, los poemas de Emilio Ballagas y la cotización de las águilas mexicanas. A las cuatro Medrano se metió en la ducha y Bettina abrió el tomo de Proust (habían hecho el amor una vez más). En el subte, observando con interés compasivo a un colegial que se esforzaba por parecer un crápula, Medrano trazó una raya mental al pie de las actividades del día y las encontró buenas. Ya podía empezar el sábado.

Miraba *Crítica* pero pensaba todavía en Bettina, un poco asombrado de estar pensando todavía en Bettina. La carta de despedida (le gustaba calificarla de carta póstuma) había sido escrita la noche anterior, mientras Bettina dormía con un pie fuera de la sábana y el pelo en los ojos. Todo quedaba explicado (salvo, claro, todo lo que a ella se le ocurría pensar en contra), las cuestiones personales favorablemente liquidadas. Con Susana Daneri había roto en la misma forma, sin siquiera irse del país como ahora; cada vez que se encontraba con Susana (en las exposiciones de pintura sobre todo, inevitabilidades de Buenos Aires) ella le sonreía como a un viejo amigo y no insinuaba ni rencor ni nostalgia. Se imaginó entrando en Pizarro y dándose de narices con Bettina, sonriente y amistosa. Aunque sólo fuera sonriente. Pero lo más probable era que Bettina se volviera a Rauch, donde la esperaban con total inocencia su impecable familia y dos cátedras de idioma nacional.

—Doctor Livingstone, I suppose —dijo Medrano.

—Te presento a Gabriel Medrano —dijo Lucio—. Siéntese, che, y tome algo.

Estrechó la mano un poco tímida de Nora y pidió un Martini seco. Nora lo encontró más viejo de lo que había esperado en un amigo de Lucio. Debía tener por lo menos cuarenta años, pero le quedaba tan bien el traje de seda italiana, la camisa blanca. Lucio no aprendería nunca a vestirse así aunque tuviera plata.

—Qué le parece toda esta gente —decía Lucio—. Estuvimos tratando de adivinar quiénes son los que viajan. Creo que salió una lista en los diarios, pero no la tengo.

—La lista era por suerte muy imperfecta —dijo Medrano—. Aparte de mi persona, omitieron a otros dos o tres que querían evitar publicidad o catástrofes familiares.

—Además están los acompañantes.

—Ah, sí —dijo Medrano, y pensó en Bettina dormida—. Bueno, por lo pronto veo ahí a Carlos López con un señor de aire patricio. ¿No los conocen?

—No.

—López iba al club hasta hace tres años, y lo conozco de entonces. Debió ser un poco antes de que entrara usted. Voy a averiguar si es de la partida.

López era de la partida, se saludaron muy contentos de encontrarse otra vez y en esas circunstancias. López presentó al doctor Restelli, quien dijo que Medrano le resultaba cara conocida. Medrano aprovechó que la mesa contigua se había vaciado para llamar a Nora y Lucio. Todo esto llevó su tiempo porque en el *London* no es fácil levantarse y cambiar de sitio sin provocar notoria iracundia en el personal de servicio. López llamó a Roberto y Roberto rezongó, pero ayudó a la mudanza y se embolsó un peso sin dar las gracias. Los jóvenes de aire compadre empezaban a hacerse oír, y reclamaban una segunda cerveza. No era fácil conversar a esa hora en que todo el mundo tenía sed y se metía en el *London* como con calzador, sacrificando la última bocanada de oxígeno por la dudosa compensación de un medio litro o un Indian Tonic. Ya no había demasiada diferencia entre el bar y la calle; por la Avenida bajaba y subía ahora una muchedumbre compacta con paquetes y diarios y portafolios, sobre todo portafolios de tantos colores y tamaños.

—En suma —dijo el doctor Restelli— si he comprendido bien todos los presentes tendremos el gusto de convivir este ameno crucero

—Tendremos —dijo Medrano—. Pero temo, sin embargo, que parte de ese popular simposio ahí a la izquierda se incorpore a la convivencia.

—¿Usté cree, che? —dijo López, bastante inquieto.

—Tienen unas pintas de reos que no me gustan nada —dijo Lucio—. En una cancha de fútbol uno confraterniza, pero en un barco...

—Quién sabe —dijo Nora, que se creyó llamada a dar el toque moderno—. Puede que sean muy simpáticos.

—Por lo pronto —dijo López— una doncella de aire modesto parece querer incorporarse al grupo. Sí así es. Acompañada de una señora de negro vestida, que respira un aire virtuoso.

—Son madre e hija —dijo Nora, infalible para esas cosas—. Dios mío, qué ropa se han puesto.

—Esto acaba con la duda —dijo López—. Son de la partida y serán también de la llegada, si es que partimos y llegamos.

—La democracia... —dijo el doctor Restelli, pero su voz se perdió en un clamoreo procedente de la boca del subte. Los jóvenes de aire compadre parecieron reconocer los signos tribales, pues dos de ellos los contestaron en seguida, el uno con un alarido a una octava más alta y el otro metiéndose dos dedos en la boca y emitiendo un silbido horripilante.

—...de contactos desgraciadamente subalternos —concluyó el doctor Restelli.

—Exacto —dijo cortésmente Medrano—. Por lo demás uno se pregunta por qué se embarca.

—¿Perdón?

—Sí, qué necesidad hay de embarcarse.

—Bueno —dijo López— supongo que siempre puede ser más divertido que quedarse en tierra. Personalmente me gusta haberme ganado un viaje por diez pesos. No se olvide que lo de la licencia automática con goce de sueldo ya es un premio considerable. No se puede perder una cosa así.

—Reconozco que no es de despreciar —dijo Medrano—. Por mi parte el premio me ha servido para cerrar el consultorio y no ver incisivos cariados por un tiempo. Pero admitirán que toda esta historia... Dos o tres veces he tenido como la impresión de que esto va a terminar de una manera... Bueno, elijan ustedes el adjetivo, que es siempre la parte más elegible de la oración.

Nora miró a Lucio.

—A mí me parece que exagera —dijo Lucio—. Si uno fuera a rechazar los premios por miedo a una estafa...

—No creo que Medrano piense en una estafa —dijo López—. Más bien algo que está en el aire, una especie de tomada de pelo pero en un plano por así decirlo sublime. Observen que acaba de ingresar una señora cuya vestimenta... En fin, de fija que también ella. Y allá, doctor, acaba de instalarse nuestro alumno Trejo rodeado de su amante familia. Este café empieza a tomar un aire cada vez más transoceánico.

—Nunca entenderé cómo la señora de Rébora pudo venderles números a los alumnos, y en especial a ése —dijo el doctor Restelli.

—Hace cada vez más calor —dijo Nora—. Por favor pedíme un refresco.

—A bordo estaremos bien, vas a ver —dijo Lucio, agitando el brazo para atraer a Roberto que andaba ocupado con la creciente mesa de los jóvenes entusiastas, donde se hacían pedidos tan extravagantes como capuchinos, submarinos, sándwiches de chorizo y botellas de cerveza negra, artículos ignorados en el establecimiento o por lo menos insólitos a esa hora.

—Sí, supongo que hará más fresco —dijo Nora mirando con recelo a Medrano. Seguía inquieta por lo que había dicho, o era más bien una manera de fijar la inquietud en algo conversable y comunicable. Le dolía un poco el vientre, a lo mejor tendría que ir al baño. Qué desagradable tener que levantarse delante de todos esos señores. Pero tal vez pudiera aguantar. Sí, podría. Era más bien un dolor muscular. ¿Cómo sería el camarote? Con dos camas muy pequeñas, una arriba de otra. A ella le gustaría la de arriba, pero Lucio se pondría el piyama y también se treparía a la cama de arriba.

—¿Ya ha viajado por mar, Nora? —preguntó Medrano. Parecía muy de él llamarla en seguida por su nombre. Se veía que no era tímido con las mujeres. No, no había viajado, salvo una excursión por el delta, pero eso, claro... ¿Y él sí había viajado? Sí, un poco, en su juventud (como si fuera viejo). A Europa y a Estados Unidos, congresos odontológicos y turismo. El franco a diez centavos, imagínese.

—Aquí por suerte estará todo pago —dijo Nora, y hubiera querido tragarse la lengua. Medrano la miraba con simpatía, protegiéndola de entrada. También López la miraba con simpatía, pero además se le notaba una admiración de porteño que no se pierde una. Si toda la gente era tan simpática como ellos dos, el viaje iba a valer la pena. Nora sorbió un poco de granadina y estornudó. Medrano y López seguían sonriendo, protegiéndola, y Lucio la miraba casi como queriendo defenderla de tanta simpatía. Una paloma blanca se posó por un instante en la barandilla de la boca del subte. Rodeada de toda esa gente que subía y bajaba de la Avenida, permanecía indiferente y lejana. Echó a volar con la misma aparente falta de motivo con que había bajado. Por la puerta de la esquina entró una mujer con un niño de la mano. «Más niños —pensó López—. Y éste seguro que viaja, si viajamos. Ya van a dar las seis, hora de las definiciones. Siempre ocurre algo a las seis.»

4

—Aquí debe haber helados ricos —dijo Jorge.

—¿Te parece? —dijo Claudia, mirando a su hijo con el aire de las conspiraciones.

—Claro que me parece. De limón y chocolate.

—Es una mezcla horrible, pero si te gusta...

Las sillas del *London* eran particularmente incómodas, pretendían sostener el cuerpo en una vertical implacable. Claudia estaba cansada de preparar las valijas, a última hora había descubierto que faltaba una cantidad de cosas, y Persio había tenido que correr a comprarlas (por suerte el pobre no había tenido mucho trabajo con su propio equipaje, que parecía como para ir a un picnic) mientras ella terminaba de cerrar el departamento, escribía una de esas cartas de último minuto para las que faltan de golpe todas las ideas y hasta los sentimientos... Pero ahora descansaría hasta cansarse. Hacía tiempo que necesitaba descansar. «Hace tiempo que necesitaba cansarme para después descansar», se corrigió, jugando desganadamente con las palabras. Persio no tardaría en aparecer, a última hora se había acordado de algo que le faltaba cerrar en su misteriosa pieza de Chacarita donde juntaba libros de ocultismo y probables manuscritos que no serían publicados. Pobre Persio, a él sí que le hacía falta el descanso, era una suerte que las autoridades hubieran permitido a Claudia (con ayuda de un golpe de teléfono del doctor León Lewbaum al ingeniero Fulano de Tal) que presentara a Persio como un pariente lejano y lo embarcara casi de contrabando. Pero si alguien merecía aprovechar la Lotería era Persio, inacabable corrector de pruebas en Kraft, pensionista de vagos establecimientos del oeste de la ciudad, andador noctámbulo del puerto y las calles de Flores. «Aprovechará mejor que yo este viaje insensato —pensó Claudia, mirándose las uñas—. Pobre Persio.»

El café la hizo sentirse mejor. De manera que se iba de viaje con su libro, llevándose de paso a un antiguo amigo convertido en falso pariente. Se iba porque había ganado el premio, porque a Jorge le sentaría bien el aire de mar, porque a Persio le sentaría todavía mejor. Volvía a pensar las frases, repetía: De manera que... Tomaba un sorbo de café, distrayéndose y recomenzaba. No le era fácil entrar en lo que estaba sucediendo, lo que iba a empezar a suceder. Entre irse por tres meses o por toda la vida no había gran diferencia. ¿Qué más daba? No era feliz, no era desdichada, esos extremos que resisten a los cambios violentos. Su marido seguiría pagando la pensión de Jorge en cualquier parte del mundo. Para ella estaba su renta, la bolsa negra siempre servicial llegado el caso, los cheques del viajero.

—¿Todos éstos vienen con nosotros? —dijo Jorge, regresando poco a poco del helado.

—No. Podríamos adivinar, si querés. Yo digo que va esa señora de rosa.

—¿Te parece, che? Es muy fea.

—Bueno, no la llevamos. Ahora vos.

—Esos señores de la mesa de allá, con esa señorita.

—Puede muy bien ser. Parecen simpáticos. ¿Trajiste un pañuelo?

—Sí mamá. Mamá, ¿el barco es grande?

—Supongo. Es un barco especial, parece.

—¿Nadie lo ha visto?

—Tal vez, pero no es un barco conocido.

—Será feo, entonces —dijo melancólicamente Jorge—. A los lindos se los conoce de lejos. ¡Persio, Persio! Mamá, ahí está Persio.

—Persio puntual —dijo Claudia—. Es para creer que la Lotería está corrompiendo las costumbres.

—¡Persio, aquí! ¿Qué me trajiste, Persio?

—Noticias del astro —dijo Persio, y Jorge lo miró feliz, y esperó.

5

El alumno Felipe Trejo se interesaba mucho por el ambiente de la mesa de al lado.

—Vos te das cuenta —le dijo al padre, que se secaba el sudor con la mayor elegancia posible—. Seguro que parte de estos puntos suben con nosotros.

—¿No podés hablar bien, Felipe? —se quejó la señora de Trejo—. Este chico, cuándo aprenderá modales.

La Beba Trejo discutía problemas de maquillaje con un espejito de Eibar que usaba de paso como periscopio.

—Bueno, esos cosos —consintió Felipe—. ¿Vos te das cuenta? Pero si son del Abasto.

—No creo que viajen todos —dijo la señora de

Trejo—. Probablemente esa pareja que preside la mesa y la señora que debe ser la madre de la chica.

—Son vulgarísimos —dijo la Beba.

—Son vulgarísimos —remedó Felipe.

—No seas estúpido.

—Mírenla, la duquesa de Windsor. La misma cara, además.

—Vamos, chicos —dijo la señora de Trejo.

Felipe tenía la gozosa conciencia de su repentina importancia, y la usaba con cautela para no quemarla. A su hermana, sobre todo, había que meterla en vereda y cobrarse todas las que le había hecho antes de sacarse el premio.

—En las otras mesas hay gente que parece bien —dijo la señora de Trejo.

—Gente bien vestida —dijo el señor Trejo.

«Son mis invitados —pensó Felipe y hubiera gritado de alegría—. El viejo, la vieja y esta mierda. Hago lo que quiero, ahora.» Se dió vuelta hacia los de la otra mesa y esperó que alguno lo mirara.

—¿Por casualidad ustedes hacen el viaje? —preguntó a un morocho de camisa a rayas.

—Yo no, mocito —dijo el morocho—. El joven aquí con la mamá, y la señorita con la mamá también.

—¡Ah! Ustedes los vinieron a despedir.

—Eso. ¿Usted viaja?

—Sí, con la familia.

—Tiene suerte, joven.

—Qué le va a hacer —dijo Felipe—. A lo mejor usted se liga la que viene.

—Claro. Es así.

—Seguro.

6

—Además te traigo novedades del octopato —dijo Persio.

Jorge se puso de codos en la mesa.

—¿Lo encontraste debajo de la cama o en la bañadera? —preguntó.

—Trepado en la máquina de escribir —dijo Persio—. Qué te creés que hacía.

—Escribía a máquina.

—Qué chico inteligente —dijo Persio a Claudia—. Claro que escribía a máquina. Aquí tengo el papel, te voy a leer una parte. Dice: «Se va de viaje y me deja como una madeja vieja. Lo esperará a cada rato el pobrecito octopato.» Firmado. «El octopato, con un cariño y un reproche.»

—Pobre octopato —dijo Jorge—. ¿Qué va a comer mientras vos no estés?

—Fósforos, minas de lápiz, telegramas y una lata de sardinas.

—No la va a poder abrir —dijo Claudia.

—Oh, sí, el octopato sabe —dijo Jorge—. ¿Y el astro, Persio?

—En el astro —dijo Persio— parece que ha llovido.

—Si ha llovido —calculó Jorge— los hormigombres van a tener que subirse a las balsas. ¿Será como el diluvio o un poco menos?

Persio no estaba muy seguro, pero de todas maneras los hormigombres eran capaces de salir del paso.

—No has traído el telescopio —dijo Jorge—. ¿Cómo vamos a hacer a bordo para ver al astro?

—Telepatía astral —dijo Persio, guiñando el ojo—. Claudia, usted está cansada.

—Esa señora de blanco —dijo Claudia— contestaría que es la humedad. Bueno, Persio, aquí estamos. ¿Qué va a pasar?

—Ah, eso... No he tenido mucho tiempo para estudiar la cuestión, pero ya estoy preparando el frente.

—¿El frente?

—El frente de ataque. A una cosa, a un hecho, hay que atacarlo de muchas maneras. La gente elige casi siempre una sola manera y sólo consigue resultados a medias. Yo preparo siempre mi frente y después sincretizo los resultados.

—Comprendo —dijo Claudia con un tono que la desmentía.

—Hay que trabajar en *push-pull* —dijo Persio—. No sé si me explico. Algunas cosas están como en el camino y hay que empujarlas para ver lo que pasa más allá. Las mujeres, por ejemplo, con perdón del niño. Pero a otras hay que agarrarlas por la manija y tirar. Ese mozo Dalí sabe lo que hace (a lo mejor no lo sabe, pero es lo mismo) cuando pinta un cuerpo lleno de cajones.

»A mí me parece que muchas cosas tienen manija. Fíjese por ejemplo en las imágenes poéticas. Si uno las mira de fuera, no ve más que el sentido abierto, aunque a veces sea muy hermético. ¿Usted se queda satisfecha con el sentido abierto? No señor. Hay que tirar de la manija, caerse dentro del cajón. Tirar es apropiarse, apropincuarse, propasarse.

—Ah —dijo Claudia, haciendo una seña discreta a Jorge para que se sonara.

—Aquí, por ejemplo, los elementos significativos pululan. Cada mesa, cada corbata. Veo como un proyecto de orden en este terrible desorden. Me pregunto qué va a resultar.

—También yo. Pero es divertido.

—Lo divertido es siempre un espectáculo: no lo analicemos porque asomará el artificio obsceno. Conste que no estoy en contra de la diversión, pero cada vez que me divierto cierro primero el laboratorio y tiro los ácidos y los álcalis. Es decir que me someto, cedo a lo aparencial. Usted sabe muy bien qué dramático es el humorismo.

—Recítale a Persio el verso sobre Garrick —dijo Claudia a Jorge—. Ya verá qué buen ejemplo de su teoría.

— *Viendo a Garrick, actor de la Inglaterra...* —declamó Jorge a gritos. Persio escuchó atentamente y después aplaudió. Desde otras mesas también aplaudieron y Jorge se puso colorado.

—Quod erat demostrandum —dijo Persio—. Claro que yo aludía a un plano más óptico, al hecho de que toda diversión es como una conciencia de máscara que acaba por animarse y suplanta el rostro real. ¿Por qué se ríe el hombre? No hay nada de que reírse, como no sea de la risa en sí. Fíjese que los chicos que ríen mucho acaban llorando.

—Son unos sonsos —dijo Jorge—. ¿Querés que te recite el del buzo y la perla?

—En la cubierta, mejor dicho el sollado, bajo la asistencia de las estrellas podrás recitarme lo que quieras

—dijo Persio—. Ahora quisiera entender un poco más este planteo semigastronómico que nos circunda. ¿Y esos bandoneones, qué significan?

—La madona —dijo Jorge abriendo la boca.

7

Un Lincoln negro, un traje negro, una corbata negra. El resto, borroso. De Don Galo Porriño lo que más se veía era el chófer de imponentes espaldas y la silla de ruedas donde la goma luchaba con el cromo. Mucha gente se detuvo para ver cómo el chófer y la enfermera sacaban a Don Galo y lo bajaban a la vereda. En las caras se advertía una lástima mitigada por la evidente fortuna del valetudinario caballero. A eso se sumaba que Don Galo parecía un pollo de los de cogote pelado, con un modo tan revirado de mirar que daba ganas de cantarle la Internacional en plena cara, cosa que jamás nadie había hecho —según afirmó Medrano— a pesar de ser la Argentina un país libre y la música un arte fomentado en los mejores círculos.

—Me había olvidado que Don Galo también ganó un premio. ¿Cómo no iba a ganar un premio Don Galo? Eso sí, en mi vida imaginé que el viejo haría el viaje. Es simplemente increíble.

—¿Es un señor que usted conoce? —preguntó Nora.

—El que en Junín no conozca a Don Galo Porriño merece ser lapidado en la hermosa plaza de anchas veredas —dijo Medrano—. Los azares de mi profesión me llevaron a padecer un consultorio en esa progresista ciudad hasta hace unos cinco años, época fasta en que pude bajar a Buenos Aires. Don Galo fue uno de los primeros prohombres que conocí por allá.

—Parece un caballero respetable —dijo el doctor Restelli—. La verdad es que con ese auto resulta un tanto raro que...

—Con este auto —dijo López— se puede echar al capitán al agua y usar el barco como cenicero.

—Con ese auto —dijo Medrano— se puede ir muy lejos. Como ustedes ven, hasta Junín y hasta el *London*. Uno de mis defectos es la chismografía, aunque aduciré en mi descargo que sólo me interesan ciertas formas superiores del chisme por ejemplo la historia. ¿Qué diré de Don Galo? (Así empiezan ciertos escritores que saben muy bien lo que van a decir.) Diré que debería llamarse Gayo, por lo que verán muy pronto. Junín cuenta con la gran tienda «Oro y azul», nombre predestinado; pero si ustedes han incurrido en turismo bonaerense, cosa que prefiero dudar, sabrán que en Veinticinco de Mayo hay otra tienda «Oro y azul», y que prácticamente en todas las cabezas de partido de la vasta provincia hay oros y azules en las esquinas más estratégicas. En resumen, millones de pesos en el bolsillo de Don Galo, laborioso gallego que supongo llegó al país como casi todos sus congéneres y trabajó con la eficacia que los caracteriza en nuetras pampas proclives a la siesta. Don Galo vive en un palacio de Palermo, paralítico y casi sin familia. Una bien montada burocracia cuida de la cadena oro y azul: intendentes, ojos y oídos del rey, vigilan, perfeccionan, informan y sancionan. Mas he aquí... ¿No los aburro?

—Oh, no —dijo Nora, que-bebía-sus-palabras.

—Pues bien —siguió irónicamente Medrano, cuidando su ejercicio de estilo que, estaba seguro, sólo López apreciaba a fondo—, he aquí que hace cinco años se cumplieron las bodas de diamante de Don Galo con el comercio de paños, el arte sartorio y sus derivados. Los gerentes locales se enteraron oficiosamente de que el patrón esperaba un homenaje de sus empleados, y que tenía la intención de pasar revista a todas sus tiendas. Yo era por aquel entonces muy amigo de Peña, el gerente de la sucursal de Junín, que andaba preocupado con la visita de Don Galo. Peña se enteró de que la visita era eminentemente técnica y que Don Galo venía dispuesto a mirar hasta la última docena de botones. Resultado de informes secretos, probablemente. Como todos los gerentes estaban igualmente inquietos, empezó una especie de carrera armamentista entre las filiales. En el club había para reírse con los cuentos de Peña sobre cómo había sobornado a dos viajantes de comercio para que le trajeran noticias de lo que preparaban los de 9 de Julio o los de Pehuajó. Por su parte hacía lo imposible, y en la tienda se trabajaba hasta horas inverosímiles y los empleados andaban furiosos y asustados al mismo tiempo.

»Don Galo empezó su gira de autohomenaje por Lobos, creo, visitó tres o cuatro de sus tiendas, y un sábado con mucho sol apareció en Junín. Por ese entonces tenía un Buick azul, pero Peña había mandado preparar un auto abierto, de esos que ya hubiera querido Alejandro para entrar en Persépolis. Don Galo quedó bastante impresionado cuando Peña y una comitiva lo esperaron a la entrada del pueblo y lo invitaron a pasar al auto abierto. El cortejo entró majestuosamente por la avenida principal; yo, que no me pierdo esas cosas, me había situado en el cordón de la vereda, a poca distancia de la tienda. Cuando el auto se acercó, los empleados, estratégicamente distribuidos, empezaron a aplaudir. Las chicas tiraban flores blancas y los hombres (muchos alquilados) agitaban banderitas con la insignia oro y azul. De lado a lado de la calle había una especie de arco de triunfo que decía: BIENVENIDO DON GALO. A Peña esta familiaridad le había costado una noche de insomnio, pero al viejo le gustó el coraje de sus súbditos. El auto se paró delante de la tienda, arreciaron los aplausos (ustedes perdonan estas palabras necesarias pero odiosas) y Don Galo, como un tití en el borde del asiento, movía de cuando en cuando la mano derecha para devolver los saludos. Les advierto que hubiera podido saludar con las dos, pero ya me había dado cuenta yo de los puntos que calzaba el personaje, y que Peña no había exagerado. El señor feudal visitaba a sus siervos, requería y sopesaba el homenaje con un aire entre amable y desconfiado. Yo me rompía la cabeza tratando de recordar dónde había visto ya una escena como esa. No la escena misma, porque en sí era igual a cualquier recepción oficial, con banderitas y carteles y ramos de flores. Era lo que encubría (y para mí revelaba) la escena, algo que abarcaba a los aterrados horteras, al pobre Peña, al aire entre aburrido y ávido de la cara de Don Galo. Cuando Peña se subió a un banquillo para leer el discurso de bienvenida (en el que confieso que una buena parte era mía porque de cosas así están hechas las diversiones que uno tiene en los pueblos), Don Galo se encrespó en su asiento, moviendo la cabeza afirmativamente de cuando en cuando y recibiendo con fría cortesía las atronadoras salvas de aplausos que los empleados colocaban exactamente donde Peña les había indicado la noche anterior. En el momento mismo en que llegaba al punto más emocionante (habíamos descrito en detalle los afanes de Don Galo, *self made man*, autodidacto, etc.), vi que el homenajeado hacía un signo al gorila de chófer que ven ustedes ahí. El gorila bajó del auto y le habló a uno del cordón de la vereda, que se puso rojo y le habló al de al lado, que vaciló y se puso a mirar en todas direcciones como esperando una aparición salvadora... Comprendí que me acercaba a la solución, que iba a saber por qué todo eso me era tan familiar. "Ha pedido el orinal de plata —pensé—. Gayo Trimalción. Madre mía, el mundo se repite como puede..." Pero no era un orinal, claro, apenas un vaso de agua, un vaso bien pensado para aplastar a Peña, romperle el *pathos* del discurso y recobrar la ventaja que había perdido con el truco del auto abierto...»

Nora no había entendido el final pero se le contagió la risa de López. Ahora Roberto acababa de instalar trabajosamente a Don Galo cerca de una ventana, y le traía una naranjada. El chófer se había retirado y esperaba en la puerta, charlando con la enfermera. La silla de Don Galo molestaba enormemente a todo el mundo, pero a Don Galo esto parecía hacerle mucho bien. López estaba fascinado.

—No puede ser —repitió—. ¿Con esa salud y toda esa plata se va a embarcar nada más que porque es gratis?

—No tan gratis —dijo Medrano—. El número le costó diez pesos, che.

—En la vejez de los hombres de acción suelen darse esos caprichos de adolescentes —dijo el doctor Restelli—. Yo mismo, fortuna aparte, me pregunto si realmente debería...

—Ahí vienen unos tipos con bandoneones —dijo Lucio—. ¿Será por nosotros?

8

Se veía que era un café para pitucos, con esas sillas de ministro y los mozos que ponían cara de resfriados apenas se les pedía un medio litro bien tiré y con poca espuma. No había ambiente, eso era malo.

Atilio Presutti, mejor conocido por el Pelusa, se metió la mano derecha en el pelo de apretados rizos color zanahoria y la sacó por la nuca después de un trabajoso recorrido. Después se atusó el bigote castaño y miró satisfecho su cara pecosa en el espejo de la pared. No contento con lo anterior, sacó un peine azul del bolsillo superior del saco y se peinó con gran ayuda de golpes secos que daba con la mano libre para marcar el jopo. Contagiados por su acicalamiento, dos de sus amigos procedieron a refrescarle la peinada.

—Es un café para pitucos —repitió el Pelusa—. A quién se le ocurre hacer la despedida en este sitio.

—El helado es bueno —dijo la Nelly, sacudiendo la solapa del Pelusa para hacer caer la caspa—. ¿Por qué te pusiste el traje azul, Atilio? De verlo me muero de calor, te juro.

—Si lo dejo en la valija se me arruga todo —dijo el Pelusa—. Yo me sacaría el saco pero me da no sé qué aquí. Pensar que los podríamos haber reunido en lo del Ñato que es más familiar.

—Cállese, Atilio —dijo la madre de la Nelly—. No me hable de despedidas después de lo del domingo. Ay, Dios mío, cada vez que me acuerdo...

—Pero si no fue nada, doña Pepa —dijo el Pelusa.

La señora de Presutti miró severamente a su hijo.

—¿Cómo que no fue nada? —dijo—. Ah, doña Pepa, estos hijos... ¿No fue nada, no? Y tu padre en la cama con la paleta sacada y el tobillo recalcado.

—¿Y eso qué tiene? —dijo el Pelusa—. El viejo es más fuerte que una locomotora.

—¿Pero qué pasó? —preguntó uno de los amigos.

—¿Cómo, vos no estabas el domingo?

—¿No te acordás que no estaba? Me tenía que estrenar para la pelea. Cuando uno se estrena, nada de fiestas. Te avisé, acordate.

—Ahora me acuerdo —dijo el Pelusa—. La que te perdiste, Rusito.

—¿Hubo un accidente, hubo?

—Fue grande —dijo el Pelusa—. El viejo se cayó de la azotea al patio y casi se mata. Uy Dios, qué lío.

—Un accidente, sabe —dijo la señora de Presutti—. Contale, Atilio. A mí me hace impresión nada más que de acordarme.

—Pobre Doña Pepa —dijo la Nelly.

—Pobre —dijo la madre de la Nelly.

—Pero si no fue nada —dijo el Pelusa—. Resulta que

la barra se juntó para despedirnos a la Nelly y a mí. La vieja aquí hizo una raviolada fenómena y los muchachos trajeron la cerveza y las masitas. Estábamos lo más bien en la azotea, entre el más chico y yo pusimos el toldo y trajimos la vitrola. No faltaba nada. ¿Cuántos seríamos? Por lo menos treinta.

—Más —dijo la Nelly—. Yo conté casi cuarenta. El estofado apenas alcanzó, me acuerdo.

—Bueno, todos estábamos lo más bien, no como aquí que parece una mueblería. El viejo se había puesto en la cabecera y lo tenía al lado a Don Rapa el del astillero. Vos sabés cómo le gusta el drogui a mi viejo. Mirá, mirá la cara que pone la vieja. ¿No es verdad, decime? ¿Qué tiene de malo? Yo lo que sé es que cuando sirvieron las bananas todos estábamos bastante curdas, pero el viejo era el peor. Cómo cantaba, mama mía. Justo entonces se le ocurre brindar por el viaje, se levanta con el medio litro en la mano, y cuando va a empezar a hablar le agarra un ataque de tos, se echa así para atrás y se cae propio al patio. Qué impresión que me hizo el ruido, pobre viejo. Parecía una bolsa de maíz, te juro.

—Pobre Don Pipo —dijo el Rusito, mientras la señora de Presutti sacaba un pañuelito de la cartera.

—¿Ve, Atilio? Ya la hizo llorar a su mamá —dijo la madre de la Nelly—. No llore, Doña Rosita. Total no fue nada.

—Pero claro —dijo el Pelusa—. Che, qué lío que se armó. Todos bajamos abajo, yo estaba seguro que el viejo se había roto la cabeza. Las mujeres lloraban, era un plato. Yo le dije a la Nelly que cortara la vitrola y Doña Pepa aquí la tuvo que atender a la vieja que le había dado el ataque. Pobre vieja, cómo se retorcía.

—¿Y don Pipo? —preguntó el Rusito, ávido de sangre.

—El viejo es un fenómeno —dijo el Pelusa—. Yo cuando lo vi en las baldosas y que no se movía, pensé: «Te quedaste huérfano de padre.» El más chico fue a llamar a la Asistencia y entre tanto le sacamos la camiseta al viejo para ver si respiraba. Lo primero que hizo al abrir los ojos fue meterse la mano en el bolsillo para ver si no le habían afanado la cartera. El viejo es así. Después dijo que le dolía la espalda pero que no era nada. Para mí que quería seguir la farra. ¿Te acordás, vieja, cuanto te trajimos para que vieras que no le pasaba nada? Qué plato, en vez de calmarse le dio el ataque el doble de fuerte.

—La impresión —dijo la madre de Nelly—. Una vez, en mi casa...

—Total, cuando cayó la ambulancia ya el viejo estaba sentado en el suelo y todos nos reíamos como locos. Lástima que los dos practicantes no quisieron saber nada de dejarlo en casa. A la final se lo llevaron, pobre viejo, pero eso sí, yo aproveché que uno me pidió que le firmara no sé qué papel, y me hice revisar de este oído que a veces lo tengo tapado.

—Fenómeno —dijo el Rusito, impresionado—. Mirá lo que me perdí. Lástima que justo ese día me tenía que estrenar.

Otro de los amigos, metido en un enorme cuello duro, se levantó de golpe.

—¡Manyá quiénes vienen! ¡Pibe, qué fenómeno!

Solemnes, brillante el pelo, impecables los trajes a cuadros, los bandoneonistas de la típica de Asdrúbal

Crésida se abrían paso entre las mesas cada vez más concurridas. Tras ellos entró un joven vestido de gris perla y camisa negra, que sujetaba su corbata color crema con un alfiler en forma de escudo futbolístico.

—Mi hermano —dijo el Pelusa, aunque nadie ignoraba ese importante detalle—. Te das cuenta, nos vino a dar una sorpresa.

El conocido intérprete Humberto Roland llegó a la mesa y dio efusivamente la mano a todo el mundo salvo a su madre.

—Fenómeno, pibe —dijo el Pelusa—. ¿Te hiciste reemplazar en la radio?

—Pretexté un dolor de muelas —dijo Humberto Roland—. Única forma de que esos sujetos no me descuenten. Aquí los compañeros de la orquesta también han querido despedirlos.

Conminado, Roberto agregó otra mesa y cuatro sillas, el artista pidió un mazagrán, y los instrumentistas coincidieron en la cerveza.

9

Paula y Raúl entraron por la puerta de Florida y se sentaron en una mesa del lado de la ventana. Paula miró apenas el interior del café, pero a Raúl lo divertía el juego de adivinar entre tantos sudorosos porteños a los probables compañeros de viaje.

—Si no tuviera la convocatoria en el bolsillo creería

que es una broma de algún amigo —dijo Raúl—. ¿No te parece increíble?

—Por el momento me parece más bien caluroso —dijo Paula—. Pero admito que la carta vale el viaje.

Raúl desplegó un papel color crema y sintetizó:

—A las 18 en este café. El equipaje será recogido a domicilio por la mañana. Se ruega no concurrir acompañado. El resto corre por cuenta de la Dirección de Fomento. Como lotería, hay que reconocer que se las trae. ¿Por qué en este café, decime un poco?

—Hace rato que he renunciado a entender este asunto —dijo Paula— como no sea que te sacaste un premio y me invitaste, descalificándome para siempre del *Quién es quién en la Argentina*.

—Al contrario, este viaje enigmático te dará gran prestigio. Podés hablar de un retiro espiritual, decir que estás trabajando en una monografía sobre Dylan Thomas, poeta de turno en las confiterías literarias. Por mi parte considero que el mayor encanto de toda locura está en que siempre acaba mal.

—Sí, a veces eso puede ser un encanto —dijo Paula—. *Le besoin de la fatalité*, que le dicen.

—En el peor de los casos será un crucero como cualquier otro, sólo que no se sabe muy bien adónde. Duración, de 3 a 4 meses. Confieso que esto último me decidió. ¿Adónde son capaces de llevarnos con tanto tiempo? ¿A la China, por ejemplo?

—¿A cuál de las dos?

—A las dos, para hacer honor a la tradicional neutralidad argentina.

—Ojalá, pero ya verás nos llevan a Génova y de allí en autocar por Europa hasta dejarnos hechos pedazos.

—Lo dudo —dijo Raúl—. Si fuera así lo habrían afichado clamorosamente. Andá a saber qué lío se les ha armado a la hora de embarcarnos.

—De todos modos —dijo Paula— algo se hablaba del itinerario.

—Absolutamente aleatorio. Vagos términos contractuales que ya no recuerdo, insinuaciones destinadas a despertar nuestro instinto de aventura y de azar. En resumen, un grato viaje, condicionado por las circunstancias mundiales. Es decir que no nos van a llevar a Argelia ni a Vladivostok ni a Las Vegas. La gran astucia fue lo de las licencias automáticas. ¿Qué burócrata resiste? Y el talonario de cheques del viajero, eso también cuenta. Dólares, fijate un poco, dólares.

—Y de poder invitarme a mí.

—Por supuesto. Para ver si el aire salado y los puertos exóticos curan de mal de amores.

—Siempre será mejor que el gardenal —dijo Paula mirándolo. Raúl la miró a su vez. Se quedaron un momento así, inmóviles, casi desafiantes.

—Vamos —dijo Raúl— dejate de tonterías ahora. Me lo prometiste.

—Claro —dijo Paula.

—Siempre decís «claro» cuando todo está oscuro.

—Fijate que dije: siempre será mejor que el gardenal.

—De acuerdo, *on laisse tomber*.

—Claro —repitió Paula—. No te enojes, bonito. Te estoy agradeciendo, creeme. Me sacás de un pantano al invitarme, aunque perezca mi escasa reputación. De veras, Raúl, creo que el viaje me servirá de algo. Sobre todo si nos metemos en un lío absurdo. Lo que nos vamos a reír.

—Siempre será otra cosa —dijo Raúl—. Estoy un poco harto de proyectar chalets para gente como tu familia o la mía. Comprendo que esta solución es bastante idiota y que no es solución sino mero aplazamiento. Al final volveremos y todo será como antes. Pero a lo mejor es ligeramente menos o más que como antes.

—Nunca entenderé por qué no aprovechaste para viajar con un amigo, con alguien más cercano que yo.

—Quizá por eso, milady. Para que la cercanía no me siguiera atando a la gran capital del sud. Aparte de eso de cercanía, vos sabés...

—Creo —dijo Paula mirándolo en los ojos— que sos un gran tipo.

—Gracias. No es cierto, pero vos le das una apariencia de realidad.

—Yo creo también que el viaje va a ser muy divertido.

—Muy.

Paula respiró profundamente. De pronto, así, algo como la felicidad.

—¿Vos trajiste píldoras para el mareo? —preguntó.

Pero Raúl miraba hacia una congregación de estrepitosos jóvenes.

—Madre mía —dijo—. Hay uno que parece que va a cantar.

A

Aprovechando el diálogo materno-filial Persio piensa y observa en torno, y a cada presencia aplica el logos o del logos extrae el hilo, del meollo la fina pista sutil con vistas al espectáculo que deberá –así él quisiera– abrirle el portillo hacía la síntesis. Desiste sin esfuerzo Persio de las figuras adyacentes a la secuencia central, calcula y concentra la baza significativa, cala y hostiga la circunstancia ambiente, separa y analiza, aparta y pone en la balanza. Lo que ve adquiere el relieve que daría una fiebre fría, una alucinación sin tigres ni coleópteros, un ardor que persigue su presa sin saltos de mono ni cisnes de ecolalia. Ya han quedado fuera del café las comparsas que asisten a la partida (pero de juego se habla ahora) sin saber de su parada. A Persio le va gustado aislar en la platina la breve constelación de los que quedan, de los que han de viajar de veras. No sabe más que ellos de las leyes del juego, pero siente que están naciendo ahí mismo de cada uno de los jugadores, como en un tablero infinito entre adversarios mudos, para alfiles y caballos como delfines y sátiros juguetones. Cada jugada una naumaquia, cada paso un río de palabras o de lágrimas, cada casilla un grano de arena, un mar de sangre, una comedia de ardillas o un fracaso de juglares que ruedan por un pardo de cascabeles y aplausos.

Así un municipal concierto de buenas intenciones encaminadas a la beneficencia y quizá (sin saberlo con certeza) a una oscura ciencia en la que talla la suerte, el destino de

los agraciados, ha hecho posible este congreso en el Lon-
don, este pequeño ejército del que Persio sospecha las cabe-
zas de fila, los furrieles, los tránsfugas y quizá los héroes,
atisba las distancias de acuario a mirador, los hielos de
tiempo que separan una mirada de varón de una sonrisa
vestida de rouge, *la incalculable lejanía de los destinos que*
de pronto se vuelven gavilla en una cita, la mezcla casi pa-
vorosa de seres solos que se encuentran de pronto viniendo
desde taxis y estaciones y amantes y bufetes, que son ya un
solo cuerpo que aún no se reconoce, no sabe que es el ex-
traño pretexto de una confusa saga que quizás en vano se
cuente o no se cuente.

10

—Y así —dijo Persio suspirando— somos de pronto,
a lo mejor, una sola cosa que nadie ve, o que alguien ve
o que alguien no ve.

—Usted sale como de debajo del agua —dijo Claudia— y quiere que yo comprenda. Deme primero las
ideas intermedias. ¿O su frente de ataque es inevitablemente hermético?

—No, qué va a ser —dijo Persio—. Sólo que es más
fácil ver que contar lo que se ha visto. Yo le agradezco
una barbaridad que me haya dado la ocasión de este
viaje, Claudia. Con usted y Jorge me voy a sentir tan
bien. Todo el día en la cubierta haciendo gimnasia y
cantando, si es que está permitido.

—¿Nunca anduviste en barco? —preguntó Jorge.

—No, pero he leído las novelas de Conrad y de Pío Baroja, autores que ya admirarás dentro de unos años, ¿No le parece, Claudia, como si al emprender una actividad cualquiera renunciáramos a algo de lo que somos para integrarnos en una máquina casi siempre desconocida, un ciempiés en el que seremos apenas un anillo y un par de pedos, en el sentido locomotor del término?

—¡Dijo pedo! —gritó entusiasmado Jorge.

—Lo dijo, pero no es lo que te figurás. Yo creo, Persio, que sin eso que usted llama renuncia no seríamos gran cosa. Demasiado pasivos somos ya, demasiado aceptamos el destino. Unos estilistas, a lo sumo, o como esos santones con un nido de pájaros en la cabeza.

—Mi observación no era axiológica y mucho menos normativa —dijo Persio con su aire más petulante—. En realidad lo que hago es recaer en el unanimismo pasado de moda, pero le busco la vuelta por otro lado. Es bien sabido que un grupo es más y a la vez menos que la suma de sus componentes. Lo que me gustaría averiguar, si pudiera colocarme dentro y fuera de este grupo —y creo que se puede— es si el ciempiés humano responde a algo más que al azar en su constitución y su disolución; si es una figura, en un sentido mágico, y si esa figura es capaz de moverse bajo ciertas circunstancias en planos más esenciales que los de sus miembros aislados. Uf.

—¿Más esenciales? —dijo Claudia—. Veamos primero ese vocabulario sospechoso.

—Cuando miramos una constelación —dijo Persio— tenemos algo así como una seguridad de que el acorde, el ritmo que une sus estrellas, y que ponemos nosotros, claro, pero que tenemos porque también allí pasa algo que determina ese acorde, es más hondo, más sustancial que la presencia aisalada de sus estrellas. ¿No ha notado que las estrellas sueltas, las pobres que no alcanzan a integrarse en una constelación, parecen insignificantes al lado de esa escritura indescifrable? No sólo las razones astrológicas y mnemotécnicas explican la sacralización de las constelaciones. El hombre debe haber sentido desde un principio que cada una de ellas era como un clan, una sociedad, una raza: algo activamente diferente, quizá hasta antagónico. Algunas noches yo he vivido la guerra de las estrellas, su juego insoportable de tensiones. Y eso que en la azotea de la pensión no se ve muy bien, siempre hay humo en el aire.

—¿Vos mirabas las estrellas con un telescopio, Persio?

—Oh, no —dijo Persio—. Sabés, ciertas cosas hay que mirarlas con los ojos desnudos. No es que me oponga a la ciencia, pero pienso que sólo una visión poética puede abarcar el sentido de las figuras que escriben y conciertan los ángeles. Esta noche, aquí en este pobre café, puede haber una de esas figuras.

—¿Dónde está la figura, Persio? —dijo Jorge, mirando para todos lados.

—Empieza con la lotería —dijo Persio muy serio—. Un juego de bolitas ha elegido a unos cuantos hombres y mujeres entre varios cientos de miles. A su vez los ganadores han elegido sus acompañantes, cosa que por mi parte agradezco mucho. Fíjese, Claudia, nada hay de pragmático ni de funcional en la ordenación de la figura. No somos la gran rosa de la catedral gótica sino la instantánea y efímera petrificación de la rosa del calidoscopio. Pero antes de ceder y deshojarse ante una nueva rotación caprichosa, ¿qué juegos se jugarán entre nosotros, cómo se combinarán los colores fríos y cálidos, los lunáticos y los mercuriales, los humores y los temperamentos?

—¿De qué calidoscopio estás hablando, Persio? —dijo Jorge.

Se oyó a alguien que cantaba un tango.

11

Tanto la madre como el padre y la hermana del alumno Felipe Trejo opinaron que no estaría mal pedir un té con masas. Vaya a saber a qué hora se cenaría a bordo, y además no era bueno subir con el estómago vacío (a los helados no se les puede llamar comida, es algo que se derrite). A bordo convendría comer cosas secas al principio, y acostarse boca arriba. Lo peor para el mareo era la sugestión. Tía Felisa se mareaba de sólo ir al puerto, o en el cine cuando pasaban una de submarinos. Felipe escuchaba con un infinito aburrimiento las frases que se sabía de memoria. Ahora su madre diría que cuando era joven se había mareado en el Delta. Ahora el señor Trejo la haría notar que él le había aconsejado ese día que no comiera tanto melón. Ahora la señora de Trejo diría que el melón no había tenido la culpa porque lo había comido con sal y el melón con sal no hace daño. Ahora le hubiera gustado saber de qué hablaban en la mesa de Gato Negro y López; seguro que del Nacional, de qué iban a hablar los profesores. En realidad hubiera tenido que ir a saludar a los profesores pero para qué, ya se los encontraría a bordo. López no le molestaba, al contrario, era un tipo macanudo, pero Gato Negro, justamente esa secatura venir a ligarse un premio.

Inevitablemente volvió a pensar en la Negrita, que se había quedado en casa con una cara no muy triste pero un poco triste. No por él, claro. Lo que le dolía a la muy atorranta era no poder viajar con los patrones. En el fondo él había sido un idiota, total si exigía que viniera la Negrita su madre hubiera tenido que aflojar. O la Negrita o nadie. «Pero, Felipe...» «¿Y qué? ¿No te viene bien tener la mucama a bordo?» Pero ahí se hubieran dado cuenta de sus intenciones. Capaces de hacerle la porquería de que no era mayor de edad, aviso al juez y minga de crucero. Se preguntó si realmente los viejos hubieran sacrificado el viaje por eso. Seguro que no. Bah, al fin y al cabo qué le importaba la Negrita. Hasta el final no había querido que él subiera a su pieza por más que la toqueteaba en el pasillo y le hablaba de regalarle un reloj pulsera en cuanto le sacara plata al viejo. Chinita desgraciada, y pensar que con esas piernas... Felipe empezó a sentir ese dulce ablandamiento del cuerpo que anunciaba un fenómeno enteramente opuesto, y se sentó derecho en la silla. Eligió la masa con más chocolate, un décimo de segundo antes que la Beba.

—El grosero de siempre. Angurriento.

—Acabala, dama de las camelias.

—Chicos... —dijo la señora de Trejo.

A bordo quién sabe si habría pibas para trabajarse. Se acordó —sin ganas pero inevitablemente— de Ordóñez, el capo de la barra de quinto año, sus consejos en un banco del Congreso una noche de verano. «Apilate firme, pibe, ya sos grande para hacerte la paja.» A su negativa desdeñosa pero un poco azorada, Ordóñez había contestado con una palmada en la rodilla. «Andá, andá, no te hagás el machito conmigo. Te llevo dos años y sé. A tu edad es pura María Muñeca, che. ¿Qué tiene de malo? Pero ahora que ya vas a las milongas no te podés conformar con eso. Mirá, la primera que te dé calce te la llevás a remar al Tigre, ahí se puede coger en todas partes. Si no tenés guita me avisás, yo le digo a mi hermano el contador que te deje el bulín una tarde. Siempre en la cama es mejor, te imaginás...» Y una serie de recuerdos, de detalles, de consejos de amigo. Con toda su vergüenza y su rabia, Felipe le había estado agradecido a Ordóñez. Qué diferencia con Alfieri, por ejemplo. Claro que Alfieri...

—Parece que va a haber música —dijo la señora Trejo.

—Qué chabacano —dijo la Beba—. No deberían permitir.

Cediendo a los gentiles pedidos de parientes y amigos, el popular cantor Humberto Roland se había puesto de pie mientras el Pelusa y el Rusito ayudaban con gran reparto de empujones y argumentos a que los tres bandoneonistas pudieran instalarse cómodos y desenfundar los instrumentos. Se oían risas y algunos chistidos, y la gente se agolpaba en las ventanas que daban a la Avenida. Un vigilante miraba desde Florida con evidente desconcierto.

—¡Fenómeno, fenómeno! —gritaba el Rusito—. ¡Che Pelusa, qué grande que es tu hermano!

El Pelusa se había instalado otra vez al lado de la Nelly y hacía gestos para que se callara la gente.

—¡Che, a ver si atienden un poco! Mama mía, este local es propiamente la escomúnica.

Humberto Roland tosió y se alisó el pelo.

—Tendrán que perdonar que no pudimos venir con la sección rítmica —dijo—. Se hará lo que se pueda.

—Eso, pibe, eso.

—En despedida a mi querido hermano y a su simpática novia, les voy a cantar el tango de Visca y Cadícamo, *Muñeca brava*.

—¡Fenómeno! —dijo el Rusito.

Los bandoneos culebrearon la introducción y Humberto Roland, colocó la mano izquierda en el bolsillo del pantalon, proyectó la derecha en el aiere y cantó:

> —*Che madám que parlás en francés*
> *y tirás ventolín a dos manos,*
> *que cenás con champán bien frapé*
> *y en el tango enredás tu ilusión...*

Era perceptible en el *London* una repentina cuanto sorprendente inversión acústica, pues al quedar la mesa del Pelusa sumida en cadavérico silencio, las charlas de los alrededores se volvían más conspicuas. El Pelusa y el Rusito pasearon miradas furibundas, mientras Humberto Roland engolaba la voz.

> —*Tenés un camba que te acamala*
> *y veinte abriles que son diqueros...*

Carlos López se sintió perfectamente feliz, y se lo hizo saber a Medrano. El doctor Restelli estaba visiblemente molesto —según dijo— por el cariz que tomaban los acontecimientos.

—Soltura envidiable de esa gente —dijo López—. Hay casi una perfección en la forma en que actúan dentro de sus posibilidades, sin la menor sospecha de que el mundo sigue más allá de los tangos y de Racing.

—Miren a Don Galo —dijo Medrano—. El viejo se está asustando, me parece.

Don Galo había pasado de la estupefacción a las señas conminatorias al chófer que entró corriendo, escuchó a su amo y volvió a salir. Lo vieron que hablaba con el vigilante que asistía a la escena desde la ventana de Florida. También vieron el gesto del vigilante, consistente en juntar los cinco dedos de la mano vuelta hacia arriba, e imprimirles un movimiento de vaivén vertical.

—Seguro —comentó Medrano—. ¿Qué tiene de malo, al fin y al cabo?

—Te llaman todos muñeca brava
porque a los giles mareás sin grupo...

Paula y Raúl gozaban enormemente de la escena, mucho más que Lucio y Nora, visiblemente desconcertados. Una helada prescindencia contraía a la familia de Felipe, quien observaba fascinado las fulgurantes marchas y contramarchas de los dedos de los bandoneonistas. Más allá Jorge entraba en su segundo helado, y Claudia y Persio andaban perdidos en su charla metafísica. Por sobre todos ellos, por encima de la indi-

ferencia o el regocijo de los habitués del *London*,
Humberto Roland llegaba al desenlace melancólico de
tanta gloria porteña:

— *Pa mi sos siempre la que no supo*
guardar un cacho de amor y juventú...

Entre gritos, aplausos y golpes de cucharitas en la
mesa, el Pelusa se levantó conmovido y abrazó estrechamente a su hermano. Después dio la mano a los tres
bandoneonistas, se golpeó el pecho y sacó un enorme
pañuelo para sonarse. Humberto Roland agradeció los
aplausos con aire condescendiente, y la Nelly y las señoritas iniciaron el semicoro laudatorio que el cantor
escuchó con una sonrisa incansable. Entonces un niño
muy poco visible hasta ese momento soltó una especie
de bramido, resultante de haberse atragantado con una
masa de crema, y en la mesa hubo gran revuelo, rema-
tado con un clamor universal tendiente a que Roberto
trajera un vaso de agua.

—Estuviste grande —decía el Pelusa, enternecido.
—Como siempre, nomás —contestaba Humberto
Roland.
—Qué sentimiento que tiene —opinó la madre de la
Nelly.
—Siempre fue así —dijo la señora de Presutti—. A él
que no le hablaran de estudiar ni nada. El arte sola-
mente.
—Como yo —decía el Rusito—. Qué estudiar ni que
ocho cuartos. Meta piñas nomás.
La Nelly acabó de sacar los pedazos de masa de la
garganta del niño. La gente agolpada en las ventanas

empezaba a retirarse, y el doctor Restelli se pasó el dedo por el cuello almidonado y mostró visible alivio.

—Bueno —dijo López—. Parece que ya es la hora.

Dos caballeros vestidos de azul oscuro acababan de situarse en el centro del café. Uno de ellos golpeó secamente las manos y el otro hizo un gesto para reclamar silencio. Con una voz que hubiera podido prescindir de esa precaución, dijo:

—Se ruega a los señores clientes que no hayan sido citados por escrito, así como a los señores que han venido a despedir a los citados, que se retiren del lugar.

—¿Lo qué? —preguntó la Nelly.

—Que se tenemo de ir —dijo uno de los amigos del Pelusa—. Vos te das cuenta, justo cuando los estábamo divirtiendo más.

Pasada la sorpresa, empezaban a oírse exclamaciones y protestas de los parroquianos. El hombre que había hablado levantó una mano con la palma hacia adelante y dijo:

—Soy inspector de la Dirección de Fomento, y cumplo órdenes superiores. Ruego a las personas citadas que permanezcan en su lugar, y a los demás que salgan lo antes posible.

—Mirá —dijo Lucio a Nora—. Hay un cordón de vigilantes en la Avenida. Esto más parece un allanamiento que otra cosa.

El personal del *London*, tan sorprendido como los clientes, no daba abasto para cobrar de golpe todas las consumiciones, y había extraordinarias complicaciones de vueltos, devoluciones de masas y otros detalles técnicos. En la mesa del Pelusa se oía llorar a gritos. La señora de Presutti y la madre de la Nelly pasaban por el duro trance de despedirse de los parientes que quedaban en tierra. La Nelly consolaba a su madre y a su futura suegra, el Pelusa volvió a abrazar a Humberto Roland, y cambió palmadas en la espalda con toda la barra.

—¡Felicidad, felicidad! —gritaban los muchachos—. ¡Escribí, Pelusa!

—¡Te mando una postal, pibe!

—¡No te olvidés de la barra, che!

—¡Qué me voy a olvidar! ¡Felicidad, eh!

—¡Viva Boca! —gritaba el Rusito, mirando desafiante a los de las otras mesas.

Dos caballeros de aire patricio se habían acercado al inspector de Fomento y lo miraban como si acabara de caer de otro planeta.

—Usted obedecerá a las órdenes que quiera —dijo uno de ellos— pero en mi vida he visto un atropello semejante.

—Sigan, sigan —dijo el inspector sin mirarlos.

—Soy el doctor Lastra —dijo el doctor Lastra— y conozco tan bien como usted mis derechos y obligaciones. Este café es público, y nadie puede hacerme salir sin una orden escrita.

El inspector sacó un papel y se lo mostró.

—¿Y qué? —dijo el otro caballero—. No es más que un atropello legalizado. ¿Acaso estamos en estado de sitio?

—Haga constar su protesta por la vía que corresponda —dijo el inspector—. Che Viñas, hacé salir a esas señoras del saloncito. A ver si se van a estar empolvando hasta mañana.

En la Avenida había tanta gente forcejeando con el

cordón policial para ver lo que pasaba, que el tráfico acabó por interrumpirse. Los parroquianos iban saliendo con caras de asombro y escándalo por el lado de Florida, donde era menor la aglomeración. El llamado Viñas y el inspector de Fomento recorrieron las mesas pidiendo que se les mostrara la convocatoria y se identificara a los acompañantes. Un vigilante recostado en el mostrador charlaba con los mozos y el cajero, que tenían orden de no moverse de donde estaban. Casi vacío, el *London* tomaba un aire de ocho de la mañana que la caída de la noche y estrépito en la calle desmentían extrañamente.

—Bueno —dijo el inspector—. Ya pueden bajar las metálicas.

B

Por qué razón ha de ser así una tela de araña o un cuadro de Picasso, es decir, por qué el cuadro no ha de explicar la tela y la araña no ha de fijar la razón del cuadro. Ser así, ¿qué quiere decir? De la más pequeña partícula de tiza, lo que se vea en ella será con arreglo a la nube que pasa por la ventana o la esperanza del contemplador. Las cosas pesan más si se las mira, ocho y ocho son dieciséis y el que cuenta. Entonces ser así puede apenas valer así o anunciar así o engañar así. En esa forma un conjunto de gentes que han de embarcarse no ofrece garantía de embarque en cuanto cabe suponer que las circunstancias pueden variar y no habrá embarque, o pueden no variar y habrá embarque, en cuyo caso la tela de araña o el cuadro de Picasso o el conjunto de gente embarcada cristalizarán y ya no podrá pensarse en esta última que es un conjunto de gentes que han de embarcarse. En todos los casos la tentativa tan retórica y tan triste de querer que algo por fin sea y se aquiete, verá correr por las mesas del London las gotas inapresables del mercurio, maravilla de infancia.

Lo que acerca a una cosa, lo que induce y encamina a una cosa. El otro lado de una cosa, el misterio que la trajo (sí, parece como si la trajera, se siente que no es posible decir: «que la llevó») a ser lo que es. Todo historiador camina por una galería de formas de Hans Arp a las que no puede dar la vuelta, teniendo que contentarse con verlas de frente, a ambos lados de la galería, ver las formas de Hans Arp como si fueran telas colgadas de las paredes. El historiador conoce muy bien las causas de la batalla de Zama, es exacto que las conoce, sólo que las causas que conoce son otras formas de Hans Arp en otras galerías, y las causas de esas causas o los efectos de las causas de esas causas están brillantemente iluminadas de frente como las formas de Hans Arp en cada galería. Entonces lo que acerca a una cosa, su otro lado quizá verde o blanco, el otro lado de los efectos y el otro lado de las causas, otra óptica y otro tacto podrían tal vez soltar delicadamente las cintas rosa o celeste de los antifaces, dejar caer el rostro, la fecha, las circunstancias de la galería (brillantemente iluminada) y escarbar con un palito de paciencia a lo largo de una considerable poesía.

De esa manera y sin que la socorrida analogía aporte al presente en que estamos y estaremos sus vistosas alternancias, es posible que al nivel del suelo sea el London, que a diez metros de altura sea un torpe tablero de damas con las *piezas mal ajustadas a las casillas y faltando a todo concierto de claroscuro y convención estatuida, que a veinte centímetros sea el rostro rubicundo de Atilio Presutti, que a tres milímetros sea una brillante superficie de níquel (¿un botón, un espejo?), que a cincuenta metros coincida con el guitarrero pintado por Picasso en 1918 y que fue de Apollinaire. Si la distancia que hace de una cosa lo que es se mide por nuestra seguridad de estar sabiendo la cosa tal cuas es, de poco valdría seguir esta escritura, afanarse alegremente por urdir su fábrica. Mucho menos cabría confiar en explicarse las razones de la convocatoria, suficientemente concretada en cartas con membrete oficial y firma rubricada. El desarrollo en el tiempo (inevitable punto de vista, aberrante causación) sólo se concibe por obra de un empobrecedor encasillamiento eleático en antes, ahora y después, a veces encubierto de duración gálica o de influencia extratemporal de vaga justificación hipnótica. El mero ahora de lo que está pasando (la policía ha bajado las metálicas) refleja y triza el tiempo en incontables facetas; de algunas de ellas se podrá quizá remontar al rayo hialino, volver atrás, y así en la vida de Paula Lavalle estará de nuevo un jardín de Acasusso, o Gabriel Medrano entornará la puerta de vidrios de colores de su infancia en Lomas de Zamora. Nada más que eso, y eso es menos que nada en la selva de hojas causales que han traído a esta convocación. La historia del mundo brilla en cualquier botón de bronce del uniforme de cualquiera de los vigilantes que disuelven la aglomeración. En el mismo instante en que el interés se concentra en ese botón (el segundo contando desde el cuello) las relaciones que lo abarcan y lo traen a ser esa cosa que es, son como aspiradas hacia el horror de una vastedad frente a la que ni siquiera caer de boca contra el suelo tiene sentido. El vórtice que desde el botón amenaza absorber al que lo mira, si osa algo más que mirarlo, es la entrevisión abrumadora del juego mortal de espejos que sube de los efectos a las causas. Cuando los males lectores de novelas insinúan la conveniencia de la verosimilitud, asumen sin remedio la actitud del idiota que después de veinte días de viaje a bordo de la motonave «Claude Bernard», pregunta, señalando la proa: «C'est-par-là-qu'on-va-en-avant?»*

12

Cuando salieron era casi de noche, y rojizos nubarrones de calor se aplastaban contra el cielo del centro. Con gran deferencia el inspector comisionó a dos vigilantes para que ayudaran al chófer a transportar a Don Galo hasta un autocar que esperaba más lejos, cerca de los fondos del Cabildo. La distancia y el cruce de la calle complicaron inexplicablemente el traslado de Don Galo, obligando de paso a que otro vigilante cortara el tránsito en la esquina de Bolívar. Contra lo que Medrano y López habían creído, no quedaban demasiados curiosos en la calle, la gente miraba un momento el raro espectáculo del *London* con las metálicas bajas, cambiaba algún comentario y seguía viaje.

—¿Por qué diablos no arrimaron el autocar al café? —preguntó Raúl a uno de los vigilantes.

—Órdenes, señor —dijo el vigilante.

Las presentaciones recíprocas, promovidas por el

amable inspector y continuadas espontáneamente por los viajeros entre azorados y divertidos, les permitían ya formar un grupo compacto que siguió como un cortejo la silla de ruedas de Don Galo. El autocar debía pertenecer al ejército, aunque no se veía ninguna inscripción sobre la reluciente pintura negra. Tenía ventanillas muy estrechas, y la introducción de Don Galo resultó particularmente complicada por la confusión del momento y la buena voluntad de todo el mundo y en especial del Pelusa, que se afanaba en el estribo dando órdenes y contraórdenes al taciturno chófer. Tan pronto como Don Galo quedó instalado en el primer asiento y la silla se plegó como un acordeón gigante entre las manos del chófer, los viajeros subieron y se instalaron casi a ciegas en el tenebroso vehículo. Lucio y Nora, que habían cruzado la Avenida estrechamente tomados del brazo, buscaron un asiento del fondo y se quedaron muy quietos, mirando con algún recelo a los demás pasajeros y a los policías dispersos en la calle. Ya Mendrano y López habían iniciado la charla con Raúl y Paula, y el doctor Restelli cambiaba los comentarios de rigor con Persio. Claudia y Jorge se divertían mucho, cada uno a su modo; los demás estaban demasiado ocupados en hablarse a gritos para fijarse en lo que ocurría.

El ruido de las metálicas del *London*, que Roberto y el resto del personal volvían a levantar, le llegó a López como un acorde final, un cierre de algo que definitivamente quedaba atrás. Medrano, a su lado, encendía otro cigarrillo y miraba las ilegibles pizarras de *La Prensa*. Entonces sonó una bocina y el autocar arrancó muy despacio. En el acongojado grupo del Pelusa se opinaba que las despedidas son siempre dolorosas porque unos se van pero otros se quedan, pero que mientras hubiera salud, a lo que se hacía observar que los viajes son siempre la misma cosa, la alegría de unos y la pena de los demás, porque están los que se van pero hay que pensar también en los que se quedan. El mundo está mal organizado, siempre es igual, para unos todo y para otros nada.

—¿Qué le pareció el discurso del inspector —preguntó Medrano.

—Bueno, pasó algo que me pasa muchas veces —dijo López—. Mientras el tipo daba las explicaciones me parecieron inobjetables, y llegué a sentirme perfectamente cómodo en esta situación. Ahora ya no me parecen tan convincentes.

—Hay una especie de lujo de detalles que me divierte —dijo Medrano—. Hubiera sido mucho más sencillo citarnos en la aduana o en el muelle, ¿no le parece? Pero se diría que eso priva de un secreto placer a alguien que a lo mejor está mirándonos desde una de esas oficinas de la Municipalidad. Como ciertas partidas de ajedrez, en las que por puro lujo se complican los movimientos.

—A veces —dijo López— se los complica para enmascararlos. En todo esto hay como un fracaso escondido, un poco como si estuvieran a punto de escamotearnos el viaje, o realmente no supieran qué hacer con nosotros.

—Sería una lástima —dijo Medrano, acordándose de Bettina—. No me gustaría nada quedarme de a pie a último momento.

Por el bajo, donde era ya de noche, se iban acercando a la dársena norte. El inspector tomó un micrófono y se dirigió a los pasajeros con el aire de un cicerone de Cook. Raúl y Paula, sentados adelante, notaron que el chófer conducía muy despacio para dar tiempo a que el inspector se explayara.

—Te habrás fijado en algunos compañeros —dijo Raúl al oído de Paula—. El país está bastante bien representado. La sugerencia y la decadencia en sus formas más conspicuas... Me pregunto qué diablos hacemos aquí.

—Yo creo que me voy a divertir —dijo Paula—. Oí esas explicaciones que está dando nuestro Virgilio. La palabra «dificultades» aparece a cada momento.

—Por diez pesos que costaba el número —dijo Raúl— no creo que se puedan pretender facilidades. ¿Qué me decís de la madre con el niño? Me gusta su cara, tiene algo fino en los pómulos y la boca.

—El más memorable es el inválido. Tiene algo de garrapata.

—El chico que viaja con la familia, ¿qué te parece?

—En todo caso, la familia que viaja con el chico.

—La familia es más borrosa que él —dijo Raúl.

—Todo es según el color del cristal con que se mira —recitó Paula.

El inspector hacía-especial-hincapié en la necesidad de conservar en todo trance la ecuanimidad-que-caracteriza-a-las-personas-cultas, y no alterarse por pequeños detalles y dificultades («y dificultades») de organización.

—Pero si todo está muy bien —dijo el doctor Restelli a Persio—. Todo muy correcto, ¿no le parece?

—Ligeramente confuso, diría yo por decir algo.

—No, nada de eso. Supongo que las autoridades habrán tenido sus razones para organizar las cosas tal como lo han hecho. Personalmente yo hubiera cambiado algunos detalles, no se lo ocultaré, y sobre todo la lista definitiva de pasajeros teniendo en cuenta que no todas las personas presentes están verdaderamente a la altura de las demás. Hay un jovencito, lo verá usted en uno de los asientos del otro lado...

—Todavía no nos conocemos —dijo Persio—. A lo mejor no nos conoceremos nunca.

—Usted puede ser que no los conozca, señor. Por mi parte, mis funciones docentes...

—Bueno —dijo Persio, con un majestuoso movimiento de la mano—. En los naufragios los peores malandras suelen resultar fenomenales. Vea lo que pasó cuando lo del *Andrea Doria*.

—No recuerdo —dijo el doctor Restelli, un tanto amoscado.

—Se dio el caso de un monje que salvó a un marinero. Ya ve que nunca se puede saber. ¿No le parece bastante afligente lo que ha dicho el inspector?

—Todavía está hablando. Quizá deberíamos atender.

—Lo malo es que repite siempre la misma cosa —dijo Persio—. Y ya estamos por entrar en los muelles.

A Jorge le interesaba de golpe el destino de su pelota de goma y del balero con chinches doradas. ¿En qué valija los habían guardado? ¿Y la novela de Davy Crockett?

—Encontraremos todo en la cabina —dijo Claudia.

—Qué lindo, una cabina para los dos. ¿Vos te mareás, mamá?

—No. Casi nadie se va a marear, salvo Persio, me

temo, y también algunas de esas señoras y señoritas de la mesa donde cantaban tangos. Es fatal, sabés.

Felipe Trejo barajaba una lista imaginaria de escalas («a menos que inconvenientes insalvables obliguen a modificaciones de última hora», estaba diciendo el inspector). El señor y la señora de Trejo miraban hacia la calle, siguiendo cada farol de alumbrado como si no fueran a verlos más, como si la pérdida les resultara abrumadora.

—Siempre es triste irse de la patria —dijo el señor Trejo.

—¿Qué tiene? —dijo la Beba—. Total volvemos.

—Eso, querida —dijo la señora de Trejo—. Siempre se vuelve al rincón donde empezó la existencia, como dicen en esa poesía.

Felipe elegía nombres como si fueran frutas, los daba vuelta en la boca, los apretaba poco a poco: Río, Dakar, Ciudad del Cabo, Yokohama. «Nadie de la barra va a ver tantas cosas juntas —pensó—. Les voy a mandar postales con vistas...» Cerró los ojos, se estiró en el asiento. El inspector aludía a la necesidad ineludible de guardar ciertas precauciones.

—Debo señalar a ustedes la necesidad ineludible de guardar ciertas precauciones —dijo el inspector—. La Dirección ha cuidado todos los detalles, pero las dificultades de último momento obligarán quizás a modificar ciertos aspectos del viaje.

El cloqueo por completo inesperado de Don Galo Porriño se alzó en el doble silencio de la pausa del inspector y un punto muerto del autocar:

—¿En qué barco nos embarcamos? Porque eso de no saber en qué barco nos embarcamos...

13

«Esa es la pregunta —pensó Paula—. Exactamente la triste pregunta que puede estropear el juego. Ahora contestarán: "En el..."».

—Señor Porriño —dijo el inspector— el barco constituye precisamente una de las dificultades técnicas a que venía aludiendo. Hace una hora, cuando tuve el placer de reunirme con ustedes, la Dirección acababa de tomar un acuerdo al respecto, pero en el interín pueden haberse producido derivaciones insospechadas, de resultas de las cuales se modifique la situación. Creo, pues, más oportuno que esperemos unos pocos minutos, y así saldremos definitivamente de dudas.

—Cabina individual —dijo secamente Don Galo—, con baño privado. Es lo convenido.

—Convenido —dijo amablemente el inspector— no es precisamente el término, pero no creo, señor Porriño que se planteen dificultades en ese sentido.

«No es como un sueño, sería demasiado fácil —pensó Paula—. Raúl diría que es más bien como un dibujo, un dibujo...»

—¿Un dibujo cómo? —preguntó.

—¿Cómo un dibujo cómo? —dijo Raúl.

—Vos dirías que todo es más bien como un dibujo...

—Anamórfico, burra. Sí, es un poco eso. De modo que ni siquiera se sabe en qué buque nos meten.

Se echaron a reír porque a ninguno de lo dos les importaba. No era el caso del doctor Restelli, conmovido por primera vez en sus convicciones sobre el orden estatal. A López y a Medrano la intervención de Don Galo les había dado ganas de fumarse otro Fontanares. También ellos se divertían enormemente.

—Parece el tren fantasma —dijo Jorge, que comprendía muy bien lo que estaba ocurriendo—. Te metés adentro y pasan toda una clase de cosas, te anda una araña peluda por la cara, hay esqueletos que bailan...

—Vivimos quejándonos de que nunca ocurre nada interesante —dijo Claudia—. Pero cuando ocurre (y sólo una cosa así puede ser interesante) la mayoría se inquieta. No sé lo que piensan ustedes, por mi parte los trenes fantasmas me divierten mucho más que el Ferrocarril General Roca.

—Por supuesto —dijo Medrano—. En el fondo lo que inquieta a Don Galo y a unos cuantos más es que estamos viviendo una especie de suspensión del futuro. Por eso están preocupados y preguntan el nombre del barco. ¿Qué quiere decir el nombre? Una garantía para eso que todavía se llama mañana, ese monstruo con la cara tapada que se niega a dejarse ver y dominar.

—Entre tanto —dijo López— empiezan a dibujarse poco a poco las siluetas ominosas de un barquito de guerra y un carguero de colores claros. Probablemente sueco, como todos los barcos con la cara limpia.

—Está bien hablar de suspensión del futuro —dijo Claudia—. Pero esto es también una aventura, muy vulgar pero siempre una aventura, y en ese caso el futuro se convierte en el valor más importante. Si este momento tiene un sabor especial para nosotros se debe a que el futuro le sirve de condimento, y perdónenme la metáfora culinaria.

—Lo que pasa es que no a todos les gustan las salsas picantes —dijo Medrano—. Quizá haya dos maneras radicalmente opuestas de intensificar la sensación de presente. En este caso la Dirección opta por suprimir toda referencia concreta al futuro, fabrica un misterio negativo. Los previsores se asustan, claro. A mí en cambio se me hace más agudo este presente absurdo, lo saboreo minuto a minuto.

—Yo también —dijo Claudia—. En parte porque no creo que haya futuro. Lo que nos ocultan no es nada más que las causas del presente. A lo mejor ellos mismos no saben cuánta magia nos traen con sus burocráticos misterios.

—Por supuesto que no lo saben —dijo López—. Magia, vamos... Lo que debe haber es un lío de intereses y de expedientes y de jerarquías, como siempre.

—No importa —dijo Claudia—. Mientras nos sirva para divertirnos como esta noche.

El autocar se había detenido junto a uno de los galpones de la Aduana. El puerto estaba a oscuras, ya que no podía considerarse como luz la de uno que otro farol, y los cigarrillos de los oficiales de policía que esperaban junto a un portón entornado. Las cosas se perdían en la sombra unos pocos metros más allá, y el olor espeso del puerto en verano se aplastó en la cara de los que empezaban a bajar, disimulando la perplejidad o el regocijo. Ya Don Galo se instalaba en su silla, el chófer la hacía rodar hacia el portón donde el inspector encaminaba al grupo. No era por casualidad, pensó Raúl, que todos marchaban formando un grupo compacto. Había como una falta de garantías en quedarse atrás.

Uno de los oficiales se adelantó, cortés.

—Buenas noches, señores.

El inspector sacaba unas tarjetas del bolsillo y las entregaba a otro oficial. Brilló una linterna eléctrica, coincidiendo con un lejano toque de bocina y la tos de alguien a quien no se alcanzaba a ver.

—Por aquí, si se molestan —dijo el oficial.

La linterna empezó a arrastrar un ojo amarillo por el piso de cemento lleno de briznas de paja, sunchos rotos, y uno que otro papel arrugado. Las pocas voces que hablaban crecieron de golpe reverberando en el enorme galpón vacío. El ojo amarillo contorneó el largo banco de aduana y se detuvo para mostrar el paso a los que se acercaban cautelosos. Se oyó la voz del Pelusa que decía: «Qué espamento que hacen, decime si no parece una de Boris Karloff.» Cuando Felipe Trejo encendió un cigarrillo (su madre lo contemplaba estupefacta al verlo fumar en su presencia por primera vez) la luz del fósforo hizo bambolearse por un segundo toda la escena, la procesión insegura que se encaminaba hacia el portón del fondo donde apenas se recortaba la oscura luz de la noche. Colgada del brazo de Lucio, Nora cerró los ojos y no quiso abrirlos hasta que estuvieron del otro lado, bajo un cielo sin estrellas pero donde el aire olía a abierto. Fueron los primeros en ver el buque, y cuando Nora excitada se volvía para avisar a los otros, los policías y el inspector rodearon el grupo, se apagó la linterna y en su lugar quedó el débil resplandor de un farol que iluminaba el nacimiento de una planchada de madera. Las palmadas del inspector sonaron secamene, y del fondo del galpón vinieron otras palmadas más secas y mecánicas, como una burla temerosa.

—Les agradezco mucho su espíritu de cooperación —dijo el inspector—, y sólo me resta desearles un agradable crucero. Los oficiales del buque se harán cargo de ustedes en el puente y los acompañarán a sus respectivas cabinas. El barco saldrá dentro de una hora.

A Medrano le pareció de golpe que la pasividad y la ironía ya habían durado bastante, y se destacó del grupo. Como siempre en esos casos, le daban ganas de reírse, pero se contuvo. También como siempre, sentía el sordo placer de contemplarse a sí mismo en el momento en que iba a intervenir en cualquier cosa.

—Dígame, inspector, ¿se sabe cómo se llama este barco?

El inspector inclinó deferentemente la cabeza. Tenía una tonsura que aún en la penumbra le recortaba claramente la coronilla.

—Sí, señor —dijo—. El oficial acaba de informarme, pues le telefonearon desde el centro para que nos trajera hasta aquí. El barco se llama *Malcolm*, y pertenece a la Magenta Star.

—Un carguero, por la línea —dijo López.

—Barco mixto, señor, los mejores, créame. Un ambiente perfectamente preparado para recibir a un grupo reducido de pasajeros selectos, como es precisamente el caso. Yo tengo mi experiencia en esto, aunque haya pasado la mayor parte de mi carrera en las dependencias impositivas.

—Estarán perfectamente —dijo un oficial de policía—. He subido a bordo y les puedo asegurar. Hubo la huelga de tripulantes, pero ya se va arreglando. Ustedes saben lo que es el comunismo, vuelta a vuelta el personal se insubordina, pero por suerte estamos en un país donde hay orden y autoridad, créame. Por más gringos que sean acaban por comprender y se dejan de macanas.

—Suban, señores, por favor —dijo el inspector, haciéndose a un lado—. He tenido el mayor gusto de conocerlos, y lamento no tener la suerte de poder acompañarlos.

Soltó una risita que a Medrano le pareció forzada. El grupo se apelotonó al pie de la planchada, algunos saludaron al inspector y a los oficiales, y el Pelusa volvió a ayudar al transporte de Don Galo que daba la impresión de haberse adormecido. Las señoras se tomaron angustiadas del pasamanos, el resto subió rápidamente y sin hablar. Cuando a Raúl se le ocurrió mirar hacia atrás (llegaba ya al sollado) vio en la sombra al inspector y a los oficiales que hablaban en voz baja. Todo en sordina, como siempre, la luz, las voces, los galpones, hasta el chapoteo del río contra el casco y el muelle. Y tampoco había mucha luz en el puente del *Malcolm*.

C

Ahora Persio una vez más va a pensar, va a esgrimir el pensamiento como un gladio corto y seco, apuntándolo contra la sorda conmoción que llega hasa la cabina como una lucha sobre incontables pedazos de fieltro, una cabalgata en un bosque de alcornoques. Imposible saber en qué momento la enorme langosta ha empezado a mover la biela mayor, el volante donde la velocidad dormida días y días se endereza irritada, frotándose los ojos, y repasa sus alas, su cola, sus ramas de ataque contra el aire y el mar, su sirena bronca, su bitácora rutinaria y voluble. Sin salir de la cabina Persio ya sabe cómo es el barco, se sitúa en ese momento azimutal en que dos remolcadores sucios y empecinados van a atraer metro a metro la gran madre de cobre y hierro, despegándola de su tangente de piedra costanera, arrancándola a la imantación del dique. Abriendo vagamente una valija negra, admirando el armario donde todo cabe tan bien, los vasos de cristal tallado sujetos atinadamente a la pared, la mesa de escribir con su cartapacio de cuero de color claro, se siente como el corazón del barco, el cogollo donde los latidos progresivamente acelerados llegan con una última, aminorada oscilación en el puente de mando, en la ventanilla central desde donde, ya capitán, domina la proa, los mástiles de vanguardia, la curva tajante que despierta las efímeras espumas. Curiosamente la visión de la proa se le ofrece con la misma innaturalidad que si descolgara una pintura y, sosteniéndola horizontalmente en las palmas de las manos, viera alejarse del primer plano las líneas y los volúmenes de la parte superior, cambiar las relaciones pensadas verticalmente por el artífice, organizarse otro orden igualmente posible y aceptable. Lo que más ve Persio desde el punte de mando (pero está en su cabina, es como si soñara o solamente contemplara el puente de mando en una pantalla de radar) equivale a una oscuridad verdosa con luces amarillentas a babor y a estribor, con un farol blanco en lo que podría ser un fantasma de bauprés (no puede ser que el Malcolm, ese carguero modernísimo, orgullo de la Magenta Star, tenga un bauprés). Desde la ventanilla de grueso cristal violáceo que lo protege del viento fluvial (¡todo será barro alrededor, todo será Río de la Plata, vaya nombre, con bagres y acaso dorados, dorados en la plata del Río de la Plata, incoherencia de engarces, pésima joyería!). Persio empieza a entender la forma de la proa y la cubierta, la ve cada vez mejor y le recuerda alguna cosa, por ejemplo un cuadro cubista pero, naturalmente, acostada la tela sobre las palmas de las manos, mirando lo de abajo como si fuese lo de adelante y lo de arriba como si fuese lo de atrás. Así es que Persio ve formas irregulares a babor y a estribor, más allá vagas sombras quizás azuladas como en el guitarrero de Picasso, y en el centro del puente dos palos que sostienen sus cabos como un sucio y humillado menester, dos palos que en su recuerdo del cuadro son más bien dos círculos, uno negro y otro verde claro con rayas negras que es la boca de la guitarra, como si en un cuadro se pudieran plantar dos palos teniéndolo acostado sobre la mano, y hacer de él una proa de barco, el Malcolm a la salida de Buenos Aires, algo que oscila en una especie de sartén fluvial aceitosa, y por momentos cruje.

Ahora Persio una vez más va a pensar, sólo que contrariamente a la costumbre de todo desconcertado, no pensará en concertar lo que lo rodea, los faroles amarillos y blancos, los mástiles, las boyas, sino que pensará un desconcierto todavía más grande, abrirá en cruz los brazos del pensar y rechazará hasta profundamente dentro del río todo lo que se ahoga en formas dadas, en camarote pasillo escotilla cubierta derrota mañana crucero. No cree Persio que lo que está ocurriendo sea racionalizable: no lo quiere así. Siente la perfecta disponibilidad de las piezas de un puzzle fluvial, de la cara de Claudia a los zapatos de Atilio Presutti, del garçon de cabine que merodea (puede ser) por el corredor de su camarote. Una vez más siente Persio que en esa hora de iniciación lo que cada viajero llama mañana puede instaurarse sobre bases decididas esta noche. Su única ansiedad es lo magno de la elección posible: ¿guiarse por las estrellas, por el compás, por la cibernética, por la casualidad, por los principios de la lógica, por las razones oscuras, por las tablas del piso, por el estado de la vesícula biliar, por el sexo, por el carácter, por los pálpitos, por la teología cristiana, por el Zend Avesta, por la jalea real, por una guía de ferrocarriles portugueses, por un soneto, por La Semana Financiera, por la forma del mentón de Don Galo Porriño, por una bula, por la cábala, por la necromancia, por Bonjour Tristesse, o simplemente ajustando la conducta marítima a las alentadoras instrucciones que contiene todo paquete de pastillas Valda?

Persio retrocede con horror ante el riesgo de forzar una realidad cualquiera, y su titubeo continuo es el del insecto cromófilo que recorre la superficie de un cuadro en actitud resueltamente anticamaleónica. El insecto atraído por el azul avanzará contorneando las partes centrales de la guitarra donde imperan los amarillos sucios y el verde oliva, se mantendrá en el borde, como si nadara al lado del barco, y al llegar a la altura del orificio central por el puente de estribor, encontrará la zona azul interrumpida por vastas superficies verdes. Su titubeo, su búsqueda de un puente hacia otra región azul, serán comparables a las vacilaciones de Persio, temeroso siempre de incurrir en secretas transgresiones. Envidia Persio a quienes sólo se plantean egocéntricamente la libertad como problema, pues para él la acción de abrir la puerta de la cabina se compone de su acción y de la puerta indisolublemente amalgamadas, en la medida en que su acción de abrir la puerta contiene una finalidad que puede ser equivocada y lesionar un eslabón de un orden que no alcanza a entender suficientemente. Para decirlo con más claridad, Persio es un insecto cromófilo y a la vez ciego, y la obligación o imperativo de recorrer solamente las zonas azules del cuadro se ven trabados por una permanente y abominable incertidumbre. Se deleita Persio en estas dudas que él llama arte o poesía, y cree de su deber considerar cada situación con la mayor latitud posible, no sólo como situación, sino desde todos sus desdoblamientos imaginables, empezando por su formulación verbal en la que tiene una confianza probablemente ingenua, hasta sus proyecciones que él llama mágicas o dialécticas según ande de pálpitos o de hígado.

Probablemente el blando hamacarse del Malcolm, y las fatigas del día acabarán venciendo a Persio, que se acostará encantado en la perfecta cama de madera de cedro y jugará a conocer y a probar los diversos artefactos mecánicos y eléctricos que contribuyen a la comodidad de los señores pasajeros. Pero por el momento se le ha ocurrido una elección previa y de carácter un tanto experimental, apenas atisbada unos segundos antes cuando decidió plantearse el problema. No hay duda de que Persio sacará de su portafolios lápices y papeles, una guía ferroviaria, y que pasará un buen rato trabajando con todo eso, olvidado del viaje y del barco precisamente porque se habrá propuesto dar un paso más hacia la apariencia y entrar en sus proemios de realidad posible o alcanzable, a la hora en que los otros a bordo habrán aceptado ya esa apariencia al calificarla y fijarla como extraordinaria y casi irreal, medidas del ser que bastan para darse de narices y seguir convencido de que no ha sido otra cosa que un mero estornudo alérgico.

14

—*Eksta vorbeden*? *You two married*? *Etes vous ensemble*?

—*Ensemble plutôt que mariés* —dijo Raúl—. *Tenez, voici nos passeports.*

El oficial era un hombre de pequeña estatura y modales resbaladizos. Tildó los nombres de Paula y de Raúl e hizo una seña a un marinero de cara muy roja.

—Acompañará a ustedes a su cabina —dijo textualmente, y se inclinó antes de pasar al siguiente pasajero.

Mientras se alejaban tras del marinero, oyeron hablar al unísono a la familia Trejo. A Paula le gustó en seguida el olor del barco y la forma en que los pasillos ahogaban los sonidos. Resultaba difícil imaginar que a pocos metros de ahí estaba el sucio muelle, que el inspector y los policías aún no se habrían marchado.

—Y más allá empieza Buenos Aires —dijo—. ¿No parece increíble?

—Incluso parece increíble que digas «empieza». Muy rápido te has situado en tu nueva circunstancia. Para mí el puerto fue siempre donde la ciudad se acaba. Y ahora más que nunca, como cada vez que me he embarcado y ya van algunas.

—Empieza —repitió Paula—. Las cosas no acaban tan fácilmente. Me encanta este olor a desinfectante a la lavanda, a matamoscas, a nube mortífera contra las polillas. De chica me gustaba meter la cara en el armario de tía Carmela; todo era negro y misterioso, y olía un poco así.

—*This way, please* —dijo el marinero.

Abrió una cabina y se les entregó una llave luego de encender las luces. Se fue antes de que pudieran ofrecerle una propina o darle las gracias.

—Qué bonito, pero qué bonito —dijo Paula—. Y qué alegre.

—Ahora sí parece increíble que ahí al lado estén los galpones del puerto —dijo Raúl, contando las valijas apiladas sobre la alfombra. No faltaba nada, y se dedicaron a colgar ropa y distribuir toda clase de cosas, algunas bastante insólitas. Paula se apropió de la cama del fondo, debajo del ojo de buey. Recostándose con un suspiro de contento, miró a Raúl que encendía la pipa mientras continuaba distribuyendo cepillos de dientes, pasta dentífrica, libros y latas de tabaco. Sería curioso verlo acostarse a Raúl en la otra cama. Por primera vez dormirían los dos en una misma habitación después de haber convivido en miles de salas, salones, calles, cafés, trenes, autos, playas y bosques. Por primera vez lo vería en piyama (ya estaba prolijamente colocado sobre la cama). Le pidió un cigarrillo y él se lo encendió, sentándose a su lado y mirándola con aire entre divertido y escéptico.

—*Pas mal, hein* —dijo Raúl.

—*Pas mal du tout, mon choux* —dijo Paula.

—Estás muy bonita, así relajada.

—Que te recontra —dijo Paula, y soltaron la carcajada.

—¿Si diéramos una vuelta exploratoria? —dijo Raúl.

—Hm. Me gusta más quedarme aquí. Si subimos al puente veremos las luces de Buenos Aires como en la cinta de Gardel.

—¿Qué tenés contra las luces de Buenos Aires? —dijo Raúl—. Yo subo.

—Bueno. Yo sigo arreglando este florido burdel, porque lo que vos llamás arreglar... Qué bonita cabina, nunca pensé que nos iban a dar semejante hermosura.

—Sí, por suerte no se parece a la primera de los barcos italianos. La ventaja de este carguero es que tiende a la austeridad. El roble y el fresno reflejan siempre una tendencia protestante.

—No está probado que sea un barco protestante, aunque en realidad debés tener razón. Me gusta el olor de tu pipa.

—Tené cuidado —dijo Raúl.

—¿Por qué cuidado?

—No sé, el olor de la pipa, supongo.

—¿El joven habla en enigmas, si se puede saber?

—El joven va a seguir ordenando sus cosas —dijo Raúl—. Si te dejo sola con mi valija, voy a encontrar una *soutien-gorge* entre mis pañuelos.

Fue hasta la mesa, ordenó libros y cuadernos. Probaba las luces, estudiaba todas las posibilidades de iluminación.

Le encantó descubrir que las lámparas de cabecera podían graduarse en todas las formas posibles. Suecos inteligentes, si eran suecos. La lectura constituía una de las esperazas del viaje, la lectura en la cama sin nada más que hacer.

—A esta hora —dijo Paula— mi delicado hermano Rodolfo estará deplorando en el círculo familiar mi conducta disipada. Niña de buena familia sale de viaje con rumbo incierto. Rehúsa indicar hora partida para evitar despedidas.

—Sería bueno saber lo que pensaría si supiera que compartís el camarote con un arquitecto.

—Que usa piyamas azules y cultiva nostalgias imposibles y esperanzas todavía más problemáticas, pobre ángel.

—No siempre imposibles, no siempre nostalgias —dijo Raúl—. Sabés, en general el aire salino y yodado me trae suerte. Breve, efímera como uno de los pájaros que irás descubriendo y que acompañan al barco un rato, a veces un día, pero acaban siempre perdiéndose. Nunca me importó que la dicha durara poco, Paulita; el paso de la dicha a la costumbre es una de las mejores armas de la muerte.

—Mi hermano no te creería —dijo Paula—. Mi hermano me creería gravemente expuesta a tus intenciones de sátiro. Mi hermano...

—Por lo que pudiera ser —dijo Raúl—, por la posibilidad de un espejismo, de un error a causa de la oscuridad, de un sueño que se continúa despierto, por la influencia del aire salado, tené cuidado y no te destapes demasiado. Una mujer con las sábanas hasta el cuello se asegura contra incendios.

—Creo —dijo Paula— que si te diera el espejismo yo te recibiría con ese tomo de Shakespeare de aguzados cantos.

—Los cantos de Shakespeare merecen extrañas calificaciones —dijo Raúl, abriendo la puerta. Exactamente en el marco se recortó la imagen de perfil de Carlos López, que en ese momento levantaba la pierna derecha para dar otro paso. Su brusca aparición le dio a Raúl la impresión de una de esas instantáneas de un caballo en movimiento.

—Hola —dijo López, parándose en seco—. ¿Tiene buena cabina?

—Muy buena. Eche un vistazo.

López echó un vistazo y parpadeó al ver a Paula tirada en la cama del fondo.

—Hola —dijo Paula—. Entre, si hay algún sitio donde poner los pies.

López dijo que la cabina era muy parecida a la suya, aparte del tamaño. Informó también que la señora de Presutti acababa de tropezar con él a la salida del camarote y le había permitido contemplar un rostro donde el color verde alcanzaba proporciones cadavéricas.

—¿Ya está mareada? —dijo Raúl—. Vos tené cuidado, Paulita. Qué dejarán esas señora para cuando empecemos a ver el behemoth y otros prodigios acuáticos. La elefantiasis, supongo. ¿Damos una vuelta? Usted se llama López, creo. Yo soy Raúl Costa, y esa languida odalisca responde al patricio nombre de Paula Lavalle.

—Otra que patricio —dijo Paula—. Mi nombre parece un seudónimo de actriz de cine, hasta por lo de Lavalle. Paula Lavalle al setecientos. Raúl, antes de subir a ver el río de león decime dónde está mi bolso verde.

—Probablemente debajo del saco rojo, o escondido en la valija gris —dijo Raúl—. La paleta es tan variada... ¿Vamos López?

—Vamos —dijo López—. Hasta luego, señorita.

Paula escuchó el «señorita» con un oído porteño habituado a todos los matices de la palabra.

—Llámeme Paula nomás —dijo con el tono exacto

para que López supiera que había entendido, y se diera cuenta de que ahora le tomaba un poco el pelo.

Raúl, en la puerta, suspiró mirándolos. Conocía tan bien la voz de Paula, ciertas maneras de decir ciertas cosas que tenía cierta Paula.

—*So soon* —dijo como para sí—. *So, so soon.*

López lo miró. Salieron juntos.

Paula se sentó al borde de la cama. De golpe la cabina le parecía muy pequeña, muy encerrada. Buscó un ventilador y acabó descubriendo el sistema de aire acondicionado. Lo hizo funcionar, distraída, probó uno de los sillones, luego el otro, ordenó vagamente algunos cepillos en una repisa. Decidió que se sentía bien, que estaba contenta. Eran cosas que ahora tenía que decidir para afirmarlas. El espejo le confirmó su sonrisa cuando se puso a explorar el cuarto de baño pintado de verde claro, y por un momento miró con simpatía a la muchacha pelirroja, de ojos un poco almendrados, que le devolvía cumplidamente su buena disposición. Revisó en detalle los dispositivos higiénicos, admiró las innovaciones que probaban el ingenio de la Magenta Star. El olor del jabón de pino que sacaba de un neceser junto con un paquete de algodón y dos peines, era todavía el olor del jardín antes de empezar poco a poco a ser el recuerdo del olor del jardín. ¿Por qué el cuarto de baño de *Malcolm* tenía que oler a jardín? El jabón de pino era agradable en su mano, todo jabón nuevo tiene algo prestigioso, algo de intacto y frágil que lo encarece. Su espuma es diferente, se deslíe imperceptiblemente, dura días y días y entre tanto los pinares envuelven el baño, hay pinos en el espejo y en las repisas, en el pelo y las piernas de la que ahora, de golpe, ha decidido desnudarse y probar la espléndida ducha que le ofrece tan amablemente la Magenta Star.

Sin molestarse en cerrar la puerta de comunicación, Paula se quitó lentamente el corpiño. Le gustaban sus senos, le gustaba todo su cuerpo que crecía en el espejo. El agua salía tan caliente que se vio obligada a estudiar en detalle el reluciente mezclador antes de entrar en la casi absurda piscina en miniatura, y correr la tela de plástico que la circundó como una muralla de juguete. El olor a pino se mezclaba con la tibieza del aire, y Paula se jabonó con las dos manos y después con una esponja de goma roja, paseando despacio la espuma por su cuerpo, metiéndola entre los muslos, bajo los brazos, pegándola a su boca, jugando a la vez con el placer del imperceptible balanceo que una que otra vez la obligaba, por puro juego, a tomarse de las canillas y a decir una amable mala palabra para su secreto placer. Interregno del baño, paréntesis de la seca y vestida existencia. Así desnuda se libraba del tiempo, volvía a ser el cuerpo eterno (¿y cómo no, entonces, el alma eterna?) ofrecido al jabón de pino y al agua de la ducha, exactamente como siempre, confirmando la permanencia en el juego mismo de las diferencias de lugar, de temperatura, de perfumes. En el momento en que se envolviera en la toalla amarilla que colgaba al alcance de la mano, más allá de la muralla de plástico, reingresaría en su tedio de mujer vestida, como si cada prenda de ropa la fuera atando a la historia, devolviéndole cada año de vida, cada ciclo del recuerdo, pegándole el futuro a la cara como una máscara de barro. López (si ese hombre joven, de aire tan porteño, era López) parecía simpático. Llamarse López era una lástima como cualquier otra; cierto que su «hasta luego, señorita» había sido una tomada de pelo, pero mucho peor le hubiera resultado a ella un «señora». Quién, a bordo del *Malcolm*, podría creer que no se acostaba con Raúl. No había que pedirle a la gente que creyera cosas así. Pensó otra vez en su hermano Rodolfo, tan abogado él, tan doctor Cronin, tan corbata con pintas rojas. «Infeliz, pobre infeliz que no sabrá nunca lo que es caer de veras, tirarse en la mitad de la vida como desde el trampolín más alto. El pobre con su horario de Tribunales, su jeta de hombre decente.» Empezó a cepillarse rabiosamente el pelo, desnuda frente al espejo, envuelta en la alegría del vapor que una hélice discreta se bebía poco a poco desde el techo.

15

El pasillo era estrecho. López y Raúl lo recorrieron sin una idea precisa de la dirección, hasta llegar a una puerta Stone cerrada. Se quedaron mirando con alguna sorpresa las planchas de acero pintadas de gris y el mecanismo de cierre automático.

—Curioso —dijo Raúl—. Hubiera jurado que hace un rato pasamos por aquí con Paula.

—Vaya engranajes —dijo López—. Puerta para caso de incendio, o algo así. ¿Qué idioma se habla a bordo?

El marinero de guardia junto a la puerta los observaba con el aire del que no entiende o no quiere entender. Le hicieron gestos indicadores de que querían seguir adelante. La respuesta fue una seña muy clara de que debían desandar camino. Obedecieron, pasaron otra vez frente a la cabina de Raúl, y el pasillo los llevó a una escalerilla exterior que bajaba a la cubierta de proa. Se oía hablar y reír en la sombra, y Buenos Aires estaba ya lejos, como incendiado. Paso a paso, porque en el puente se adivinaban bancos, rollos de cuerdas y cabrestantes, se acercaron a la borda.

—Curioso ver la ciudad desde el río —dijo Raúl—. Su unidad, su borde completo. Uno está siempre tan metido en ella, tan olvidado de su verdadera forma.

—Sí, es muy distinta, pero el calor nos sigue lo mismo —dijo López—. El olor a barro que sube hasta las recovas.

—El río siempre me ha dado un poco de miedo, supongo que su fondo barroso tiene la culpa, el agua sucia que parece disimular lo que hay más abajo. Las historias de ahogados, quizá, que tan espantosas me parecían de chico. Sin embargo no es desagradable bañarse en el río, o pescar.

—Es muy chico este barco —dijo López, que empezaba a reconocer las formas—. Raro que esa puerta de hierro estuviese cerrada. Parece que tampoco por aquí se puede pasar.

Vieron que el alto mamparo corría de un lado a otro del puente. Había dos puertas detrás de las escaleras por las que se subía a los corredores de las cabinas, pero López, preocupado sin saber por qué, descubrió en seguida que estaban cerradas con llave. Arriba, en el puente de mando, las amplias ventanas dejaban escapar una luz violácea. Se veía apenas la silueta de un oficial, inmóvil. Más arriba el arco del radar giraba perezoso.

A Raúl le dieron ganas de volverse a la cabina y charlar con Paula. López fumaba, con las manos en los bolsillos. Pasó un bulto seguido de una silueta corpulenta: Don Galo Porriño exploraba el puente. Oyeron toser, como si alguien buscara un pretexto para entrar en conversación, y Felipe Trejo acabó por reunírseles, muy ocupado en encender un cigarrillo

—Hola —dijo—. ¿Ustedes tienen buenos camarotes?

—No están mal —dijo López—. ¿Y ustedes?

A Felipe le fastidió que de entrada lo asimilaran a su familia.

—Yo estoy con mi viejo —dijo—. Mamá y mi hermana tienen el camarote de al lado. Hay baño y todo. Miren, allá se ven luces, debe ser Berisso o Quilmes. A lo mejor es La Plata.

—¿Le gusta viajar? —preguntó Raúl, golpeando su pipa—. ¿O es la primera gran aventura?

A Felipe volvió a fastidiarlo el recorte inevitable que hacían de su persona. Estuvo por no contestar o decir que ya habían viajado mucho, pero López debía estar bien enterado de los antecedentes de su alumno. Contestó vagamente que a cualquiera le gustaba darse una vuelta en barco.

—Sí, siempre es mejor que el Nacional —dijo López amistosamente—. Hay quien sostiene que los viajes instruyen a los jóvenes. Ya veremos si es cierto.

Felipe rió, cada vez más incómodo. Estaba seguro de que a solas con Raúl o cualquier otro pasajero hubiera podido charlar a gusto. Pero estaba escrito, entre el viejo, la hermana y los dos profesores, sobre todo Gato Negro, le iban a hacer la vida imposible. Por un instante fantaseó sobre un desembarco clandestino, irse por ahí, cortarse solo. «Eso —pensó—. Cortarse solo es lo que importa.» Y sin embargo no lo lamentaba haberse acercado a los dos hombres. Buenos Aires ahí, con todas esas luces, le pesaba y lo exaltaba a la vez; hubiera querido cantar, treparse a un mástil, correr por la cubierta, que ya fuera la mañana siguiente, que ya fuera una escala, tipos raros, hembras, una pileta de natación. Tenía miedo y alegría, y empezaba el sueño de las nueve de la noche que todavía le costaba disimular en los cafés o las plazas.

Oyeron reír a Nora que bajaba la escalerilla con Lucio. La lumbre de los cigarrillos los guió hasta ellos. También Nora y Lucio tenían una espléndida cabina, también Nora tenía sueño (que no fuera el mareo, por favor) y hubiera preferido que Lucio no hablara tanto de la cabina en común. Pensó que muy bien podían haberles dado dos cabinas, al fin y al cabo todavía eran novios. «Pero nos vamos a casar», se dijo apurada. Nadie sabía lo del hotel de Belgrano (salvo Juanita Eisen, su amiga del alma) y además esa noche... Probablemente iban a pasar por casados entre los de a bordo; pero las listas de nombres, las charlas... Qué divino estaba Buenos Aires iluminado, las luces del Kavanagh y del Comega. Le hacían acordar a la foto de un almanaque de la Pan American que había colgado en su dormitorio, solamente que era de Río y no de Buenos Aires.

Raúl entreveía la cara de Felipe cada vez que alguien aspiraba el humo del cigarrillo. Habían quedado un

poco de lado y Felipe prefería hablar con un desconocido, sobre todo alguien tan joven como Raúl que no
debía tener ni veinticinco años. Le gustaba de golpe la
pipa de Raúl, su saco de sport, su aire un poco pituco.
«Pero seguro que no es nada cajetilla —pensó—. Tiene
vento, eso es seguro. Cuando yo tenga billetes como
él...»

—Ya huele a río abierto —dijo Raúl—. Un olor bastante horrible pero lleno de promesas. Ahora, poco a
poco, vamos a ir sintiendo lo que es pasar de la vida de
la ciudad a la de alta mar. Como una desinfección general.

—¿Ah, sí? —dijo Felipe que no entendía lo de desinfección.

—Hasta que lentamente descubramos las nuevas formas del hastío. Pero para usted será diferente, es su primer viaje y todo le va a parecer tan... Bueno, usted
mismo irá poniendo los adjetivos.

—Ah, sí —dijo Felipe—. Claro, va a ser estupendo.
Todo el día de vago...

—Eso depende —dijo Raúl—. ¿Le gusta leer?

—Seguro —dijo Felipe, que incursionaba una que
otra vez en la colección *Rastros*—. ¿Usted cree que hay
pileta?

—No sé. En un carguero es difícil. Improvisarán una
especie de batea con una jaula de madera y lonas,
como en la tercera de los buques grandes.

—No diga —dijo Felipe—. ¿Con lonas? Qué fenómeno.

—Raúl volvió a encender la pipa. «Una vez más
—pensó—. Una vez más la tortura florida, la estatua
perfecta de donde brota el balbuceo estúpido. Y escu-

char, perdonando como un imbécil, hasta convencerse de que no es tan terrible, que todos los jóvenes son así, que no se pueden pedir milagros... Habría que ser el anti-Pigmalión, el petrificador. ¿Pero y después, después?

»Las ilusiones, como siempre. Creer que las aladas palabras, los libros que se prestan con tanto fervor, con párrafos subrayados, con explicaciones...» Pensó en Beto Lacierva, su sonrisa vanidosa de los últimos tiempos, los encuentros absurdos en el parque Lezama, la conversación en el banco, el brusco final, Beto guardando el dinero que había solicitado como si fuera suyo, las palabras inocentemente perversas y vulgares.

—¿Vio al viejito de la silla? —decía Felipe—. Un caso, eh. Linda pipa esa.

—No es mala —dijo Raúl—. Tira bien.

—A lo mejor me compro una —dijo Felipe, y enrojeció. Justo lo que no tenía que decir, el otro lo iba a tomar por un chiquilín.

—Ya va a encontrar todo lo que quiera en los puertos —dijo Raúl—. De todos modos, si quiere probar le paso una mía. Siempre ando con dos o tres.

—¿De veras?

—Claro, a veces a uno le gusta cambiar. Aquí a bordo deben vender buen tabaco, pero también tengo, si quiere.

—Gracias —dijo Felipe, cortado. Sentía como una bocanada de felicidad, un deseo de decirle a Raúl que le gustaba charlar con él. A lo mejor iban a poder hablar de mujeres, total él parecía mayor, muchos le daban diecinueve o veinte años. Sin muchas ganas se acordó de la Negrita, a esa hora ya estaría en la cama, capaz que lloraba como una sonsa al sentirse sola y teniendo que obedecer a tía Susana que era mandona como el diablo. Era raro pensar en la Negrita justo cuando estaba hablando con un hombre tan cajetilla.

—Se hubiera reído de él, seguro. «Tendrá cada mina», pensó.

Raúl contestó al saludo de López, que se iba a dormir, le deseó un buen sueño a Felipe y subió despacio la escalerilla. Nora y Lucio venían tras de él, y no se veía la silla de Don Galo. ¿Cómo habría hecho el chófer para bajar a Don Galo hasta el puente? En el pasillo se topó con Medrano, que bajaba por la escalera interna tapizada de rojo.

—¿Ya descubrió el bar? —dijo Medrano—. Está aquí arriba, al lado del comedor. Por desgracia he visto un piano en una salita, pero siempre queda el recurso de cortarle las cuerdas uno de estos días.

—O desafinarlo para que cualquier cosa que toquen suene a música de Krének.

—Hombre, hombre —dijo Medrano—. Se ganaría usted las iras de mi amigo Juan Carlos Paz.

—Nos reconciliaríamos —dijo Raúl— gracias a mi modesta discoteca de música dodecafónica.

Medrano lo miró.

—Bueno —dijo—, esto va a estar mejor de lo que creía. Casi nunca se puede iniciar una relación de viaje en estos términos.

—Lo mismo digo. Hasta ahora mis diálogos han sido de orden más bien meteorológico, con una digresión sobre el arte de fumar. Pues me voy a conocer esos salones de arriba, donde quizá haya café.

—Lo hay, y excelente. Hasta mañana.

—Hasta mañana —dijo Raúl.

Medrano buscó su cabina, que daba al pasillo de babor. Las valijas estaban todavía sin abrir, pero él se quitó el saco y se puso a fumar paseando de un lado a otro, sin ganas de nada. A lo mejor eso era la felicidad. En un minúsculo escritorio habían dejado un sobre a su nombre. Dentro encontró una tarjeta de bienvenida de la Magenta Star, el horario de comidas, detalles prácticos para la vida de a bordo, y una lista de los pasajeros con indicación de sus respectivas cabinas. Así supo que de su lado estaban López, los Trejo, Don Galo y Claudia Freire con su hijo Jorge, que ocupaban las cabinas impares. Encontró también una esquela en la que se advertía a los señores pasajeros, en francés y en inglés, que por razones técnicas permanecerían cerradas las puertas de comunicación con las cámaras de popa, rogándoseles que no trataran de franquear los límites fijados por la oficialidad del barco.

—Caray —murmuró Medrano—. Es para no creerlo.

Pero, ¿por qué no? Si el *London*, si el inspector, si Don Galo, si el autocar negro, si el embarque poco menos que clandestino, ¿por qué no creer que los señores pasajeros deberían abstenerse de pasar a popa? Casi más raro era que en una docena de premiados hubiese dos profesores y un alumno del mismo colegio. Y todavía más raro que en un pasillo de barco se pudiera mencionar a Krének, así como si nada.

—Va a estar bueno —dijo Medrano.

El *Malcolm* cabeceó dos o tres veces, suavemente.

Medrano empezó a ocuparse sin ganas de su equipaje. Pensó con simpatía en Raúl Costa, pasó revista a los otros. Todo bien mirado el grupo no era tan malo; las diferencias se manifestaban con suficiente claridad como para que desde el comienzo se formaran dos asociaciones cordiales, en una de las cuales brillaría el pelirrojo de los tangos mientras la otra tendría patronos al estilo de Krének. Al margen, sin entrar pero atento a todo, Don Galo giraría sobre sus cuatro ruedas, especie de supervisor socarrón y sarcástico. No sería nada difícil que naciera una relación pasable entre Don Galo y el doctor Restelli. El adolescente del negro mechón sobre la frente oscilaría entre la muchacha fácil tan bien representada por Atilio Presutti y por Lucio, y el prestigio de los hombres más hechos. La joven pareja tímida tomaría mucho sol, sacaría muchas fotos, se quedaría hasta tarde para contar las estrellas. En el bar se hablaría de artes y letras, y el viaje alcanzaría quizá para las empresas amorosas, los resfríos y las falsas amistades que se acaban en la aduana entre cambios de tarjetas y palmadas afectuosas.

A esa hora Bettina sabría que él ya no estaba en Buenos Aires. Las líneas de despedida que le había dejado junto al teléfono cerrarían sin énfasis un viaje amoroso iniciado en Junín y cumplido después de un variado periplo porteño con digresiones serranas y marplatenses. A esa hora Bettina estaría diciendo: «Me alegro», y verdaderamente se alegraría antes de ponerse a llorar. Mañana —ya dos mañanas diferentes, pero sin embargo el mismo— telefonearía a María Helena para contarle la partida de Gabriel; esa tarde tomaría el té en el *Aguila* con Chola o Denise, y su relato empezaría a fijarse, a desechar las variantes de la cólera o la pura fantasía, adquiriría su texto definitivo en el que Gabriel no saldría mal parado porque en el fondo Bettina estaría contenta de que él se hubiera marchado por un tiempo o para siempre. Una tarde recibiría su primera carta de ultramar, y quizá la contestaría al poste restante, que él indicara. «¿Pero adónde vamos a ir?», pensó, colgando pantalones y sacos. Por lo pronto, hasta la popa del barco les estaba vedada. No era demasiado estimulante saberse reducido a una zona tan pequeña, aunque sólo fuera por el momento. Se acordó de su primer viaje, la tercera clase con marineros vigilando en los pasillos la sacrosanta tranquilidad de los pasajeros de segunda y de primera, el sistema de castas económicas, tanta cosa que lo había divertido y exasperado. Después había viajado en primera y conocido otras exasperaciones todavía peores... «Pero ninguna como la puerta cerrada», pensó, amontonando las valijas vacías. Se le ocurrió que para Bettina su partida iba a ser al principio un poco como una puerta cerrada en la que se arrancaría las uñas, luchando por quebrar esa barrera de aire y de nada («paradero desconocido», «no, no hay carta», «una semana, quince días, un mes...»). Encendió otro cigarrillo, fastidiado. «Joder con el barquito —pensó—. No es para eso que he subido a bordo.» Decidió probar la ducha, por hacer algo.

16

—Mira —dijo Nora—. Con este gancho se puede dejar entornada la puerta.

Lucio probó el mecanismo y lo admiró debidamente. En el otro extremo de la cabina Nora abría una valija de plástico rojo y sacaba su neceser. Apoyado en la puerta la miró trabajar, aplicada y eficiente.

—¿Te sentís bien?

—Oh, sí —dijo Nora, como sorprendida—. ¿Por qué no abrís tus valijas y acomodás todo? Yo elegí ese armario para mí.

Lucio abrió sin ganas una valija. *Yo elegí ese armario para mí*, pensó. Aparte, siempre aparte, todavía eligiendo por su cuenta como si estuviera sola. Miraba trabajar a Nora, sus manos hábiles ordenando blusas y pares de medias en los estantes. Nora entró en el baño, puso frascos y cepillos en la repisa del lavabo, hizo funcionar las luces.

—¿Te gusta la cabina? —preguntó Lucio.

—Es preciosa —dijo Nora—. Mucho más linda de lo que me había imaginado, y eso que me la había imaginado, no sé cómo decirlo, más lujosa.

—Como las que se ven en el cine, a lo mejor.

—Sí, pero en cambio ésta es más...

—Más íntima —dijo Lucio, acercándose.

—Sí —dijo Nora, inmóvil y mirándolo con los ojos muy abiertos. Reconocía esa manera de mirar de Lucio, la boca que temblaba un poco como si él estuviera murmurando algo. Sintió su mano caliente en la espalda, pero antes de que pudiera abrazarla giró en redondo y se evadió.

—Vamos —dijo—. ¿No ves todo lo que falta? Y esa puerta...

Lucio bajó los ojos.

Puso en su lugar el cepillo de dientes, apagó la luz del baño. El barco se mecía apenas, los ruidos de a bordo empezaban a situarse poco a poco en la zona sin sorpresas de la memoria. La cabina ronroneaba discretamente, si se apoyaba la mano en un mueble se la sentía vibrar como una suave corriente eléctrica. La portilla abierta dejaba entrar el aire húmedo del río.

Lucio se había demorado en el baño para que Nora pudiera acostarse antes. El arreglo del camarote les había llevado más de media hora, después ella se había encerrado en el baño, y reaparecido con una robe de chambre bajo el cual se preveía un camisón rosa. Pero en vez de acostarse había abierto un neceser con la clara intención de limarse las uñas. Entonces Lucio se había quitado la camisa, los zapatos y las medias, y llevando un piyama se había metido a su vez en el baño. El agua era deliciosa y Nora había dejado una fragancia de colonia y jabón Palmolive.

Cuando volvió, las luces de la cabina estaban apagadas salvo las de dos lamparillas en la cabecera de las camas. Nora leía *El Hogar*. Lucio apagó la luz de su cama y vino a sentarse junto a Nora que cerró la revista y se bajó las mangas del camisón hasta las muñecas, con un gesto que pretendía ser distraído.

—¿Te gusta esto? —preguntó Lucio.

—Sí —dijo Nora—. Es tan distinto.

Él le quitó suavemente la revista y tomándole la cara con las dos manos la besó en la nariz, en el pelo, en los labios. Nora cerraba los ojos, mantenía una sonrisa tensa y como ajena que devolvió a Lucio a la noche en el hotel de Belgrano, la agotadora persecución inútil. La besó ahincadamente en la boca, haciéndole daño, sin soltarle la cabeza que ella echaba hacia atrás. Enderezándose arrancó la sábana, sus manos corrían ahora por el nylon rosa del camisón, buscaban la piel. «No, no», oía su voz sofocada, sus piernas ya estaban desnudas hasta los muslos, «no, no, así no», suplicaba la voz. Echándose sobre ella la apretó entre los brazos y la besó profundamente en la boca entreabierta, Nora miraba hacia arriba, en dirección de la lamparilla sobre la cama, pero él no la apagaría, la otra vez había sido lo mismo, y después en la oscuridad ella se había defendido mejor, y el llanto, ese insoportable plañido como si la estuviera lastimando. Bruscamente se echó a un lado y tiró del camisón, acercó la cara a los muslos apretados, al vientre que las manos de Nora querían hurtar a sus labios. «Por favor —murmuró Lucio—. Por favor, por favor.» Pero a la vez le arrancaba el camisón, obligándola a enderezarse, a dejar que el frío nylon rosa remontara hasta la garganta y bruscamente se perdiera en la sombra fuera de la cama. Nora se había apelotonado levantando las rodillas y volviéndose hasta quedar casi de lado. Lucio se incorporó de un salto, desnudo volvió a tenderse contra ella y le pasó las manos por la cintura, abrazándola desde atrás y mordiéndola en el cuello con un beso que sus manos sostenían y prolongaban en los senos y los muslos, tocando profundamente como si sólo ahora empezara a desnudarla de verdad. Nora alargó la mano y pudo apagar la luz. «Esperá, esperá por favor un momento, por favor. No, no, así no, esperá todavía un poco.» Pero él no iba a esperar, lo sentía contra su espalda y a la presión de las manos y los brazos que la ceñían y la acariciaban se agregaba la otra presencia, el contacto quemante y duro de eso que aquella noche en el hotel de Belgrano ella había rehuido mirar, conocer eso que Juanita Eisen le había descrito (pero no podía decirse que fuera una descripción) hasta aterrarla, eso que podía lastimarla y arrancarle gritos, indefensa en los brazos del varón, crucificada en él por la boca, las manos, las rodillas y eso que era sangre y desgarramiento, eso siempre presente y terrible en los diálogos de confesonario, en la vida de las santas y los santos, eso terrible como un marlo de maíz, pobre Temple Drake (sí, Juanita Eisen había dicho), el horror de un marlo de maíz entrando brutalmente por ahí donde apenas los dedos podían andar sin hacer daño. Ahora ese calor en la espalda, esa presión ansiosa mientras Lucio jadeaba contra su oído y se apretaba más y más, forzándola con las manos a entreabrir las piernas, y de pronto algo como un breve fuego líquido entre los muslos, un gemido convulso y un apagado alivio provisorio porque tampoco esta vez él había podido, lo sentía vencido aplastándose contra su espalda, quemándole la nuca con un jadeo en el que se deslizaban palabras sueltas, una mezcla de reproche y ternura, una sucia tristeza de palabras.

Lucio encendió la luz. Había pasado un largo silencio.

—Date vuelta —dijo—. Por favor date vuelta.

—Sí —dijo Nora—. Tapémonos, querés.

Lucio se incorporó, buscó la sábana y la tendió sobre ellos. Nora se volvió con un solo movimiento y se apretó contra él.

—Decime por qué —quiso saber Lucio—. Por qué de nuevo...

—Tuve miedo —dijo Nora, cerrando los ojos.

—¿De qué? ¿Cómo creés que te puedo hacer mal? ¿Tan bruto me creés?

—No, no es eso.

Lucio corría poco a poco la sábana mientras acariciaba el rostro de Nora. Esperó a que abriera los ojos para deirle: «Mirame, mirame ahora.» Ella fijaba los ojos en su pecho, en sus hombros, pero Lucio sabía que también veía más abajo, de pronto se incorporó y la besó, apretándose contra sus labios para no dejarla evadirse. Sentía crisparse su boca, rehuir débilmente el beso, entonces la dejó apenas un instante y volvió a besarla, le tocó las encías con la lengua, la sintió ceder poco a poco, entró a lo hondo de la boca, despacio la llamó hacia él. Su mano buscaba suavemente el acceso profundo, la certidumbre. La oyó gemir, pero después no oyó más o solamente oyó su propio grito, las quejas se iban apagando bajo ese grito, las manos cesaban de luchar y rechazarlo, todo se replegó en sí mismo y descendió lentamente al silencio y al sueño, uno de los dos alcanzó a apagar la luz, las bocas volvieron a encontrarse, Lucio sintió un sabor salado en las mejillas de Nora, siguió buscando sus lágrimas con los labios, bebiéndolas mientras le acariciaba el pelo y la oía respirar cada vez más despacio, con un sollozo apagado cada tanto, ya al borde del sueño. Buscando una posición más cómoda se apartó un poco, miró la oscuridad donde el ojo de buey se recortaba apenas. Bueno, esta vez... No pensaba, era una tranquilidad total que apenas necesitaba pensamiento. Sí, esta vez pagaba por las otras. Sintió en los labios resecos el gusto de las lágrimas de Nora. Contante y sonante, pagó en el mostrador.

Las palabras nacían una tras otra, rechazando la ternura de las manos, el gusto salado en los labios. «Llorá, monona», una palabra, otra, precisas: la vuelta a la razón. «Llorá nomás, monona, ya era hora que aprendieras. A mí no me ibas a tener esperando toda la noche.» Nora se agitó, movió un brazo. Lucio le acarició el pelo y la besó en la nariz. Más atrás las palabras corrían libres, con la revancha al frente, con el llorá nomás casi desdeñoso, ajeno ya a la mano que seguía, sola y por su cuenta, acariciando como al descuido el pelo de Nora.

17

Claudia sabía de sobra que Jorge no se dormiría sin alguna noticia o algún hallazgo fuera de lo común. Su mejor sedante era enterarse de que había un ciempiés en la bañadera o que Robinson Crusoe *realmente* había existido. A falta de otra invención, le ofreció un prospecto medicinal que acababa de aparecer en una de las valijas.

—Está escrito en una lengua misteriosa —dijo—. ¿No serán noticias del astro?

Jorge se instaló en su cama y se puso a leer aplicadamente el prospecto, que lo dejó deslumbrado.

—Oí esta parte, mamá —dijo—. Berolase «Roche» es el éster pirofosfórico de la aneurina, cofermento que interviene en la fosforilación de los glúcidos y asegura en el organismo la descaboxilación del ácido pirúvico, metabolito común a la degradación de los glúcidos, lípidos y prótidos.

—Increíble —dijo Claudia—. ¿Te alcanza con una almohada o querés dos?

—Me alcanza. Mamá, ¿que será el metabolito? Tenemos que preguntarle a Persio. Seguro que esto tiene que venir del astro. Me parece que los lípidos y los prótidos deben ser los enemigos de los hormigombres.

—Muy probable —dijo Claudia, apagando la luz.

—Chau, mamá. Mamá, qué lindo barco.

—Claro que es lindo. Dormí bien.

La cabina era la última de la serie que daba al pasillo de babor. Aparte de que le gustaba el número trece, a Claudia le agradó descubrir frente a la puerta la escalera que llevaba al bar y al comedor. En el bar se encontró con Medrano, que reincidía en el coñac después de una última y vana tentativa de ordenar la ropa de sus valijas. El barman saludó a Claudia en un español un poco almidonado, y le ofreció la lista decorada con la insignia de la Magenta Star.

—Los sándwiches son buenos —dijo Medrano—. A falta de cena..

—El *maître* invita a ustedes a consumir libremente todo lo que deseen —dijo el barman que ya se lo había anunciado con las mismas palabras a Medrano—. Por desgracia embarcaron a última hora y no se pudo ofrecerles la cena.

—Curioso —dijo Claudia—. En cambio tuvieron tiempo para preparar las cabinas y distribuirnos muy cómodamente.

El barman hizo un gesto y esperó las órdenes. Le pidieron cerveza, coñac y sándwiches.

—Sí, todo es curioso —dijo Medrano—. Por ejemplo, el bullicioso conglomerado que parece presidir el joven pelirrojo no se ha hecho ver por aquí. A priori uno pensaría que ese tipo de gente tiene más apetito que nosotros, los linfáticos, si me perdona que la incluya en el gremio.

—Estarán mareados, los pobres —dijo Claudia.

—¿Su hijo ya duerme?

—Sí, después de comerse medio kilo de galletitas Terrabusi. Me pareció mejor que se acostara en seguida.

—Me gusta su chico —dijo Medrano—. Es un lindo pibe, con una cara sensible.

—Demasiado sensible a veces, pero se defiende con un gran sentido del humor y notables condiciones para el fútbol y el mecano. Dígame, ¿usted cree realmente que todo esto...?

Medrano la miró.

—Mejor hábleme de su chico —dijo—. ¿Qué le puedo contestar? Hace un rato descubrí que no se puede pasar a popa. No nos dieron de cenar, pero en cambio las cabinas son prodigiosas.

—Sí, como suspenso no se puede pedir más —dijo Claudia.

Medrano le ofreció cigarrillos, y ella sintió que le

agradaba ese hombre de cara flaca y ojos grises, vestido con un cuidadoso desaliño que le iba muy bien. Los sillones eran cómodos, el ronroneo de las máquinas ayudaba a no pensar, a solamente abandonarse al descanso. Medrano tenía razón: ¿para qué preguntar? Si todo se acababa de golpe lamentaría no haber aprovechado mejor esas horas absurdas y felices. Otra vez la calle Juan Bautista Alberdi, la escuela para Jorge, las novelas en cadena oyendo roncar los ómnibus, la no vida de un Buenos Aires sin futuro para ella, el tiempo plácido y húmedo, el noticioso de Radio El Mundo.

Medrano recordaba con una sonrisa los episodios en el *London*. Claudia deseó saber más de él, pero tuvo la impresión de que no era hombre confidencial. El barman trajo otro coñac, a lo lejos se oía una sirena.

—El miedo es padre de cosas muy raras —dijo Medrano—. A esta hora varios pasajeros deben empezar a sentirse inquietos. Nos divertiremos, verá.

—Ríase de mí —dijo Claudia— pero hacía rato que no me sentía tan contenta y tan tranquila. Me gusta mucho más el *Malcolm*, o como se llame, que un viaje en el *Augustus*.

—¿La novedad un poco romántica? —dijo Medrano, mirándola de reojo.

—La novedad a secas, que ya es bastante en un mundo donde la gente prefiere casi siempre la repetición, como los niños. ¿No leyó el último aviso de Aerolíneas Argentinas?

—Quizá, no sé.

—Recomiendan sus aviones diciendo que en ellos nos sentimos como en nuestra casa. «Usted está en lo suyo», o algo así. No concibo nada más horrible que subir a un avión y sentirme otra vez en mi casa.

—Cebarán mate dulce, supongo. Habrá asado de tira y spaghettis al compás rezongón de los fuelles.

—Todo lo cual es perfecto en Buenos Aires, y siempre que uno se sienta capaz de sustituirlo en cualquier momento por otras cosas. Ahí esta la palabra justa: disponibilidad. Este viaje puede ser una especie de *test*.

—Sospecho que para unos cuantos va a resultar difícil. Pero hablando de avisos de líneas aéreas, recuerdo con especial inquina uno de no sé qué compañía norteamericana, donde se subrayaba que el pasajero sería tratado de manera por demás especial. «Usted se sentirá un personaje importante» o algo así. Cuando pienso en los colegas que tengo por ahí, que palidecen a la sola idea de que alguien les diga «señor» en vez de «doctor»... Sí, esa línea debe tener abundante clientela.

—Teoría del personaje —dijo Claudia—. ¿Se habrá escrito ya eso?

—Demasiados intereses creados, me temo. Pero usted me estaba explicando por qué le gusta el viaje.

—Bueno, al fin y al cabo todos o casi todos acabaremos por ser buenos amigos, y no tiene sentido andar escamoteando el *curriculum vitae* —dijo Claudia—. La verdad es que soy un perfecto fracaso que no se resigna a mantenerse fiel a su rótulo.

—Lo cual me hace dudar desde ya del fracaso.

—Oh, probablemente porque es la única razón de que yo haga todavía cosas tales como comprar una rifa y ganarla. Vale la pena estar viva por Jorge. Por él y por unas pocas cosas más. Ciertas músicas a las que se vuelve, ciertos libros... Todo el resto está podrido y enterrado.

Medrano miró atentamente su cigarrillo.

—Yo no sé gran cosa de la vida conyugal —dijo—, pero en su caso no parece demasiado satisfactoria.

—Me divorcié hace dos años —dijo Claudia—. Por razones tan numerosas como poco fundamentales. Ni adulterio, ni crueldad mental, ni alcoholismo. Mi ex marido se llama León Lewbaum, el nombre le dirá alguna cosa.

—Cancerólogo o neurólogo, creo.

—Neurólogo. Me divorcié de él antes de tener que ingresar en su lista de pacientes. Es un hombre extraordinario, puedo decirlo con más seguridad que nunca ahora que pienso en él de una manera que podríamos llamar póstuma. Me refiero a mí misma, a esto que va quedando de mí y que no es mucho.

—Y sin embargo se divorció de él.

—Sí, me divorcié de él, quizá para salvar lo que todavía me quedaba de identidad. Sabe usted, un día empecé a descubrir que me gustaba salir a la hora en que él entraba, leer a Eliot cuando él decidía ir a un concierto, jugar con Jorge en vez de...

—Ah —dijo Medrano, mirándola—. Y usted se quedó con Jorge.

—Sí, todo se arregló perfectamente. León nos visita cada tantos días y Jorge lo quiere a su manera. Yo vivo a mi gusto, y aquí estoy.

—Pero usted habló de fracaso.

—¿Fracaso? En realidad el fracaso fue casarme con León. Eso no se arregla divorciándose, ni siquiera teniendo un hijo como Jorge. Es anterior a todo, es el absurdo que me inició en esta vida.

—¿Por qué, si no es demasiado preguntar?

—Oh, la pregunta no es nueva, yo misma me la repito desde que empecé a conocerme un poco. Dispongo de una serie de respuestas: para los días de sol, para las noches de tormenta... Una surtida colección de máscaras y detrás, creo, un agujero negro.

—Si bebiéramos otro coñac —dijo Medrano, llamando al barman—. Es curioso, tengo la impresión de que la institución del matrimonio no tiene ningún representante entre nosotros. López y yo solteros, creo que Costa también, el doctor Restelli viudo, hay una o dos chicas casaderas... ¡Ah, Don Galo! ¿Usted se llama Claudia, verdad? Yo soy Gabriel Medrano, y mi biografía carece de todo interés. A su salud y a la de Jorge.

—Salud, Medrano, y hablemos de usted.

—¿Por interés, por cortesía? Discúlpeme, uno dice cosas que son meros reflejos condicionados. Pero la voy a decepcionar, empezando porque soy dentista y luego porque me paso la vida sin hacer nada útil, cultivando unos pocos amigos, admirando a unas pocas mujeres, y levantando con eso un castillo de naipes que se me derrumba cada dos por tres. Plaf, todo al suelo. Pero recomienzo, sabe usted, recomienzo.

La miró y se echó a reír.

—Me gusta hablar con usted —dijo—. Madre de Jorge, el leoncito.

—Decimos grandes pavadas los dos —dijo Claudia y se rió a su vez—. Siempre las máscaras, claro.

—Oh, las máscaras. Uno tiende siempre a pensar en el rostro que esconden, pero en realidad lo que cuenta es la máscara, que sea ésa y no otra. Dime qué máscara usas y te diré qué cara tienes.

—La última —dijo Claudia— se llama *Malcolm*, y

creo que la compartimos unos cuantos. Escuche, quiero que conozca a Persio. ¿Podríamos mandarlo buscar a su camarote? Persio es un ser admirable, un mago de verdad; a veces le tengo casi miedo, pero es como un cordero, sólo que ya sabemos cuántos símbolos puede esconder un cordero.

—¿Es el hombre bajito y calvo que estaba con ustedes en el *London*? Me hizo pensar en una foto de Max Jacob que guardo en casa. Y hablando de Roma...

Bastará una limonada para restablecer el nivel de los humores —dijo Persio—. Y quizá un sándwich de queso.

—Qué mezcla abominable —dijo Claudia.

La mano de Persio había resbalado como un pez por la de Medrano. Persio estaba vestido de blanco y se había puesto zapatillas también blancas. «Todo comprado a última hora y en cualquier parte», pensó Medrano, mirándolo con simpatía.

—El viaje se anuncia con signos desconcertantes —dijo Persio olfateando el aire—. El río ahí fuera parece dulce de leche La Martona. En cuanto a mi camarote, algo sublime. ¿Para qué describirlo? Reluciente y lleno de cosas enigmáticas, con botones y carteles.

—¿Le gusta viajar? —preguntó Medrano.

—Bueno, es lo que hago todo el tiempo.

—Se refiere al subte Lacroze —dijo Claudia.

—No, no, yo viajo en el infraespacio y el hiperespacio —dijo Persio—. Son dos palabras idiotas que no significan gran cosa, pero yo viajo. Por lo menos mi cuerpo astral cumple derroteros vertiginosos. Yo entre tanto estoy en lo de Kraft, meta corregir galeras. Vea, este crucero me va a ser útil para las observaciones estelares, las sentencias astrales. ¿Usted sabe lo que pensaba Paracelso? Que el firmamento es una farmacopea. ¿Lindo, no? Ahora voy a tener las constelaciones al alcance de la mano. Jorge dice que las estrellas se ven mejor en el mar que en tierra, sobre todo en Chacarita donde resido.

—Pasa de Paracelso a Jorge sin hacer distingos —rió Claudia.

—Jorge sabe cosas, o sea que es portavoz de un saber que después olvidará. Cuando hacemos juegos mágicos, las grandes Provocaciones, él encuentra siempre más que yo. La única diferencia es que después se distrae, como un mono o un tulipán. Si pudiera retenerlo un poco más sobre lo que atisba... Pero la actividad es una ley de la niñez, como decía probablemente Fechner. El problema, claro, es Argos. Siempre.

—¿Argos? —dijo Claudia.

—Sí, el polifacético, el diez-mil-ojos, el simultáneo. ¡Eso, el simultáneo! —exclamó entusiasmado Persio—. Cuando pretendo anexarme la visión de Jorge, ¿no delato la nostalgia más horrible de la raza? Ver por otros ojos, ser mis ojos y los suyos, Claudia, tan bonitos, y los de este señor, tan expresivos. Todos los ojos, porque eso mata el tiempo, lo liquida del todo. Chau, afuera. Raje de aquí.

Hizo un gesto como para espantar una mosca.

—¿Se dan cuenta? Si yo viera simultáneamente todo lo que ven los ojos de la raza, los cuatro mil millones de ojos de la raza, la realidad dejaría de ser sucesiva, se petrificaría en una visión absoluta en la que el yo desaparecería aniquilado. Pero esa aniquilación ¡qué llamarada triunfal, qué Respuesta! Imposible concebir el espacio a partir de ese instante, y mucho menos el tiempo que es la misma cosa en forma sucesiva.

—Pero si usted sobreviviera a semejante ojeada —dijo Medrano— empezaría a sentir otra vez el tiempo. Vertiginosamente multiplicado por el número de visiones parciales, pero siempre el tiempo.

—Oh, no serían parciales —dijo Persio alzando las cejas—. La idea es abarcar lo cósmico en una síntesis total, sólo posible partiendo de un análisis igualmente total. Comprende usted, la historia humana es la triste resultante de que cada uno mire por su cuenta. El tiempo nace en los ojos, en sabido.

Sacó un folleto del bolsillo y lo consultó ansiosamente. Medrano, que encendía un cigarrillo, vio asomarse a la puerta al chófer de Don Galo, que observó un momento la escena y se acercó al barman.

—Con un poco de imaginación se puede tener una remota idea de Argos —decía Persio volviendo las hojas del folleto—. Yo por ejemplo me ejercito con cosas como ésta. No sirve para nada, puesto que sólo imagino, pero me despierta al sentimiento cósmico, me arranca a la torpeza sublunar.

La tapa del folleto decía *Guía oficial dos caminhos de ferro de Portugal*. Persio agitó la guía como un gonfalón.

—Si quieren les hago un ejercicio —propuso—. Otra vez ustedes pueden usar un álbum de fotos, un atlas, una guía telefónica, pero esto sirve sobre todo para desplegarse en la simultaneidad, huir de este sitio y por un momento... Mejor les voy diciendo. Hora oficial, veintidós y treinta. Ya se sabe que no es la hora astronómica, ya se sabe que estamos cuatro horas atrasados con relación a Portugal. Pero no se trata de establecer un horóscopo, simplemente vamos a imaginar que allá minuto más minuto menos son las dieciocho y treinta. Hora hermosa en Portugal, supongo, con todos esos azulejos que brillan.

Abrió resueltamente la guía y la estudió en la página treinta.

—La gran línea del norte, ¿estamos? Fíjense bien: en este mismo momento el tren 125 corre entre las estaciones de Mealhada y Aguim. El tren 324 va a arrancar de la estación Torres Novas, falta exactamente un minuto, en realidad mucho menos. El 326 está entrando en Sonzelas, y en la línea de Vendas Novas, el 2721 acaba de salir de Quinta Grande. ¿Ustedes van viendo, no? Aquí está el ramal de Lousã, donde el tren 629 está justamente detenido en la estación de ese nombre antes de salir para Prilhão-Casais... Pero ya han pasado treinta segundos, es decir que apenas hemos podido imaginar cinco o seis trenes, y sin embargo hay muchos más, en la línea del Este el 4111 corre de Monte Redondo a Guia, el 4373 está detenido en Leiria, el 4121 va a entrar en Paúl. ¿Y la línea del oeste? El 4026 salió de Martingança y cruza Pataias, el 4028 está parado en Coimbra, pero pasan los segundos, y aquí en la línea de Figueira, el 4735 llegó ahora a Verride, el 1429 va a partir de Pampilhosa, ya toca el pito, sale... y el 1432 entró en Casal... ¿Sigo, sigo?

—No, Persio —dijo Claudia, enternecida—. Tómese su limonada.

—Pero ustedes captaron, ¿verdad? El ejercicio...

—Oh, sí —dijo Medrano—. Me sentí como si desde muy arriba pudiese ver al mismo tiempo todos los trenes de Portugal. ¿No era ese el sentido del ejercicio?

—Se trata de imaginar que uno ve —dijo Persio, cerrando los ojos—. Borrar las palabras, ver solamente cómo en este momento, en nada más que un pedacito insignificante del globo, montones inabarcables de trenes cumplen exactamente sus horarios. Y después, poco a poco, imaginar los trenes de España, de Italia, todos los trenes que en este momento, las dieciocho y treinta y dos, están en algún sitio, llegan a algún sitio, se van de algún sitio.

—Me marea —dijo Claudia—. Ah, no, Persio, no esta primera noche y con este magnífico coñac.

—Bueno, el ejercicio sirve para otras cosas —concedió Persio—. Finalidades mágicas sobre todo. ¿Han pensado en los dibujos? Si en este mapa de Portugal marcamos todos los puntos donde hay un tren a las dieciocho y treinta, puede ser interesante ver qué dibujo sale de ahí. Variar de cuarto de hora en cuarto de hora, para apreciar por comparación o superposición cómo el dibujo se altera, se perfecciona o malogra. He obtenido curiosos resultados en mis ratos libres en Kraft; no estoy lejos de pensar que un día veré nacer un dibujo que coincida exactamente con alguna obra famosa, una guitarra de Picasso, por ejemplo, o una frutera de Petorutti. Si eso ocurre tendré una cifra, un módulo. Así empezaré a abrazar la creación desde su verdadera base analógica, romperé el tiempo-espacio que es un invento plagado de defectos.

—¿El mundo mágico, entonces? —preguntó Medrano.

—Vea, hasta la magia está contagiada de prejuicios occidentales —dijo Persio con amargura—. Antes de llegar a una formulación de la realidad cósmica se precisaría estar jubilado y tener más tiempo para estudiar la farmacopea sideral y palpar la materia sutil. Qué quiere con el horario de siete horas.

—Ojalá el viaje le sirva para estudiar —dijo Claudia, levantándose—. Empiezo a sentir un delicioso cansancio de turista. Será hasta mañana.

Un rato después Medrano se volvió más contento a su cabina y encontró energías para abrir las valijas. «Coimbra», pensaba, fumando el último cigarrillo. «Lewbaum el neurólogo.» Todo se mezclaba tan fácilmente; quizá también fuera posible extraer un dibujo significativo de esos encuentros y esos recuerdos donde ahora entraba Bettina que lo miraba entre sorprendida y agraviada, como si el acto de encender la luz del cuarto de baño fuese una ofensa imperdonable. «Oh, dejame en paz», pensó Medrano, abriendo la ducha.

18

Raúl encendió la luz de la cabecera de su cama y apagó el fósforo que lo había guiado. Paula dormía, vuelta hacia él. A la débil luz del velador su pelo rojizo parecía sangre en la almohada.

«Qué bonita está —pensó, desnudándose sin apuro—. Cómo se le afloja la cara, huyen esas arrugas penosas del entrecejo siempre hosco, hasta cuando se ríe.

Y su boca, ahora parece un ángel de Botticelli, algo tan joven, tan virgen...» Sonrió, burlón. *«Thou still unravish'd bride of quietness»*, se recitó «Ravish'd y archiravish'd, pobrecita.» Pobrecita Paula, demasiado pronto castigada por su propia rebeldía insuficiente, en un Buenos Aires que solamente le había dado tipos como Rubio, el primero (si era el primero, pero sí, porque Paula no le mentía) o como Lucho Neira, el último, sin contar los X y Z y los chicos de las playas, y las aventuras de fin de semana o de asiento trasero de Mercury o De Soto. Poniéndose el piyama azul, se acercó descalzo a la cama de Paula; lo conmovía un poco verla dormir aunque no fuese la primera vez que la veía, pero ahora Paula y él entraban en un ciclo íntimo y casi secreto que duraría semanas o meses, si duraba, y esa primera imagen de ella confiadamente dormida a su lado lo enternecía un poco. La infelicidad cotidiana de Paula le había sido insoportable en los últimos meses. Sus llamadas telefónicas a las tres de la madrugada, sus recaídas en las drogas y los paseos sin rumbo, su latente proyecto de suicidio, sus repentinas tiranías («vení en seguida o me tiro a la calle»), sus accesos de alegría por un poema que le salía a gusto, sus llantos desesperados que arruinaba corbatas y chaquetas. Las noches en que Paula llegaba de improsiso a su departamento, irritándolo hasta el insulto porque estaba harto de pedirle que telefoneara antes; su manera de mirarlo todo, de preguntar: «¿Estás solo?», como si temiera que hubiese alguien debajo de la cama o del sofá, y en seguida la risa o el llanto, la confidencia interminable entre whisky y cigarrillos. Sin vedarse por eso intercalar críticas todavía más irritantes por lo justas: «A quién se le ocurre colgar ahí esa porquería», «¿no te das cuenta de que en esa repisa sobra un jarrón?», o sus repentinos accesos de moralina, su catequesis absurda, el odio a los amigos, su probable intromisión en la historia de Beto Lacierva que quizá explicaba la brusca ruptura y la fuga de Beto. Pero a la vez Paula la espléndida, la fiel y querida Paula, camarada de tantas noches exaltantes, de luchas políticas en la universidad, de amores y odios literarios, hija de su familia pretenciosa y despótica, atada como un perrito a la primera comunión, al colegio de monjas, a mi párroco y mi tío, a *La Nación* y al Colón (su hermana Coca hubiese dicho «a Colón»), y de golpe la calle como un grito, el acto absurdo e irrevocable que la había segregado de los Lavalle para siempre y para nada, el acto inicial de su derrumbe minucioso. Pobre Paulita, cómo había podido ser tan tonta a la hora de las decisiones. Por lo demás (Raúl la miraba meneando la cabeza) las decisiones no habían sido nunca radicales. Paula comía aún el pan de los Lavalle, familia patricia capaz de echar tierra sobre el escándalo y pagarle un buen departamento a la oveja negra. Otra razón para la neurosis, las crisis de rebeldía, los planes de entrar en la Cruz Roja o irse al extranjero, todo eso debatido en la comodidad de un living y un dormitorio, servicios centrales e incinerador de basuras. Pobre Paulita. Pero era tan grato verla dormir profundamente («¿será Luminal, será Embutal?», pensó Raúl) y saber que estaría allí toda la noche respirando cerca de él que se volvía ahora a su cama, apagaba la luz y encendía un cigarrillo ocultando el fósforo entre las manos.

En el camarote 5, a babor, el señor Trejo duerme y

ronca exactamente como en la cama conyugal de la calle Acoyte. Felipe está todavía levantado aunque no puede más de cansancio; se ha dado una ducha, mira en el espejo su mentón donde asoma una barba incipiente, se peina minuciosamente por el placer de verse, de sentirse vivo en plena aventura. Entra en la cabina, se pone un piyama de hilo y se instala en un sillón a fumar un Camel, después de ajustar la luz orientable que se proyecta sobre el número de *El Gráfico* que hojea sin apuro. Si el viejo no roncara, pero sería pedir mucho. No se resigna a la idea de no tener una cabina para él solo; si por casualidad se le diera un programa, va a ser un lío. Con lo fácil que resultaría si el viejo durmiera en otra parte. Vagamente recuerda películas y novelas donde pasajeros viven grandes dramas de amor en sus camarotes. «Por qué los habré invitado», se dice Felipe y piensa en la Negrita que estará desvistiéndose en el altillo, rodeada de revistas radiotelefónicas y postales de James Dean y Ángel Magaña. Hojea *El Gráfico*, se demora en las fotos de una pelea de box, se imagina vencedor en un ring internacional, firmando autógrafos, noqueando al campeón. «Mañana estaremos afuera», piensa bruscamente, y bosteza. El sillón es estupendo pero ya el Camel le quema los dedos, tiene cada vez más sueño. Apaga la luz, enciende el velador de la cama, se desliza saboreando cada centímetro de sábana, el colchón a la vez firme y mullido. Se le ocurre que ahora Raúl también se estará acostando después de fumar una última pipa, pero en vez de un viejo que ronca tendrá en la cabina a esa pelirroja tan preciosa. Ya se habrá acomodado contra ella, seguro que están los dos desnudos y gozando. Para Felipe la palabra gozar está llena de todo lo que los ensayos solitarios, las lecturas y las confidencias de los amigos del colegio pueden evocar y proponer. Apagando la luz, se vuelve poco a poco hasta quedar de lado, y estira los brazos en la sombra para envolver el cuerpo de la Negrita, de la pelirroja, un compuesto en el que entra también la hermana menor de un amigo y su prima Lolita, un calidoscopio que acaricia suavemente hasta que sus manos rozan la almohada, la ciñen, la arrancan de debajo de su cabeza, la tienden contra su cuerpo que se pega, convulso, mientras la boca muerde en la tela insípida y tibia. Gozar, gozar, sin saber cómo se ha arrancado el piyama y está desnudo contra la almohada, se endereza y cae boca abajo, empujando con los riñones, haciéndose daño, sin llegar al goce, recorrido solamente por una crispación que lo desespera y lo encona. Muerde la almohada, la aprieta contra las piernas, acercándola y rechazándola, y por fin cede a la costumbre, al camino más fácil, se deja caer de espaldas y su mano inicia la carrera rítmica, la vaina cuya presión gradúa, retarda o acelera sabiamente, otra vez es la Negrita, encima de él como le ha mostrado Ordóñez en unas fotos francesas, la Negrita que suspira sofocadamente, ahogando sus gemidos para que no se despierte el señor Trejo.

—En fin —dijo Carlos López, apagando la luz—. Contra todo lo que me temía, esta barbaridad acuática se ha puesto en marcha.

Su cigarrillo hizo dibujos en la sombra, después una claridad lechosa recortó el ojo de buey. Se estaba bien en la cama, el levísimo rolido invitaba a dormirse sin más trámite. Pero López pensó primero en lo bueno que había sido encontrarse a Medrano entre los compañeros de viaje, en la historia de Don Galo, en la pelirroja amiga de Costa, en el desconcertante comportamiento del inspector. Después volvió a pensar en su breve visita a la cabina de Raúl, el cambio de púas con la chica de ojos verdes. Menuda amiga se echaba Costa. Si no lo hubiera visto... Pero sí lo había visto y no tenía nada de raro, un hombre y una mujer compartiendo la cabina número 10. Curioso, si la hubiera encontrado con Medrano, por ejemplo, le hubiera parecido perfectamente natural. En cambio Costa, no sabía bien por qué... Era absurdo, pero era. Se acordó que el Costals de Montherlant se había llamado Costa en un principio; se acordó de un tal Costa, antiguo condiscípulo. ¿Por qué seguía dándole vueltas a la idea? Algo no encajaba ahí. La voz de Paula al hablarle había sido una voz al margen de la presunta situación. Claro que hay mujeres que no pueden con el genio. Y Costa en la puerta de la cabina, sonriendo. Tan simpáticos los dos. Tan distintos. Por ahí andaba la cosa, una pareja tan disímil. No se sentía el nexo, ese mimetismo progresivo del juego amoroso o amistoso en que aun las oposiciones más abiertas giran dentro de algo que las enlaza y las sitúa.

—Me estoy haciendo ilusiones —dijo López en voz alta—. De todos modos serán macanudos compañeros de viaje. Y quién sabe, quién sabe.

El cigarrillo voló como un cocuyo y se perdió en el río.

D

Furtivo, un poco temeroso pero excitado e incontenible, exactamente a medianoche y en la oscuridad de la proa se instala Persio pronto a velar. El hermoso cielo austral lo atrae por momentos, alza la calva cabeza y mira los racimos resplandecientes, pero también quiere Persio establecer y ahincar un contacto con la nave que lo lleva, y para eso ha esperado el sueño que iguala a los hombres, se ha impuesto la vigilia celosamente que ha de comunicarlo con la sustancia fluida de la noche. De pie junto a un presumible rollo de cables (en principio no hay serpientes en los barcos), sintiendo en la frente el aire húmedo del estuario, compulsa en voz baja los elementos de juicio reunidos a partir del London, establece minuciosas nomenclaturas donde lo heterogéneo de incluir tres bandoneones y un refrescado de Cinzano junto con la forma del mamparo de proa y el vaivén aceitado del radar, se resuelve para él en una paulatina geometría, un lento aproximarse a las razones de esa situación que comparte con el resto del pasaje. Nada tiende en Persio a la formulación taxativa, y sin embargo una ansiedad continua lo posee frente a los vulgares problemas de su circunstancia. Está seguro de que un orden apenas aprehensible por la analogía rige el caos de bolsillo donde un cantor despide a su hermano y una silla de ruedas remata en un manubrio cromado; como la oscura certidumbre de que existe un punto central donde cada elemento discordante puede llegar a ser visto como un rayo de la rueda. La ingenuidad de Persio no es tan grande para ig-

norar que la descomposición de lo fenoménico debería preceder a toda tentativa arquitectónica, pero a la vez ama el calidoscopio incalculable de la vida, saborea con delectación la presencia en sus pies de unas flamantes zapatillas marca Pirelli, escucha enternecido el crujir de una cuaderna y el blando chapoteo del río en la quilla. Incapaz de renunciar a lo concreto para instalarse por fin en la dimensión desde donde las cosas pasan a ser caos y el repertorio sensorial cede a una vertiginosa equiparación de vibraciones y tensiones de la energía, opta por una humilde labor astrológica, un tradicional acercamiento por vía de la imagen hermética, los tarots y el favorecimiento del azar esclarecedor. Confía Persio en algo como un genio desembotellado que lo oriente en el ovillo de los hechos, y semejante a la proa del Malcolm que corta en dos el río y la noche y el tiempo, avanza tranquilo en su medicación que desecha lo trivial –el inspector, por ejemplo, o las extrañas prohibiciones que rigen a bordo– para concentrarse en los elementos tendientes a una mayor coherencia. Hace un rato que sus ojos exploran el puente de mando, se detienen en la ancha ventanilla vacía que deja pasar una luz violeta. Quienquiera sea que dirige el barco ha de estar en el fondo de la cabina traslúcida, lejos de los cristales que fosforecen en la leve bruma del río. Persio siente como un espanto que sube peldaño a peldaño, visiones de barcas fatales sin timonel corren por su memoria, lecturas recientes lo proveen de visiones donde la siniestra región del noroeste (y Tuculca con un caduceo verde en la mano, amenazante) se mezclan con Arthur Gordon Pym y la barca de Erik en el lago subterráneo de la Ópera, vaya mescolanza. Pero a la vez teme Persio, no sabe por qué, el momento previsible en que se recortará en la ventanilla la silueta del piloto. Hasta ahora las

cosas han acontecido en una especie de amable delirio, ci-
frable e inteligible a poco de machihembrar los elementos
sueltos; pero algo le dice (y ese algo podría ser precisamente
la explicación inconsciente de todo lo ocurrido) que en el
curso de la noche va a instaurarse un orden, una causali-
dad inquietante desencadenada y encadenada a la vez por
la piedra angular que de un momento a otro se asentará en
el coronamiento del arco. Y así Persio tiembla y retrocede
cuando exactamente en ese momento una silueta se recorta
en el puente de mando, un torso negro se inscribe inmóvil,
de pie e inmóvil contra el cristal. Arriba los astros giran levemente, ha bastado la llegada del capitán para que el
barco varíe su derrota, ahora el palo mayor deja de acariciar a Sirio, oscila hacia la Osa Menor, la pincha y la hostiga hasta alejarla. «Tenemos capitán —piensa Persio estre-
mecido—, tenemos capitán.» Y es como si en el desorden del
pensamiento rápido y fluctuante de su sangre, coagulara
lentamente la ley, madre del futuro, la ley comienzo de
una ruta inexorable.

Primer día

...le ciel et la mer s'ajustent ensemble pour former
una espèce de guitare...

AUDIBERTI, *Quoat-Quoat.*

19

Las actividades nocturnas de Atilio Presutti culmi-
naron en una mudanza: tuvo que sacar una cama de su
cabina, con la hosca cooperación de un camarero casi
mudo, y trasladarla a la cabina de al lado que comparti-
rían su madre, la madre de la Nelly y la Nelly misma.
La instalación se vio complicada por la forma y el tamaño de la cabina, y doña Rosita habló varias veces de
dejar las cosas como antes e irse a dormir con su hijo,
pero el Pelusa se agarró la cabeza y dijo que a la final
tres mujeres juntas era otra cosa que una madre con su
hijo, y que en el camarote no había biombos ni otras
separaciones. Por fin lograron meter la cama entre la
puerta del baño y la de entrada, y el Pelusa reapareció
con un cajoncito de duraznos que le había regalado el
Rusito. Aunque todos tenían hambre no se animaron a
tocar el timbre y preguntar si se cenaría; comieron duraznos, y la madre de la Nelly extrajo un botellón de
guindando y un chocolate Dolca. En paz, el Pelusa volvió a su cabina y se tiró a dormir como un tronco.

Cuando despertó eran las siete y un sol neblinoso se
colaba en la cabina. Sentado en la cama y rascándose

por encima de la camiseta, admiró con luz natural el lujo y el tamaño de su camarote. «Qué suerte que la vieja es una señora, así tiene que dormir con las otras», pensó satisfecho al calcular la independencia y la importancia que le daba el camarote privado. Camarote número cuatro, del señor Atilio Presutti. ¿Subimos arriba a ver lo que pasa? El barco parecía que estaba parado, a lo mejor ya llegamos a Montevideo. Uy Dió qué cuarto de baño, qué inodoro, mama mía. ¡Con papel color rosa, esto es grande! Esta tarde o mañana tengo que estrenar la ducha, debe ser fenómena. Pero mira este lavatorio, parece la pileta de Sportivo Barracas, aquí te podés lavar el pescuezo sin chorrear nada, qué agua más tibia que sale...

El Pelusa se enjabonó enérgicamente la cara y las orejas, cuidando de no mojarse la camiseta. Después se puso el piyama nuevo a rayas, las zapatillas de basket y se retocó la peinada antes de salir; en el apuro se olvidó de lavarse los dientes y eso que doña Rosita le había comprado un cepillo nuevo.

Pasó ante las puertas de los camarotes de estribor. Los puntos estarían roncando todavía, seguro que era el primero en salir a la cubierta de proa. Pero allí se encontró con el chiquilín que viajaba con la madre y que lo miró amistosamente.

—Buen día —dijo Jorge—. Les gané a todos, vio.

—Qué tal, pibe —condescendió el Pelusa. Se acercó a la borda y se sujetó con las dos manos.

—Sandió —dijo—. ¡Pero estamos anclados delante de Quilmes!

—¿Eso es Quilmes, con esos tanques y esos fierros? —preguntó Jorge—. ¿Ahí fabrican la cerveza?

—¡Pero vos te das cuenta! —repetía el Pelusa—. Y yo que ya creía que estábamos en Montevideo y que a lo mejor se podía bajar y todo, yo que no conozco...

—¿Quilmes debe estar bastante cerca de Buenos Aires, no?

—¡Pero claro, te tomas el bondi y llegás en dos patadas! Capaz que la barra del Japonés me está manyando desde la orilla, son todos de por ahí... ¿Pero qué clase de viaje es este, decime un poco?

Jorge lo examinó con ojos sagaces.

—Hace una hora que estamos anclados —dijo—. Yo subí a las seis, no tenía más sueño. ¿Sabe que aquí nunca se ve a nadie? Pasaron dos marineros apurados por alguna cosa de la maniobra, pero creo que no me entendieron cuando les hablé. Seguro que eran lípidos.

—¿Lo qué?

—Lípidos. Son unos tipos raros, no hablan nada. A menos que sean prótidos, debe ser fácil confundirlos.

El Pelusa miró a Jorge de reojo. Iba a preguntarle algo cuando la Nelly y su madre aparecieron en la escalerilla, las dos de pantalones y sandalias de fantasía, anteojos de sol y pañuelos en la cabeza.

—¡Ay, Atilio, qué barco tan divino! —dijo la Nelly—. ¡Todo brilla que da gusto, y el aire, qué aire!

—¡Qué aire! —dijo doña Pepa—. Y usted qué madrugador, Atilio.

Atilio se acercó y la Nelly le presentó la mejilla, en la que él depósito un beso. Inmediatamente tendió el brazo y les señaló la costa.

—Pero eso yo lo conozco —dijo la madre de la Nelly.

—¡Berisso! —dijo la Nelly.

—Quilmes —dijo el Pelusa, lúgubre—. Digamén qué categoría de crucero es éste.

—Yo me pensaba que ya estaríamos már afuera y que el barco no se movía nada —dijo la madre de la Nelly—. Vaya a saber si no tienen algo roto y lo tienen que componer.

—A lo mejor vinieron a cargar nafta —dijo la Nelly.

—Estos barcos cargan fuel-oil —dijo Jorge.

—Bueno, eso —dijo la Nelly—. ¿Y este nene aquí solo? ¿Tu mamita está abajo, querido?

—Sí —dijo Jorge—. Está contando las arañas.

—¿Las qué, nene?

—La colección de arañas. Siempre que hacemos estos viajes las llevamos con nosotros. Anoche se nos escaparon cinco, pero creo que mamá ya encontró tres.

La madre de la Nelly y la Nelly abrieron la boca. Jorge se agachó para esquivar el manotazo entre amistoso y pesado del Pelusa.

—¿Pero no se dan cuenta que el pibe las está cargando? —dijo el Pelusa—. Subamos arriba a ver si nos dan la leche, que tengo un ragú que me muero.

—Parece que el desayuno en estos barcos sabe ser muy surtido —dijo la madre de la Nelly con aire displicente—. He leído que ofrecen hasta jugo de naranja. ¿Te acordás, nena, de aquella película? Esa donde trabajaba la muchacha... que el padre era algo de un diario y no la quería dejar salir con Gary Cooper.

—Pero no, mamá, no era esa.

—Sí, no te acordás que era en colores y que ella cantaba por la noche ese bolero en inglés... Pero claro, entonces no era con Gary Cooper. Esa del accidente en el tren, te acordás.

—Pero no, mamá —decía la Nelly—. Qué cosa siempre se está confundiendo.

—Servían jugo de frutas —insistió doña Pepa.

La Nelly se colgó del brazo de su novio para subir hasta el bar, y en el camino le preguntó en voz baja si le gustaba con pantalones, a lo que Atilio respondió emitiendo una especie de bramido sofocado y apretándole el brazo hasta machucárselo.

—Pensar —dijo el Pelusa hablándole al oído— que ya podrías ser mi esposa si no sería por tu papá.

—Ay, Atilio —dijo la Nelly.

—Tendríamos el camarote para los dos y todo.

—¿Vos creés que yo no pienso de noche? Quiero decir, que ya podríamos estar casados.

—Y ahora hay que esperar hasta que tu viejo largue la casita.

—Y sí. Vos sabés cómo es mi papá.

—Una mula —dijo el Pelusa respetuosamente—. Menos mal que podemos estar juntos todo el viaje, jugar a las cartas y de noche salir a la cubierta, viste, ahí donde hay unos rollos de soga... Fenómeno para que no nos vean. Tengo un ragú, tengo...

—El aire del río es muy estimulante —dijo la Nelly—. ¿Qué me decís de mamá con pantalones?

—Le quedan bien —dijo el Pelusa, que jamás había visto nada más parecido a un buzón—. Mi vieja no se quiere poner esas cosas, ella es a la antigua, cuantimás que el viejo en una de esas la empieza a las patadas. Vos sabés cómo es.

—En tu casa son muy impulsivos —dijo la Nelly—. Andá a llamar a tu mamá y subimos. Mirá esas puertas, qué limpieza.

—Oí cómo chamuyan en el bar —dijo el Pelusa—. Parece que a la hora del completo pan y manteca todos se constituyen. Vamos juntos a buscar a la vieja, no me gusta que subás sola.

—Pero Atilio, no soy una nena.

—Hay cada tiburón en este barco —dijo el Pelusa—. Vos venís conmigo y se acabó.

20

El bar estaba preparado para el desayuno. Había seis mesas tendidas y el barman colocaba en su sitio la última servilleta de papel floreado cuando López y el doctor Restelli entraron casi al mismo tiempo. Eligieron mesa, y en seguida se le agregó Don Galo, que parecía darse por presentado aunque todavía no había hablado con nadie, y que despidió al chófer con un seco chasquido de dedos. López, admirado de que el chófer fuera capaz de subir la escalera con Don Galo y la silla de ruedas (convertida para la ocasión en una especie de canasta que sostenía en el aire, y en eso estaba la hazaña) preguntó si la salud era buena.

—Pasable —dijo Don Galo con un acento gallego en nada deteriorado por cincuenta años de comercio en la Argentina—. Demasiada humedad ambiente, aparte de que anoche no se cenó.

El doctor Restelli, de blanco vestido y con gorra, entendía que la organización era un tanto deficiente si bien las circunstancias atenuaban la responsabilidad de las autoridades.

—Nada, hombre, nada —dijo Don Galo—. Positivamente intolerable, como siempre que la burocracia pretende suplantar la iniciativa privada. Si este viaje hubiera sido organizado por Exprinter, tengan ustedes la seguridad de que nos hubiéramos ahorrado no pocos contratiempos.

López se divertía. Hábil en provocar discusiones, insinuó que también las agencias solían dar gato por liebre, y que de todos modos la Lotería Turística era una invención oficial.

—Pero por supuesto, por supuesto —apoyó el doctor Restelli—. El señor Porriño, que tal creo es su apellido no debería olvidar que el mérito inicial recae en la inteligente visión de nuestras autoridades, y que...

—Contradicción —cortó Don Galo secamente—. Jamás he conocido autoridades que tuviesen visión de alguna cosa. Vea usted, en el ramo de tiendas no hay decreto del gobierno que no sea un desacierto. Sin ir más lejos, las medidas sobre importación de telas. ¿Qué me dicen ustedes de eso? Naturalmente: una barbaridad. En la Cámara de Tiendas, de la que soy presidente honorario desde hace tres lustros, mi opinión fue expresada en forma de dos cartas abiertas y una presentación ante el Ministerio de Comercio. ¿Resultados, señores? Ninguno. Eso es el gobierno.

—Permítame usted —el doctor Restelli tomaba el aire de gallo que solazaba tanto a López—. Lejos de mí defender en su totalidad la obra gubernativa, pero un profesor de historia tiene, por decir así, cierto sentido comparativo, y puedo asegurarle que el gobierno actual, y en general la mayoría de los gobiernos, representan la moderación y el equilibrio frente a fuerzas privadas muy respetables, no lo discuto, pero que suelen pretender para sí lo que no puede concedérseles sin menoscabo del orden nacional. Esto no sólo vale para las fuerzas vivas, señor mío, sino también para los partidos políticos, la moral de la población y el régimen edilicio. Lo que hay que evitar a toda costa es la anarquía, aun en sus formas más larvadas.

El barman empezó a servir café con leche. Mientras lo hacía escuchaba con sumo interés el diálogo y movía los labios como si repitiera las palabras sobresalientes.

—A mí un té con mucho limón —ordenó Don Galo sin mirarlo—. Sí, sí, todo el mundo habla en seguida de anarquía, cuando está claro que la verdadera anarquía es la oficial, disimulada con leyes y ordenanzas. Ya verán ustedes que este viaje va a ser un asco, un verdadero asco.

—¿Por qué se embarcó, entonces? —preguntó López como al descuido.

Don Galo se sobresaltó visiblemente.

—Pero hombre, son dos cosas distintas. ¿Por qué no había de embarcarme si gané la lotería? Y luego que los defectos se van descubriendo sobre el terreno.

—Dadas sus ideas los defectos debían ser previstos, ¿no le parece?

—Hombre, sí. ¿Pero y si por casualidad las cosas salen bien?

—O sea que usted reconoce que la iniciativa oficial puede ser acertada en ciertas cosas —dijo el doctor Restelli—. Personalmente trato de mostrarme comprensivo y ponerme en el papel del gobernante. («Eso es lo que quisieras, diputado fracasado», pensó López con más simpatía que malicia.) El timón del estado es cosa seria, mi estimado contertulio, y afortunadamente está en buenas manos. Quizá no suficientemente enérgicas, pero bien intencionadas.

—Ahí está —dijo Don Galo, untando con vigor una tostada—. Ya salió el gobierno fuerte. No, señor, lo que se necesita es un comercio intensivo, un movimiento más amplio de capitales, oportunidades para todo el mundo, dentro de ciertos límites, se comprende.

—No son cosas incompatibles —dijo el doctor Restelli—. Pero es necesario que haya una autoridad vigilante y con amplios poderes. Admito y soy paladín de la democracia en la Argentina, pero la confusión de la libertad con el libertinaje encuentra en mí un adversario decidido.

—Quién habla de libertinaje —dijo Don Galo—. En cuestiones de moral, yo soy tan rigorista como cualquiera, coño.

—No usaba el término en ese sentido, pero puesto que lo toma en su acepción corriente, me alegro de que coincidamos en este terreno.

—Y en el dulce de frutilla, que está muy bueno —dijo López, seriamente aburrido—. No sé si han advertido que estamos anclados desde hace rato.

Alguna avería —dijo Don Galo, satisfecho—. ¡Usted! ¡Un vaso de agua!

Saludaron cortésmente al progresivo ingreso de doña Pepa y el resto de la familia Presutti, que se instaló con los locuaces comentarios en una mesa donde abundaba la manteca. El Pelusa se aproximó a ellos como para permitirles una visión más completa de su piyama.

—Buenas, qué tal —dijo—. ¿Vieron lo que pasa? Estamos enfrente de Quilmes, estamos.

—¡De Quilmes! —exclamó el doctor Restelli—. ¡Nada de eso, joven, debe ser la Banda Oriental!

—Yo conozco los gasómetros —aseguró el Pelusa—. Mi novia ahí no me dejará mentir. Se ven las casas y las fábricas, le digo que es Quilmes.

—¿Y por qué no? —dijo López—. Tenemos el prejuicio de que nuestra primera escala marítima debe ser Montevideo, pero si vamos con otro rumbo, por ejemplo al sur...

—¿Al sur? —dijo Don Galo—. ¿Y qué vamos a hacer nosotros al sur?

—Ah, eso... supongo que ahora lo sabremos. ¿Usted conoce el itinerario? —preguntó López al barman.

El barman tuvo que admitir que no lo conocía. Mejor dicho, lo había conocido hasta el día anterior, y era un viaje a Liverpool con ocho o nueve escalas rutinarias. Pero después habían comenzado las negociaciones con tierra y ahora él estaba en la mayor ignorancia. Cortó su exposición para atender el urgente pedido de más leche en el café que le hacía el Pelusa, y López se volvió con aire perplejo a los otros.

—Habrá que buscar a un oficial —dijo—. Ya deben tener establecido un itinerario.

Jorge, que había simpatizado con López, se les acercó velozmente.

—Ahí vienen otros —anunció—. Pero los de a bordo... invisibles. ¿Me puedo sentar con ustedes? Café con leche y pan con dulce. Ahí vienen, qué les dije.

Medrano y Felipe aparecieron con aire entre sorprendido y soñoliento. Detrás subieron Raúl y Paula.

Mientras cambiaban saludos entraron Claudia y el resto de la familia Trejo. Sólo faltaban Lucio y Nora, sin contar con Persio porque Persio nunca daba la impresión de faltar en ninguna parte. El bar se llenó de ruidos de sillas, comentarios y humo de cigarrillos. La mayoría de los pasajeros empezaba a verse de veras por primera vez. Medrano, que había invitado a Claudia a compartir su mesa, la encontró más joven de lo que había supuesto por la noche. Paula era evidentemente menor, pero había como un peso en sus párpados, un repentino tic que le contraía un lado de la cara; en ese momento parecía de la misma edad que Claudia. La noticia de que estaban frente a Quilmes había llegado a todas las mesas, provocando risas o comentarios irónicos. Medrano, con la sensación de un *anticlímax* particularmente ridículo, vio a Raúl Costa que se acercaba a un ojo de buey y hablaba con Felipe; acabaron sentándose a la mesa en que ya estaba Paula, mientras López saboreaba malignamente el visible desagrado con que la familia Trejo asistía a la secesión. El chófer reapareció para llevarse a Don Galo, y el Pelusa corrió inmediatamente a ayudarlo. «Qué buen muchacho —pensó López—. ¿Cómo explicarle que el piyama tiene que dejarlo en la cabina?» Se lo dijo a Medrano en voz baja, de mesa a mesa.

—Ese es el lío de siempre, che —dijo Medrano—. Uno no puede ofenderse por la ignorancia o la grosería de esa gente cuando en el fondo ni usted ni yo hemos hecho nunca nada para ayudar a suprimirla. Preferimos organizarnos de manera de tener un trato mínimo con ellos, pero cuando las circunstancias nos obligan a convivir...

—Estamos perdidos —dijo López—. Yo, por lo menos. Me siento superacomplejado frente a tanto pijama, tanto *Maribel* y tanta inocencia.

—Oportunidad que ellos explotan para desalojarnos, puesto que también les molestamos. Cada vez que escupen en la cubierta en vez de hacerlo en el mar es como si nos metieran un tiro entre los ojos.

—O cuando ponen la radio a todo lo que da, después hablan a gritos para entendese, dejan de oír bien la radio y la suben todavía más, etc., ad inifitum.

—Sobre todo —dijo Medrano— cuando sacan a relucir el tesoro tradicional de los lugares comunes y las ideas recibidas. A su manera son extraordinarios, como un boxeador en el ring o un trapecista, pero uno no se ve viajando todo el tiempo con atletas y acróbatas.

—No se pongan melancólicos —dijo Claudia, ofreciéndoles cigarrillos— y sobre todo no afichen tan pronto sus prejuicios burgueses. ¿Qué opinan del eslabón intermedio, o sea de la familia del estudiante? Ahí tienen unas buenas personas más desdichadas que nosotros, porque no se entienden ni con el grupo del pelirrojo ni con nuestra mesa. Aspiran a esto último, claro, pero nosotros retrocedemos aterrados.

Los aludidos debatían en voz baja, con repentinas sibilancias e interjecciones, la descortés conducta del hijo y hermano. La señora de Trejo no estaba dispuesta a permitir que ese mocoso aprovechara su situación para emanciparse a los dieciséis años y medio, y si su PADRE no le hablaba con energía... Pero el señor Trejo no dejaría de hacerlo, podía estar tranquila. Por su parte la Beba era la imagen misma del desdén y la reprobación.

—Bueno —dijo Felipe—. Tanto navegar toda la noche... Esta mañana apenas miré por la ventana, zás, veo unas chimeneas. Casi me acuesto de nuevo.

—Eso le enseñará a no madrugar —dijo Paula, bostezando—. Y vos, querido, que sea la última vez que me despertás. Tengo una honorable filiación de lirones tanto por el lado de los Lavalle como de los Ojeda, y necesito mantener bien pulidos los blasones.

—Perfecto —dijo Raúl—. Lo hice por tu salud, pero ya se sabe que esas iniciativas son mal recibidas.

Felipe escuchó perplejo. Un poco tarde, ya, para ponerse de acuerdo en cuestiones de apoliyo. Se aplicó atentamente a la tarea de comer un huevo duro, mirando de reojo hacia la mesa de la familia. Paula lo observaba entre dos nubes de humo. Ni mejor ni peor que los otros; parecía como si la edad los uniformara, los hiciera indistintamente tozudos, crueles y deliciosos. «Va a sufrir», se dijo, pero no pensaba en él.

—Sí, será lo mejor —dijo López—. Mirá, Jorgito, si ya acabaste andá a ver si encontrás alguno de a bordo por ahí, y le pedís que suba un momento.

—¿Un oficial, o un lípido cualquiera?

—Mejor un oficial. ¿Quiénes son los lípidos?

—Ni idea —dijo Jorge—. Pero seguro que son enemigos. Chau.

Medrano hizo una seña al barman, replegado en el mostrador. El barman se acercó con pocas ganas.

—¿Quién es el capitán?

Para sorpresa de López, el doctor Restelli y Medrano, el barman no lo sabía.

—Es así —explicó como apenado—. Hasta ayer era el capitán Lovatt; pero anoche oí decir... Ha habido cambios, sobre todo porque ahora van a viajar ustedes, y...

—¿Cómo cambios?

—Sí, arreglos. Ahora creo que no vamos a Liverpool. Anoche oí... —se interrumpió mirando en torno—. Mejor será que hablen con el *maître*, a lo mejor él sabe algo. Va a venir de un momento a otro.

Medrano y López se consultaron con la mirada, y lo dejaron irse. Parecía como si no quedara más que admirar la costa de Quilmes y charlar. Jorge volvió con la noticia de que no había oficiales a la vista, y que los dos marineros que pintaban un cabrestante no entendían el español.

21

—Colguémosla aquí —dijo Lucio—. Con el ventilador se va a secar en un momento y después la ponemos de nuevo.

Nora acabó de retorcer la parte de la sábana que había estado lavando

—¿Sabes qué hora es? Las nueve y media, y estamos anclados en alguna parte.

—Siempre me levanto a esa hora —dijo Nora—. Tengo hambre.

—Yo también. Pero seguro que ya sirvieron el desayuno. A bordo el horario es muy distinto.

Se miraron. Lucio se acercó y abrazó suavemente a

Nora. Ella puso la cabeza en su hombro y cerró los ojos.

—¿Te sentís bien? —dijo él.

—Sí, Lucio.

—¿Verdad que me querés un poquito?

—Un poquito.

—¿Y que estás contenta?

—Hm.

—¿No estás contenta?

—Hm.

—Hm —dijo Lucio, y la besó en el pelo.

El barman los miró reprobatoriamente, pero se apresuró a despejar la mesa que ya había abandonado la familia Trejo. Lucio esperó que Nora estuviese sentada, y se acercó a Medrano que lo puso al corriente de lo que sucedía. Cuando se lo dijo, Nora se resistió a creerlo. En general las mujeres se mostraban más escandalizadas, como si cada una hubiera trazado un itinerario previo, cruelmente desmentido desde un comienzo. En la cubierta, Paula y Claudia miraban desconcertadas el fabril espectáculo de la costa.

—Pensar que desde allí uno podría volverse en colectivo a casa —dijo Paula.

—Creo que no sería mala idea —rió Claudia—. Pero esto tiene un lado cómico que me divierte. Ahora sólo falta que encallemos en la isla Maciel, por ejemplo.

—Y Raúl que nos imaginaba en las islas Marquesas antes de un mes.

—Y Jorge que se apresta a pisar las tierras de su amado capitán Hatteras.

—Qué lindo chico tiene usted —dijo Paula—. Ya somos grandes amigos.

—Me alegro, porque Jorge no es fácil. Si alguien no le cae bien... Sale a mí, me temo. ¿Está contenta de hacer este viaje?

—Bueno, contenta no es precisamente la palabra —dijo Paula, parpadeando como si le hubiese entrado arena—. Más bien esperanzada. Creo que necesito cambiar un poco de vida, lo mismo que Raúl, y por eso decidimos embarcarnos. Supongo que a casi todos les pasará lo mismo.

—Pero usted no viaja por primera vez.

—No, estuve en Europa hace seis años, y la verdad es que me fue muy mal.

—Puede ocurrir —dijo Claudia—. Europa no ha de ser solamente los Uffizzi y la Place de la Concorde. Para mí lo es, por el momento, quizá porque vivo en un mundo de literatura. Pero quizá la cuota de desencanto sea mayor de la que una supone desde aquí.

—No es eso, por lo menos en mi caso —dijo Paula—. Para serle franca, soy completamente incapaz de representar de veras el personaje que me ha tocado en suerte. Me he criado en una continua ilusión de realizaciones personales y he fracasado siempre. Aquí, frente a Quilmes, con este río color caca de chico, se puede inventar un buen capítulo de justificaciones. Pero viene el día en que uno entra en la escala de los arquetipos, se mide con las columnas griegas, por ejemplo... y se hunde todavía más abajo. Me asombra —agregó, sacando los cigarrillos— que ciertos viajes no acaban en un tiro en la cabeza.

Claudia aceptó el cigarrillo, vio acercarse a la familia Trejo y a Persio que la saludaba con vivos gestos desde la proa. El sol empezaba a molestar.

—Ahora comprendo —dijo Claudia— por qué Jorge simpatiza con usted, aparte de que a mi chico le fascinan los ojos verdes. Aunque ya no está de moda hacer citas, acuérdese de la frase de un personaje de Malraux: la vida no vale nada, pero nada vale una vida.

—Me gustaría saber cómo acaba ese personaje —dijo Paula, y Claudia sintió que su voz había cambiado. Le apoyó la mano en el brazo.

—No me acuerdo —dijo—. Quizá con un tiro en la cabeza. Pero probablemente disparado por otro.

Medrano miró su reloj.

—La verdad, esto empieza a ponerse pesado —dijo—. Puesto que hemos quedado más o menos solos, ¿qué le parece si delegamos en alguien para que perfore el muro del silencio?

López y Felipe asintieron, pero Raúl propuso que salieran juntos en busca de un oficial. En la proa no había más que dos marineros rubios, que menearon la cabeza y soltaron una que otra frase en algo que podía ser noruego o finlandés. Recorrieron el pasillo de estribor sin encontrar a nadie. La puerta de la cabina de Medrano estaba entornada, y un camarero los saludó en trabajoso español. Era mejor que viesen al *maître*, que estaría preparando el comedor para el almuerzo. No, no se podía pasar a la popa, no podía decirles por qué el capitán Lovatt, sí. ¿Ya no era más el capitán Lovatt? Hasta ayer era el capitán Lovatt. Otra cosa: rogaba a los señores que cerraran con llave sus cabinas. Si tenían objetos de valor...

—Vamos a buscar al famoso *maître* —dijo López, aburrido.

Volvieron al bar, sin muchas ganas, y se encontraron

con Lucio y Atilio Presutti que debatían el problema del fondeo del *Malcolm*. Del bar se pasaba a una sala de lectura en la que lucía ominoso un piano escandinavo, y al comedor cuyas proporciones merecieron un silbido admirativo de Raúl. El *maître* (tenía que ser el *maître* porque tenía una sonrisa de *maître* y daba órdenes a un mozo que lo miraba con cara taciturna) distribuía flores y servilletas. Lucio y López se adelantaron, y el *maître* alzó unas cejas canosas y los saludó con cierta indiferencia que no excluía la amabilidad.

—Vea usted —dijo López—, estos señores y yo estamos un tanto sorprendidos. Son las diez de la mañana y todavía no tenemos la menor noticia sobre el viaje que vamos a hacer.

—Oh, las noticias sobre el viaje —dijo el *maître*—. Creo que van a entregarles un folleto o un boletín. Yo mismo no estoy muy al tanto.

—Aquí nadie está al tanto —dijo Lucio con un tono má alto del necesario—. ¿Le parece de buena educación tenernos en... en Babia? —terminó enrojeciendo y buscando en vano la manera de seguir.

—Señor, presento a ustedes mis excusas. No creí que en el curso de esta mañna... Estamos bastante atareados —agregó—. El almuerzo se servirá en el bar a las diecisiete. Los señores que deseen comer en sus cabinas...

—Hablando de deseos —dijo Raúl—, me gustaría saber por qué no se puede pasar a popa.

—*Technical reasons* —dijo rápidamente el *maître*, y tradujo en seguida la frase.

—¿Está averiado el *Malcolm*?

—Oh, no.

—¿Por qué anclamos toda la mañana en el río?

—Zarparemos en seguida, señor.

—¿Para dónde?

—No lo sé, señor. Supongo que lo anunciarán en el boletín.

—¿Se puede hablar con un oficial?

—Me han advertido que un oficial vendrá a la hora del almuerzo para saludar a ustedes.

—¿No se puede radiotelegrafiar? —dijo Lucio, por decir algo práctico.

—¿Adónde, señor? —preguntó el *maître*.

—¿Cómo adónde? A casa, don —dijo el Pelusa—. Para ver cómo está la familia. Yo tengo a mi prima con el apéndice.

—Pobre chica —simpatizó Raúl—. En fin, esperemos que el oráculo se presente junto con los hors d'oeuvre. Por mi parte me voy a admirar la ribera quilmeña, patria de Victorio Cámpolo y otros próceres.

—¿Es curioso —le dijo Medrano a Raúl mientras salían no demasiados garifos—. Tengo todo el tiempo la sensación de que nos hemos metidos en un lío padre. Divertido, por lo demás, pero no sé hasta qué punto. ¿A usted cómo le suena?

—*Not with a bang but a whimper* —dijo Raúl.

—¿Sabe inglés? —le preguntó Felipe mientras bajaban al puente.

—Sí, claro —lo miró y sonrió—. Bueno, dije «claro» porque casi toda la gente con quien vivo lo sabe. Usted lo estudia en el Nacional, supongo.

—Un poco —dijo Felipe, que iba invariablemente a examen. Tenía ganas de recordarle a Raúl su ofrecimiento de una pipa, pero le daba vergüenza. No demasiada, más bien era cuestión de esperar la oportunidad.

Raúl hablaba de las ventajas del inglés, sin insistir demasiado y escuchándose con una especie de lástima burlona. «La inevitable fase histriónica —pensó—, la búsqueda sinuosa y sagaz, el primer round de estudio...»

—Empieza a hacer calor —dijo mecanicamente—. La tradicional humedad del Plata.

—Ah, sí. Pero esa camisa que tiene debe ser formidable —Felipe se animó a tocar la tela con dos dedos—. Nylon, seguro.

—No, apenas poplín de seda.

—Parecía nylon. Tenemos un prof que lleva todas camisas de nylon, se las trae de Nueva York. Le llaman «El bacán».

—¿Por qué le gusta el nylon?

—Porque... bueno, se usa mucho, y tanta propaganda en las revistas. Lástima que en Buenos Aires cuesta demasiado.

—Pero *a usted*, ¿por qué le gusta?

—Porque se plancha solo —dijo Felipe—. Uno lava la camisa, la cuelga y ya está. «El bacán» nos explicó.

Raúl lo miró bien de frente, mientras sacaba los cigarrillos.

—Veo que tiene sentido práctico, Felipe. Pero cualquiera diría que usted mismo tiene que lavarse y plancharse la ropa.

Felipe se puso visiblemente rojo y aceptó presuroso el cigarrillo.

—No me tome el pelo —dijo, desviando la mirada—. Pero el nylon, para los viajes...

Raúl asintió, ayudándolo a pasar el mal trago. El nylon, claro.

22

Un bote tripulado por un hombre y un chico se acercaba al *Malcolm* por estribor. Paula y Claudia saludaron con la mano, y el bote se acercó.

—¿Por qué están fondeados acá? —preguntó el hombre—. ¿Se rompió algo?

—Misterio —dijo Paula—. O huelga.

—Qué va a ser huelga, señorita, seguro que se rompió algo.

Claudia abrió su cartera y exhibió dos billetes de diez pesos.

—Háganos un favor —dijo—. Vaya hasta la popa y fíjese qué pasa de ese lado. Sí, la popa. Mire si hay oficiales o si están reparando algo.

El bote se alejó sin que el hombre, evidentemente desconcertado, atinara a hacer comentarios. El chico, que cuidaba una línea de fondo, empezó a recogerla presuroso.

—Qué buena idea —dijo Paula—. Pero qué insensato suena todo esto, ¿no? Mandar una especie de espía es absurdo.

—Quizá no sea más absurdo que acertar cinco cifras dentro de las combinaciones posibles. Hay una cierta proporción en este absurdo, aunque a lo mejor me estoy contagiando de Persio.

Mientras explicaba a Paula quién era Persio, no se sorprendió demasiado al comprobar que el bote se alejaba del *Malcolm* sin que el lanchero mirara hacia atrás.

—Fracaso de las *astuzie femminile* —dijo Claudia—. Ojalá los caballeros consigan noticias. ¿Ustedes dos están cómodos en su cabina?

—Sí, muy bien —dijo Paula—. Para ser un barco chico las cabinas son perfectas. El pobre Raúl empezará a lamentar muy pronto haberme embarcado con él, porque es el orden en persona mientras que yo... ¿Usted no cree que dejar las cosas tiradas por ahí es una delicia?

—No, pero yo tengo que manejar una casa y un chico. A veces... Pero no, creo que prefiero encontrar las enaguas en el cajón de las enaguas, etc.

—Raúl le besaría la mano si la oyera —rió Paula—. Esta mañana creo que empecé lavándome los dientes con su cepillo. Y el pobre que necesita reposo.

—Para eso cuenta con el barco, que es casi demasiado tranquilo.

—No sé, ya lo veo inquieto, le da rabia esa historia de popa prohibida. Pero de veras, Claudia, Raúl lo va a pasar muy mal conmigo.

Claudia sintió que detrás de esa insistencia había como un deseo de agregar algo más. No le interesaba demasiado pero le gustaba Paula, su manera de parpadear, sus bruscos cambios de posición.

—Supongo que ya estará bastante acostumbrado a que usted le use su cepillo de dientes.

—No, precisamente el cepillo no. Los libros que le pierdo, las tazas de café que le vuelco en la alfombra... pero el cepillo de dientes no, hasta esta mañana.

Claudia sonrió, sin decir nada. Paula vaciló, hizo un gesto como para espantar un bicho.

—Quizá sea mejor que se lo diga desde ahora. Raúl y yo somos simplemente muy amigos.

—Es un muchacho muy simpático —dijo Claudia.

—Como nadie o casi nadie lo creerá a bordo, me gustaría que por lo menos usted estuviera enterada.

—Gracias, Paula.

—Soy yo quien tiene que dar las gracias por encontrar a alguien como usted.

—Sí, a veces ocurre que... También yo, alguna vez, he sentido la necesidad de agradecer una mera presencia, un gesto, un silencio. O saber que una puede empezar a hablar, decir algo que no diría a nadie, y que de pronto es tán fácil.

—Como ofrecer una flor —dijo Paula, y apoyó apenas la mano en el brazo de Claudia—. Pero no soy de fiar —agregó retirando la mano—. Soy capaz de maldades infinitas, incurablemente perversa conmigo misma y con los demás. El pobre Raúl me aguanta hasta un punto... No puede imaginarse lo bueno y comprensivo que es, quizá porque yo no existo realmente para él; quiero decir que sólo existo en el plano de los sentimientos intelectuales, por decir así. Si por un improbable azar un día nos acostáramos juntos, creo que empezaría a detestarme a la mañana siguiente. Y no sería el primero.

Claudia se puso de espalda a la borda para evitar el sol ya demasiado fuerte.

—¿No me dice nada? —preguntó hoscamente Paula.

—No, nada.

—Bueno, a lo mejor es preferible. ¿Por qué tengo que traerle problemas?

Claudia notó el tono despechado, la irritación.

—Se me ocurre —dijo— que si yo hubiera hecho una pregunta o un comentario usted hubiera desconfiado de mí. Con la perfecta y feroz desconfianza de una mujer hacia otra. ¿No le da miedo hacer confidencias?

—Oh, las confidencias... Esto no era ninguna confidencia —Paula aplastó el cigarrillo apenas encendido—. No hacía más que mostrarle el pasaporte, tengo horror de que me estimen por lo que no soy, que una persona como usted simpatice por un sucio malentendido.

—Y por eso Raúl, y su perversidad, y los amores malogrados... —Claudia se echó a reír y de pronto se inclinó y besó a Paula en la mejilla—. Qué tonta, qué grandísima boba.

Paula bajó la cabeza.

—Soy mucho peor que eso —dijo—. Pero no se fíe, no se fíe.

Si bien a la Nelly le parecía demasiado audaz esa blusa naranja, doña Rosita era más indulgente con la juventud de este tiempo. La madre de la Nelly aportaba una opinión intermedia: la blusa estaba bien, pero el color era chillón. Cuando se trató de saber la opinión de Atilio, éste dijo atinadamente que la misma blusa en una mujer que no fuera pelirroja apenas llamaría la atención, pero que de todas maneras él no permitiría jamás que su novia se destapara los hombros en esa forma.

Como el sol les daba ya en la coronilla, se refugiaron en el sector que los dos marineros acababan de cubrir con lonas. Instalados en reposeras de varios colores, se sintieron todos muy contentos. En realidad lo único que faltaba era el mate, culpa de doña Rosita que no había querido traer el termo y la galleta con virola de plata obsequiada por el padre de la Nelly a don Curzio Presutti. Lamentando en el fondo su decisión, doña Rosita hizo observar que no es fino tomar mate en la cubierta de primera, a lo que contestó doña Pepa que se podían haber reunido en el camarote. El Pelusa sugirió que subieran al bar a beberse una cerveza o una sangría, pero las damas alabaron la comodidad de los asientos y la vista del río. Don Galo, cuyo descendimiento por la escalerilla era seguido cada vez con ojos de terror por las señoras, reapareció entonces para intervenir en la plática y agradecer al Pelusa la ayuda que prestaba al chófer para tan delicadas operaciones. Las señoras y el Pelusa dijeron a coro que no faltaba más, y doña Pepa preguntó a Don Galo si había viajado mucho. Pues sí, algo de mundo conocía, sobre todo la región de Lugo y la provincia de Buenos Aires. También había viajado hasta el Paraguay en un barco de Mihanovich, un viaje terrible en el año veintiocho, un calor, pero un calor...

—¿Y siempre...? —insinuó la Nelly, señalando vagamente la silla y el chófer.

—Qué va, hija mía, que va. En ese entonces era yo más fuerte que Paulino Uzcudún. Una vez en Pehuajó, hubo un incendio en la tienda...

El Pelusa hizo una seña a la Nelly, que se inclinó para que él pudiera hablarle al oído.

—Qué plato la bronca que se va a agarrar la vieja —informó—. En un descuido me guardé el mate en la valija y dos kilos de yerba Salud. Esta tarde lo subimos aquí y todos se van a quedar con la boca abierta.

—¡Pero Atilio! —dijo la Nelly, que seguía admirando a la distancia la blusa de Paula—. Sos uno, vos...

—Qué va a hacer —dijo el Pelusa, satisfecho de la vida.

La blusa naranja atrajo también a López, que bajaba a la cubierta después de completar el arreglo de sus cosas. Paula leía, sentada al sol, y él se acodó en la borda y esperó que levantara los ojos.

—Hola —dijo Paula—. ¿Qué tal profesor?

—*Horresco referens* —murmuró López—. No me llame profesor o la tiro por la borda con libro y todo.

—El libro es de Françoise Sagan, y por lo menos él no merece que lo tiren. Veo que el aire fluvial le despierta reminiscencias piráticas. Andar por la plancha o algo así, ¿no?

—¿Usted ha leído novelas de piratas? Buena señal, buena señal. Sé por experiencia que las mujeres más interesantes son siempre las que de chicas excursionaron en lecturas masculinas. ¿Stevenson, por ejemplo?

—Sí, pero mi erudición bucanera viene de que mi padre guardaba como curiosidad una colección del *Tit-Bits* donde salía la gran novela titulada «El tesoro de la isla de la Luna Negra».

—¡Ah, pero yo también la he leído! Los piratas tenían nombres deslumbrantes, como Senaquerib Edén y Maracaibo Smith.

—¿A que no se acuerda cómo se llamaba el espadachín que muere batiéndose por la buena causa?

—Claro que me acuerdo: Christopher Dawn.

—Somos almas gemelas —dijo Paula, tendiéndole la mano—. ¡Viva la bandera negra! La palabra profesor queda borrada para siempre.

López fue a buscar una silla, luego de asegurarse de que Paula preferiría seguir charlando a la lectura de *Un certain sourire*. Ágil y pronto (no era pequeño, pero daba a veces la impresión de serlo, en parte porque usaba sacos sin hombreras y pantalones angostos, y porque se movía con suma rapidez) volvió con una reposera que chorreaba verdes y blancos. Se instaló con manifiesta voluptuosidad al lado de Paula y la contempló un rato sin decir nada.

—*Soleil, soleil, faute éclatante* —dijo ella, sosteniendo su mirada—. ¿Qué divinidad protectora, Max Factor o Helena Rubinstein, me salvarían de este escrutinio crudelísimo?

—El escrutinio —observó López— arroja las siguientes cifras: belleza extraordinaria, levemente contrariada por una exposición excesiva a los dry Martinis y al aire helado de las *boîtes* del barrio norte.

—*Right you are*.

—Tratamiento: sol en cantidades moderadas y piratería *ad libitum*. Esto último me lo dicta mi experiencia de taumaturgo, pues sé de sobra que no podría quitarle los vicios de golpe. Cuando se ha saboreado la sal de los abordajes, cuando se ha pasado a cuchillo un centenar de tripulaciones...

—Claro, quedan las cicatrices, como en el tango.

—En su caso se reducen a una excesiva fotofobia, causada sin duda por la vida de murciélago que lleva y el exceso de lectura. Me ha llegado además el horrendo rumor de que escribe poemas y cuentos.

—Raúl —murmuró Paula—. Delator maldito. Lo voy a hacer caminar por la plancha, desnudo y untado de alquitrán.

—Pobre Raúl —dijo López—. Pobre, afortunado Raúl.

—La fortuna de Raúl es siempre precaria —dijo Paula—. Especulaciones muy arriesgadas, venda el mercurio, compre el petróleo, liquide a lo que le den, pánico a las doce y caviar a medianoche. Y no está mal así.

—Sí, siempre es mejor que un sueldo en el Ministerio de Educación. Por mi parte no sólo no tengo acciones sino que casi no las cometo. Vivo en inacciones, y eso...

—La fauna bonaerensis se parece bastante entre sí, querido Jamaica John. Será por eso que hemos abordado con tanto entusiasmo este *Malcolm*, y también por eso que ya lo hemos contagiado de inmovilismo y de no te metás.

—La diferencia es que yo hablaba tomándome el pelo, mientras que usted parece lanzada a una autocrítica digna de las de Moscú.

—No, por favor. Ya he hablado bastante de mí con Claudia. Basta por hoy.

—Simpática, Claudia.

—Muy simpática. La verdad es que hay un grupo de gentes interesantes.

—Y otro bastante pintoresco. Vamos a ver qué alianzas, qué cismas y qué deserciones ocurren con el tiempo. Allá veo a Don Galo charlando con la familia Presutti. Don Galo será el observador neutral, irá de una a otra mesa en su raro vehículo. ¿No es curiosa una silla de ruedas en un barco, un medio de transporte sobre otro?

—Hay cosas más raras —dijo Paula—. Una vez

cuando volvía de Europa, el capitán del *Charles Tellier* me hizo una confesión íntima: el maduro caballero admiraba las motonetas y tenía la suya a bordo. En Buenos Aires paseaba entusiastamente en su Vespa. Pero me interesa su visión estratégica y táctica de todos nosotros. Siga.

—El problema de los Trejo —dijo López—. El chico andará de nuestro lado, es seguro. (*«Tu parles»*, pensó Paula.) El resto será recibido cortésmente pero no se pasará de ahí. Por lo menos en el caso de usted y de mí. Ya los he oído hablar y me basta. Son del estilo: *«¿Gusta de una masita de crema? Es hecha en casa.»* Me pregunto si el doctor Restelli no engranará por el lado más conservador de su persona. Sí, es candidato a jugar al siete y medio con ellos. La chica, pobre, tendrá que someterse a la horrible humillación de jugar con Jorge. Sin duda esperaba encontrar a alguien de su edad, pero como la popa no nos reserve alguna sorpresa... Por lo que respecta a usted y a mí, anticipo una alianza ofensiva y defensiva, coincidencia absoluta en la piscina, si hay piscina en alguna parte, y supercoincidencia en los almuerzos, tés y cenas. A menos que Raúl...

—No se preocupe por Raúl, oh avatar de von Clausewitz.

—Bueno, si yo fuera Raúl —dijo López— no me entusiasmaría oírle decir eso. En mi calidad de Carlos López considero la alianza como cada vez más indisoluble.

—Empiezo a creer —dijo desganadamente Paula— que Raúl hubiera hecho mejor en pedir dos cabinas.

López la miró un momento. Se sintió turbado a pesar suyo.

—Ya sé que estas cosas no ocurren en la Argentina, y quizá en ninguna parte —dijo Paula—. Precisamente por eso lo hacemos Raúl y yo. No pretendo que me crea.

—Pero si le creo —dijo López, que no le creía en absoluto—. ¿Qué tiene que ver?

Un gongo sonó afelpadamente en el pasillo, y repitió su llamado desde lo alto de la escalerilla.

—Si es así —dijo López livianamente—, ¿me acepta en su mesa?

—De pirata a pirata, con mucho gusto.

Se detuvieron al pie de la escalerilla de babor. Enérgico y eficiente, Atilio ayudaba al chófer a subir a Don Galo que movía afablemente la cabeza. Los otros lo siguieron en silencio. Ya estaban arriba cuando López se acordó.

—Dígame: ¿usted ha visto a alguien en el puente de mando?

Paula se quedó mirándolo.

—Ahora que lo pienso, no. Claro que estar anclado frente a Quilmes no creo que requiera el ojo de águila de ningún argonauta.

—De acuerdo —convino López—, pero es raro de todos modos. ¿Qué hubiera pensado Senaquerib Edén?

23

Hors d'oeuvres variés
Potage Impératrice
Poulet à l'estragon
Salade tricolore
Fromages
Coupe Melba
Gateaux, petits fours
Fruits
Café, infusions
Liqueurs

En la mesa 1, la Beba Trejo se las arregla para quedar de frente al resto de los comensales, que en esa forma podrán apreciar su blusa nueva y su pulsera de topacios sintéticos,

la señora de Trejo considera que los vasos tallados son tan elegantes,

el señor Trejo consulta los bolsillo del chaleco para cerciorarse de que trajo el Promecol y la tableta de Alka Seltzer,

Felipe mira lúgubremente las mesas contiguas, donde se sentiría mucho más contento.

En la mesa 2, Raúl dice a Paula que los cubiertos de pescado le recuerdan unos nuevos diseños italianos que ha visto en una revista,

Paula lo escucha distraída y opta por el atún en aceite y las aceitunas,

Carlos López se siente misteriosamente exaltado y su mediocre apetito crece con los camarones a la vinagreta y el apio con mayonesa.

En la mesa 3, Jorge describe un círculo con el dedo sobre la bandeja de *hors d'oeuvres*, y su orden ecuménica merece la sonriente aprobación de Claudia,

Persio lee atento la etiqueta del vino, observa su color y lo husmea largo rato antes de llenar su copa hasta el borde,

Medrano mira al *maître* que mira servir al mozo, que mira su bandeja,

Claudia prepara pan con manteca para su hijo y piensa en la siesta que va a dormir, precedida de una novela de Bioy Casares.

En la mesa 4, la madre de la Nelly informa que a ella la sopa de verdura le repite, por lo cual prefiere un caldo con fideos finos,

Doña Pepa tiene la sensación de estar un poco mareada y eso que no puede decir que el barco se mueva,

la Nelly mira a la Beba Trejo, a Claudia y a Paula, y piensa que la gente de posición siempre está vestida de una manera tan diferente,

el Pelusa se maravilla de que los panes sean tan pequeños y tan individuales, pero cuando parte uno se decepciona porque son pura costra y no tienen nada de miga.

En la mesa 5, el doctor Restelli llena las copas de sus contertulios y opina con galanura sobre los méritos del borgoña y el Côte du Rhône,

Don Galo chasquea los labios y recuerda al mozo que su chófer comerá en la cabina y que es un hombre de rotundas apetencias,

Nora está afligida por tener que sentarse con los dos señores mayores, y se pregunta si Lucio no podrá arreglar algo con el *maître* para que los cambien,

Lucio deja que le llenen el plato de sardinas y atún, y es el primero en percibir una leve vibración en la mesa, seguida de la progresiva desaparición de la chimenea roja que cortaba en dos la circunferencia del ojo de buey.

La alegría fue general, Jorge saltó de la silla para ir a ver la maniobra, y el optimismo del doctor Restelli se dibujó como un halo en torno a su sonriente fisonomía, sin que por eso cejara la mueca de reservado escepticismo de Don Galo. Sólo Medrano y López, que se habían consultado con una mirada, siguieron esperando la llegada del oficial. A una pregunta en voz baja de López, el *maître* alzó las manos con un gesto de desaliento y dijo que trataría de enviar a un camarero para que insistiera. ¿Cómo que trataría de enviar? Sí, porque hasta nueva orden las comunicaciones con la popa eran lerdas. ¿Y por qué? Al parecer, por cuestiones técnicas. ¿Era la primera vez que ocurría eso en el *Malcolm*? En cierto modo, sí. ¿Qué significaba exactamente en cierto modo? Era una manera de decir.

López aguantó con esfuerzo su porteño deseo de decirle: «Vea, amigo, váyase al carajo», y aceptó en cambio que le sirvieran una rebanada de hediondo y delicioso Robiola.

—Nada que hacerle —dijo a Medrano—. Esto vamos a tener que arreglarlo nosotros mismos, che.

—No sin antes café y coñac —dijo Medrano—. Reunámonos en mi cabina y avísele a Costa. —Se volvió a Persio que hablaba volublemente con Claudia—. ¿Cómo ve las cosas, amigo?

—Como verlas, no las veo —dijo Persio—. He tomado tanto sol que me siento luminoso por dentro. Estoy más para ser contemplado que para contemplar. Toda la mañana pensé en la editorial, en mi oficina, y por más que hice no logré concretarlas, realizarlas. ¿Cómo es posible que dieciséis años de trabajo diario se conviertan en un espejismo, nada más que porque el río me rodea y el sol me recalienta el cráneo? Habría que analizar muy cuidadosamente el lado metafísico de esta experiencia.

—Eso —dijo Claudia— se llama sencillamente vacaciones pagas.

La voz de Atilio Presutti se alzó sobre las demás para celebrar con entusiasmo la llegada de una copa Melba. En ese mismo instante la Beba Trejo rechazaba la suya con una mueca de elegante desdén que sólo ella sabía cuánto le costaba. Mirando a Paula, a la Nelly y a Claudia que saboreaban el helado, se sintió martirizadamente superior; pero su triunfo supremo era aplastar a Jorge, ese gusano de pantalón corto que la había tuteado de entrada y que tragaba el helado con el ojo fijo en la bandeja del mozo donde quedaban otras dos copas llenas.

La señora de Trejo se sobresaltó.

—¡Cómo, nena! ¿No te gusta el helado?

—No, gracias —dijo la Beba, resistiendo la mirada onmisciente y divertida de su hermano.

—Pero qué tonta es esta chica —dijo la señora de Trejo—. Ya que no lo querés vos...

Colocaba la copa frente a su no pequeño busto, cuando la diestra mano del *maître* se la arrebató.

—Ya está un poco derretido, señora. Sírvase éste.

La señora se ruborizó violentamente para felicidad de sus hijos y esposo.

Sentado al borde de su cama, Medrano balanceó un pie siguiendo el casi imperceptible rolido. El aroma de la pipa de Raúl le recordaba las veladas en el Club de Residentes Extranjeros y las charlas con míster Scott, su profesor de inglés. Ahora que lo pensaba, se había ido de Buenos Aires sin avisar a los amigos del club. Tal vez Scott les diría, tal vez no, según el humor del momento. A esa hora ya Bettina habría telefoneado al club, con una voz cuidadosamente distraída. «Volverá a llamar mañana y preguntará por Willie o por Márquez Cey —pensó—. Los pobres no van a saber qué decirle, realmente se me ha ido la mano.» ¿Por qué, al fin y al cabo, mandarse mudar con tanto secreto, callándose lo del premio? Ya se le había ocurrido la noche anterior, antes de dormirse, que en su juego había gato y ratón, que la crueldad andaba de por medio. «Es casi más una venganza que un abandono —se dijo—. ¿Pero por qué, si es tan buena chica, a menos que sea justamente por eso?» También había pensado que en los últimos tiempos no veía más que los defectos de Bettina: era un síntoma demasiado común, demasiado vulgar. El club, por ejemplo, Bettina no quería entender. «Pero vos no sos un residente extranjero» (con un tono casi patriótico). «Con todos los clubs que hay en Buenos Aires, te metés en uno de gringos...» Era triste pensar que por frases así no la volvería a ver nunca más. En fin, en fin.

—No hagamos una cuestión de hidalguía ofendida —dijo bruscamente López—. Sería una lástima estropear desde el vamos algo divertido. Por otro lado no podemos quedarnos de brazos cruzados. Para mí empieza a resultar una postura incómoda, y Dios sabe si estoy sorprendido.

—De acuerdo —dijo Raúl—. El puño de hierro en el guante de pecarí. Propongo que nos abramos amistosamente paso hasta el sancta sanctórum, utilizando en lo posible esa manera falsamente untuosa que los yanquis achacan a los japoneses.

—Vamos yendo —dijo López—. Gracias por la caña, che, es de la buena.

Medrano les ofreció otro trago, y salieron.

La cabina quedaba casi al lado de la puerta Stone que interrumpía el pasillo de babor. Raúl se puso a examinar la puerta con mirada profesional, y accionó una palanca pintada de verde.

—Nada que hacer. Esto se abre a presión de vapor y se comanda desde alguna otra parte. Han inutilizado la palanca de emergencia.

La puerta del pasillo de estribor resistió a su vez a todos los esfuerzos. Un penetrante silbido los hizo volverse con cierto sobresalto. El Pelusa los saludaba entre entusiasta y azorado.

—¿Ustedes también? Yo hace rato que me tiré el lance, pero estas puertas son propiamente la escomúnica. ¿Qué me estarán combinando los paparulos esos? No es cosa de hacer, ¿no le parece?

—Seguro —dijo López—. ¿Y no había otra puerta?

—Todo está condenado —dijo solemnemente Jorge, que había aparecido como un duende.

—Qué puerta ni puerta —decía el Pelusa—. En la cubierta hay dos pero están cerradas con llave. Si no hay algún sótano o algo así que podamos encontrar...

—¿Están preparando una expedición contra los lípidos? —preguntó Jorge.

—Bueno, sí —dijo López—. ¿Viste alguno?

—Solamente los dos finlandeses, pero los de este lado no son lípidos, che. Deben ser glúcidos o prótidos.

—Qué cosas dice este purrete —se maravilló el Pelusa—. Desde hoy que la tienen con los lípedos.

—Lípidos —corrigió Jorge.

Sin saber por qué, a Medrano le inquietaba que Jorge siguiera explorando con ellos.

—Mira, te vamos a confiar una tarea delicada —le dijo—. Andate a la cubierta y vigilá bien las dos puertas. A lo mejor los lípidos se aparecen por ahí. Si notás la menor señal de alarma, silbás tres veces. ¿Sabés silbar fuerte?

—Un poco —dijo avergonzado Jorge—. Tengo los dientes separados.

—¿No sabés silbar? —dijo el Pelusa, ansioso por mostrarse—. Mirá, hacé así.

Juntó el pulgar y el índice, se los metió en la boca y emitió un silbido que les rajó los oídos. Jorge juntó los dedos, pero lo pensó mejor, hizo un gesto de asentimiento dirigido a Medrano y se fue a la carrera.

—Buenos, sigamos explorando —dijo López—. Quizá sería mejor separarnos, y el que encuentre un pasaje avisa en seguida a los demás.

—Fenómeno —dijo el Pelusa—. Parece que estaríamos jugando al vigilante y ladrón.

Medrano se volvió a buscar cigarrillos a la cabina. Raúl vio a Felipe en el extremo del pasillo. Estrenaba unos *blue-jeans* y una camisa a cuadros que lo recortaban cinematográficamente contra la puerta del fondo. Le explicó en lo que andaban, y se fueron juntos hasta el pasaje central que comunicaba ambos pasilos.

—¿Pero qué buscamos? —preguntó Felipe, desconcertado.

—Qué sé yo —dijo Raúl—. Llegar a la popa, por ejemplo.

—Debe ser igual que esto, más o menos.

—Tal vez. Pero como no se puede ir, eso la cambia mucho.

—¿Usted cree? —dijo Felipe—. Seguro que es por algún desperfecto. Esta tarde abrirán las puertas.

—Entonces sí será igual que la proa.

—Ah, claro —dijo Felipe, que entendía cada vez menos—. Bueno, si es por divertirse está bien, a lo mejor encontramos un pasadizo para llegar allá antes que los otros.

Raúl se preguntó por qué López y Medrano eran los únicos que sentían lo mismo que él. Los demás sólo veían un juego. «También para mí es un juego, al fin y al cabo —pensó—. ¿Dónde está la diferencia? Hay una diferencia, eso es seguro.»

Llegaban ya al pasillo de babor cuando Raúl descubrió la puerta. Era muy angosta, pintada de blanco como las paredes del pasaje, y el picaporte empotrado escapaba casi a la vista en la penumbra del lugar. Sin mucha esperanza lo apretó, y lo sintió ceder. La puerta entornada dejó ver una escalerilla que descendía hasta perderse en la sombra. Felipe tragó aire excitadamente.

En el pasillo de estribor se oía charlar a López y a Atilio.

—¿Les avisamos? —preguntó Raúl, mirando de soslayo a Felipe.

—Mejor que no. Vamos solos.

Raúl empezó a bajar y Felipe cerró la puerta a sus espaldas. La escalerilla daba a un pasadizo apenas iluminado por una lámpara violeta. No había puertas a los lados, se oía con fuerza el ruido de las máquinas. Caminaron sigilosamente hasta llegar a una puerta Stone cerrada. A ambos lados había puertas parecidas a la que acababan de descubrir en el pasaje.

—¿Izquierda o derecha? —dijo Raúl—. Elegí vos.

A Felipe le cayó raro el tuteo. Señaló la izquierda, sin animarse a devolver el tratamiento a Raúl. Probó lentamente el picaporte, y la puerta se abrió sobre un compartimiento en penumbra que olía a encerrado. A los lados vieron armarios de metal y estantes pintados de blanco. Había herramientas, cajas, una brújula antigua, latas con clavos y tornillos, pedazos de cola de carpintero y recortes de metal. Mientras Felipe se acercaba al ojo de buey y lo frotaba con un trapo, Raúl levantó la tapa de un cajoncito de hojalata y volvió a bajarla en seguida. Ahora entraba más luz y se estaban acostumbrando a esa difusa claridad de acuario.

—Pañol de avíos —dijo burlonamente Raúl—. Hasta ahora no nos lucimos.

—Falta la otra puerta —Felipe había sacado cigarrillos y le ofreció uno—. ¿No le parece misterioso este barco? Ni siquiera sabemos adónde nos lleva. Me hace acordar de una cinta que vi hace mucho. Trabajaba John Garfield. Se embarcaban en un buque que no tenía ni marineros, y al final resultaba que era el barco de la muerte. Un globo así, pero uno estaba a cuatro manos en el cine.

—Sí, es una pieza de Sutton Vane —dijo Raúl. Se sentó en una mesa de carpintero, y exhaló el humo por la nariz—. A vos te ha de encantar el cine, eh.

—Y, claro.

—¿Vas mucho?

—Bastante. Tengo un amigo que vive cerca de casa y siempre vamos al Roca o los del centro. Los sábados a la noche es divertido.

—¿Vos creés? Ah, claro, el centro está más animado, se puede levantar programa.

—Seguro —dijo Felipe—. Usted debe hacer bastante vida nocturna.

—Un poco, sí. Ahora no tanto.

—Ah, claro, cuando uno se casa...

Raúl lo miraba, sonriendo y fumando.

—Te equivocás, no estoy casado.

Saboreó el rubor que Felipe trataba de disimular tosiendo.

—Bueno, yo quise decir que...

—Ya sé lo que quisiste decir. En realidad a vos te joroba un poco tener que venir con tus papás y tu hermana, ¿no?

Felipe desvió la mirada, incómodo.

—Qué va a hacer —dijo—. Ellos creen que todavía soy muy joven, y como yo tenía derecho a traerlos, entonces...

—Yo también creo que vos sos muy joven —dijo Raúl—. Pero me hubiese gustado más que vinieras solo. O como he venido yo —agregó—. Eso hubiera sido lo

— 160 —

mejor porque en este barco... En fin, no sé lo que pensás vos.

Felipe tampoco lo sabía, y se miró las manos y después los zapatos. «Se siente como desnudo —pensó
Raúl—, a caballo entre dos tiempos, dos estados, igua-
lito que su hermana.» Estiró el brazo y palmeó a Felipe
en la cabeza. Lo vio que se echaba atrás, sorprendido y
humillado.

—Pero por lo menos ya tenés un amigo —dijo
Raúl—. Eso es algo, ¿no?

Paladeó como si fuera vino la lenta, tímida, fervo-
rosa sonrisa que nacía de esa boca apretada y petulante. Suspiró, bajó de la mesa y trató en vano de abrir
los armarios.

—Bueno, creo que deberíamos seguir adelante. ¿No
oís voces?

Entreabrieron la pueta. Las voces venían de la
cámara de la derecha, donde hablaban en una lengua
desconocida.

—Los lípidos —dijo Raúl, y Felipe lo miró asombrado—. Es un término que les aplica Jorge a los marineros de este lado. ¿Y?

—Vamos, si quiere.

Raúl abrió de golpe la puerta.

El viento, que en un principio había soplado de
popa, giró hasta topar de frente al *Malcolm* que salía al
mar abierto. Las señoras optaron por abandonar la cubierta, pero Lucio, Persio y Jorge se instalaron en el extremo de la proa y allí, aferrados al bauprés como decía
imaginativamente Jorge, asistieron a la lenta sustitu-
ción de las aguas fluviales por un oleaje verde y crecido. Para Lucio aquello no era una novedad, conocía

bastante bien el delta y el agua es la misma en todas partes. Le gustaba, claro, pero seguía distraído los comentarios y las explicaciones de Persio, volviendo inevitablemente a Nora que había preferido (¿pero por qué había preferido?) quedarse con Beba Trejo en la sala de lectura, hojeando revistas y folletos de turismo. En su memoria se repetían las palabras confusas de Nora al despertarse, la ducha que habían tomado juntos a pesar de sus protestas, Nora desnuda bajo el agua y él que había querido jabonarle la espalda y besarla, tibia y huyente. Pero Nora había seguido negándose a mirarlo desnudo y de frente, hurtaba el rostro y se volvía en busca del jabón o del peine, hasta que él se había visto precisado a ceñirse precipitadamente una toalla y meter la cara bajo una canilla de agua fría.

—Los imbornales me parece que son como unas canaletas —decía Persio.

Jorge bebía las explicaciones, preguntaba y bebía, admiraba (a su manera y confianzudamente) a Persio mago, a Persio todolosabe. También le gustaba Lucio, porque al igual que Medrano y López no le decían pibe o purrete, ni hablaban de «la criatura» como la gorda, la madre de la Beba, esa otra idiota que se creía una mujer grande. Pero por el momento lo único importante era el océano, porque eso era el océano, esa era el agua salada, y debajo estaban los acantopterigios y otros peces marinos, y también verían medusas y algas como en las novelas de Julio Verne, y a lo mejor un fuego de San Telmo.

—¿Vos vivías antes en San Telmo, verdad Persio?

—Sí, pero me mudé porque había ratas en la cocina.

—¿Cuántos nudos creés que hacemos, che?

Persio calculaba que unos quince. Soltaba poco a poco palabras preciosas que había aprendido en los libros y que ahora encantaban a Jorge: latitudes, derrotas, gobernalle, círculo de reflexión, navegación de altura. Lamentaba la desaparición de los barcos de vela, pues sus lecturas le hubieran permitido hablar horas y horas de arboladuras, gavias y contrafoques. Se acordaba de frases enteras, sin saber de dónde provenían: «Era una bitácora grande, con caperuza de cristal y dos lámparas de cobre a los lados para iluminar la rosa de noche.»

Se cruzaron con algunos barcos, el *Haghios Nicolaus*, el *Pan*, el *Falcon*. Un hidroavión los sobrevoló un momento como si los obervara. Después el horizonte se abrió, teñido ya del amarillo y celeste del atardecer, y quedaron solos, se sintieron solos por primera vez. No había costa, ni boyas, ni barcas, ni siquiera gaviotas o un oleaje que agitara los brazos. Centro de la inmensa rueda verde, el *Malcolm* avanzaba hacia el sur.

—Hola —dijo Raúl—. ¿Por aquí se puede subir a popa?

De los dos marineros, uno mantuvo una expresión indiferente, como si no hubiera comprendido. El otro, un hombre de anchas espaldas y abdomen acentuado, dio un paso atrás y abrió la boca.

—*Hasdala* —dijo—. No popa.

—¿Por qué no popa?

—No popa por aquí.

—¿Por dónde entonces?

—No popa.

—El tipo no chamuya mucho —murmuró Felipe—. Qué urso, madre mía. Mire la serpiente que tiene tatuada en el brazo.

—Qué querés —dijo Raúl—. Son lípidos, nomás.

El marinero más pequeño había retrocedido hasta el fondo de la cámara donde había otra puerta. Apoyó las espaldas, sonriendo bonachonamente.

—Oficial —dijo Raúl—. Quiero hablar con un oficial.

El marinero dotado del uso de la palabra levantó las manos con las palmas hacia adelante. Miraba a Felipe, que hundió los puños en los bolsillos del *bluejeans* y adoptó un aire aguerrido.

—Avisar oficial —dijo el lípido—. Orf avisar.

Orf asintió desde el fondo, pero Raúl no estaba satisfecho. Miró en detalle la cámara, más amplia que la de babor. Había dos mesas, sillas y bancos, una litera con las sábanas revueltas, dos mapas de fondos marinos sujetos con chinches doradas. En un rincón vio un banco con un gramófono a cuerda. Sobre un pedazo de alfombra rotosa dormía un gato negro. Aquello era una mezcla de pañol y camarote donde los dos marineros (en camiseta a rayas y mugrientos pantalones blancos) encajaban sólo a medias. Pero tampoco podía ser la cámara de un oficial, a menos que los maquinistas... «¿Pero qué sé yo cómo viven los maquinistas? —se dijo Raúl—. Novelas de Conrad y Stevenson, vaya bibliografía para un barco de esta época...»

—Bueno, vaya a llamar al oficial.

—*Hasdala* —dijo el marinero locuaz—. Volver proa.

—No. Oficial.

—Orf avisar oficial.

—Ahora.

Tratando de que no lo oyeran, Felipe preguntó a Raúl si no sería mejor volverse a buscar a los otros. Lo inquietaba un poco esa especie de detención de la escena, como si ninguno de los presentes tuviera demasiadas ganas de tomar la iniciativa en un sentido o en otro. El enorme marinero del tatuaje lo seguía mirando inexpresivamente, y Felipe tenía una incómoda conciencia de ser mirado y no estar a la altura de esos ojos fijos, más bien cordiales y curiosos, pero tan intensos que no podía hacerles frente. Raúl, insistía ante Orf que escuchaba en silencio, apoyado en la puerta, haciendo de tanto en tanto un gesto de ignorancia.

—Bueno —dijo Raúl, encogiéndose de hombros— creo que tenés razón, va a ser mejor que nos volvamos.

Felipe salió el primero. Desde la puerta, Raúl clavó los ojos en el marineo tatuado.

—¡Oficial! —gritó y cerró la puerta. Felipe ya había empezado a desandar camino pero Raúl se quedó un momento pegado a la puerta. En la cámara se alzaba la voz de Orf, una voz chillona que parecía burlarse. El otro estalló en carcajadas que hacían vibrar el aire. Apretando los labios, Raúl abrió rápidamente la puerta de la izquierda y volvió a salir llevando bajo el brazo la caja de hojalata cuya tapa había levantado un rato antes. Corrió por el pasadizo hasta reunirse con Felipe al pie de la escalera.

—Apúrate —dijo, trepando de a dos los peldaños.

Felipe se volvió sorprendido, creyendo que los seguían. Vio la caja y enarcó las cejas. Pero Raúl le puso la mano en la espalda y lo forzó a que siguiera subiendo. Felipe recordó vagamente que Raúl había empezado a tutearlo precisamente en esa escalera.

24

Una hora después el barman recorrió las cabinas y la cubierta para avisar a los pasajeros que un oficial los esperaba en la sala de lectura. Parte de las señoras estaban ya bajo los efectos del mareo; Don Galo, Persio y el doctor Restelli descansaban en sus cabinas, y sólo Claudia y Paula acompañaron a los hombres, enterados ya de la expedición de Raúl y Felipe. El oficial era enjuto y caviloso, se llevaba con frecuencia la mano al pelo gris cortado «à la brosse», y se expresaba en un castellano difícil pero raras veces equivocado. Medrano lo sospechó danés u holandés, sin mayores razones.

El oficial les deseó la bienvenida en nombre de la Magenta Star y del capitán del *Malcolm*, imposibilitado por el momento para hacerlo en persona. Lamentó que un inesperado recargo de actividades hubiera impedido una reunión más temprana, y se mostró comprensivo de la ligera inquietud que hubieran podido experimentar los señores pasajeros. Ya estaban tomadas todas las medidas para que el crucero fuese sumamente agradable; los viajeros dispondrían de una piscina, un solarium, un gimnasio y sala de juegos, dos mesas de pingpong, un juego de sapo y música grabada. El *maître* se encargaría de recoger las sugestiones que pudiera formu-lar-se, y los oficiales quedaban por su-pues-to a disposición de los viajeros.

—Algunas señoras ya están bastante mareadas —dijo

Claudia rompiendo el imcómodo silencio que siguió al discurso—. ¿Hay médico a bordo?

El oficial entendía que el médico no tardaría en presentar sus respetos a sanos y enfermos. Medrano, que había esperado el momento, se adelantó.

—Muy bien, muchas gracias —dijo—. Queda un par de cosas que nos gustaría aclarar. La primera es si usted ha venido por su propia voluntad o porque uno de estos señores insistió en reclamar la presencia de un oficial. La segunda es muy sencilla: ¿Por qué no se puede pasar a popa?

—¡Eso! —gritó el Pelusa, que tenía la cara ligeramente verde pero que se defendía del mareo como un hombre.

—Señores —dijo el oficial—, esta visita debió realizarse antes, pero no fue posible por las mismas razones que obligan a... a suspender momentáneamente la comunicación con la popa. Observen que poco hay allí para ver —agregó rápidamente—. La tripulación, la carga... Aquí estarán muy confortables.

—¿Y cuáles son esas razones? —preguntó Medrano.

—Lamento que mis órdenes...

—¿Órdenes? No estamos en guerra —dijo López—. No navegamos acechados por submarinos ni transportan ustedes armas atómicas o algo por el estilo. ¿O las transportan?

—Oh, no. Qué idea —dijo el oficial.

—¿Sabe el gobierno argentino que hemos sido embarcados en estas condiciones? —siguió López, riéndose por dentro de la pregunta.

—Bueno, las negociaciones se realizaron a último momento, y los aspectos técnicos quedaron exclusivamente a nuestro cargo. La Magenta Star —agregó con reservado orgullo— tiene una tradición de buen trato a sus pasajeros.

Medrano sabía que el diálogo empezaría a girar en redondo, pisándose la cola.

—¿Cómo se llama el capitán? —preguntó.

—Smith —dijo el oficial—. Capitán Smith.

—Como yo —dijo López, y Raúl y Medrano se rieron. Pero el oficial entendió que lo desmentían y frunció el ceño.

—Antes se llamaba Lovatt —dijo Raúl—. Ah, otra cosa: ¿Puedo enviar un cable a Buenos Aires?

El oficial pensó antes de contestar. Desgraciadamente la instalación inalámbrica del *Malcolm* no admitía mensajes ordinarios. Cuando hicieran escala en Punta Arenas, el correo... Pero por la forma en que terminó la frase daba la impresión de creer que para ese entonces Raúl no necesitaría telegrafiar a nadie.

—Son circunstancias de momento —agregó el oficial, invitándolos con el gesto que simpatizaran con dichas circunstancias.

—Vea —dijo López, cada vez más fastidiado—. Aquí somos un grupo de gente sin el menor interés en malograr un buen crucero. Pero personalmente me resultan intolerables los métodos que está empleando su capitán o quien sea. ¿Por qué no se nos dice la causa de que nos hayan encerrado —sí, no ponga esa cara de agravio— en la proa del barco?

—Y otra cosa —dijo Lucio—. ¿Adónde nos llevan después de Punta Arenas? Es una escala muy rara, Punta Arenas.

—Oh, al Japón. Agradable crucero por el Pacífico.

—¡Mama mía, el Japón! —dijo el Pelusa estupefacto—. ¿Entonces no vamos a Copacabana?

—Dejemos el itinerario para después —dijo Raúl—.
Quiero saber por qué no podemos pasar a la popa, por
qué tengo que andar como una rata buscando un paso,
y tropezarme con sus marineros que no me dejan seguir.

—Señores, señores... —mirando en redondo, el oficial parecía buscar a alguien que no se hubiera plegado
a la creciente rebelión—. Comprendan que nuestro
punto de vista...

—De una vez por todas, ¿cuál es el motivo? —dijo
secamente Medrano.

Después de un silencio en el que claramente se oyó
cómo alguien dejaba caer una cucharita en el bar, los
flacos hombres del oficial se alzaron con perceptible
desánimo.

—En fin, señores, yo hubiera preferido callar puesto
que empiezan ustedes un bien ganado viaje de placer.
Todavía estamos a tiempo... Sí, ya veo. Pues bien, es
muy sencillo: Hay dos casos de tifus entre nuestros
hombres.

El primero en reaccionar fue Medrano, y lo hizo con
una fría violencia que sorprendió a todo el mundo.
Pero apenas había empezado a decirle al oficial que ya
no estaban en la época de las sangrías y las fumigacio-
nes, cuando aquél levantó los brazos con un gesto de
cansado fastidio.

—Perdone, usted, me expresé mal. Debí decir que se
trata de tifus 224. Sin duda no estarán muy al tanto, y
precisamente ese en nuestro problema. Poco se sabe
del 224. El médico conoce el tratamiento más mo-

derno y lo está aplicando, pero opina que por el momento se necesita una especie de... barrera sanitaria.

—Pero dígame un poco —estalló Paula—. ¿Cómo pudimos zarpar anoche de Buenos Aires? ¿Todavía no estaban enterados de sus doscientos y pico?

—Sí que estaban —dijo López—. Se vio en seguida que no nos dejaban ir a popa.

—¿Y entonces? ¿Cómo la sanidad del puerto los dejó salir? ¿Y cómo los dejó entrar, ya que estamos?

El oficial miró hacia el techo. Parecía cada vez más cansado.

—No me obliguen a decir más de lo que me permiten mis órdenes, señores. Esta situación es sólo temporal, y no dudo que dentro de unos pocos días los enfermos habrán pasado la fase... contagiosa. Por el momento...

—Por el momento —dijo López— nos cabe el pleno derecho de suponer que estamos en manos de una banda de aprovechadores... Sí, che, lo que ha oído. Aceptaron un buen negocio de última hora, callándose la boca sobre lo que ocurría a bordo. Su capitán Smith debe ser un perfecto negrero, y se lo puede ir diciendo de mi parte.

El oficial retrocedió un paso, tragando con dificultad.

—El capitán Smith —dijo— es uno de los dos enfermos. El más grave.

Salió antes de que nadie encontrara la primera palabra de una réplica.

Agarrándose a las barandillas con las dos manos, Atilio volvió a cubierta y se tiró en la reposera instalada junto a las de la Nelly, su madre y doña Rosita, que gemían alternadamente. El mareo las atacaba con diferente gravedad, pues como ya había explicado doña Rosita a la señora de Trejo, igualmente enferma, a ella le daba el almareo seco mientras que a la Nelly y a su madre no hacían más que devolver.

—Yo les dije que no me bebieran tanta soda, ahora tienen la blandura en el estómago. Usted se siente mal, ¿verdad? Se ve en seguida, pobre. Yo por suerte con el almareo seco casi no devuelvo, viene a ser más bien una descompostura. Pobre la Nelly, mírela cómo sufre. Yo el primer día solamente como cosas secas, así me queda todo adentro. Me acuerdo cuando fuimos al recreo *La Dorita* con la lancha, yo era la única que casi no devolvía a la vuelta. Los demás, pobres... Ah, mire a doña Pepa, qué mal que está.

Armado de baldes y aserrín, uno de los marineros finlandeses velaba por la limpieza de la maltratada cubierta, con un quejido entre rabioso y desencantado, el Pelusa se agarraba la cara con las manos.

—No es que estea mareado —le dijo a la Nelly que lo miraba con un resto de conciencia—. Seguro que me cayó mal el helado, cuantimás que me mandé dos seguidos a la bodega... ¿Vos cómo te sentís?

—Mal, Atilio, muy mal... Mirala a mamá, pobre. ¿No la podría ver el médico?

—Ma qué médico, mama mía —suspiró el Pelusa—. Si te cuento las novedades... Mejor no te digo, capaz que te descomponés de nuevo.

—¿Pero qué pasa, Atilio? A mí sí decime. ¿Por qué se mueve tanto este barco?

—Las marcas —dijo el Pelusa—. El pelado nos estuvo explicando todo lo de mar. Uy, qué manera de ladearse, mirá, mirá, parece que ese bloque de agua se nos viene encima... ¿Querés que te traiga el perfume para el pañuelo?

—No, no, pero decime lo que pasa.

—Qué va a pasar —dijo el Pelusa, luchando con una rara pelota de tenis que le subía por la garganta—. Tenemos la peste bubónica, tenemos.

25

Después de un silencio quebrado por una carcajada de Paula y frases desconcertadas o furiosas que no se dirigían a nadie en particular, Raúl se dedicó a pedir a Medrano, López y Lucio que lo acompañaran un momento a su cabina, Felipe, que preveía el coñac y la charla entre hombres, notó que Raúl no le hacía la menor indicación de que se les agregara. Esperó todavía un momento, incrédulo, pero Raúl fue el primero en salir del salón. Incapaz de articular palabra, sintiéndose como si de golpe se le hubieran caído los pantalones delante de todo el mundo, se quedó solo con Paula, Claudia y Jorge, que hablaban de irse a cubierta. Antes de que pudieran hacer el menor comentario se lanzó afuera y corrió a meterse en su cabina, donde por suerte no estaba su padre. Tan grande era su despecho y su desconcierto que por un momento se quedó apoyado contra la puerta, frotándose vagamente los ojos. «¿Pero qué se cree ése? —alcanzó a pensar—. ¿Pero qué se piensa ése?» No le cabía duda de que la reunión se hacía para discutir un plan de acción, y a él lo dejaban fuera. Encendió un cigarrillo y lo tiró en seguida. Encendió otro, le dio asco y lo aplastó con el zapato. Tanta charla, tanta amistad, y ahora... Pero cuando habían empezado a bajar la escalera y Raúl le había preguntado si había que avisar a los otros, en seguida había aceptado su negativa, como si le gustara correr con él la aventura. Y después la charla en la cabina vacía, y por qué carajo lo había tuteado si al final lo largaba como un trapo y se iba a encerrar con los otros. Por qué le había dicho que ahora contaba con un amigo, por qué le había prometido una pipa... Sintió que se ahogaba, dejó de ver el pedazo de cama que estaba mirando y en su lugar quedó un confuso rodar de rayas y líneas pegajosas que salían de sus ojos y le caían por la cara. Enfurecido se pasó las dos manos por las mejillas, entró en el cuarto de baño y metió la cabeza en el lavabo lleno de agua fría. Después fue a sentarse a los pies de la cama, donde la señora de Trejo había colocado algunos pañuelos y un piyama limpio. Tomó un pañuelo y lo miró fijamente, murmurando insultos y quejas confundidos. Mezclándose con su rencor nacía poco a poco una historia de sacrificio en la que él los salvaría a todos, no sabía de qué los salvaría, y con un cuchillo en el corazón caería a los pies de Paula y de Raúl, escucharía sus palabras de dolor y arrepentimiento, Raúl le tomaría la mano y se la apretaría desesperado, Paula lo besaría en la frente... Los muy desgraciados, lo besarían en la frente pidiéndole perdón, pero él callaría como callan los dioses y moriría como mueren los hombres, frase leída en alguna parte y que le había impresionado mucho en su momento. Pero antes de morir como mueren los hombres ya les iba a dar que hablar a esa manga de pillados. Por lo pronto el más absoluto desdén, una indiferencia glacial. Buenos días, buenas noches, y se acabó. Ya vendrían a buscarlo, a confiarle sus inquietudes, y entonces sería la hora de la revancha. ¿Ah, ustedes piensan eso? No estoy de acuerdo. Yo tengo mi propia opinión, pero eso es cosa mía. No, ¿por qué tengo que decirla? ¿Acaso ustedes confiaron en mí hasta ahora, y eso que fui el primero en descubrir el pasaje de abajo? Uno hace lo que puede por ayudar y ése es el resultado. ¿Y si nos hubiera ocurrido algo allá abajo? Ríanse todo lo que quieran, yo no pienso mover un dedo por nadie. Claro que entonces seguirían investigando por su cuenta, y eso era casi lo único divertido a bordo de ese barco de porquería. También él, qué diablos, podía dedicarse a investigar por su lado. Pensó en los dos marineros de la cámara de la derecha, en el tatuaje. El llamado Orf parecía más accesible, y si lo encontraba solo... Se vio saliendo a la popa, descubriendo el primero las cubiertas y las escotillas de popa. Ah, pero la peste esa, supercontagiosa y nadie estaba vacunado a bordo. Un cuchillo en el corazón o la peste doscientos y pico, al fin y al cabo... Entornó los ojos para sentir el roce de la mano de Paula en la frente. «Pobrecito, pobrecito», murmuraba Paula, acariciándolo. Felipe resbaló hasta quedar tendido en su cama, mirando hacia la pared. Pobrecito, tan valiente. Soy yo, Felipe, soy Raúl. ¿Por qué hiciste eso? Toda esa sangre, pobrecito. No, no sufro nada. No son las heridas las que me duelen, Raúl. Y Paula diría: «No hable, pobrecito, espere que le quitemos la camisa», y él tendría los ojos profundamente cerrados como ahora, y sin embargo vería a Paula y a Raúl llorando sobre él, sentiría sus manos como ahora sentía ya su propia mano que se abría deliciosamente paso entre sus ropas.

—Portate como un ángel —dijo Raúl— y andá a hacer de Florencia Nightingale para las pobres señoras mareadas, aparte de que también vos tenés la cara pasablemente verde.

—Mentira —dijo Paula—. Yo no veo por qué me echan de mi cabina.

—Porque —explicó Raúl— tenemos que celebrar un consejo de guerra. Andate como una buena hormiguita y repartí Dramamina a los necesitados. Entren, amigos, y siéntense donde puedan, empezando por las camas.

López entró el último, después de ver cómo Paula se alejaba con aire aburrido, llevando en la mano el frasco de pastillas que Raúl le había dado como argumento todopoderoso. Ya olía a Paula en la cabina, lo sintió apenas hubo cerrado la puerta, por sobre el humo del tabaco de pipa y la suave fragancia de las maderas le venía un olor de colonia, de pelo mojado, quizá de maquillaje. Se acordó de cuando se había visto a Paula recostada en la cama del fondo y en vez de quedarse allí, al lado de Lucio ya instalado, se quedó en pie junto a la puerta y se cruzó de brazos.

Medrano y Raúl alababan la instalación eléctrica de las cabinas, los accesorios de último modelo provistos por la Magenta Star. Pero apenas se hubo cerrado la puerta y todos lo miraron con alguna curiosidad, Raúl abandonó su actitud despreocupada y abrió el armario para sacar la caja de hojalata. La puso sobre la mesa y se sentó en uno de los sillones repiqueteando con los dedos sobre la tapa de la caja.

—Yo creo —dijo— que en lo que va del día se ha discutido de sobra la situación en que estamos. De todas maneras no conozco en detalle el punto de vista de ustedes, y creo que deberíamos aprovechar que estamos juntos y a solas. Puesto que tengo el uso de la palabra, como dicen en las cámaras, empezaré por mi propia opinión. Ya saben que el chico Trejo y yo sostuvimos un diálogo muy aleccionante con dos de los habitantes de las profundidades. De resultas de ese diálogo, así como de la instructiva conferencia que acabamos de padecer con el oficial, extraigo la impresión de que a la tomadura de pelo bastante evidente, se suma algo más serio. Una palabra, no creo que haya ninguna tomadura de pelo, sino que somos víctimas de una especie de estafa. Nada que se parezca a las estafas comunes, por supuesto; algo más... metafísico, si me permiten la mala palabra.

—¿Por qué mala palabra? —dijo Medrano—. Ya salió el intelectual porteño, temeroso de las grandes palabras.

—Entendámonos —dijo López—. ¿Por qué metafísico?

—Porque si he pescado el rumbo del amigo Costa, las razones inmediatas de esta cuarentena, verdaderas o falsas, encubren alguna otra cosa que se nos escapa, precisamente porque es de un orden más... bueno, la palabra en cuestión.

Lucio los miraba sorprendido, y por un momento se preguntó si no se habrían confabulado para burlarse de él. Lo irritaba no tener la menor idea de lo que querían decir, y acabó tosiendo y adoptando un aire de atención inteligente. López que había notado su gesto, alzó amablemente la mano.

—Vamos a fabricarnos un pequeño plan de clase, como diríamos el doctor Restelli y yo en nuestra ilustre sala de profesores. Propongo meter bajo llave las imaginaciones extremas, y encarar el asunto de la manera más positiva posible. En ese sentido suscribo lo de la tomadura de pelo y la posible estafa, porque dudo que el discurso del oficial haya convencido a nadie. Creo que el misterio, por llamarse así, sigue tan en pie como al principio.

—En fin, está la cuestión del tifus —dijo Lucio.

—¿Usted cree en eso?

—¿Por qué no?

—A mí me suena a falso de punta a punta —dijo López—, aunque no podría explicar por qué. Por más irregular que haya sido nuestro embarque en Buenos Aires, el *Malcolm* estaba amarrado en la dársena norte, y cuesta creer que un barco en el que hay dos casos de esa enfermedad tan temible haya podido burlar en esa forma a las autoridades portuarias.

—Bueno, eso es materia en discusión —dijo Medrano—. Creo que nuestra salud mental saldrá ganando si por el momento lo dejamos de lado. Lamento ser tan escéptico, pero creo que las tales autoridades estaban metidas en un brete ayer a las seis de la tarde, y que se zafaron de la mejor manera posible la etapa anterior, la entrada del *Malcolm* en el puerto con semejante peste a bordo. Pero también en ese caso se puede pensar en algún arreglo turbio.

—La enfermedad pudo declararse a bordo después de haber amarrado en la dársena —dijo Lucio—. Esas cosas latentes, verdad.

—Sí, es posible. Y la Magenta Star no quiso perder el negocio que se le presentaba a último minuto. ¿Por qué no? Pero no nos lleva a ninguna parte. Partamos de la base de ya estamos a bordo y lejos de la costa. ¿Qué vamos a hacer?

—Bueno, la pregunta hay que desdoblarla previamente —dijo López—. ¿Debemos hacer algo? En ese caso, pongámonos de acuerdo.

—El oficial explicó lo del tifus —dijo Lucio, algo confuso—. A lo mejor nos conviene quedarnos tranquilos, por lo menos unos días. El viaje va a ser tan largo... ¿No es formidable que nos lleven al Japón?

—El oficial —dijo Raúl— puede haber mentido.

—¡Cómo mentido! ¿Entonces... no hay tifus?

—Querido, a mí lo del tifus me suena a camelo. Como López, no puedo dar razón alguna. *I feel it in my bones*, como decimos los ingleses.

—Coincido con los dos —dijo Medrano—. Quizá haya alguien enfermo del otro lado, pero eso no explica la conducta del capitán (salvo que realmente sea uno de los enfermos) y de los oficiales. Se diría que desde que subimos a bordo estaban preguntándose cómo debían manejarnos, y que se les pasó todo este tiempo en discusiones. Si hubieran empezado por ser más corteses, casi no habríamos sospechado.

—Sí, aquí entra ahora el amor propio —dijo López—. Estamos resentidos contra esta falta de cortesía, y quizá exageramos. De todos modos no oculto que aparte de una cuestión de bronca personal, hay algo en esa idea de las puertas cerradas que me joroba. Es como si esto no fuera un viaje, realmente.

Lucio, cada vez más sorprendido por esas reacciones que sólo débilmente compartía, bajó la cabeza asintiendo. Si se la iban a tomar tan en serio, entonces todo se iría al tacho. Un viaje de placer, qué diablos... ¿Por qué estaban tan quisquillosos? Puerta más o menos... Cuando les pusieran la piscina en la cubierta y se organizaran juegos y diversiones, ¿qué importaba la popa? Hay barcos en los que nunca se puede ir a la popa (o a la proa) y no por eso la gente se pone nerviosa.

—Si supiéramos que realmente es un misterio —dijo López, sentándose al borde de la cama de Raúl—, pero también puede tratarse de una terquedad, de descortesía, o simplemente que el capitán nos considera como un cargamento rigurosamente estibado en un sector del barco. Y ahí es donde la idea empieza a darme ahí donde ustedes se imaginan.

—Y si llegáramos a la conclusión de que se trata de eso —dijo Raúl—, ¿qué deberíamos hacer?

—Abrirnos paso —dijo secamente Medrano.

—Ah. Bueno, ya tenemos una opinión, que apoyo. Veo que López también, y que usted...

—Yo también, claro —dijo precipitadamente Lucio—. Pero antes hay que tener la seguridad de que no nos encierran de este lado por puro capricho.

—El mejor sistema sería insistir en telegrafiar a Buenos Aires. La explicación del oficial me pareció absurda, porque cualquier equipo radiotelegráfico de un barco sirve precisamente para eso. Insistamos, y de lo que resulte se deducirá la verdad sobre las intenciones de los... de los lípidos.

López y Medrano se echaron a reír.

—Ajustemos nuestro vocabulario —dijo Medrano—. Jorge entiende que los lípidos son los marineros de la popa. Los oficiales, según le oí decir en la mesa, son los glúcidos. Señores, es con los glúcidos con quienes tenemos que enfrentarnos.

—Mueran los glúcidos —dijo López—. Y yo que me pasé la mañana hablando de novelas de piratas... En fin, supongamos que se niegan a enviar nuestro mensaje a Buenos Aires, lo que es más que seguro si han jugado sucio y tienen miedo de que se les estropee el negocio. En ese caso no veo cuál puede se el próximo movimiento.

—Yo sí —dijo Medrano—. Yo lo veo bastante claro, che. Será cuestión de echarles alguna puerta abajo y darse una vuelta por el otro lado.

—Pero si las cosas se ponen feas... —dijo Lucio—. Ya se sabe que a bordo las leyes son distintas, hay otra... disciplina. No entiendo nada de eso, pero me parece que uno no puede extralimitarse sin pensarlo bien.

—Como extralimitarse, la demostración que nos están haciendo los glúcidos me parece bastante elocuente —dijo Raúl—. Si mañana se le antoja al capitán Smith (y a la vez se le ocurrió un complicado juego de palabras donde intervenía la princesa Pocahontas y de ahí el descaro) que vamos a pasarnos el viaje dentro de las cabinas, estaría casi en su derecho.

—Eso es hablar como Espartaco —dijo López—. Si uno les da un dedo se toman todo el brazo; así diría el amigo Presutti, cuya sensible ausencia deploro en estas circunstancias.

—Estuve por hacerlo venir también a él —dijo

Raúl—, pero la verdad es que es tan bruto que lo pensé mejor. Más tarde le podemos presentar un resumen de las conclusiones y enrolarlo en la causa redentora. Es un excelente muchacho, y los glúcidos y lípidos le caen como un pisotón en el juanete.

—En resumen —dijo Medrano—, creo entender que, *primo*, estamos bastante de acuerdo en que lo del tifus no resulta convincente y que, *secundo*, debemos insistir en que caigan las murallas opresoras y se nos permita mirar el barco por donde nos dé la gana.

—Exacto. Método: Telegrama a la capital. Probable resultado: Negativa, Acción subsiguiente. Una puerta abajo.

—Todo parece bastante fácil —dijo López—. Salvo lo de la puerta. Lo de la puerta no les va a gustar ni medio.

—Claro que no les va a gustar —dijo Lucio—. Pueden llevarnos de vuelta a Buenos Aires, y eso sería una macana me parece.

—Lo reconozco —dijo Medrano que miraba a Lucio con cierta irritante simpatía—. Volver a encontrarnos en Perú y Avenida pasado mañana por la mañana sería más bien ridículo. Pero, amigo, da la casualidad de que en Perú y Avenida no hay puertas Stone.

Raúl hizo un gesto, se pasó la mano por la frente como para alejar una idea que le molestaba, pero como los otros habían callado no pudo menos de hablar.

—Ya ven, esto confirma cada vez más mi sensación de escuchar el sonido del koto me parece perfectamente justificado, los demas preferiríamos sacrificar alegremente el Imperio del Sol Naciente por un café porteño donde las puertas estuvieran bien abiertas a la calle. ¿Hay proporción entre ambas cosas? De hecho, no. Ni la más remota proporción. Lucio está en lo cierto cuando habla de quedarnos tranquilos, puesto que la recompensa de esa pasividad será muy alta, con kimonos y Fujiyama. *And yet, and yet...*

—Sí, la palabrita de hace un rato —dijo Medrano.

—Exacto, la palabrita. No se trata de puertas, querido Lucio, ni de glúcidos. Probablemente la popa será un inmundo lugar que huele a brea y a fardos de lana. Lo que se vea desde allí será lo mismo que si lo miramos desde la proa: el mar, el mar, siempre recomenzado. *An yet...*

—En fin —dijo Medrano—, parecería como si hubiera acuerdo de mayoría. ¿También usted? Bueno, entonces hay unanimidad. Queda por resolver si vamos a hablar de esto con los demás. Por el momento, aparte de Restelli y Presutti, me parece mejor hacer las cosas por nuestra cuenta. Como se dice en circunstancias parecidas, no hay por qué alarmar a las señoras y a los niños.

—Probablemente no habrá ninguna causa de alarma —dijo López—. Pero me gustaría saber cómo nos vamos a arreglar para abrirnos paso si se llega a esa situación.

—Ah, eso es muy sencillo —dijo Raúl—. Ya que le gusta jugar a los piratas, tome.

Levantó la tapa de la caja. Dentro había dos revólveres treinta y ocho y una automática treinta y dos, además de cinco cajas de balas procedentes de Rotterdam.

26

—*Hasdala* —dijo uno de los marineros, levantando un enorme tablón sin aparente esfuerzo. El otro marinero asintió con un seco: «*Sa!*», y apoyó un clavo en el extremo del tablón. La jaula para la piscina estaba casi terminada y la construcción, tan sencilla como sólida, se alzaba en mitad de la cubierta. Mientras uno de los marineros clavaba el último tablón de sostén, el otro desplegó una lona encerada en el interior y empezó a sujetarla a los bordes por medio de unas correas con hebillas.

—Y a eso le llaman una pileta —se quejó el Pelusa—. Carpetee un poco esa porquería, si parece para bañar chanchos. ¿Usté qué opina, don Persio?

—Detesto los baños al aire libre —dijo Persio—, sobre todo cuando hay posibilidad de tragar caspa ajena.

—Sí, pero es lindo, qué quiere. ¿Usted nunca fue a la pileta de Sportivo Barracas? Le ponen desinfectante y tiene medidas olímpicas.

—¿Medidas olímpicas? ¿Y qué es eso?

—Y... las medidas para los juegos olímpicos, qué va a ser. La medida olímpica, está en todos los diarios. En canbio míreme un poco esta construcción, pura tabla y un toldo adentro. El Emilio, que fue a Europa hace dos años, contó que en la tercera del barco de él había una pileta toda verde de mármol. Si yo sabía esto no venía, le juro.

Persio miraba el Atlántico. Habían perdido de vista la costa y el *Malcolm* navegaba en un mar repentinamente calmo, de un azul metálico que parecía casi negro en los bordes de las olas. Sólo dos gaviotas seguían al barco, empecinadamente suspendidas sobre el mástil.

—Qué animal comilón la gaviota —dijo el Pelusa—. Son capaces de tragar clavos. Me gusta cuando ven algún pescado y se tiran en picada. Pobre pescado, qué picotazo que le encajan... ¿Le paree que en este viaje veremos alguna bandada de tuninas?

—¿Toninas? Sí, probablemente.

—El Emilio contó que en su barco se veían todo el tiempo bandadas de tuninas y esos pescados voladores. Pero nosotros...

—No se desanime —le dijo Persio afectuosamente—. El viaje apenas ha empezado, y el primer día, con el mareo y la novedad... Pero después le va a gustar.

—Bueno, a mí me gusta. Uno aprende cosas, ¿no le parece? Como en la conscripción... También, con la vida de perro que le daban adentro, la tumba y los ejercicios... Me acuerdo una vez, me dieron un guiso que lo mejor que tenía era una mosca... Pero a la larga uno se sabe coser un botón y no le hace asco a cualquier porquería que haiga en la comida. Esto tiene que ser igual, ¿no le parece?

—Supongo que sí —convino Persio, siguiendo con interés la maniobra de los finlandeses, para conectar una manguera con la piscina. Un agua admirablemente verde empezaba a crecer en el fondo de la lona, o por lo menos así lo proclamaba Jorge, encaramado en los tablones a la espera de poder tirarse. Un tanto repuestas del mareo, las señoras se acercaron a inspeccionar los trabajos y a tomar posiciones estratégicas para cuando los bañistas empezaran a reunirse. No tuvieron que esperar mucho a Paula, que bajó lentamente la escalerilla para que todo el mundo agotara en detalle y definitivamente su bikini rojo. Detrás venía Felipe con un slip verde y una toalla de esponja sobre los hombros. Precedidos por Jorge, que anunciaba a gritos la excelente temperatura del agua, se metieron en la piscina y chapotearon un rato en la modesta medida en que aquélla lo permitía. Paula enseñó a Jorge la manera de sentarse en el fondo tapándose la nariz, y Felipe, todavía ceñudo pero incapaz de resistir al placer del agua y los gritos, se encaramó sobre la jaula para tirarse desde allí entre los sustos y las admoniciones de las señoras. Al rato se les agregaron la Nelly y el Pelusa, aunque este último persistía en sus comentarios despectivos. Minuciosamente envainada en una malla enteriza donde ocurrían extraños rombos azules y morados, la Nelly preguntó a Felipe si la Beba no se bañaba, a lo que Felipe respondió que su hermana estaba todavía bajo los efectos de uno de sus ataques, por lo cual sería raro que viniese.

—¿Le dan ataques? —preguntó consternada la Nelly.

—Ataques de romanticismo —dijo Felipe, frunciendo la nariz—. Es loca, la pobre.

—¡Oh, me hizo asustar! Tan simpática su hermanita, pobre.

—Ya la irá conociendo. ¿Qué me dice del viaje? —preguntó Felipe al Pelusa—. ¿Quien habrá sido el cráneo que lo organizó? Si lo encuentro le canto las cuarenta, créame.

—Y me lo va a decir a mí —dijo el Pelusa, procurando disimular el acto de sonarse con dos dedos—. Qué pileta, mama mía. No somos más que tres o cuatro y ya estamos como sardina en lata. Vení, Nelly, que te enseño a nadar debajo del agua. Pero no tengás miedo, sonsa, dejá que te enseñe, así te parecés a la Esther Williams.

Los finlandeses habían instalado un tablón horizontal en uno de los bordes de la jaula, y Paula se sentó a tomar el sol. Felipe se zambulló una vez más, resopló como lo había visto hacer en los torneos, y se trepó al lado de ella.

—Su... ¿Raúl no viene a bañarse?

—Mi... Qué sé yo —dijo burlonamente Paula—. Todavía debe estar conspirando con sus flamantes amigos, gracias a lo cual han dejado la cabina apestando a tabaco negro. Usted no estaba, me parece.

Felipe la miró de reojo. No, no había estado, después de almorzar le gustaba tirarse un rato en la cama a leer. Ah, ¿y qué leía? Bueno, ahora estaba leyendo un número de *Selecciones*. Vaya, excelente lectura para un joven estudiante. Sí, no estaba mal, traía las obras más famosas sintetizadas.

—Sintetizadas —dijo Paula, mirando al mar—. Claro, es más cómodo.

—Claro —dijo Felipe, cada vez más seguro de que algo no andaba bien—. Con la vida moderna uno no tiene tiempo de leer novelas largas.

—Pero a usted en realidad no le interean demasiado los libros —dijo Paula, renunciando a la broma y mirándolo con simpatía. Había algo de conmovedor en Felipe, era demasiado adolescente, demasiado todo:

hermoso, tonto, absurdo. Sólo callado alcanzaba un cierto equilibrio, su cara aceptaba su edad, sus manos de uñas comidas colgaban por cualquier lado con perfecta indiferencia. Pero si hablaba, si quería mentir (y hablar a los dieciséis años era mentir) la gracia se venía al suelo y no quedaba más que una torpe pretensión de suficiencia, igualmente conmovedora pero irritante, un espejo turbio donde Paula se retroveía en sus tiempos de liceo, las primeras tentativas de liberación, el humillado final de tantas cosas que hubieran debido ser bellas. Le daba lástima Felipe, hubiera querido acariciarle la cabeza y decirle cualquier cosa que le devolviera el aplomo. Él explicaba ahora que sí le gustaba leer, pero que los estudios... ¿Cómo? ¿No se lee cuando se estudia? Sí, claro que se lee, pero solamente los libros de texto o los apuntes. No lo que se llama un libro, como una novela de Somerset Maughan o de Erico Verissimo. Eso sí, él no era como algunos compañeros del nacional que ya andaban con anteojos por todo lo que leían. Primero de todo, la vida. ¿La vida? ¿Qué vida? Bueno, la vida, salir, ver las cosas, viajar como ahora, conocer a la gente... El profesor Peralta siempre les decía que lo único importante era la experiencia.

—Ah, la experiencia —dijo Paula—. Claro que tiene su importancia. ¿y su profesor López también les habla de la experiencia?

—No, qué va a hablar. Y eso que si quisiera... Se ve que es un punto bravo, pero no es de los que se andan dando corte. Con López nos divertimos mucho. Hay que estudiarle, eso sí, pero cuando está contento con los muchachos es capaz de pasarse media hora charlando de los partidos del domingo.

—No me diga —dijo Paula.

—Pero claro, López es macanudo. No se la piya en serio como Peralta.

—Quién lo hubiera dicho —dijo Paula.

—Créame que es la verdad. ¿Usted se pensaba que era como Gato Negro?

—¿Gato Negro?

—Cuello duro, bah.

—Ah, el otro profesor.

—Sí, Sumelli.

—No, no me lo pensaba —dijo Paula.

—Ah, bueno —dijo Felipe—. Qué va a comparar. López es okey, todos los muchachos están de acuerdo. Hasta yo le estudio a veces, palabra. Me gustaría poder ser amigo de él, pero claro...

—Aquí tendrá oportunidad —dijo Paula—. Hay varias personas que vale la pena tratar. Medrano, por ejemplo.

—Seguro, pero es diferente de López. Y también su... Raúl, digo —bajó la cabeza, y una gota de agua le resbaló por la nariz—. Todos son simpáticos —dijo confusamente— aunque, claro, son mucho mayores. Hasta Raúl, y eso que es muy joven.

—No lo crea tan joven —dijo Paula—. Por momentos se vuelve terriblemente viejo, porque sabe demasiadas cosas y está cansado de eso que su profesor Peralta llama la experiencia. Otras veces es casi demasiado joven, y hace las tonterías más perfectas. —Vio el desconcierto en los ojos de Felipe, y calló. «Un poco más y caigo en el proxenetismo», pensó, divertida. «Dejarlos que dancen solos su danza. Pobre Nelly, parece una actriz de cine mudo, y al novio le sobra el traje de baño por todas partes... ¿Por qué no se afeitarán las axilas esos dos?»

Como si fuera la cosa más natural del mundo, Medrano se inclinó sobre la caja, eligió un revólver y se lo puso en el bolsillo trasero del pantalón después de comprobar que estaba cargado y que el tambor giraba con facilidad. López iba a hacer lo mismo, pero pensó en Lucio y se detuvo a medio camino. Lucio estiró la mano y la retiró, sacudiendo la cabeza.

—Cada vez entiendo menos —dijo—. ¿Para qué queremos esto?

—No hay por qué aceptarlo —dijo López, liquidados sus escrúpulos. Tomó el segundo revólver, y ofreció la pistola a Raúl que lo miraba con una sonrisa divertida.

—Soy chapado a la antigua —dijo López—. Nunca me gustaron las automáticas, tienen algo de canalla. Probablemente las películas de cowboys explican mi cariño por el revólver. Yo soy anterior a las de gansters, che. ¿Se acuerdan de William S. Hart?... Es raro, hoy es día de rememoraciones. Primero los piratas y ahora los vaqueros. Me quedo con esta caja de balas, si me permite.

Paula golpeó dos veces y entró, conminándolos amablemente a que se marcharan porque quería ponerse el traje de baño. Miró con alguna sorpresa la caja de hojalata que Raúl acababa de cerrar, pero no dijo nada. Salieron al pasillo y Medrano y López se fueron a sus cabinas para guardar las armas; los dos se sentían vagamente ridículos con esos bultos en los bolsillos del pantalón, sin contar las cajas de balas. Raúl les propuso encontrarse un cuarto de hora más tarde en el bar, y volvió a meterse en la cabina. Paula, que cantaba en el baño, lo oyó abrir un cajón del armario.

—¿Qué significa ese arsenal?

—Ah, te diste cuenta que no eran marrons glacés —dijo Raúl.

—Esa lata no la trajiste vos a bordo, que yo sepa.

—No, es botín de guerra. De una guerra más bien fría por el momento.

—¿Y ustedes tienen intenciones de jugar a los hombres malos?

—No sin antes agotar los recursos diplomáticos, carísima. Aunque no hace falta que te lo diga, te agradeceré que no menciones estos aprestos bélicos ante las damas y los chicos. Probablemente todo terminará de una manera irrisoria, y guardaremos las armas como recuerdo del *Malcolm*. Por el momento estamos bastante dispuestos a conocer la popa, por las buenas o como sea.

—*Mon triste coeur bave à la poupe, mon coeur couvert de caporal* —salmodió Paula, reapareciendo con su bikini. Raúl silbó admirativamente.

—Cualquiera creería que es la primera vez que me ves vestida de aire —dijo Paula, mirándose en el espejo del armario—. ¿No te cambiás, vos?

—Más tarde, ahora tenemos que iniciar las hostilidades contra los glúcidos. Qué piernas tan esbeltas te has traído en este viaje.

—Me lo han dicho, sí. Si te puedo servir de modelo, estás autorizado a dibujarme todo lo que quieras. Pero supongo que habrás elegido otros.

—Por favor dejá de lado los áspides —dijo Raúl—.

¿Todavía no te hace ningún efecto el yodo del mar? A mí por lo menos dejame en paz, Paula.

—Está bien, *sweet prince*. Hasta luego —abrió la puerta y se volvió—. No hagan tonterías —agregó—. Maldito lo que me importa, pero ustedes tres son lo único soportable a bordo. Si me los estropean... ¿Me dejas ser tu madrina de guerra?

—Por supuesto, siempre que me mandés paquetes con chocolate y revistas. ¿Te dije que estás preciosa con ese traje de baño? Sí, te lo dije. Les va a hacer subir la presión a los dos finlandeses, y por lo menos a uno de mis amigos.

—Hablando de áspides... —dijo Paula. Volvió a entrar en la cabina—. Decime, ¿vos te has creído el asunto del tifus? No, imagino. Pero si no creemos en eso es todavía peor, porque entonces no se entiende nada.

—Se parece a lo que pensaba yo de chico cuando me daba por sentirme ateo —dijo Raúl—. Las dificultades empezaban a partir de ese momento. Supongo que lo del tifus encubre algún sórdido negocio, a lo mejor llevan chanchos a Punta Arenas o bandoneones a Tokio, cosas muy desagradables de ver como se sabe. Tengo una serie de hipótesis parecidas, a cuál más siniestra.

—¿Y si no hubiera nada en la popa? ¿Si fuera solamente una arbitrariedad del capitán Smith?

—Todos hemos pensado en eso, querida. Yo, por ejemplo, cuando me robé esa caja. Te repito, la cosa es mucho peor si en la popa no pasa nada. Pongo toda mi esperanza en encontrar una compañía de liliputienses, un cargamento de queso Limburger o simplemente una cubierta invadida por las ratas.

—Debe ser el yodo —dijo Paula, cerrando la puerta.

Sacrificando sin lástima las esperanzas del señor Trejo y del doctor Restelli, que confiaban en él para re-animar una conversación venida a menos. Medrano se acercó a Claudia que prefería el bar y el café a los juegos de la cubierta. Pidió cerveza e hizo un resumen de lo que acababan de decidir, sin mencionar la caja de hojalata. Le costaba hablar en serio porque constantemente tenía la impresión de que relataba una invención, algo que rozaba la realidd sin comprometer al narrador o al oyente. Mientras apuntaba las razones que los movían a querer abrirse paso, se sentía casi solidario con los del otro lado, como si, trepado a lo más alto de un mástil, pudiera apreciar el juego en su totalidad.

—Es tan ridículo, si se piensa un poco. Deberíamos dejar que Jorge nos capitaneara, para que las cosas se cumplieran de acuerdo con sus ideas, probablemente mucho más ajustadas a la realidad que las nuestras.

—Quién sabe —dijo Claudia—. Jorge también se da cuenta de que pasa algo raro. Me lo dijo hace un momento: «Estamos en el zoológicos, pero los visitantes no somos nosotros», algo así. Lo entendí muy bien porque todo el tiempo tengo la misma impresión. Y sin embargo, ¿hacemos bien en rebelarnos? No hablo por temor, más bien es miedo de echar abajo algún tabique del que dependía quizá el decorado de la pieza.

—Una pieza... Sí, puede ser. Yo lo veo más bien como un juego muy especial con los del otro lado. A mediodía ellos han hecho un movimiento y ahora esperan, con el reloj en marcha, que contestemos. Juegan las blancas y...

—Volvemos a la noción de juego. Supongo que forma parte de la concepción actual de la vida, sin ilusiones y sin trascendencia. Uno se conforma con ser un buen alfil o una buena torre, correr en diagonal o enrocar para que se salve el rey. Después de todo el *Malcolm* no me parece demasiado diferente de Buenos Aires, por lo menos de mi vida en Buenos Aires. Cada vez más funcionalizada y plastificada. Cada vez más aparatos eléctricos en la cocina y más libros en la biblioteca.

—Para ser como el *Malcolm* debería haber en su casa una pizca de misterio.

—Lo hay, se llama Jorge. Qué más misterio que un presente sin nada de presente, futuro absoluto. Algo perdido de antemano y que yo conduzco, ayudo y aliento como si fuera a ser mío para siempre. Pensar que una chiquilla cualquiera me lo quitará dentro de unos años, una chiquilla que a esta hora lee una aventura de Inosito o aprende a hacer punto de cruz.

—No lo dice con pena, me parece.

—No, la pena es demasiado tangible, demasiado presente y real para aplicarse a esto. Miro a Jorge desde un doble plano, el de hoy en que me hace muy feliz, y el otro, situado ya en lo más remoto, donde hay una vieja sentada en un sofá, rodeada de una casa sola.

Medrano asintió en silencio. De día se notaban las finas arrugas que empezaban a bordear los ojos de Claudia, pero el cansancio de su rostro no era un cansancio artificial como el de la chica de Raúl Costa. Hacía pensar en un resumen, un precio bien pagado, una ceniza leve. Le gustaba la voz grave de Claudia, su manera de decir «yo» sin énfasis y a la vez con una resonancia que le hacía desear la repetición de la palabra, esperarla con un placer anticipado.

—Demasiado lúcida —le dijo—. Eso cuesta muy caro. Cuántas mujeres viven el presente sin pensar que un día perderán a sus hijos. A sus hijos y a tantas otras cosas, como yo y como todos. Los bordes del tablero se van llenando de peones y caballos comidos, pero vivir es tener los ojos clavados en las piezas que siguen en juego.

—Sí, y armarse una tranquilidad precaria con materiales casi siempre prefabricados. El arte, por ejemplo, o los viajes... Lo bueno es que aun con eso puede alcanzarse una felicidad extraordinaria, una especie de falsa instalación definitiva en la existencia, que satisface y contenta a muchas gentes fuera de lo común. Pero yo... No sé, es cosa de estos últimos años. Me siento menos contenta cuando estoy contenta, empieza a dolerme un poco la alegría, y Dios sabe si soy capaz de alegría.

—La verdad, a mí no me ha ocurrido eso —dijo Medrano, pensativo—, pero me parece que soy capaz de entenderlo. Es un poco lo de la gota de acíbar en la miel. Por el momento, si alguna vez he sospechado el sabor del acíbar, ha servido para multiplicarme la dulzura.

—Persio sería capaz de insinuar que en algún otro plano la miel puede ser una de las formas más amargas del acíbar. Pero sin saltar al hiperespacio, como dice él con tanta fruición, yo creo que mi inquietud de estos tiempos... Oh, no es una inquietud interesante, ni metafísica; pero sí como una señal muy débil... Me he sentido injustificadamente ansiosa, un poco extraña a mí misma, sin razones aparentes. Precisamente la falta de razones me preocupa en vez de tranquilizarme, porque, sabe usted, tengo una especie de fe en mi instinto.

—¿Y este viaje es una defensa contra esa inquietud?

—Bueno, defensa es una palabra muy solemne. No estoy tan amenazada como eso, y por suerte me creo muy lejos del destino habitual de las argentinas una vez que tienen hijos. No me he resignado a organizar lo que llaman un hogar, y probablemente tengo buena parte de culpa en la destrucción del mío. Mi marido no quiso comprender jamás que no mostrara entusiasmo por un nuevo modelo de heladera o unas vacaciones en Mar de Plata. No debí casarme, eso es todo, pero había otras razones para hacerlo, entre otras mis padres, su cándida esperanza en mí... Ya han muerto, estoy libre para mostrar la cara que tengo realmente.

—Pero usted no me da la impresión de ser lo que llaman una emancipada —dijo Medrano—. Ni siquiera una rebelde, en el sentido burgués del término. Tampoco, gracias a Dios, una patricia mendocina o una socia del Club de Madres. Curioso, no consigo ubicarla y hasta creo que no lo lamento. La esposa y la madre clásicas...

—Ya sé, los hombres retroceden aterrados ante las mujeres demasiado clásicas —dijo Claudia—. Pero eso es siempre antes de casarse con ellas.

—Si por clásicas se entiende el almuerzo a las doce y cuarto, la ceniza en el cenicero y los sábados por la noche al Gran Rex, creo que mi retroceso sería igualmente violento antes y después del connubio, lo cual y de paso hace imposible este último. No crea que cultivo el tipo bohemio ni cosa parecida. Yo también tengo un clavito especial para colgar las corbatas. Es otra cosa más profunda, la sospecha de que una mujer... clásica, está también perdida como mujer. La madre de los Gracos es famosa por sus hijos, no por ella misma; la historia sería todavía más triste de lo que es si todas sus heroínas se reclutaran entre esa especie. No, usted me desconcierta porque tiene una serenidad y un equilibrio que no van de acuerdo con lo que me han dicho. Por suerte, créame, porque esos equilibrios suelen traducirse en la más perfecta monotonía, máxime en un crucero al Japón.

—Oh, el Japón. Con que aire de escéptico lo dice.

—Tampoco creo que usted esté muy segura de llegar allá. Dígame la verdad, si es de buen tono a esta hora: ¿Por qué se embarcó en el *Malcolm*?

Claudia se miró las manos y pensó un momento.

—No hace mucho, alguien me estuvo hablando —dijo—. Alguien muy desesperado, y que no ve en su vida más que un precario aplazamiento, cancelable en cualquier momento. A esa pesona le doy yo una impresión de fuerza y de salud mental, al punto que se confía y me confiesa toda su debilidad. No quisiera que esa persona se enterara de lo que le voy a decir, porque la suma de dos debilidades puede ser una fuerza atroz y desencadenar catástrofes. Sabe usted, me parezco mucho a esa persona; creo que he llegado a un límite donde las cosas más tangibles empiezan a perder sentido, a desdibujarse, a ceder. Creo... creo que todavía estoy enamorada de León.

—Ah.

—Y al mismo tiempo sé que no puedo tolerarlo, que me repele el mero sonido de su voz cada vez que viene a ver a Jorge y juega con él. ¿Se comprende una cosa así, se puede querer a un hombre cuya sola presencia basta para convertir cada minuto en media hora?

—Qué sé yo —dijo bruscamente Medrano—. Personalmente, mis complicaciones son mucho más sencillas. Qué sé yo si se puede querer así a alguien.

Claudia lo miró y desvió los ojos. El tono hosco con que él había hablado le era familiar, era el tono de los hombres irritados por las sutilezas que no podían comprender y, sobre todo, aceptar. «Se limitará a clasificarme como una histérica —pensó sin lástima—. Probablemente tiene razón, sin contar que es ridículo decirle estas cosas.» Le pidió un cigarrillo, esperó a que él le hubiera ofrecido fuego.

—Toda esta charla es bastante inútil —dijo—. Cuando empecé a leer novelas, y conste que me ocurrió en plena infancia, tuve desde un comienzo la sensación de que los diálogos entre las gentes eran casi siempre ridículos. Por una razón muy especial, y es que la menor circunstancia los hubiera impedido o frustrado. Por ejemplo, si yo hubiera estado en mi cabina o usted hubiera decidido irse a la cubierta en vez de venir a beber cerveza. ¿Por qué darle importancia a un cambio de palabras que ocurre por la más absurda de las casualidades?

—Lo malo es esto —dijo Medrano— es que puede hacerse fácilmente extensible a todos los actos de la vida, e incluso al amor, que hasta ahora me sigue pareciendo el más grave y el más fatal. Aceptar su punto de vista significa trivializar la existencia, lanzarla al puro juego del absurdo.

—Por qué no —dijo Claudia—. Persio diría que lo que llamamos absurdo es nuestra ignorancia.

Se levantó al ver entrar a López y a Raúl, que acababan de encontrarse en la escalera. Mientras Claudia se ponía a hojear una revita, los tres sortearon con algún trabajo las ganas de hablar del señor Trejo y el doctor Restelli, y convocaron al barman en un ángulo del mostrador. López se encargó de capitanear las operaciones, y el barman resultó más accesible de lo que suponían. ¿La popa? En fin, el teléfono estaba incomunicado por el momento y el *maître* establecía personalmente el enlace con los oficiales. Sí, el *maître* había sido vacunado, y probablemente lo sometían a una desinfección especial antes de que regresara de allá, a menos que realmente no llegara hasta la zona peligrosa y la comunicación se hiciera oralmente pero a cierta distancia. Todo eso él se lo imaginaba solamente.

—Además —agregó inesperadamente el barman— desde mañana habrá servicio de peluquería de nueve a doce.

—De acuerdo, pero ahora lo que queremos es telegrafiar a Buenos Aires.

—Pero el oficial dijo... El oficial dijo, señores. ¿Cómo quieren que yo? Hace poco que estoy a bordo de este buque —añadió plañideramente el barman—. Me embarqué en Santos hace dos semanas.

—Dejemos la autobiografía —dijo Raúl—. Simplemente usted nos indica el camino por donde se puede ir a popa, o por lo menos nos lleva hasta algún oficial.

—Yo lo siento mucho, señores, pero mís órdenes... Soy nuevo aquí —vio la cara de Medrano y López, tragó rápidamente saliva—. Lo más que puedo hacer es mostrarles un camino que lleva allá, pero las puertas están cerradas, y...

—Conozco un camino que no lleva a ninguna parte —dijo Raúl—. Vamos a ver si es ése.

Frotándose las manos (pero las tenía perfectamente secas) en un repasador con la insignia de la Magenta Star, el barman abandonó sin ganas el mostrador y los precedió en la escalerilla. Se detuvo frente a una puerta opuesta a la de la cabina del doctor Restelli, y la abrió con una yale. Vieron un camarote muy sencillo y pulcro, en el que se destacaban una enorme fotografía de Víctor Manuel III y un gorro de carnaval colgado de una percha. El barman los invitó a entrar, poniendo un cara de perro terranova, y cerró inmediatamente la puerta. Al lado de la litera había una puertecita que pasaba casi inadvertida entre los paneles de cedro.

—Mi cabina —dijo el barman, describiendo un semicírculo con una mano fofa—. El *maître* tiene otra del lado de babor. ¿Realmente ustedes...? Sí, ésta es la llave, pero yo insisto en que no se debería... El oficial dijo...

—Abra nomás, amigo —mandó López— y vuélvase a darles cerveza a los sedientos ancianos. No me parece necesario que les hable de esto.

—Oh, no, yo no digo nada.

La llave giró dos veces y la puertecita se abrió sobre una escalera. «De muchas maneras se baja aquí a la gehenna —pensó Raúl—. Mientras esto no acabe también en un gigante tatuado, Caronte con serpientes en los brazos...» Siguió a los otros por un pasillo tenebroso. «Pobre Felipe, estará mordiéndose los puños. Pero es demasiado chico para esto...» Sabía que estaba mintiendo, que sólo una sabrosa perversidad lo llevaba a quitarle a Felipe el placer de la aventura. «Le confiaremos alguna misión para resarcirlo», pensó, arrepentido.

Se detuvieron al llegar a un codo del pasillo. Había tres puertas, una de ellas entornada. Medrano la abrió de par en par y vieron un depósito de cajones vacíos, maderas y rollos de alambre. El pañol no llevaba a ninguna parte. Raúl se dió cuenta de golpe que Lucio no se les había agregado en el bar.

De las otras dos puertas, una estaba cerrada y la segunda daba a un nuevo pasillo, mejor iluminado. Tres hachas con los mangos pintados de rojo colgaban de las paredes, y el pasadizo terminaba en una puerta donde se leía: GED OTTAMA, y con letra más chica: P. PICKFORD. Entraron en una cámara bastante grande, llena de armarios metálicos y bancos de tres patas. Un hombre se levantó sorprendido al verlos aparecer, y retrocedió un paso. López le habló en español sin resultado. Probó en francés. Raúl, suspirando, le soltó una pregunta en inglés.

—Ah, pasajeros —dijo el hombre, que vestía un pantalón azul claro y una camisa roja de mangas cortas—. Pero por aquí no se puede seguir.

—Disculpe la intrusión —dijo Raúl— Buscamos la cabina del radiotelegrafista. Es un asunto urgente.

—No se pasa por aquí. Tienen que... —miró rápidamente la puerta que tenía a la izquierda. Medrano llegó un segundo antes que él. Con las dos manos en los bolsillos, le sonrió amistosamente.

—*Sorry* —dijo—. Ya ve que tenemos que pasar. Haga de cuenta que no nos ha visto.

Respirando agitadamente, el hombre retrocedió hasta chocar casi con López. Atravesaron la puerta y la cerraron rápidamente. Ahora la cosa empezaba a ponerse interesante.

El *Malcolm* parecía componerse principalmente de pasillos, cosa que a López le daba un poco de claustrofobia. Llegaban a un primer codo, sin encontrar ninguna puerta, cuando oyeron un timbre que tal vez fuera de alarma. Sonó durante cinco segundos, dejándolos medio sordos.

—Se va a armar la gorda —dijo López, cada vez más excitado—. A ver si ahora inundan los pasillos estos finlandeses del carajo.

Pasado el codo encontraron una puerta entornada, y Raúl no pudo dejar de pensar que la disciplina debía ser más que arbitraria a bordo. Cuando López abría a empujones oyeron un maullido colérico. Un gato blanco se replegó, ofendido, y empezó a lamerse una pata. La cámara estaba vacía, pero el lujo de sus puertas se elevaba a tres, dos cerradas y otra que se abrió con dificultad. Raúl, que se había quedado atrás para acariciar al gato, que era una gata, percibió un olor a encierro, a sentina. «Pero esto no es muy profundo —pensó—. Debe estar a la altura de la cubierta de proa, o apenas más abajo.» Los ojos azules de la gata blanca lo seguían con una vacua intensidad, y Raul se agachó para acariciarla otra vez antes de seguir a los otros. A la distancia oyó sonar el timbre. Medrano y López lo esperaban en un pañol donde se acumulaban cajas de bizcochos con nombres ingleses y alemanes.

—No quisiera equivocarme —dijo Raúl— pero tengo la impresión de que hemos vuelto casi al punto de partida. Detrás de esa puerta... —vio que tenía un pestillo de seguridad y lo hizo girar—. Exacto, por desgracia.

Era una de las dos puertas cerradas por fuera que habían visto al final del pasillo de entrada. El olor a encierro y la penumbra los acosó desagradablemente. Ninguno de los tres se sentía con ganas de volver en busca del tipo de la camisa roja.

—En realidad, lo único que nos falta es encontrarnos con el minotauro —dijo Raúl.

—Tanteó la otra puerta cerrada, miró la tercera que los llevaría otra vez al depósito de cajones vacíos. A lo lejos oyeron maullar a la gata blanca. Encogiéndose de hombros, reanudaron el camino en busca de la puerta marcada GET OTTAMA.

El hombre no se había movido de allí, pero daba la impresión de haber tenido tiempo de sobra para prepararse a un nuevo encuentro.

—*Sorry*, por ahí no se va al puente de mando. La cabina del radiotelegrafista está arriba.

—Notable información —dijo Raúl, cuyo inglés más fluido le daba la capitanía en esa etapa—. ¿Y por dónde se va a la cabina de radio?

—Por arriba, siguiendo el pasillo hasta... Ah, es verdad, las puertas están cerradas.

—¿Usted puede llevarnos por otro lado? Queremos hablar con algún oficial, si el capitán está enfermo.

El hombre miró sorprendido a Raúl. «Ahora va a decir que no sabía que el capitán estaba enfermo», pensó Medrano, con ganas de volverse al bar a beber coñac. Pero el hombre se limitó a plegar los labios con un gesto de desaliento.

—Mis órdenes son de atender esta zona —dijo—. Si me necesitan arriba me avisarán. No puedo acompañarlos, lo siento mucho.

—¿No quiere abrir las puertas, aunque no venga con nosotros?

—Pero, señor, si no tengo las llaves. Mi zona es ésta, ya le he dicho.

Raúl consultó a sus amigos. A los tres les parecía el techo más bajo y el olor a encierro más opresivo. Saludando con la cabeza al hombre de la camisa roja, desandaron camino en silencio, y no hablaron hasta volver al bar y pedir bebidas. Un sol admirable entraba por las portillas, rebotando en el azul brillante del océano. Saboreando el primer trago, Medrano lamentó haber perdido todo ese tiempo en las profundidades del barco. «Haciendo de Jonás como un imbécil, para que al final me sigan tomando el pelo», pensó. Tenía ganas de charlar con Claudia, de asomarse a cubierta, de tirarse en su cama a leer y a fumar. «Realmente, ¿por qué nos tomamos esto tan en serio?» López y Raúl miraban hacia fuera, y los dos tenían la cara del que asoma a la superficie después de una larga inmersión en un pozo, en un cine, en un libro que no se puede dejar hasta el final.

27

Al atardecer el sol se puso rojo y sopló una brisa fresca que ahuyentó a los bañistas y provocó la desbandada de las señoras, en general bastante repuestas del mareo. El señor Trejo y el doctor Restelli habían discutido en detalle la situación de a bordo, y llegado a la conclusión de que las cosas estaban bastante bien siempre que el tifus no pasara de la popa. Don Galo era de la misma opinión, quizá en su optimismo influía el hecho de que los tres amigos —pues ya se sentían bastante próximos— hubieran llevado sus asientos hasta la parte más adelantada de la proa, donde el aire que respiraban no podía estar contaminado. En un momento en que el señor Trejo fue a su cabina a buscar unos anteojos de sol, encontró a Felipe que se duchaba antes de reingresar en sus *blue-jeans*. Sospechando que podía saber algo sobre la extraña conducta de los más jóvenes (pues no se le había escapado el aire de conspiración que tenían en el bar, y su salida corporativa), lo interrogó amablemente y se enteró casi en seguida de su expedición a las profundidades del buque. Demasiado astuto para incurrir en prohibiciones y otros úkases paternales, dejó a su hijo contemplándose en el espejo y volvió a la proa para poner al corriente a sus amigos. Por lo cual López, que se les acercó media hora más tarde con cara de aburrido, fue recibido de manera más bien circunspecta, haciéndosele notar que en un buque, como en cualquier otra parte, los principios de la consulta democrática deben regir en todo momento, aunque la fogosidad de los hombres jóvenes pueda excusar, etcétera. Mirando la línea perfecta del horizonte, López escuchó sin pestañear la homilía agridulce del doctor Restelli, a quien apreciaba demasiado para mandarlo ipso facto al cuerno. Contestó que se habían limitado a unos paseos de reconocimiento, por cuanto la situación distaba de haberse aclarado con la visita y las explicaciones del oficial, y que si bien no habían tenido el menor éxito, el fracaso los estimulaba a seguir considerando como sospechosa la truculenta historia de la epidemia.

Aquí Don Galo se encrespó como un gallo de riña, al que se parecía extraordinariamente en muchos momentos, y sostuvo que sólo la fantasía más descabellada podía hacer nacer dudas sobre la clara y correcta explicación dada por el oficial. Por su parte, se apresuraba a señalar que si López y sus amigos continuaban estorbando la labor del comandante y sembrando una evidente indisciplina a bordo, las consecuencias no dejarían de resultar enojosas para todos, razón por la cual se adelantaba a expresar su discrepancia. Algo parecido opinaba el señor Trejo, pero como no tenía la menor confianza con López (y no podía disimular la molesta sensación de ser en cierto modo un advenedizo a bordo), se limitó a señalar que todos debían mostrarse unidos como buenos amigos, y consultarse previamente antes de adoptar una determinación que pudiera afectar la situación de los demás.

—Miren —dijo López—, de hecho no hemos sacado nada en limpio, y además nos hemos aburrido como locos, perdiendo entre otras cosas un baño en la piscina. Se lo digo por si les sirve de algún consuelo —agregó riéndose.

Le parecía absurdo iniciar una controversia con los viejos, sin contar que el atardecer y el sol poniente invitaban al silencio. Avanzó hasta quedar suspendido sobre el tajamar, mirando el juego de la espuma que se teñía de rojo y de violeta. La tarde era extraordinariamente serena y la brisa parecía flotar en torno al *Malcolm*, acariciándolo apenas. Muy lejos, a babor, se veía un penacho de humo. López se acordó con indiferencia de su casa —que era la casa de su hermana y su cuñado, y en donde él tenía un departamento aparte—; a esa hora Ruth estaría entrando al patio cubierto los sillones de paja que sacaban de tarde al jardín, Gómara hablaría de política con su colega Carpio que defendía un vago comunismo mechado de poemas de autores chinos traducidos al inglés y de ahí al español por la editorial Lautaro, y los chicos de Ruth acatarían melancólicos la orden de ir a bañarse. Todo eso era ayer, todo eso estaba sucediendo ahí un poco más allá de ese horizonte plateado y purpúreo. «Parece ya otro mundo», pensó, pero probablemente una semana más tarde los recuerdos ganarían fuerza cuando el presente perdiera la novedad. Hacía quince años que vivía en casa de Ruth, diez años que era profesor. Quince, diez años, y ahora un día de mar, una cabeza pelirroja (pero en realidad la cabeza pelirroja no tenía nada que ver) bastaban para que ese pasaje ya importante de su vida, ese largo tercio de su vida se deshilachara y se volviera una imagen de sueño. Quizá Paula estuviera en el bar, pero también podía ser que estuviera en su cabina y con Raúl, a la hora en que es tan hermoso hacer el amor mientras afuera cae la noche. Hacer el amor en un barco rolando suavemente, en una cabina donde cada objeto, cada olor y cada luz son un signo de distancia, de libertad perfecta. Porque estarían haciendo el amor, no iba a creer en esas palabras ambiguas, esa especie de declaración de independencia. Uno no se embarca con una mujer semejante para hablar de la inmortalidad del cangrejo. Ya podía mofarse amablemente, la dejaría jugar un rato, y después... «Jamaica John», pensó con un poco de rabia. «No seré yo quien haga de Christopher Dawn por vos, pebeta.» Lo que sería meter la mano en ese pelo rojo, sentirlo resbalar como sangre. «Pienso demasiado en sangre», le dijo, mirando el horizonte cada vez más rojo. «Senaquerib Edén, claro. ¿Pero si estuviera en el bar?» Y él ahí, perdiendo el tiempo... Se volvió, echó a andar rápidamente hacia la escalerilla. La Beba Trejo, sentada en el tercer peldaño, se corrió a un lado para dejarlo pasar.

—Lindo anochecer —dijo López, que todavía no sabía qué pensar de ella—. ¿No se marea usted?

—¿Yo, marearme? —protestó la Beba—. Ni siquiera tomé las píldoras. Yo no me mareo nunca.

—Así me gusta —dijo López, a quien se le había agotado el tema. La Beba esperaba otra cosa, y sobre todo que López se quedara un rato charlando con ella. Lo vio alejarse, después de un saludo con la mano, y le sacó la lengua cuando tuvo la seguridad de que ya no podía verla. Era un estúpido pero más simpático que Medrano. De todos, su preferido era Raúl, pero hasta ahora Felipe y los otros lo acaparaban, era un escándalo. Se parecía un poco a William Holden, no, más bien a Gérard Philipe. No, tampoco a Gérard Philipe. Tan fino, con esas camisas de fantasía y la pipa. Esa mujer no se merecía un muchacho como él.

Esa mujer estaba en el bar, bebiendo un gin fizz en el mostrador.

—¿Qué tal las expediciones? ¿Ya prepararon la bandera negra y los machetes de abordaje?

—¿Para qué? —dijo López—. En realidad necesitaríamos un soplete de acetileno para perforar las puertas Stone, y un diccionario en seis idiomas para entendernos con los glúcidos. ¿No le contó Raúl?

—No lo he visto. Cuénteme.

López le contó, aprovechando para tomarse finamente el pelo y hacer caer en la volteada a los otros dos. También le habló de la prudente conducta de los ancianos, y ambos la alabaron con una sonrisa. El barman preparaba unos gin fizz deliciosos, y no se veía más que a Atilio Presutti tomándose una cerveza y leyendo *La Cancha*. ¿Qué había hecho Paula toda la tarde? Pues bañarse en una piscina inenarrable, mirar el horizonte y leer a Françoise Sagan. López observó que tenía un cuaderno de tapas verdes. Sí, a veces tomaba notas o escribía alguna cosa. ¿Qué cosa? Bueno, algún poema.

—No lo confiese como si fuera un acto culpable —dijo López, impaciente—. ¿Qué pasa con los poetas argentinos que se andan escondiendo? Tengo dos amigos poetas, uno de ellos es muy bueno, y los dos hacen como usted: un cuaderno en el bolsillo y un aire de personajes de Graham Greene acosado por Scotland Yard.

—Oh, esto ya no interesa a nadie —dijo Paula—. Escribimos para nosotros y para un grupo tan insignificante que no tiene el menor valor estadístico. Ya sabe que ahora la importancia de las cosas hay que medirla estadísticamente. Tabulaciones y esas cosas.

—No es verdad —dijo López—. Y si un poeta se pone en esa actitud la primera en sufrir será su poesía.

—Pero si nadie la lee, Jamaica John. Los amigos cumplen con su deber, claro, y a veces un poema cae en algún lector como un llamado o una vocación. Ya es mucho, y basta para seguir adelante. En cuanto a usted, no se sienta obligado a pedirme mis cosas. A lo mejor un día se las presto espontáneamente. ¿No le parece mejor?

—Sí —dijo López—, siempre que ese día llegue.

—Dependerá un poco de los dos. Por el momento soy más bien optimista, pero qué sabemos lo que nos traerá el mañana, como diría la señora de Trejo. ¿Usted le ha vsito la facha a la señora de Trejo?

—La pobre es conmovedora —dijo López que no tenía ninguna gana de hablar de la señora de Trejo—. Se parece muchísimo a los dibujos de Medrano, no nuestro amigo sino el de los grafodramas. Acabo de cambiar unas palabras con su adolescente hija, que asiste a la llegada de la noche en la escalera de proa. Esa chica se va a aburrir aquí.

—Aquí y en cualquier parte. No me haga acordar de los quince años, de las consultas con el espejo, de... de tantas curiosidades, falsas informaciones, monstruos y delicias igualmente falsos. ¿Le gustan las novelas de Rosamond Lehmann?

—Sí, a veces —dijo López—. Me gusta más usted, oírla hablar y mirarle esos ojos que tiene. No se ría, los ojos están ahí y no hay devolución. Toda la tarde pensé en el color de su pelo, hasta cuando andábamos en los malditos pasadizos. ¿Cómo se pone cuando está mojado?

—Bueno, parece quillay o borsch en hilachas. Cualquier cosa más bien repugnante. ¿Realmente le gusto, Jamaica John? No se fíe del primer momento. Pregúntele a Raúl que me conoce bien. Tengo mala fama entre los que me conocen, parece que soy un poco la belle dame sans merci. Pura exageración, en el fondo lo que me perjudica es un exceso de piedad para conmigo y los demás. Dejo una moneda en cada mano tendida, y parece que a la larga eso es malo. No se aflija, no pienso contarle mi vida. Hoy ya estuve demasiado confidencial con la hermosa, la hermosa y buenísima Claudia. Me gusta Claudia, Jamaica John. Dígame que le gusta Claudia.

—Me gusta Claudia —dijo Jamaica John—. Usa una colonia maravillosa, y tiene un chico encantador, y todo está bien, y este gin fizz... Tomemos otro —agregó poniendo una mano sobre la de ella, que la dejó estar.

—Podrías pedir permiso —dijo la Beba—. Ya metiste esa sucia zapatilla en mi pollera.

Felipe silbó dos compases de un mambo y saltó a la cubierta. Se había quedado demasiado tiempo al sol, sentado al borde de la piscina, y sentía fiebre en los hombros y la espalda, le ardía la cara. Pero todo eso era también el viaje, y el aire fresco del anochecer lo llenó de gozo. Aparte de los viejos en la proa, la cubierta estaba vacía. Refugiándose contra un ventilador, encendió un cigarrillo y miró con sorna a la Beba, inmóvil y lánguida en la escalerilla. Dio unos pasos, se apoyó en la borda; el mar parecía... *El mar como un vasto cristal azogado*, y el maricón de Freilich recitándolo bajo la sonrisa aprobadora de la prof de literatura. Flor de pelotudo, Freilich. El primero de la clase, maricón de mierda. «Yo, señora, paso yo, señora, sí señora, ¿le traigo la tiza de colores, señora?» Y las profesoras, claro, embobadas con el muy chupamedias, diez puntos por todos los lados. Menos mal que a los hombres no los engrupía tan fácilmente, más de cuatro lo tenían de línea, pero lo mismo se sacaba diez, estudiando toda la noche, con unas ojeras... Pero las ojeras no serían por el estudio, Durruty le había contado que Freilich andaba por el centro con un tipo grande que debía tener muchos billetes. Se lo había encontrado una tarde en una confitería de Santa Fe, y Freilich se puso colorado y se hizo el burro... Seguro que el otro era el macho, eso seguro. Estaba bien enterado de cómo sucedían esas cosas desde la noche del festival del tercer año cuando habían representado una pieza de teatro y él hacía el papel de marido. Alfieri se había acercado en el entreacto para decirle: «Mirala a Viana, qué linda está.» Viana era uno de tercero C, más maricón que Freilich todavía, de esos que en los recreos se dejan estrujar, patear, se retuercen encantados y hacen muecas, y al mismo tiempo son buenos, eso hay que reconocerlo, son generosos y siempre andan con cosas en los bolsillos, cigarrillos americanos y alfileres de corbata. Esa vez Viana hacía el papel de una muchacha vestida de verde, y lo habían maquillado de una manera fenomenal. Cómo habría gozado cuando lo maquillaban, una o dos veces se había animado a ir al colegio con un resto de rimmel en las pestañas, y había sido la cargada general, las voces en falsete y los abrazos mezclados con pellizcos y puntapiés. Pero esa noche Viana era feliz y Alfieri lo miraba y repetía: «Mirala qué linda que está, si parece la Sofía Loren.» Otro punto bravo, Alfieri, tan severo, tan celador de quinto año, pero de repente si uno se descuidaba ya tenía una mano por la espalda, una sonrisa disimulada y una manera de decir: «¿Te gustan las pibas, purrete?», y esperar la respuesta con los ojos entornados, como ausente. Y cuando Viana había mirado entre las bambinas, buscando ansiosamente a alguien, Alfieri le había dicho «Fijate bien, ahora vas a ver por qué está tan inquieta», y de golpe había aparecido un tipo petiso vestido con un traje gris y un perramus bacán, pañuelo de seda y anillos de oro, y Viana lo esperaba sonriendo, con una mano en la cintura, idéntico a la Sofía Loren, mientras Alfieri pegado a Felipe murmuraba: «Es un fabricante de pianos, pibe. ¿Te das cuenta la vida que le da? ¿A vos no te gustaría tener muchos billetes, que te llevaran en auto al Tigre y a Mar del Plata?» Felipe no había contestado, absorbido por la escena; Viana y el fabricante de pianos hablaban animadamente y él parecía reprocharle algo, entonces Viana se levantó un poco la pollera y se miró los zapatos blancos, como admirándose. «Si querés, una noche salimos juntos», había dicho Alfieri en ese momento. «Vamos de farra, yo te voy a hacer conocer mujeres que ya te deben estar haciendo falta... a menos que no te gusten los hombres, no sé», y la voz había quedado suspendida entre el ruido de los martillazos de los maquinistas y el rumor del público. Felipe se había desasido como si no se diera cuenta del brazo que le ceñía livianamente los hombros, diciendo que tenía que prepararse para el cuadro siguiente. Se acordaba todavía del olor a tabaco rubio del aliento de Alfieri, su cara indiferente de ojos entrecerrados, que no cambiaba ni siquiera en presencia del rector o de los profesores. Nunca había sabido qué pensar de Alfieri, a veces le parecía tan macho, hablaba en los patios con los de quinto y él se acercaba disimuladamente a escuchar, Alfieri contaba que se había tirado a una mujer casada, la describía en detalle, la amueblada adonde habían ido, cómo ella estaba asustada al principio por miedo del marido que era abogado, y después tres horas culeando, la palabra se repetía una y otra vez, Alfieri se jactaba de proezas interminables, de que no la había dejado dormir ni un momento, de que no quería hacerle un hijo y habían tomado precauciones pero que eso era siempre un lío, de rápidos cambios en la oscuridad y algo que volaba a cualquier parte y se estrellaba en la puerta o la pared con un chijetazo, y por la noche el aspecto del cuarto y la bronca que habría tenido el mucamo... A Felipe se le escapaba el sentido de algunas cosas, pero eso no se pregunta, un día se sabe y se acabó. Por suerte Ordóñez no era de los que se callaban, a cada rato les estaba dando detalles ilustrativos, tenía libros que él no se hubiera animado a comprar y menos todavía a esconder en su casa, con la Beba que era una ladilla para metese donde no le importaba y revisarle los cajones. Lo que le daba un poco de bronca era que Alfieri no había sido el primero en meterse con él. ¿Pero le veían pinta de maricón, a él? Había muchas cosas oscuras en ese asunto. Alfieri, por ejemplo, tampoco tenía aspecto... No se podía comparar con Freilich o Viana que eran unos marcha atrás sin vuelta de hoja; las dos o tres veces que lo había visto en los recreos, acercándose a algún muchacho de segundo o tercero y repitiendo los mismos gestos que con él, siempre eran muchachos bien machitos, eso sí, buenos mozos como él, con pinta. Quería decir que a Alfieri le gustaban ésos, no los putitos como Viana o Freilich. Y también se acordaba con asombro del día en que habían subido juntos al colectivo. Alfieri pagó por los dos y eso que se había hecho el que no lo veía en la cola, y cuando estuvieron sentados en el asiento del fondo, camino de Retiro, se puso a hablarle de su novia con toda naturalidad, que la tenía que ver esa tarde, que su novia era maestra, que se casarían cuando encontraran un departamento. Todo eso en voz baja, casi en la oreja de Felipe que escuchaba entre interesado y receloso porque Alfieri era un celador, una autoridad de todos modos, y después de una pausa, cuando el tema de la novia parecía liquidado, Alfieri que agregaba con un suspiro: «Sí, me voy a casar pronto, che, pero vos sabés, me gustan tanto los pibes...», y otra vez él había sentido el deseo de apartase, de no tener nada que ver con Alfieri, aunque en ese momento Alfieri le estaba haciendo una confidencia de igual a igual y al hablar de pibes no incluía ya a los hombres hechos y derechos como Felipe. Apenas había atinado a mirarlo de reojo, sonriendo con trabajo, como si aquello fuese muy natural y él estuviera acotumbrado a hablar de cosas parecidas. Con Viana o Freilich hubiera sido fácil, una trompada en las costillas y a otra cosa, pero Alfieri era un celador, un hombre de más de treinta años, y además un bacán que se llevaba a las amuebladas a las mujeres de los abogados.

«Deben tener algo en las glándulas que no les funciona bien», pensó tirando el cigarrillo. Al asomarse un segundo a la puerta del bar había visto a Paula charlando con López, y los había mirado envidiosamente. Estaba bueno, el taita López no perdía un minuto en trabajarse a la pelirroja, ahora faltaba ver cómo iba a reaccionar Raúl. Ojalá que López se la sacara, se la llevara a su camarote y se la devolviera bien revolcada como la mujer del abogado. Todo se resolvía en términos muy simples: tirarse el lance, apilarse, engranar, encamarse con la mina, y el otro podía hacer lo que quisiera, reaccionar como macho o aguantarse los cuernos. Felipe se movía satisfecho dentro de un esquema donde cada cosa estaba bien iluminada y en su sitio. No como Alfieri, esas palabras de doble sentido, eso de no saber nunca si el tipo hablaba en serio o estaba buscando otra cosa... Vio a Raúl y al doctor Restelli que se asomaban a la cubierta, y les dio la espalda. Que no viniera ése con su pipa inglesa a joderle la paciencia. Bastante lo había tirado a matar por la tarde. Ah, pero no se la habían llevado de arriba, ya estaba enterado por su padre del fracaso de la expedición. Tres hombres hechos y derechos, y no habían sido capaces de abrirse paso hasta la popa y ver lo que sucedía.

Se le ocurrió de golpe, lo pensó apenas un segundo. En dos saltos se escondió detrás de un rollo de cuerdas para que Raúl y Restelli no lo vieran. Aparte de evitar encontrarse con Raúl se salvaba de un posible diálogo con Gato Negro, que debía estar más que resentido por su falta de... ¿cómo decía en clase?... de civilidad (¿o era urbanidad? Bah, cualquier gansada). Cuando los vio inclinados sobre la borda, echó a correr hacia la escalerilla. La Beba lo miró pasar con inmensa lástima. «Ni que tuvieras tres años —murmuró—. Corriendo como un chiquilín. Nos vas a hacer quedar mal a todos.» Felipe se volvió en lo alto de la escalera y la insultó seca y eficazmente. Se metió en su cabina, que quedaba casi al lado del pasadizo de comunicación entre los pasillos, y acechó por un resquicio de la puerta. Cuando estuvo seguro, salió rápidamente y tanteó la puerta del pasadizo. Estaba abierta como antes, la escalera esperaba.

Era ahí donde Raúl lo había tuteado por primera vez, parecía mentira, verdaderamente mentira. Al cerrar la puerta lo envolvió una oscuridad mucho mayor que por la tarde; era eso que ahora el lugar le pareciera más oscuro, la lámpara brillaba igual que antes. Vaciló un segundo en mitad de la escalera, escuchando los ruidos de abajo; las máquinas latían pesadamente, llegaba un olor como de sebo, de betún. Por ahí habían andado hablando de la película del barco de la muerte, y Raúl había dicho que era de un tal... Y después había estado de acuerdo en que era una lástima que Felipe tuviera que aguantarse a la familia. Se acordaba muy bien de sus palabras: «Me hubiera gustado más que vinieses solo.» Para lo que le importaba si había venido solo o acompañado. La puerta de la izquierda estaba abierta; la otra seguía cerrada como antes, pero se oía golpear adentro. Inmóvil frente a la puerta, Felipe sintió que algo le resbalaba por la cara, se secó el sudor con la manga de la camisa. Aferrándose a un nuevo cigarrillo, lo encendió rápidamente. Ya les iba a mostrar a esos tres ventajeros.

28

—El mes pasado terminó el quinto año del conservatorio —dijo la señora de Trejo—. Felicitada. Ahora va a seguir de concertista.

Doña Rosita y doña Pepa encontraron que eso era regio. Doña Pepa había querido alguna vez que la

Nelly siguiera también de concertista, pero era una lucha con esa chica. Como tener facilidad, tenía, desde chiquita cantaba de memoria todos los tangos y otras cosas, y se pasaba horas escuchando por la radio las audiciones de clásico. Pero a la hora del estudio, ni para atrás ni para adelante.

—Créame, señora, si le habré dicho... Una lucha, créame. Si le cuento... Pero qué va a hacer, no le gusta el estudio.

—Claro, señora. En cambio la Beba se pasa cuatro horas diarias al piano y le aseguro que es un sacrificio para mi esposo y para mí, porque a la larga tanto estudio cansa y la casa es chica. Pero una tiene su recompensa cuando vienen los exámenes y la nena sale felicitada. Ustedes la oyeran... A lo mejor la invitan a tocar, parece que en los viajes se estila que algún artista dé un concierto. Claro que la Beba no trajo las músicas, pero como sabe de memoria la Polonesa y el Claro de luna, siempre las está tocando... No es porque yo sea la madre, las toca con un sentimiento.

—El clásico hay que saber tocarlo —dijo doña Rosita—. No como esa música de ahora, puro ruido, esas cosas futuristas que pasan a la radio. Yo en seguida le digo a mi esposo, le digo: «Ay Enzo, sacá esa porquería que me hace venir el dolor de cabeza.» La deberían prohibir, yo digo.

—La Nelly dice que la música de hoy ya no es como la de antes, Beethoven y todo eso.

—Lo mismo dice la Beba, y está autorizada para juzgar —dijo la señora de Trejo—. Hoy en día hay demasiado futurismo. Mi esposo ha escrito dos veces a la Radio del Estado para que mejoren los programas, pero ya se sabe, hay tantos favoritismos... ¿Cómo está, m'hijita? La noto desmejorada.

Nora estaba bastante bien pero la observación de la señora de Trejo la turbó. Al entrar en el salón de lectura se había topado de golpe con las señoras, y no sabía cómo hacer para dar media vuelta y volver al bar. Tuvo que sentarse entre ellas, sonriendo como si se sintiera muy feliz. Pensó si tendría algo en la cara que... Pero no podía ser que se le notara nada.

—Esta tarde me sentí un poco mareada —dijo—. Poca cosa, se me pasó en seguida que tomé una Dramamina. ¿Y ustedes están bien?

Suspirando, las señoras informaron que la calma del mar las ayudaba a soportar el té con leche, pero que si volvía a agitarse como a mediodía... Ah, felices los jóvenes como ella que sólo pensaban en divertirse porque todavía no sabían lo que era la vida. Claro, cuando se viajaba con un muchacho tan simpático como Lucio se veía la vida de color de rosa. Feliz de ella, pobrecita. Y bueno, mejor así. Nunca se sabe lo que vendrá después, y mientras haya salud...

—Porque ustedes se deben haber casado hace muy poco, ¿no es verdad? —dijo la señora de Trejo, mirándola atentamente.

—Sí, señora —dijo Nora. Sentía que iba a ruborizarse y no sabía cómo hacer para que no se notara; las tres la estaban mirando con sus sonrisas de tapioca, las manos fofas apoyadas en las barrigas prominentes. «Sí, señora.» Optó por fingir un violento ataque de tos, se tapó el rostro con las manos y las damas le preguntaron si estaba acatarrada y doña Pepa aconsejó unas fricciones de Vaporub. Nora sentía en la boca del estómago la mentira, y sobre todo no haber tenido el valor de soportar de frente la pregunta. «¿Qué importa lo que piensen si después nos vamos a casar?», había dicho tantas veces Lucio. «Es la mejor prueba de que me tenés plena confianza, y además está en contra de los prejuicios burgueses y hay que luchar, contra eso...» Pero no podía, ahora menos que nunca. «Sí, señora, hace muy poco.»

Doña Rosita explicaba que a ella la humedad le hacía mucho daño y que si no fuera por el trabajo de su esposo ya le habría pedido que se fueran de la isla Maciel. «Me agarra como un reúma por todo el cuerpo —informaba a la señora de Trejo que seguía mirando a Nora—, y nadie me lo puede sacar. Mire que habré visto médicos, pero nada. Es la humedad, sabe. Es malo para los huesos, le hace venir como un sarro por dentro y por más que usted se purgue y tome agua de hongo hepático no le hace nada...» Nora vio una apertura en la conversación y se levantó, mirando el reloj pulsera con el aire de quien tiene una cita. Doña Pepa y la señora de Trejo cambiaron una mirada de inteligencia y una sonrisa. Comprendían, claro, cómo no iban a comprender... Vaya m'hijita, que la estarán esperando. La señora de Trejo lamentaba un poco que Nora se fuera, porque de todas maneras se veía que era de su clase, no como estas señoras tan buenas, pobres, pero tan por debajo de su condición... Vagamente la señora de Trejo empezaba a sospechar que no iba a tener con quién alternar en el viaje, y estaba inquieta y desasosegada. La madre del chiquilín no hacía más que hablar con los hombres, se veía que debía ser alguna artista o escritora porque no le interesaban las cosas verdaderamente femeninas, y estaba todo el tiempo fumando y hablando de cosas incomprensibles con Medrano y López. La otra chica pelirroja era una antipática y además demasiado joven para entender la vida y poder hablar de cosas serias con ella, aparte de que no pensaba más que en exhibire con ese bikini más que inmoral, y flirtear hasta con Felipe, nada menos. De eso tendría que hablar con su marido porque no era cosa de que Felipe fuera a caer en manos de esa vampiresa. Y al mismo tiempo se acordaba de los ojos del señor Trejo cuando Paula se había tendido en la cubierta para tomar sol. No, no era un viaje como había soñado.

Nora abrió la puerta de la cabina. No esperaba encontrar a Lucio, tenía una vaga idea de que había salido a la cubierta. Lo vio sentado al borde de la cama, mirando el aire.

—¿En qué estás pensando?

Lucio no pensaba absolutamente en nada, pero frunció las cejas como si acabaran de arrancarlo de una grave reflexión. Después le sonrió y le hizo un gesto para que fuese a sentarse a su lado. Nora suspiró, triste. No, no le pasaba nada. Sí, había estado en el bar, charlando con las señoras. Claro, de todo un poco. Sus labios no se desplegaron cuando Lucio le tomó la cara con las dos manos y la besó.

—¿No te sentís bien, monona? Estarás cansada... —calló temiendo que ella lo entendiera como una alusión. Pero por qué no, qué diablos. Por supuesto que eso cansa, como cualquier otro ejercicio violento. También él se sentía un poco aplastado, pero estaba seguro de que no se debía a... Antes de perderse en una distracción total, sin pensamientos, había estado evocando la escena en el camarote de Raúl; le había quedado como un mal gusto en la boca, ganas de que sucediera algo que le permitiera terciar, meterse de nuevo en una situación que de golpe lo había dejado al margen. Pero había hecho bien, era estúpido imaginarse novelas de misterio y andar repartiendo armas de fuego. ¿Por qué echar a perder de entrada el viaje? Toda la tarde había andado con ganas de hablar por separado con alguno de ellos, sobre todo con Medrano, a quien ya conocía un poco de antes y que le parecía el más equilibrado. Decirle que contaban plenamente con él si las cosas se ponían feas (lo que era inconcebible), pero que no le parecía bien andar buscándose líos al divino botón. Qué manga de locos, en vez de armar un buen póker o por lo menos un truco.

Suspirando, Nora se levantó y tomó un cepillo de su neceser.

—No, no estoy cansada, y me siento muy bien —dijo—. No sé, supongo que el primer día de viaje... Qué sé yo, siempre es un cambio.

—Sí, tenés que dormir bien esta noche.

—Claro.

Empezó a cepillarse el pelo lentamente. Lucio la miraba. Pensó: «Ahora siempre la veré peinarse así.»

—¿Desde dónde se podrá mandar carta a Buenos Aires?

—No sé, supongo que desde Punta Arenas. Creo que hacemos escala. ¿Así que vas a escribir a tu casa?

—Bueno, claro. Imaginate que deben estar tan afligidos... Por más que les dejé dicho que me iba de viaje.

Qué sé yo, las madres se imaginan cada cosa. Lo mejor va a ser que le escriba a Mocha, y que ella le explique todo a mamá.

—Supongo que les dirás que estás conmigo.

—Sí —dijo Nora—. De todas maneras lo saben. Yo nunca me podría haber ido sola.

—Maldita la gracia que le va a hacer a tu madre.

—Y bueno, al final tiene que saberlo. Yo pienso sobre todo en papá... Es tan sensible, yo no quisiera que sufra demasiado.

—Ya salimos con el sufrimiento —dijo Lucio—. ¿Por qué tiene que sufrir, qué diablos? Te viniste conmigo, me voy a casar con vos, y se acabó. ¿Por qué tenés que hablar en seguida de sufrimiento, como si fuese una tragedia?

—Yo decía, nomás. Papá es tan bueno...

—Me joroba ese sentimentalismo —dijo Lucio, amargo—. Siempre acaba por caerme en la cabeza; soy el que destrozó la paz de tu hogar y le quitó el sueño a tus famosos padres.

—Por favor, Lucio —dijo Nora—. No se trata de vos, yo elegí hacer esto que hemos hecho.

—Sí, pero a ellos no les importa esa parte del asunto. Yo seré siempre el don Juan que les arruinó las sobremesas y la lotería de cartones, qué joder.

Nora no dijo nada. Las luces oscilaron un segundo. Lucio fue a abrir el ojo de buey y anduvo por la cabina con las manos a la espalda. Por fin se acercó a Nora y la besó en el cuello.

—Siempre me hacés decir pavadas. Ya sé que todo se va a arreglar, pero hoy no sé qué tengo, veo las cosas de una manera... En realidad no teníamos otra salida si queríamos casarnos. O nos íbamos juntos o tu madre nos armaba un lío. Esto es mejor.

—De todos modos podríamos habernos casado antes —dijo Nora con un hilo de voz.

—¿Y para qué? ¿Casarnos antes? ¿Ayer mismo? ¿Para qué?

—Digo, nomás.

Lucio suspiró y fue a sentarse otra vez en la cama.

—Es verdad, me olvidaba que la señorita es católica —dijo—. Claro que podíamos habernos casado ayer, pero hubiera sido idiota. Tendríamos la libreta en el bolsillo de mi saco y eso sería todo. Ya sabés que por iglesia no me pienso casar, ni ahora ni después. Por civil todo lo que quieras, pero a mí no me vengás con los cuervos. Yo también pienso en mi viejo, che, aunque esté muerto. Cuando uno es socialista, es socialista y se acabó.

—Está bien, Lucio. Nunca te pedí que nos casáramos por iglesia. Yo solamente decía...

—Decías lo que dicen todas. Tienen un miedo feroz de que uno las deje plantadas después de acostarse con ellas. Bah, no me mirés así. Estábamos acostados, ¿no? No fue de parado, me parece —cerró los ojos, sintiéndose infeliz, sucio—. No me hagas decir barbaridades, monona. Por favor pensá que yo también te tengo confianza y no quiero que de golpe se me venga al suelo y descubra que sos como las otras... Ya te hablé alguna vez de María Esther, ¿no? No quiero que seas como ella, porque entonces...

Nora debía entender que entonces él la plantaría como a María Esther. Nora lo entendió muy bien pero no dijo nada. Seguía viendo, como un ectoplasma sonriente, la cara de la señora de Trejo en el bar. Y Lucio que hablaba, cada vez más nervioso, pero ella empezaba a darse cuenta de que esos nervios no nacían de lo que acababan de decirse sino de más atrás, de otra cosa. Puso el cepillo en el neceser y fue a sentarse junto a él, apoyó la cara en su hombro, se frotó suavemente. Lucio gruñó algo, pero era un gruñido satisfecho. Poco a poco sus caras se acercaron hasta juntar las bocas. Lucio acarició largamente los flancos de Nora, que tenía las manos apoyadas en el regazo y sonreía. La atrajo con violencia, deslizó el brazo por su cintura y la echó suavemente hacia atrás. Ella se resistía, riendo. Vio aparecer la cara de Lucio sobre la suya, tan cerca que apenas distinguía un ojo y la nariz.

—Sonsa, pequeña sonsa. Pajarraca.

—Bobeta.

Sentía su mano que andaba por su cuerpo, despertándola. Pensó con alguna maravilla que ya casi no tenía miedo de Lucio. Todavía no era fácil, pero ya no tenía miedo. Por iglesia... Protestó, avergonzada, escondiendo la cara, pero la profunda caricia llevaba consigo la curación, la llenaba de una ansiedad en la que todo recato perdía pie. No estaba bien, no estaba bien. No, Lucio, no, así no. Cerró los ojos, quejándose.

En ese mismo momento Jorge jugaba P4R y Persio, tras largas reflexiones, contestaba C2R. Implacable, Jorge descargó D1T, y Persio sólo pudo responder con R4C. Las blancas se descolgaron entonces con D5C, las negras temblaron y titubearon («Neptuno me está fallando», se dijo Persio) hasta atinar con P6C, y hubo una breve pausa marcada con una serie de sonidos guturales producidos por Jorge, que acabó soltado D4C y miró con sorna a Persio. Cuando se produjo la respuesta C4R, Jorge no tuvo más que dar un empujoncito con D5A y mate en veinticinco jugadas.

—Pobre Persio —dijo Jorge, magnánimo—. En realidad metiste la pata de entrada y después ya no te pudiste salir del pantano.

—Notable —dijo el doctor Restelli, que había asistido de pie a la partida—. Una defensa Ninzowich muy notable.

Jorge lo miró de reojo, y Persio se puso a guardar apresuradamente las piezas. Afuera se oía el afelpado resonar del gongo.

—Este niño es un jugador sobresaliente —dijo el doctor Restelli—. Por mi parte, dentro de mis modestas posibilidades tendré mucho gusto en jugar con usted, señor Persio, cuando le agrade.

—Tenga cuidado con Persio —le previno Jorge—. Siempre pierde, pero uno no puede saber.

Con el cigarrillo en la boca, abrió de golpe la puerta. En el primer momento pensó que estaban allí los dos marineros, pero el bulto del fondo no era más que un capote de tela encerada colgando de una percha. El marinero barrigón golpeaba una correa con una maza de madera. La serpiente azul del antebrazo subía y bajaba rítmicamente.

Sin dejar de golpear (¿para qué demonios golpeaba una correa el urso ese?) observó a Felipe que había cerrado la puerta y lo miraba a su vez sin quitarse el cigarrillo de la boca y con las dos manos en los bolsillos del *blue-jeans*. Se quedaron así un momento, estudiándose. La serpiente dio un último brinco, se oyó el golpe opaco de la maza en la correa (la estaba ablandando, sería para hacerse un cinturón ancho que le fajara la panza, seguro que era eso), y después bajó hasta quedar inmóvil al borde de la mesa.

—Hola —dijo Felipe. Le entraba el humo del Camel en los ojos, y apenas tuvo tiempo de quitarse el cigarrillo y estornudar. Por un segundo vio todo turbio a través de las lágrimas. Cigarrillo de mierda, cuándo iba a aprender a fumar sin sacárselo de la boca.

El marinero seguía mirándolo con una semisonrisa en los gruesos labios. Parecía encontrar divertido que a Felipe le lloraran los ojos por culpa del humo. Empezó a arrollar despacio la correa; sus enormes manos se movían como arañas peludas. Siguió doblando y sujetando la correa con una delicadeza casi femenina.

—*Hasdala* —dijo el marinero.

—Hola —repitió Felipe, perdido el primer impulso y un poco de aire. Se adelantó un paso, miró los instrumentos que había sobre una mesa de trabajo—. ¿Usted siempre está acá... haciendo esas cosas?

—*Sa* —dijo el marinero, atando la correa con otra más fina—. Siéntate ahí, si quieres.

—Gracias —dijo Felipe, dándose cuenta de que el hombre acababa de hablarle en un castellano mucho más inteligible que por la tarde—. ¿Ustedes son finlandeses? —preguntó, buscando orientarse.

—¿Finlandeses? No, qué vamos a ser finlandeses. Aquí somos un poco de todo, pero no hay finlandeses.

La luz de dos lámparas fijas en el cielo raso caía duramente sobre las caras. Sentado al borde de un banco, Felipe se sentía incómodo y no encontraba qué decir, pero el marinero seguía atando la correa con mucho cuidado. Después se puso a ordenar unas leznas y dos alicates. Alzaba a cada momento los ojos y miraba a Felipe, que sentía cómo el cigarrillo se le iba acortando entre los dedos.

—Tú sabes que no tenías que venir por este lado —dijo el marinero—. Tú haces mal en venir.

—Bah, qué tiene —dijo Felipe—. Si me gusta bajar a charlar un rato... Por allá es aburrido, sabe.

—Puede ser, pero no tenías que venir aquí. Ahora que has venido, quédate. Orf no llegará hasta dentro de un rato y nadie sabrá nada.

—Mejor —dijo Felipe, sin entender demasiado cuál era el riesgo de que los demás supieran algo. Más seguro, corrió el banco hasta que pudo apoyar la espalda en la pared; se cruzó de piernas y tragó el humo en una larga bocanada. Le empezaba a gustar la cosa, y había que seguir adelante.

—En realidad vine para hablar con usted —dijo. ¿Por qué diablos el otro lo tuteaba y él en cambio...?—. No me gusta nada todo este misterio que están haciendo.

—Oh, no hay ningún misterio —dijo el marinero.

—¿Por qué no nos dejan ir a la popa, entonces?

—Yo tengo la orden y la cumplo. ¿Para qué quieres ir allá? Si no hay nada.

—Quiero ver —dijo Felipe.

—No verás nada, chico. Quédate aquí, ya que has venido. No puedes pasar.

—¿De aquí no puedo pasar? ¿Y esa puerta?

—Si quieres pasar esa puerta —dijo sonriendo el ma-

rinero— te tendré que romper la cabeza como un coco.
Y tienes una linda cabeza, no te la quiero romper como
un coco.

Hablaba lentamente, eligiendo las palabras. Felipe
supo desde el primer momento que no hablaba en
vano y que más le valía quedarse donde estaba. Al
mismo tiempo le gustaba la actitud del hombre, su manera de sonreír mientras lo amenazaba con una frac-
tura de cráneo. Sacó el atado de cigarrillos y le ofreció
uno. El marinero movió la cabeza.

—Tabaco para mujeres —dijo—. Tú fumarás del mío,
tabaco para el mar, ya verás.

Parte de la serpiente desapareció en un bolsillo y
volvió con una bolsa de tela negra y un librito de papel
para armar. Felipe hizo un gesto negativo, pero el
hombre arrancó una hoja de papel y se la alcanzó,
mientras cortaba otra para él.

—Yo te enseño, verás. Tú haces como yo, te vas fi-
jando y haces como yo. Ves, se echa así... —las arañas
peludas danzaban finamente en torno a la hoja de papel, de pronto el marinero se pasó una mano por la
boca como si tocara una armónica, y en sus dedos
quedó un perfecto cigarrillo.

—Mira si es fácil. No, así se te va a caer. Bueno, tú
fumas éste y yo hago otro para mí.

Cuando se puso el cigarrillo en la boca, Felipe sintió
la humedad de la saliva, lo miraba continuamente y
sonreía. Empezó a armar su cigarrillo, y después sacó
un enorme encendedor ennegrecido. Un humo espeso
y penetrante ahogó a Felipe, que hizo un gesto apreciativo, agradeciendo.

—Mejor no tragues mucho el humo —dijo el marinero—. Es un poco fuerte para ti. Ahora verás qué bien queda con ron.

De una caja de lata colocada debajo de la mesa sacó una botella y tres cubiletes de estaño. La serpiente azul llenó dos cubiletes y pasó uno a Felipe. El marinero se sentó a su lado, en el mismo banco, y levantó el cubilete.

—*Here's to you*, chico. No te lo bebas de un trago.

—Hm, es muy bueno —dijo Felipe—. Seguro que es ron de las Antillas.

—Claro que sí. De modo que te gusta mi ron y mi tabaco, ¿eh? ¿Y cómo te llamas, chico?

—Trejo.

—Trejo, eh. Pero eso no es un nombre, es un apellido.

—Claro, es mi apellido. Yo me llamo Felipe.

—Felipe. Está bien. ¿Cuántos años tienes, chico?

—Dieciocho —mintió Felipe, escondiendo la boca en el cubilete—. ¿Y usted, cómo se llama?

—Bob —dijo el marinero—. Llámame Bob aunque en realidad tengo otro nombre, pero no me gusta.

—Dígamelo, de todos modos. Yo le dije mi verdadero nombre.

—Oh, también a ti te parecerá muy feo. Imagínate que me llamara Radcliffe o algo así, a ti no te gustaría. Mejor es Bob, chico. *Here's to you*.

—*Prosit* —dijo Felipe, y bebieron otra vez—. Hm, se está bien aquí.

—Claro que sí.

—¿Mucho trabajo a bordo?

—Más o menos. Va a ser mejor que no bebas más, chico.

—¿Por qué? —dijo Felipe, encrespándose—. Estaría bueno, justo ahora que me empieza a gustar. Pero dígame, Bob... Sí, es un tabaco formidable, y el ron... ¿Por qué no tengo que beber más?

El marinero le quitó el cubilete y lo dejó sobre la mesa.

—Eres muy simpático, chico, pero después tienes que volverte solo arriba, y si bebes todo eso se van a dar cuenta.

—Pero si yo puedo beber todo lo que me de la gana en el bar.

—Hm, con el barman que tienen allí arriba no será muy fuerte lo que bebas —se burló Bob—. Y tu mamá debe andar cerca, además... —parecía gozar viendo los ojos de Felipe, el rubor que le llenaba de golpe la cara—. Vamos, chico, somos amigos. Bob y Felipe son amigos.

—Está bien —dijo hoscamente Felipe—. Me mando mudar y se acabó. ¿Y esa puerta?

—Te olvidas de esa puerta —dijo el marinero suavemente— y no te enojes, Felipe. ¿Cuándo puedes volver?

—¿Y para qué voy a volver?

—Chico, para fumar y beber ron conmigo, y charlar —dijo Bob—. En mi cabina, donde nadie nos molestará. Aquí puede venir Orf en cualquier momento.

—¿Dónde está su cabina? —dijo Felipe, entornando los ojos.

—Ahí —dijo Bob, mostrándole la puerta prohibida—. Hay un pasillo que va a mi cabina, justo antes de la escotilla de popa.

29

El llamado del gong se deslizó en mitad de un párrafo de Miguel Ángel Asturias, y Medrano cerró el libro y se estiró en la cama, preguntándose si tenía o no ganas de cenar. La luz en la cabecera invitaba a quedarse leyendo y a él le gustaba *Hombres de maíz*. En cierto modo la lectura era una manera de apartarse por un rato de la novedad que lo rodeaba, reingresar en el orden de su departamento de Buenos Aires, donde había empezado a leer el libro. Sí, como una casa que se lleva consigo, pero no le gustaba la idea de refugiarse ex profeso en el relato para olvidar el absurdo de tener ahí, en un cajón de la cómoda al alcance de la mano, un Smith y Wesson treinta y ocho. El revólver era un poco la concreción de todo lo otro, del *Malcolm* y sus pasajeras; de las vagas torpezas del día. El placer del rolido, la comodidad masculina y exacta del camarote eran otros tantos aliados del libro. Hubiera sido necesario algo resueltamente insólito, oír galopar un caballo en el pasillo u oler incienso, para decidirlo a saltar de la cama y hacer frente a lo que ocurría. «Se está demasiado bien para molestarse», pensó, acordándose de las caras de López y de Raúl cuando habían vuelto de la incómoda expedición vespertina. Quizá Lucio tenía razón y era absurdo ponerse a jugar al detective. Pero las razones de Lucio eran sospechables; por el momento lo único que le importaba era su mujer. A los otros y a él mismo los irritaba de manera más directa ese misterio barato y ese andamiaje de mentira. Más irritante todavía era pensar, apartándose con dificultad de la página abierta, que de no haber estado tan cómodos a bordo habrían procedido con más energía, forzando la situación hasta salir de dudas. Las delicias de Capua, etcétera. Delicias más severas, de tono nórdico, entonadas en la gama del cedro y el fresno. Probablemente López y Raúl propondrían un nuevo plan, o él mismo si se aburría en el bar, pero todo lo que hicieran sería más un juego que una reivindicación. Tal vez lo único sensato fuera imitar a Persio y a Jorge, pedir los tableros de ajedrez y pasar el tiempo lo mejor posible. La popa, bah. En fin, la popa. Hasta la palabra, como un puré para infantes. La popa, qué idiotez.

Eligió un traje oscuro y una corbata que le había regalado Bettina. Había pensado un par de veces en Bettina mientras leía *Hombres de maíz*, porque a ella no le gustaba el estilo poético de Asturias, las aliteraciones y el tono resueltamente mágico. Pero hasta ese momento no le había preocupado para nada lo ocurrido con Bettina. Se divertía demasiado con los episodios del embarque y las adversidades en pequeña escala como para aceptar con gusto cualquier recurrencia al pasado inmediato. Nada mejor que el *Malcolm* y sus gentes, hurrah la popa papilla (Asturias de pacotilla, se echó a reír buscando más rimas): astilla y polilla. Buenos Aires podía esperar, ya tendría tiempo para el recuerdo de Bettina, si llegaba por su cuenta, si se le daba como un problema. Pero sí, era un problema, tendría que analizarlo como a él le gustaba, a oscuras en la cama y con las manos en la nuca. De todas maneras, ese desasosiego (Asturias o cenar; cenar, corbata regalada por Bettina, ergo Bettina, ergo fastidio) se insinuaba como una conclusión anticipada del análisis. A menos que no fuera más que el rolido, el aire con tabaco de la cabina. No era la primera vez que plantaba a una mujer, y también una mujer lo había plantado a él (para ir a casarse al Brasil). Absurdo que la popa y Bettina fueran en ese momento un poco la misma cosa. Le preguntaría a Claudia lo que pensaba de su actitud. Pero no, por qué tenía que plantearse esa especie de arbitraje de Claudia en términos de deber. Por supuesto no tenía obligación alguna de hablarle a Claudia de Bettina. Charla de viaje vaya y pase, pero nada más. La popa y Bettina, era realmente estúpido que todo eso fuera ahora un punto doloroso en la boca del estómago. Nada menos que Bettina, que ya andaría armando programa para no perderse una noche de *Embassy*. Sí, pero también habría llorado.

Medrano se sacó la corbata de un tirón. No le salía bien el nudo, esa corbata había sido siempre rebelde. Psicología de las corbatas. Se acordó de una novela donde un valet enloquecido cortaba a tijeretazos la colección de corbatas de su amo. La habitación llena de pedazos de corbatas, una carnicería de corbatas por el suelo. Eligió otra, de un gris modesto, que consentía un nudo perfecto. Por supuesto que habría llorado, todas las mujeres lloran por mucho menos que eso. La imaginó abriendo los cajones de la cómoda, sacando fotografías, quejándose por teléfono a sus amigas. Todo estaba previsto, todo tenía que suceder. Claudia habría hecho lo mismo después de separarse de Lewbaum, todas las mujeres. Repetía: «Todas, todas», como queriendo englobar en la diversidad un mísero episodio bonaerense, echar una gota en el mar. «Pero al fin y al cabo es una cobardía», se oyó pensar, y no supo si la cobardía era la gota en el mar o el hecho desnudo de haber plantado a Bettina. Un poco más o menos de llanto, en este mundo... Sí, pero la causa, aunque nada de eso tuviera importancia y Bettina estuviera paseando por Santa Fe o haciéndose peinar *chez Marcela*. Qué le importaba Bettina, no era Bettina, no era Bettina misma y tampoco que no se pudiera ir a la popa, ni el tifus 224. Lo mismo eso en la boca del estómago, y sin embargo sonreía cuando abrió la puerta y salió al pasillo, pasándose la mano por el pelo sonreía como el que está haciendo un descubrimiento agradable, está ya al borde, entrevé lo que buscaba y siente el contento de todos los términos alcanzados. Se prometió volver sobre sus pasos, dedicar el comienzo de la noche a pensar más despacio. Tal vez no fuera Bettina sino que Claudia había hablado demasiado de sí misma, con su voz grave había hablado de sí misma, de que todavía estaba enamorada de León Lewbaum. Pero maldito si a él le importaba eso, aunque también Claudia llorara por la noche pensando en León.

Dejando que el Pelusa acabara de explicarle al doctor Restelli las razones por la cuales Boca Juniors tenía que hacer capote en el campeonato, decidió volver a su cabina para vestirse. Pensó regocijadamente en las toilettes que se verían esa noche en el comedor; probablemente el pobre Atilio aparecería en mangas de camisa y el *maître* pondría la cara típica de los sirvientes cuando asisten entre satisfechos y escandalizados a la degradación de los amos. Un impulso lo movió a regresar y mezclarse de nuevo en la charla. Apenas logró cortar las efusiones deportivas del Pelusa (que había encontrado en el doctor Restelli un parsimonioso pero enérgico defensor de los méritos de Ferrocarril Oeste), Raúl hizo notar como de paso que ya era hora de prepararse para la cena.

—En realidad hace calor para tener que vestirse —dijo— pero respetaremos la tradición del mar.

—¿Cómo, vestirse? —dijo el Pelusa, desconcertado.

—Quiero decir, ponerse una incómoda corbata y un saco —dijo Raúl—. Uno lo hace por las señoras, claro.

Dejó al Pelusa entregado a sus reflexiones y subió la escalerilla. No estaba demasiado seguro de haber obrado bien, pero desde un tiempo a esa parte tendía a poner en duda la justificación de casi todas sus acciones. Si Atilio prefería aparecer en el comedor con una camiseta a rayas, allá él; de todos modos el *maître* o algún pasajero acabaría por darle a entender que estaba incorrecto, y el pobre muchacho lo pasaría peor, a menos que los mandase al diablo. «Obro por razones exclusivamente estéticas —pensó Raúl, otra vez divertido—, y pretendo justificarlas desde el punto de vista social. Lo único cierto es que me revienta todo lo que está fuera de ritmo, desencajado. La camiseta de ese pobre muchacho me echaría a perde el *potage Hublet aux asperges*. Ya bastante mala es la iluminación del comedor...» Con la mano en el picaporte, miró hacia la entrada del pasadizo que comunicaba los dos pasillos. Felipe se detuvo bruscamente, perdiendo un poco el equilibrio. Parecía muy desconcertado, como si no lo conociera.

—Hola —dijo Raúl—. No se te ha visto en toda la tarde.

—Es que... Qué idiota soy, me equivocaba de pasillo. Mi camarote es al otro lado —dijo Felipe, iniciando una media vuelta. La luz le dio de lleno en la cara.

—Parece que has tomado demasiado sol —dijo Raúl.

—Bah, no es nada —dijo Felipe, fabricándose un tono hosco que le salía a medias—. En el club me paso las tardes en la pileta.

—En tu club no habrá un aire tan fuerte como aquí. ¿Te sentís bien?

Se había acercado y lo miraba amistosamente. «Por qué no me dejará de joder», pensó Felipe, pero a la vez lo halagaba que Raúl volviera a hablarle con ese tono después de la mala jugada que le había hecho. Contestó con un movimiento afirmativo y completó una media vuelta hacia el pasadizo, pero Raúl no quería dejarlo ir así.

—Seguro que no trajiste ningún calmante para las quemaduras, a menos que tu madre... Vení un momento, te voy a dar algo para que te pongas al acostarte.

—No se moleste —dijo Felipe, apoyando un hombro en el tabique—. Me parece que la Beba tiene sapolán o alguna otra porquería de esas.

—Llevalo, de todos modos —insistió Raúl, retrocediendo para abrir la puerta de su cabina. Vio que Paula no estaba pero que había dejado las luces encendidas—. Además tengo otra cosa para vos. Vení un momento.

Felipe parecía decidido a quedarse en la puerta.

Raúl, que buscaba un neceser, le hizo una seña para que entrara. De golpe se daba cuenta de que no sabía qué decirle para vencer la hostilidad de cachorro ofendido. «Yo mismo me lo busqué como un imbécil —pensó, revolviendo en un cajón lleno de medias y pañuelos—. Qué mal lo ha tomado, Dios mío.» Enderezándose, repitió el gesto. Felipe dio dos pasos, y sólo entonces Raúl se dio cuenta de que se tambaleaba un poco.

—Ya me parecía que no te sentías bien —dijo acercándole un sillón. Cerró la puerta con un empujón del pie. Aspiró el aire un par de veces y soltó una carcajada.

—Sol embotellado, entonces. Y yo que creía que te habías insolado... ¿Pero qué tabaco es ese? Olés a alcohol y a tabaco que da miedo.

—¿Y qué? —murmuró Felipe, que luchaba contra una náusea creciente—. Si bebo una copa y fumo... no veo que...

—Hombre, por supuesto —dijo Raúl—. No tenía la menor intención de reprenderte. Pero la mezcla de sol con lo otro es un poco explosiva, sabés. Yo te podría contar...

Pero no tenía ganas de contarle, prefería quedarse mirando a Felipe que había palidecido un poco y miraba fijamente en dirección al ojo de buey. Se quedaron callados un momento que a Raúl le pareció muy largo y muy perfecto, y a Felipe un torbellino de puntos rojos y azules bailándole delante de los ojos.

—Tomá esta pomada —dijo por fin Raúl, poniéndole un tubo en la mano—. Debés tener los hombros desollados.

—Instintivamente Felipe se abrió la camisa y se miró. La náusea iba pasando, en su lugar crecía el placer maligno de callarse, de no hablar de Bob, del encuentro con Bob y el vaso de ron. A él solamente le correspondía el mérito de... Le pareció que la boca de Raúl temblaba un poco, lo miró sorprendido. Raúl se enderezó sonriendo.

—Con esto dormirás sin molestias, espero. Y ahora tomá, lo prometido es deuda.

Felipe sostuvo la pipa con dedos inseguros. Nunca había visto una pipa tan hermosa. Raúl, de espaldas, sacaba algo del bolsillo de un saco colgado en el armario.

—Tabaco inglés —dijo, dándole una caja de colores vivos—. No sé si tengo por ahí algún limpiapipas, pero entre tanto me pedís el mío cuando se te ensucie. ¿Te gusta?

—Sí, claro —dijo Felipe, mirando la pipa con respeto—. Usted no tendría que darme esto, es una pipa demasiado buena.

—Precisamente porque es buena —dijo Raúl—. Y para que me perdones.

—Usted...

—Mirá, no sé por qué lo hice. De golpe me pareció que eras demasiado chico para meterte en un posible lío. Después lo estuve pensando y lo lamenté, Felipe. Discúlpame y seamos amigos, querés.

La náusea volvía poco a poco, un sudor helado mojaba la frente de Felipe. Alcanzó a guardarse la pipa y el tabaco en el bolsillo, y se enderezó con esfuerzo, vacilando.

Raúl se puso a su lado y estiró un brazo para sostenerlo.

—Yo... yo tendría que pasar al baño un momento —murmuró Felipe.

—Sí, como no —dijo Raúl, abriéndole la puerta presurosamente. La cerró otra vez, dio unos pasos por la cabina. Se oía correr el agua del lavabo. Raúl fue hasta la puerta del baño y apoyó la mano en el picaporte. «Pobrecito, a lo mejor se da un golpe», pensó, pero mentía y se mordió los labios. Si al abrir la puerta lo veía... Tal vez Felipe no le perdonara nunca la humillación, a menos que... «Todavía no, todavía no», y él estaría vomitando en el lavabo, no, realmente era mejor dejarlo solo, a menos que perdiera el sentido y se golpeara. Pero no iba a golpearse, era casi monótono mentirse así, buscar pretextos. «Le gustó tanto la pipa —se dijo, volviendo a caminar en círculo—. Pero ahora va a tener vergüenza por haberse metido en mi baño... Y como siempre la vergüenza será feroz, me arañará de arriba abajo, hasta que la pipa, tal vez, la pipa...»

Buenos Aires estaba marcado con un punto rojo, y de ahí partía una línea azul que descendía casi paralelamente a la comba de la provincia, a bastante distancia de la costa. Al entrar en el comedor los viajeros pudieron apreciar la prolijidad del mapa adornado con la insignia de la Magenta Star, y la derrota cumplida ese día por el *Malcolm*. El barman admitió con una sonrisa de discreto orgullo que la progresiva confección del itinerario corría por su cuenta.

—¿Y quién le da los datos? —preguntó Don Galo.

—El piloto me los envía —explicó el barman—. Yo

fui dibujante en mi juventud. Me gusta manejar la escuadra y el compás en mis ratos libres.

Don Galo hizo señas al chófer para que se marchara con la silla de ruedas, y observó de reojo al barman.

—¿Y cómo anda lo del tifus? —preguntó a quemarropa.

El barman parpadeó. La silueta impecable del *maître* vino a situarse a su lado. Su sonrisa aperitiva se proyectó sucesivamente hacia todos los comensales.

—Parece que todo va bien, señor Porriño —dijo el *maître*—. Por lo menos no he recibido ninguna noticia alarmante. Váyase a atender el bar —dijo a su subordinado que mostraba una tendencia a demorarse en el comedor—. Veamos, señor Porriño, ¿le agradará un *potage champenois* para empezar? Está muy bueno.

El señor Trejo y su esposa se ubicaban en ese momento, seguidos de la Beba que estrenaba un vestido menos escotado de lo que hubiera querido. Raúl entró tras ellos y fue a sentarse con Paula y López, que levantaron al mismo tiempo la cabeza y le sonrieron con un aire ausente. Los Trejo descuidaban la lectura de la minuta para discutir la recientísima novedad de la descompostura de Felipe. La señora de Trejo estaba muy agradecida al señor Costa, que se había molestado en atender a Felipe y acompañarlo hasta su cabina, llamando de paso a la Beba para que avisara a papá y a mamá. Felipe dormía profundamente, pero a la señora de Trejo le preocupaba todavía la causa de ese repentino malestar.

—Tomó demasiado sol, hija mía —aseguró el señor Trejo—. Se pasó la tarde en la cubierta y ahora parece un camarón. Vos no lo viste, pero cuando le sacamos la camisa... Menos mal que ese joven traía una pomada que según parece es extraordinaria.

—De lo que te olvidás es que olía a whisky que daba horror —dijo la Beba, leyendo la minuta—. Ese chico hace lo que quiere a bordo.

—¿Whisky? Imposible —dijo el señor Trejo—. Habrá tomado alguna cerveza, puede ser.

—Deberías hablar con el del despacho de bebidas —dijo su esposa—. Que no le den más que limonadas o cosas así. Todavía es chico para manejarse solo.

—Si ustedes creen que lo van a meter en vereda se equivocan —dijo la Beba—. Ya es demasiado tarde. Conmigo todas son severidades, pero con él...

—No empecés, vos.

—¿Ves? ¿Qué te digo? Si yo aceptara un regalo costoso que me hiciera algún pasajero, ¿qué dirían? Ya los veo poniendo el grito en el cielo. En cambio él puede hacer lo que le dé la gana, claro. Siempre lo mismo. Por qué no habré nacido varón...

—¿Regalos? —dijo el señor Trejo—. ¿Qué es eso de regalos?

—Nada —dijo la Beba.

—Hablá, hablá, m'hijita. Ya que empezaste decilo todo. En realidad, Osvaldo, yo te quería hablar de Felipe. La muchacha ésa... la del bikini, sabés.

—¿Bikini? —dijo el señor Trejo—. Ah, la chica pelirroja. Sí, la chica ésa.

—La chica ésa se pasó la tarde haciéndole ojitos al nene, y si vos no te diste cuenta yo soy madre y tengo un instinto aquí en el pecho para esas cosas. Vos no te metás, Beba, sos muy chica para entender lo que estamos hablando. Ay, estos hijos, qué martirio.

—¿Haciéndole ojitos a Felipe? —dijo la Beba—. No me hagas reír, mamá. ¿Pero vos te creés que esa mujer va a perder el tiempo con un chiquilín? («Si él me pudiera escuchar —pensaba la Beba—. Ah, como se pondría verde de rabia.»)

—¿Pero qué es eso del regalo, entonces? —dijo el señor Trejo, interesado de golpe.

—Una pipa, una lata de tabaco y qué sé yo qué más —dijo la Beba, con aire indiferente—. Seguro que vale mucha plata.

Los esposos Trejo se consultaron con la mirada, y después el señor Trejo miró en dirección de la mesa número dos. La Beba los estudiaba con disimulo.

—Ese señor es realmente muy gentil —dijo la señora de Trejo—. Deberías agradecerle, Osvaldo, y de paso que no lo consienta tanto al nene. Se ve que se ha preocupado al verlo descompuesto, pobre.

El señor Trejo no dijo nada pero pensaba en el instinto de las madres. La Beba, despechada, entendía que Felipe estaba obligado a devolver los regalos. La *langue jardinière* los sorprendió en esas deliberaciones.

Cuando el grupo Presutti hizo su aparición entre resuelto y timorato, con muchos saludos a las diferentes mesas, miradas de reojo al espejo y agitados comentarios en voz baja por parte de doña Rosita y doña Pepa, a Paula le dieron ganas de reírse y miró a Raúl con cierta expresión que a él le recordó las noches en los foyers de los teatros porteños, o los salones de extramuros donde iban a divertirse malvadamente a costa de poetisas y señores bien. Esperaba alguna de esas observaciones en que Paula era capaz de resumir admirablemente una situaión, clavándola como a una mariposa. Pero Paula no dijo nada porque acababa de sentir los ojos de López fijos en los suyos, y de golpe se le fueron las ganas de hacer el chiste que ya subía a los labios. No había tristeza ni ansiedad en la mirada de López, más bien una plácida contemplación ante la cual Paula se sentía poco a poco devuelta a sí misma, a lo menos exterior y espectacular de sí misma. Irónicamente se dijo que al fin y al cabo la Paula epigramática también era ella, y de yapa la Paula perversa o simplemente maligna; pero los ojos de López la instalaban en su forma menos complicada, donde el sofisma y la frivolidad se volvían forzados. Pasar de López a Raúl, a la cara inteligente y sensitiva de Raúl, era saltar de hoy a ayer, de la tentación de ser franca a la de incurrir una vez más en la brillante mentira de la apariencia. Pero si no quebraba esa especie de amistosa censura que empezaba a ser para ella la mirada de López (y el pobre que no tenía idea de representar ese papel), el viaje podía convertirse en una menuda e insignificante pesadilla. Le gustaba López, le gustaba que se llamara Carlos, que su mano no le hubiera molestado al posarse en la suya; no le interesaba demasiado, probablemente no pasaba de ser un porteño a la manera de tanto muchacho amigo, más cultivado que culto, más entusiasta que enamorado. Había en él algo limpio que aburría un poco. Una limpieza que destruía desde el comienzo las perfidias verbales, las ganas de describir en detalle la toilette de la novia de Atilio Presutti y extenderse sobre la influencia del ladrillo en el saco del Pelusa. No que los comentarios frívolos sobre el resto del pasaje quedaran desterrados por la presencia de López, él mismo miraba ahora con una sonrisa el collar de material plástico de doña Pepa y los esfuerzos de Atilio por hacer coincidir una cuchara con la boca. Era otra cosa, como una limpieza de intenciones. Las bromas valían por sí mismas, no como armas de doble filo. Sí, iba a ser terriblemente aburrido, a menos que Raúl se lanzara al contraataque y restableciera el equilibrio. Demasiado sabía Paula que Raúl se daría cuenta en seguida de lo que estaba flotando en el aire, y que probablemente rabiaría. Ya otra vez la había rescatado de una influencia en último término negativa (un teósofo que sabía ser muy buen amante al mismo tiempo). Armado de una impúdica insolencia, había ayudado a desmontar en pocos meses el frágil andamiaje esotérico por el que Paula creía trepar al cielo como un shamán. Pobre Raúl, empezaría por sentir unos celos que nada tendrían que ver con los celos, el simple despecho de no ser el amo de su inteligencia y de su tiempo, de no poder compartir con una exigente coincidencia de gustos cada momento de viaje. Aunque Raúl se dejara arrastrar por una aventura cualquiera, lo mismo se mantendría a su lado, reclamando reciprocidad. Sus celos serían más desencanto que otra cosa, y por fin se le pasarían hasta que Paula apareciera otra vez (¿pero esta vez habría otra vez?) con la cara de regreso, un relato nostálgico, y depositaría el presente aburrido y desesperanzado entre sus manos para que él volviera a cuidarle ese gato caprichoso y consentido. Así había ocurrido después de ser la amante de Rubio, después de cortar con Lucho Neira, con los otros. Una perfecta simetría reglaba sus relaciones con Raúl porque también él pasaba por fases confesionales, le traía su gato negro después de tristes episodios en las azoteas y los suburbios, se curaba las heridas en un reverdecer de la camaradería de los tiempos de la universidad. Cuánto se necesitaban, de qué amargo tejido estaba hecha esa amistad expuesta a un doble viento, a un alternada fuga. ¿Qué tenía que hacer Carlos López en esa mesa, en ese barco, en la plácida costumbre de andar juntos por todas partes? Paula lo detestó violentamente mientras él, contento de mirarla, tan feliz mirándola, parecía el inocente que se mete sonriendo en la jaula de los tigres. Pero no era inocente, Paula lo sabía de sobra, y si lo era (pero no lo era), que se aguantara. Tigre Raúl, tigre Paula «Pobre Jamaica John —pensó—, si te escaparas a tiempo...»

—¿Qué le pasa a Jorge?

—Tiene unas líneas de fiebre —dijo Claudia—. Supongo que tomó demasiado sol esta tarde, a menos que sea una angina. Lo convencí de que se quedara en cama y le di una aspirina. Veremos cómo pasa la noche.

—La aspirina es terrible —dijo Persio—. Yo he tomado dos o tres veces en mi vida y me hizo un efecto pavoroso. Descalabra completamente el orden intelectual, uno suda, en fin, algo muy desagradable.

Medrano, que había cenado sin muchas ganas, propuso un segundo café en el bar, y Persio se marchó a la cubierta donde tenía que hacer observaciones estelares, prometiendo pasar antes por la cabina para ver si Jorge se había dormido. Las luces del bar eran más agradables que las del comedor, y el café estaba más caliente.

Una o dos veces Medrano se preguntó si Claudia estaría disimulando la preocupación que debía sentir por la fiebre de Jorge. Hubiera querido saber, para ayudarla después si en algo podía, pero Claudia no volvió a referirse a su hijo y hablaron de otras cosas. Persio regresó.

—Está despierto y preferiría que usted fuera a verlo —dijo—. Seguro que es la aspirina.

—No diga tonterías y váyase a estudiar las Pléyades y la Osa Menor. ¿No quiere venir, Medrano? A Jorge le gustará verlo.

—Sí, claro —dijo Medrano, sintiéndose contento por primera vez desde hacía muchas horas.

Jorge los recibió sentado en la cama y con un cuaderno de dibujos que Medrano tuvo que examinar y criticar uno por uno. Tenía los ojos brillantes, pero el calor de su piel se debía en gran parte al sol de la cubierta. Quiso saber si Medrano estaba casado y si tenía hijos, dónde vivía, si también era profesor como López o arquitecto como Raúl. Dijo que se había dormido un momento pero que había tenido una pesadilla con los glúcidos. Sí, tenía un poco de sueño, y sed. Claudia le dio de beber y armó una pantalla de papel sobre la luz de la cabecera.

—Nos quedaremos ahí en los sillones, hasta que estés bien dormido. No te vamos a dejar solo.

—Oh, no tengo miedo —dijo Jorge—. Pero cuando me duermo, claro, no tengo defensas.

—Pegales una paliza a los glúcidos —propuso Medrano, inclinándose y besándolo en la frente—. Mañana vamos a hablar de un montón de cosas, ahora dormí.

Tres minutos después Jorge se estiró, suspirando, y

se volvió del lado de la pared. Claudia apagó la luz de la cabecera y sólo quedó encendida la lámpara próxima a la puerta.

—Dormirá toda la noche como un lirón. Dentro de un rato se pondrá a hablar, dirá toda clase de cosas raras... A Persio le encanta oírlo hablar en sueños, inmediatamente extrae las consecuencias más extraordinarias.

—La pitonisa, claro —dijo Medrano—. ¿No le impresiona cómo cambia la voz de los que hablan en sueños? De ahí a imaginarse que no son ellos quienes hablan...

—Son ellos y no son.

—Probablemente. Hace años yo dormía en la misma pieza que mi hermano mayor, uno de los seres más aburridos que pueda imaginarse. Apenas clavaba el pico empezaba a hablar; a veces no siempre, decía tales cosas que yo las anotaba para mostrárselas por la mañana. Nunca me creyó, el pobre, era demasiado para él.

—¿Por qué asustarlo con ese espejo inesperado?

—Sí, es cierto. Haría falta ser simple como un rabdomante, o estar resueltamente en el polo opuesto. Tenemos tanto miedo a las irrupciones, a que se nos pierda el precioso yo de cada día.

Claudia escuchaba la respiración cada vez más tranquila de Jorge. La voz de Medrano la devolvía a la calma. Se sintió un poco débil, entrecerró los ojos con alivio y cansancio. No había querido admitir que la fiebre de Jorge la asustaba, y que había disimulado por una larga costumbre, quizá también por orgullo. No, lo de Jorge no era nada, no tenía nada que ver con lo que ocurría en la popa. Parecía absurdo imaginar una relación; todo estaba tan bien, el olor del tabaco que fumaba Medrano era como una forma del orden, de la normalidad, y su voz, su manera tranquila y un poco triste de decir las cosas.

—Seamos caritativos al hablar del yo —dijo Claudia, respirando profundamente como para ahuyentar los últimos fantasmas—. Es demasiado precario, si se lo piensa objetivamente, demasiado frágil como para no envolverlo en algodones. ¿A usted no lo maravilla que su corazón siga latiendo a cada minuto que pasa? A mí me ocurre todos los días, y siempre me asombra. Ya sé que el corazón no es el yo, pero si se detuviera... En fin, será mejor que no toquemos el tema de la trascendencia; nunca he sostenido una conversación provechosa sobre esas cuestiones. Vale más quedarse al lado de la simple vida, demasiado asombrosa en sí misma.

—Sí, seamos metódicos —dijo Medrano sonriendo—. Por lo demás no podríamos plantearnos cuestiones últimas sin saber un poco más de nosotros mismos. Honestamente, Claudia, por el momento mi único interés es la biografía, primera etapa de una buena amistad. Conste que no le pido detalles sobre su vida, pero me gustaría oírla hablar de sus gustos, de Jorge, de Buenos Aires, qué sé yo.

—No, esta noche no —dijo Claudia—. Ya lo fatigué esta tarde con precisiones sentimentales que quizá no venían al caso. Soy yo la que no sabe nada de usted, aparte de que es dentista y que tengo la intención de pedirle que uno de estos días le mire a Jorge una muela que a veces le duele. Me gusta que se ría, otro se hubiera indignado, por lo menos secretamente, de este paréntesis profano. ¿Es verdad que se llama Gabriel?

—Sí.

—¿Siempre le gustó su nombre? De chico, quiero decir.

—No me acuerdo, probablemente di por sentado que Gabriel era algo tan fatal como el remolino que tenía en la coronilla. ¿Dónde pasó su infancia, usted?

—En Buenos Aires, en una casa de Palermo donde de noche cantaban las ranas y mi tío encendía maravillosos fuegos artificiales para Navidad.

—Y yo en Lomas de Zamora, en un chalet perdido en un gran jardín. Debo ser un imbécil, pero todavía la infancia me parece la parte más profunda de mi vida. Fui demasiado feliz de chico, me temo; es un mal comienzo para la vida, uno se hace en seguida un siete en los pantalones largos. ¿Quiere mi curriculum vitae? Pasemos por alto la adolescencia, todas se parecen demasiado como para resultar entretenidas. Me recibí de dentista sin saber por qué, me temo que en nuestro país sea un caso demasiado frecuente. Jorge está diciendo algo. No, suspira solamente. Quizá le moleste que yo hable, debe extrañar mi voz.

—Su voz le gusta —dijo Claudia—. Jorge no tarda en hacerme esa clase de confidencias. No le gusta la voz de Raúl Costa y se burla de la de Persio, que en realidad tiene algo de cotorra. Pero le gusta la voz de López y la suya, y dice que Paula tiene unas hermosas manos. También se fija mucho en eso, su descripción de las manos de Presutti era para llorar de risa. Entonces usted se recibió de dentista, pobre.

—Sí, y además hacía rato que había perdido la casa de la infancia, que todavía existe pero que no quise volver a ver jamás. Tengo esa clase de sentimentalismos, daría un rodeo de diez cuadras para no pasar bajo los balcones de un departamento donde fui feliz. No huyo del recuerdo, pero tampoco lo cultivo; por lo demás mis desgracias, como mis dichas, tienen siempre puesta la sordina.

—Sí, usted mira a veces de una manera... No tengo doble vista, pero a veces acierto en mis sospechas.

—¿Y qué sospecha?

—Nada demasiado importante, Gabriel. Un poco que anda dando vueltas como buscando algo que no aparece. Espero que no sea solamente un botón de camisa.

—Tampoco es el Tao, querida Claudia. Algo muy modesto, en todo caso, y muy egoísta; una felicidad que dañe lo menos posible a los demás, lo que ya es difícil, en la que no me sienta vendido ni comprado y pueda conservar mi libertad. Ya ve, no es demasiado fácil.

—Sí, gentes como nosotros se plantean casi siempre la dicha en esos términos. El matrimonio sin esclavitud, por ejemplo, o el amor libre sin envilecimiento, o un empleo que no impida leer a Chestov, o un hijo que no nos convierta en domésticos. Probablemente el planteo es mezquino y falso desde un comienzo. Basta leer cualquiera de las Palabras... Pero quedamos en que no saldríamos de nuestro ámbito. *Fair play* ante todo.

—Quizá —dijo Medrano— el error esté en no querer salir de nuestro ámbito. Quizá sea ésa la manera más segura de fracasar, incluso en la dimensión cotidiana y social. En fin, en mi caso opté por vivir solo desde muy joven, me fui a las provincias donde no lo pasé demasiado bien pero me salvé de esa dispersión que suele invalidar a los porteños, y un buen día volví a Buenos Aires y ya no me moví, aparte del consabido viaje a Europa y las vacaciones en Viña del Mar cuando el peso chileno era todavía accesible. Mi padre me dejó una herencia mayor de la que mi hermano y yo sospechábamos; pude reducir al mínimo el ejercicio del torno y las pinzas, y me convertí en un aficionado. No me pregunte de qué, porque me costaría contestarle. Al fútbol, por ejemplo, a la literatura italiana, a los calidoscopios, a las mujeres de vida libre.

—Las pone al final de la lista, pero quizá seguía un orden alfabético. Explíqueme lo de vida libre aprovechando que Jorge duerme.

—Quiero decir que jamás tuve lo que se llama una novia —dijo Medrano—. Creo que no serviría como marido, y tengo la relativa decencia de no querer hacer la prueba. Tampoco soy lo que las señoras llaman un seductor. Me gustan las mujeres que no plantean otro problema que el de ellas en sí, que ya es bastante.

—¿No le gusta sentirse responsable?

—Creo que no, quizá tengo una idea demasiado alta de la responsabilidad. Tan elevada que le huyo. Una novia, una muchacha seducida... Todo se convierte en puro futuro, de golpe hay que ponerse a vivir para y por el futuro. ¿Usted cree que el futuro puede enriquecer el presente? Quizá en el matrimonio, o cuando se tiene sentido de la paternidad... Es raro, con lo que me gustan los chicos —murmuró Medrano, mirando la cabeza de Jorge hundida en la almohada.

—No se crea una excepción —dijo Claudia—. En todo caso usted corre rápidamente hacia ese producto humano calificado de solterón, que tiene sus grandes méritos. Una actriz decía que los solterones eran el mejor alimento de las taquillas, verdaderos benefactores del arte. No, no me estoy burlando. Pero usted se cree más cobarde de lo que es.

—¿Quien habló de ser cobarde?

—Bueno, su rechazo de toda posibilidad de noviazgo o de seducción, de toda responsabilidad, de todo futuro... Esa pregunta que me hizo hace un momento... Creo que el único futuro que puede enriquecer el presente es el que nace de un presente bien mirado cara a cara. Entiéndame bien: no creo que haya que trabajar treinta años como un burro para jubilarse y vivir tranquilo, pero en cambio me parece que toda cobardía presente no sólo no lo va a librar de un futuro desagradable sino que servirá para crearlo a pesar suyo. Aunque sea un poco cínico en mi boca, si usted no seduce a una muchacha por miedo a las consecuencias futuras, su decisión crea una especie de futuro hueco, de futuro fantasma, bastante eficaz en todo caso para malograrle una aventura.

—Usted piensa en mí, pero no en la muchacha.

—Por supuesto, y no pretendo convencerlo de que se convierta en un Casanova. Supongo que hace falta firmeza para resistir al impulso de seducción; de donde la cobardía moral sería una fuente de valores positivos... Es para reírse, realmente.

—El problema es falso, no hay ni cobardía ni valor sino una decisión previa que elimina la mayoría de las oportunidades. Un seductor busca seducir, y después seduce; eliminando la búsqueda... Para decirlo redondamente, basta con prescindir de las vírgenes; y hay tan pocas en los medios en que yo me muevo...

—Si esas pobres chicas supieran los conflictos meta-

físicos que son capaces de crear con su sola inocencia...
—dijo Claudia—. Bueno, hábleme entonces de las
otras.

—No, así no —dijo Medrano—. No me gusta la manera de pedírmelo ni el tono de su voz. Ni me gusta lo
que he estado diciendo y mucho menos los que ha dicho usted. Mejor será que me vaya a beber un coñac al
bar.

—No, quédese un momento. Ya sé que a veces digo
tonterías. Pero siempre podemos hablar de otra cosa.

—Perdóneme —dijo Medrano—. No son tonterías,
muy al contrario. Mi malhumor viene precisamente de
que no son tonterías. Usted me trató de cobarde en el
plano moral, y es perfectamente cierto. Empiezo a preguntarme si amor y responsabilidad no pueden llegar a
ser la misma cosa en algún momento de la vida, en algún punto muy especial del camino... No lo veo claro,
pero desde hace un tiempo... Sí, ando con un humor de
perro y es sobre todo por eso. Nunca creí que un episodio bastante frecuente en mi vida me empezara a re-
morder, a fastidiar... Como esas aftas que salen en las
encías, cada vez que uno pasa la lengua, un dolor tan
desagradable... Y esto es como un afta mental, vuelve y
vuelve... —se encogió de hombros y sacó los cigari-
llos—. Se lo contaré, Claudia, creo que me va a hacer
bien.

Le habló de Bettina.

30

A lo largo de la cena se le fue pasando el enojo, reemplazado por la sorna y las ganas de tomarle el pelo. No que tuviera una razón precisa para tomarle el pelo, pero le seguía molestando que él la desarmara así, nada más que con su manera de mirarla. Por un momento había estado dispuesta a creer que López era inocente y que su fuerza nacía precisamente de su inocencia. Después se burló de su ingenuidad, no era difícil advertir que en López estaban bien despiertas las aptitudes para la caza mayor, aunque las manifestara sin énfasis. A Paula no la halagaba el efecto inmediato que había provocado en López; por el contrario (qué diablos, un día antes no se conocían, eran dos extraños en la inmensa Buenos Aires), la irritaba verse reducida tan pronto a la tradicional condición de presa real. «Y todo porque soy la única realmente disponible e interesante a bordo —pensó—. A lo mejor no se hubiera fijado en mí si nos presentan en una fiesta o en un teatro.» La reventaba sentirse incorporada obligatoriamente a la serie de diversiones del viaje. La clavaban en la pared como un cartón de tiro al blanco, para que el señor cazador ejercitara la puntería. Pero Jamaica John era tan simpático, no podía sentir verdadero fastidio hacia él. Se preguntó si él por su parte estaría pensando algo parecido; sabía de sobra que podía tomarla por coqueta, primero porque lo era y segundo porque tenía una manera de ser y de mostrarse fácilmente malentendidas. Como buen porteño, el pobre López podía estar pensando que quedaría mal frente a ella si no hacía todo lo posible por conquistarla. Una situación idiota pero con algo de fatal, de muñecos de guiñol obligados a dar y a recibir los bastonazos rituales. Tuvo un poco de lástima por López y por ella misma, y a la vez se alegró de no engañarse. Los dos podían jugar el juego con su máxima perfección, y ojalá Punch fuera tan hábil como Judy.

En el bar, donde Raúl los había invitado a beber ginebra, sobrevolaron a los Presutti aglutinados en un rincón, pero se dieron de frente con Nora y Lucio que no habían cenado y aparecían preocupados. La menuda fatalidad de las sillas y las mesas los puso frente a frente, y charlaron de todo un poco, cediendo con alivio la personalidad de cada uno al cómodo monstruo de la conversación colectiva, siempre por debajo de la suma de los que la forman y por eso tan soportable y solicitada. Lucio agradecía para sus adentros la llegada de los otros, porque Nora se había quedado melancólica después de escribir una carta a su hermana. Aunque decía que no era nada, recaía en seguida en una distracción que lo exasperaba un poco puesto que no encontraba la manera de evitarla. Nunca había hablado mucho con Nora, era ella quien hacía el gasto; en realidad tenían gustos diferentes, pera eso, entre un hombre y una mujer... De todas maneras era un lío que Nora se estuviera afligiendo por pavadas. A lo mejor le hacía bien distraerse un rato con los otros.

Paula casi no había charlado con Nora hasta ese momento, y las dos cruzaron sonrientes las armas mientras los hombres pedían bebidas y repartían cigarrillos. Refugiado en un silencio sólo cortado por una que otra observación amable, Raúl las observaba, cambiando impresiones con Lucio sobre el mapa y el itinerario del *Malcolm*.

Veía renacer en Nora la alegría y la confianza, el monstruo social la acariciaba con sus muchas lenguas, la arrancaba del diálogo, ese monólogo disfrazado, la sumía en un pequeño mundo cortés y trivial, chispeante de frases ingeniosas y risas no siempre explicables, el sabor del chartreuse y el perfume del *Philip Morris*. «Un verdadero tratamiento de belleza», pensó Raúl, apreciando cómo los rasgos de Nora recobraban una animación que los hermoseaba. Con Lucio era más difícil, seguía un poco reconcentrado mientras el pobre López, ah, el pobre López. Ese sí que estaba soñando despierto, el pobre López. Raúl empezaba a tenerle lástima. «*So soon* —pensaba— *so soon...*» pero quizá no se daba cuenta de que López era feliz y que soñaba con elefantes rosados con enormes globos de vidrio llenos de agua coloreada.

—Y así ocurrió que los tres mosqueteros, que esta vez no eran cuatro, fueron por popa y volvieron trasquilados —dijo Paula—. Cuando usted quiera, Nora, nos damos una vuelta nosotras dos y en todo caso agregamos a la novia de Presutti para componer un número sagrado. Seguro que no paramos hasta las hélices.

—Nos contagiaremos el tifus —dijo Nora, que tendía a tomar en serio a Paula.

—Oh, yo tengo Vick Vaporub —dijo Paula—. ¿Quién iba a creer que estos gallardos hoplitas morderían el polvo como unos follones cualesquiera?

—No exagerés —dijo Raúl—. El barco está muy limpio y no hay nada que morder por el momento.

Se preguntó si Paula faltaría a su palabra y sacaría a relucir los revólveres y la pistola. No, no lo haría. *Good girl.* Completamente loca pero tan derecha. Un poco sorprendida, Nora pedía detalles sobre la expedición. López miró de reojo a Lucio.

—Bah, no te conté porque no valía la pena —dijo Lucio—. Ya ves lo que dice la señorita. Pura pérdida de tiempo.

—Vea, no creo que hayamos perdido el tiempo —dijo López—. Todo reconocimiento tiene su valor, como habrá dicho algún estratega famoso. A mí por lo menos me ha servido para convencerme de que hay algo podrido en la Magenta Star. Nada truculento, por cierto, no es que lleven un cargamento de gorilas en la popa; más bien un contrabando demasiado visible o algo por el estilo.

—Puede ser, pero en realidad no es cosa que nos concierna —dijo Lucio—. De este lado todo está bien.

—Al parecer sí.

—¿Por qué al parecer? Está bien claro.

—López, muy juiciosamente, duda de la excesiva claridad —dijo Raúl—. Como lo afirmó un día el poeta bengalí de Santiniketán, no hay como la excesiva claridad para dejarlo a uno ciego.

—Bueno, esas son frases de poetas.

—Por eso la cito, incluso incurriendo en la modestia de adjudicársela a un poeta que no la dijo jamás. Pero volviendo a López, comparto sus dudas que son también las del amigo Medrano. Si algo no anda bien en la popa, la proa se va a contaminar tarde o temprano. Llamémosle tifus 224 o marihuana a toneladas: de aquí a Japón hay una larga ruta salina, queridos míos, y muchos peces voraces debajo de la quilla.

—¡Brr..., no me hagás temblar! —dijo Paula—. Miren a Nora, pobrecita, se está asustando de veras.

—Yo no sé si hablan en broma —dijo Nora, lanzando una mirada de sorpresa a Lucio—, pero vos me habías dicho...

—¿Y que querías que te dijera, que Drácula anda suelto por el barco? —protestó Lucio—. Aquí se está exagerando mucho, y eso será muy bonito como pasatiempo, pero no hay que hacer creer a la gente que se habla en serio.

—Por mi parte —dijo López—, hablo muy en serio, y no pienso quedarme con los brazos cruzados.

Paula aplaudió burlonamente.

—¡Jamaica John solo! No esperaba menos de usted, pero realmente ese heroísmo...

—No sea tonta —dijo francamente López—. Y deme un cigarrillo, que se me han acabado.

Raúl disimuló un gesto de admiración. Ah, pibe. No, si la cosa iba a estar buena. Se dedicó a observar cómo Lucio trataba de recobrar el terreno perdido y cómo Nora, dulce ovejita inocente, lo privaba del placer de aceptar sus explicaciones. Para Lucio la cosa era sencilla: tifus. El capitán enfermo, la popa contaminada, ergo una elemental precaución. «Es fatal —pensó Raúl—, los pacifistas tienen que pasarse la vida en la guerra, pobres almas. Lucio va a comprarse una ametralladora en el primer puerto de escala.»

Paula más compasiva, aceptaba los criterios de Lucio con una cara atenta que Raúl conocía de sobra.

—Por fin encuentro alguien con sentido común. Me he pasado el día rodeada de conspiradores, de los últimos mohicanos, de los dinamiteros de Petersburgo. Hace tanto bien dar con un hombre de convicciones sólidas, que no se deja arrastrar por los demagogos.

Lucio, poco seguro de que eso fuera un elogio, arreció en sus puntos de vista. Si algo cabía hacer, era enviar una nota firmada por todos (por todos los que quisieran, bien entendido) a fin de que el primer piloto supiera que los pasajeros del *Malcolm* comprendían y acataban la situación insólita planteada a bordo. En todo caso se podía insinuar que el contacto entre oficiales y pasajeros no había sido todo lo franco...

—Vamos, vamos —murmuró Raúl, aburrido—. Si los tipos tenían el tifus a bordo en Buenos Aires, se portaron como unos cabrones al embarcarnos.

Nora, poco habituada a las expresiones fuertes, parpadeó. A Paula le costaba no soltar la carcajada, pero otra vez se alió con Lucio para conjeturar que la epidemia debía haber estallado con vehemencia apenas salidos de la rada. Llenos de confusión e incertidumbre, los honestos oficiales se habían detenido frente a Quilmes, cuyas bien conocidas emanciones no habrán contribuido probablemente a mejorar el ambiente de la popa.

—Sí, sí —dijo Raúl—. Todo en radiante tecnicolor.

López escuchaba a Paula con una sonrisa entre divertida e irónica: le hacía gracia, pero una gracia agridulce solamente. Nora trataba de entender, desconcertada, hasta que acabó por meter los ojos en la taza de café y no los sacó de ahí por un buen rato.

—En fin, en fin —dijo López—. El libre juego de las

opiniones es uno de los beneficios de la democracia. Yo, de todas maneras, suscribo el robusto epíteto que ha empleado Raúl hace un momento. Y ya veremos qué pasa.

—No pasará nada, eso es lo malo para ustedes —dijo Paula—. Se van a quedar sin su juguete, y el viaje les va a resultar horriblemente aburrido cuando nos dejen pasar a popa uno de estos días. Hablando de lo cual yo me voy a ver las estrellas, que han de estar de lo más fosforescentes.

Se levantó sin mirara a nadie en particular. Empezaba a aburrirse de un juego demasiado fácil, y la fastidiaba que López no la hubiera ayudado en pro o en contra. Sabía que él no veía el momento de seguirla, pero que no se movería de la mesa hasta más tarde. Y sabía algo más que iba a ocurrir y empezaba otra vez a divertirse, sobre todo porque Raúl se daría cuenta y las cosas eran siempre más divertidas cuando las compartía Raúl.

—¿No venís, vos? —dijo Paula, mirándolo.

—No, gracias. Las estrellas, esa bisutería...

Pensó: «Ahora él se va a levantar y va a decir...»

—Yo también me voy a cubierta —dijo Lucio, levantándose—. ¿Vos venís, Nora?

—No, prefiero leer un rato en la cabina. Hasta luego.

Raúl se quedó con López. López se cruzó de brazos con el aire de los verdugos en las láminas de las *Mil y una Noches*. El barman se puso a recoger las tazas mientras Raúl esperaba a cada instante el silbido de la cimitarra y el golpe de alguna cabeza en el piso.

Inmóvil en el punto extremo de la proa, Persio los oyó acercarse precedidos por palabras sueltas, quebradas en el viento tibio. Alzó el brazo y les mostró el cielo.

—Vean qué esplendor —dijo con entusiasmo—. Éste no es el cielo de Chacarita, créanme. Allá hay siempre como un vapor mefítico, una repugnante tela aceitosa entre mis ojos y el esplendor. ¿Lo ven, lo ven? Es el dios supremo, tendido sobre el mundo, el dios lleno de ojos...

—Sí, muy hermoso —dijo Paula—. Un poco repetido, a la larga, como todo lo majestuoso y solemne. Sólo en lo pequeño hay verdadera variedad, ¿no le parece?

—Ah, en usted hablan los demonios —dijo cortésmente Persio—. La variedad es la auténtica promesa del infierno.

—Es increíble lo loco que es este tipo —murmuró Lucio cuando siguieron adelante y se perdieron en la sombra.

Paula se sentó en un rollo de soga y pidió un cigarrillo; les llevó un buen rato encenderlo.

—Hace calor —dijo Lucio—. Curioso, hace más calor aquí que en el bar.

Se quitó el saco y su camisa blanca lo recortó claramente en la penumbra. No había nadie en ese sector de la cubierta, y la brisa zumbaba por momentos en los cables tendidos. Paula fumaba en silencio, mirando hacia el horizonte invisible. Cuando aspiraba el humo, la brasa del cigarrillo hacía crecer en la oscuridad la mancha roja de su pelo. Lucio pensaba en la cara de Nora. Pero qué sonsa, qué sonsa. Y bueno, que empezara a aprender desde ahora. Un hombre es libre, y no tiene nada de mal que salga a dar una vuelta por el puente con otra mujer. Malditas convenciones burguesas, educación de colegio de monjas, oh María madre mía y otras gansadas con flores blancas y estampas de colores. Una cosa era el cariño y otra la libertad, y si ella creía que toda la vida lo iba a tener sujeto como en esos últimos tiempos, solamente porque no se decidía a ser suya, pues entonces... Le pareció que los ojos de Paula lo estaban mirando, aunque era imposible verlos. Al bueno de Raúl no parecía importarle demasiado que su amiga se fuera sola con otro; al contrario, la había mirado con un aire divertido, como si le conociera ya los caprichos. Pocas veces había encontrado gente tan rara como ésta de a bordo. Y Nora, qué manera de quedarse con la boca abierta al escuchar las cosas que decía Paula, las palabrotas que soltaba por ahí, su manera tan inesperada de enfocar los temas. Pero por suerte, en la cuestión de la popa...

—Me alegro de que por lo menos usted haya comprendido mi punto de vista —dijo—. Está muy bien hacerse los interesantes, pero tampoco es cuestión de comprometer el éxito del viaje.

—¿Usted cree que este viaje va a tener éxito? —dijo Paula, indiferente.

—¿Por qué no? Depende un poco de nosotros, me parece. Si nos enemistamos con la oficialidad, pueden hacernos la vida imposible. Yo me hago respetar como cualquiera —agregó, apoyando la voz en la palabra respetar— pero tampoco es cosa de echar a perder el crucero por un capricho sonso.

—¿Esto se llama crucero, verdad?

—Vamos, no me tome el pelo.

—Se lo pregunto de veras, esas palabras elegantes

siempre me toman de sorpresa. Mire, mire, una estrella errante.

—Desee alguna cosa rápido.

Paula deseó. Por una fracción de segundo el cielo se había trizado hacia el norte, una fina rajadura que debía haber maravillado al vigilante Persio. «Bueno m'hijito —pensó Paula—, ahora vamos a terminar con esta tontería.»

—No me tome demasiado en serio —dijo—. Probablemente no era sincera cuando tomé partido por usted hace un rato. Era una cuestión... digamos deportiva. No me gusta que alguien esté en inferioridad, soy de las que corren a defender al más chico o al más sonso.

—Ah —dijo Lucio.

—Me burlé un poco de Raúl y los otros porque me hace mucha gracia verlos convertidos en Buffalo Bill y sus camaradas; pero bien podría ser que tuvieran razón.

—Qué van a hacer —dijo Lucio, fastidiado—. Yo le estaba agradecido por su intervención, pero si solamente lo hizo porque me considera un sonso...

—Oh, no sea tan literal. Además usted defiende los principios del orden y las jerarquías establecidas, cosa que en algunos casos requiere más valor de lo que suponen los iconoclastas. Para el doctor Restelli es fácil, por ejemplo, pero usted es muy joven y su actitud resulta a primera vista desagradable. No sé por qué a los jóvenes hay que imaginarlos siempre con una piedra en cada mano. Una invención de los viejos, probablemente, un buen pretexto para no soltarles la *polis* ni a tiros.

—¿La *polis*

—Eso, sí. Su mujer es muy mona, tiene una inocencia que me gusta. No se lo diga, las mujeres no perdonan ese género de razones.

—No la crea tan inocente. Es un poco... hay una palabra... No es timorata, pero se parece.

—Pacata.

—Eso. Culpa de la educación que recibió en su casa, sin contar las monjas del cuerno. Me imagino que usted no es católica.

—Oh, sí —dijo Paula—. Ferviente, además. Bautismo, primera comunión, confirmación. Todavía no he llegado a la mujer adúltera ni a la samaritana, pero si Dios me da salud y tiempo...

—Ya me parecía —dijo Lucio, que no había comprendido demasiado bien—. Yo, claro, tengo ideas muy liberales sobre esas cosas. No que sea un ateo, pero eso sí, religioso no soy. He leído muchas obras y creo que la Iglesia es un mal para la humanidad. ¿A usted le parece concebible que en el siglo de los satélites artificiales haya un Papa en Roma?

—En todo caso no es artificial —dijo Paula— y eso siempre es algo.

—Me refiero a... Siempre estoy discutiendo con Nora sobre lo mismo, y al final la voy a convencer. Ya me ha aceptado algunas cosas... —se interrumpió, con la desagradable sospecha de que Paula estaba leyendo en su pensamiento. Pero después de todo le convenía más franquearse, nunca se podía saber con una muchacha tan liberal—. Si me promete no decirlo por ahí, le voy a hacer una confidencia muy íntima.

—Ya lo sé —dijo Paula, sorprendida de su propia seguridad—. No tenemos todavía ni siquiera libreta de matrimonio.

—¿Quién se lo dijo? Pero si nadie...

—Usted, vamos. Los jóvenes socialistas empiezan siempre por convencer a las católicas, y terminan convencidos por ellas. No se preocupe, seré discreta. Oiga, y cásese con esa chica.

—Sí, claro. Pero ya soy grandecito para consejos.

—Qué va a ser grandecito —lo provocó Paula—. Usted es un chiquilín simpático y nada más.

Lucio se acercó, entre fastidiado y contento. Ya que le daba la chance, ya que lo estaba desafiando así, de puro compadrona, le iba a enseñar a hacerse la intelectual.

—Como está tan oscuro —observó Paula—, uno no sabe a veces dónde apoya las manos. Le aconsejo que las traslade a los bolsillos.

—Vamos, tontita —dijo él, ciñéndole la cintura—. Abrígueme, que tengo frío.

—Ah, el estilo de novela norteamericana. ¿Así conquisto a su mujer?

—No, así no —dijo Lucio, tratando de besarla—. Así, y así. Vamos, no seas mala, no comprendés que...

Paula se zafó del brazo y saltó del rollo de cuerdas.

—Pobre chica —dijo, echando a andar hacia la escalerilla—. Pobrecita, empieza a darme verdadera lástima.

Lucio la siguió, rabioso al darse cuenta de que Don Galo circulaba por ahí, extraño hipogrifo a la luz de las estrellas, forma múltiple y única en la que el chófer, la silla y él mismo asumían proporciones inquietantes. Paula suspiró.

—Ya sé lo que voy a hacer —dijo—. Seré testigo del

casamiento de ustedes, y hasta les regalaré un centro de mesa. He visto uno en el bazar *Dos mundos*...

—¿Está enojada? —dijo Lucio, renunciando rápidamente al tuteo—. Paula... seamos amigos, ¿eh?

—O sea que no tengo que decir nada, ¿verdad?

—¿Qué me importa que lo diga? Más le va a importar a Raúl, si vamos al caso.

—¿Raúl? Haga la prueba, si quiere. Si no le digo nada a Nora es porque me da la gana y no por miedo. Vaya a tomar su Toddy —agregó, repentinamente furiosa—. Saludos a Juan B. Justo.

E

Así como es maravilloso que el contenido de un tintero pueda haberse convertido en El mundo como voluntad y representación, *o que el roce de una papila cutánea contra un reseco y tirante cilindro de tripa urda en el espacio el primer polígono de un movimiento fugado, así la meditación, tinta secreta y uña sutil percutiendo el tenso pergamino de la noche, acaba por invadir y desentrañar la materia opaca que rodea su hueco de sedientos bordes. A esta hora alta de una proa marina, los atisbos inconexos resbalan en la precaria superficie de la conciencia, buscan encarnarse y para ello sobornan la palabra que los volverá concretos en esa conciencia desconcertada, surgen como retazos de frases, desinencias y casos contradictoriamente sucediéndose en mitad de un torbellino que crece alimentado por la esperanza, el terror y la alegría. Servidos o ma-*

logrados por las radiaciones sentimentales que más son de la piel y las vísceras que de las finas antenas aplastadas por tanta bajeza, los atisbos de un más allá especial, de lo que empieza donde acaba la uña, la palabra uña y la cosa uña, se baten despiadados con los canales conformantes y los moldes de plástico y vinylite de la conciencia estupefacta y furiosa, buscan el acceso directo que sea estampido, grito de alarma o suicidio por gas de alumbrado, acosan a quien los acosa, a Persio apoyado con las dos manos en la borda, envuelto en estrellas, jaqueca y vino nebiolo. Harto de luz, de día, de caras parecidas a la suya, de diálogos premasticados, semejante a un parvo súmero frente a la sacralidad aterradora de la noche y los astros, pegada la calva a la bóveda que empieza y se destruye a cada instante en el pensamiento, lucha Persio con un viento de frente que no influye siquiera en el vistoso anemómetro instalado sobre el puente de mando. Entreabierta la boca para recibirlo y saborearlo, quién puede decir si no es el soplo entrecortado de sus pulmones que engendra ese viento que corre por su cuerpo como un desborde de ciervos acorralados. En la absoluta soledad de la proa que los inaudibles ronquidos de los durmientes en sus cabinas transforma en un mundo cimerio, en la insobrevivible región del noroeste, enhiesta Persio su precaria estatura con el gesto del sacrificio personal, el mascarón tallado en la madera de los dragones de Eric, la libación de sangre de lémur salpicada en las espumas. Débilmente ha oído resonar la guitarra en los cables del navío, la uña gigantesca del espacio impone un primer sonido casi inmediatamente sofocado por la vulgaridad del oleaje y el viento. Un mar maldito a fuerza de monotonía y pobreza, una inmensa vaca gelatinosa y verde ciñe la nave que la viola empecinada en una lucha sin término entre la verga de hierro y la viscosa vulva que se estremece a cada espumarajo. Momentáneamente por encima de esa inane cópula tabernaria, la guitarra del espacio deja caer en Persio su llamado exasperante. Inseguro de su oído, cerrados los ojos, sabe Persio que sólo el vocabulario balbuceado, el lujo incierto de las grandes palabras cargadas como las águilas con la presa real, replicarán por fin en su más adentro, en su más pecho y su más entendimiento, la resonancia insoportable de las cuerdas. Menudo e incauto, moviéndose como una mosca sobre superficies imposiblemente abarcables, la mente y los labios tantean en la boca de la noche, en la uña del espacio, colocan con las pálidas manos del mosaísta los fragmentos azules, áureos y verdes de escarabajo en los contornos demasiado tenues de ese dibujo musical que nace en torno. De pronto una palabra, un sustantivo redondo y pesado, pero no siempre el trozo muerde en el mortero, a mitad de la estructura se derrumba con un chirrido de caracol entre las llamas, Persio baja la cabeza y deja de entender, ya casi no entiende que no ha entendido; pero su fervor es como la música que en el aire de la memoria se sostiene sin esfuerzo, otra vez entorna los labios, cierra los ojos y osa proferir una nueva palabra, luego otra y otra, sosteniéndolas con un aliento que los pulmones no explicarían. De tanta fragmentaria proeza, sobreviven fulgores instantáneos que ciegan a Persio, bruscos arrimos de los que su ansiedad retrocede igual que si pretendieran meterle la cara en una calabaza llena de escolopendras; aferrado a la borda, como si hasta su cuerpo estuviera en el límite de una horrenda alegría o de un jubiloso horror, puesto que nada de lo sometido a reflejos condicionados sobrevive en ese momento, persiste en suscitar y acoger las entrevisiones que caen deshechas y desfiguradas sobre él, mueve torpemente los hombros en medio de una nube de murciélagos, de trozos de ópera, de pasajes de galeras en cuerpo ocho, de fragmentos de tranvías con anuncios de comerciantes al por menor, de verbos a los que falta un contexto para cuajar. Lo trivial, el pasado podrido e inútil, el futuro conjeturado e ilusorio se amalgaman en un solo pudding grasiento y maloliente que le aplasta la lengua y le llena de amargo sarro las encías. Quisiera abrir los brazos en un gesto patibulario, deshacer de un solo golpe y un solo grito esa lastimosa pululación que se destruye a sí misma en un retorcido y encontrado final de lucha grecorromana. Sabe que en un momento cualquiera un suspiro escapará de su cotidianeidad, pulverizándolo todo con una babosa admisión de imposible, y que el empleado en vacaciones dirá: «Ya es tarde, en la cabina hay luz, las sábanas son de hilo, el bar está abierto», y agregará quizá la más abominable de las renunciaciones: «Mañana será otro día», y sus dedos se hunden en el hierro de la borda, lo pegan de tal modo a la piel que la sobrevivencia de la dermis y la epidermis pasa ya de lo providencial. Al borde −y esa palabra vuelve y vuelve, todo es borde y cesará de serlo en cualquier momento−, al borde Persio, al borde barco, al borde presente, al borde borde: resistir, quedarse todavía, ofrecerse para tomar, destruirse como conciencia para ser a la vez la presa y el cazador, el encuentro anulador de toda oposición, la luz que se ilumina a sí misma, la guitarra que es la oreja que se escucha. Y como ha bajado la cabeza, perdidas las fuerzas, y siente que la desgracia como una sopa tibia o una gran mancha trepa por las solapas de su saco nuevo, la fragorosa batalla del sí y el no parece amainar, escampa el griterío que le rajaba las sienes, la contienda sigue pero se organiza ahora en un aire helado, en un cristal, jinetes de Uccello congelan la lanzada homicida, una nieve de novela rusa tiembla en un pisapapeles de copos estancados. Arriba la música también se hieratiza, una nota tensa y continua se va cargando poco a poco de sentido, acepta una segunda nota, cede su apuntación hacia la melodía para ingresar, perdiéndose, en un acorde cada vez más rico, y de esa pérdida surge una nueva música, la guitarra se desata como un pelo sobre la almohada, todas las uñas de las estrellas caen sobre la cabeza de Persio y lo desgarran en una dulcísima tortura de consumación. Cerrando a sí mismo, al barco y a la noche, disponibilidad desesperada pero que es espera pura, admisión pura, siente Persio que está bajando o que la noche crece y se estira sobre él, hay un desplazamiento que lo abre como la granada madura, le ofrece por fin su propio fruto, su sangre última que es una de las formas del mar y del cielo, con las vallas del tiempo y el lugar. Por eso es él quien canta creyendo oír el canto de la inmensa guitarra, y es él quien empieza a ver más allá de sus ojos, del otro lado del mamparo, del anemómetro, de la figura de pie en la sombra violeta del puente de mando. Por eso al mismo tiempo es la atención esperanzada en su grado más extremo y también (sin que lo asombre) el reloj del bar que señala las veintitrés y cuarenta y nueve, y también (sin que le duela) el convoy 8370 que entra en la estación de Villa Azedo, y el 4121 que corre de Fontela a Figueira da Foz. Pero ha bastado un mínimo reflejo de su memoria, expresándose en el deseo involuntario de aclarar el enigma diurno, y la excentración por fin alcanzada y vivida se triza como un espejo bajo un elefante, el pisapapeles nevado cae de golpe, las olas del mar crujen encrespándose, y queda por fin la popa, el deseo diurno, la visión de la popa en Persio, que mira frente a él en la extrema proa secándose una lágrima horriblemente

*ardorosa que resbala por su cara. Ve la popa, solamente la
popa: ya no los trenes, ya no la avenida Río Branco, ya no
la sombra del caballo de un campesino húngaro, ya no —y
todo se ha agolpado en esa lágrima que le quema la mejilla,
cae sobre su mano izquierda, resbala imperceptiblemente
hacia el mar. Apenas si en su memoria sacudida por golpes
espantosos quedan tres o cuatro imágenes de la totalidad
que alcanzó a ser: dos trenes, la sombra de un caballo. Está
viendo la popa y a la vez llora el todo, está entrando en una
inimaginable contemplación por fin acordada, y llora
como lloramos, sin lágrimas, al despertar de un sueño del
que apenas nos quedan unos hilos entre los dedos, de oro o
de plata o de sangre o de niebla, los hilos salvados de un olvido fulminante que no es olvido sino retorno a lo diurno,
al aquí y ahora en que alcanzamos a persistir arañando. La
popa, entonces. Eso que es ahí, la popa. ¿Juego de sombras
con faroles rojos? La popa, es ahí. Nada que recuerde nada:
ni cabrestantes, no alcázar, ni gavias, ni hombres de tripulación, ni banderín sanitario, ni gaviotas sobrevolando los
estays. Pero la popa, es ahí, eso que es Persio mirando la
popa, las jaulas de monos a babor, jaulas de monos salvajes
a babor, un parque de fieras sobre el escotillón de la estiba,
los leones y la leona girando lentamente en el recinto ais-
lado con alambre de púa, reflejando la luna llena en la fosforescente piel del lomo, rugiendo con recato, jamás enfermos, jamás mareados, indiferentes al parlerío de los
babuinos histéricos, del orangután que se rasca el trasero y
se mira las uñas. Entre ellos, libres en el puente, las garzas,
los flamencos, los erizos y los topos, el puerco espín, la marmota, el cerdo real y los pájaros bobos. Poco a poco se va
descubriendo el ordenamiento de las jaulas y los cercos, la
confusión se trueca de segundo en segundo en formas a la*

vez elásticas y rigurosas, semejantes a las que dan solidez y elegancia al músico de Picasso que fue de Apollinaire, en lo negro y morado y nocturno se filtran fulgores verdes y azules, redondeles amarillos, zonas perfectamente negras (el tronco, quizá la cabeza del músico), pero toda persistencia en esa analogía es ya mero recuerdo y por ende error, porque desde uno de los bordes asoma una figura fugitiva, quizá Vanth, la de enormes alas, contraseña del destino, o quizá Tuculca, el del rostro de buitre y orejas de pollino tal como otra contemplación alcanzó a figurarlo en la Tumba del Orco, a menos que en el castillo de popa se corra esa noche una mascarada de contramaestres y pilotines dados al artificio del papier maché, o que la fiebre del tifus 224 preñe el aire con el delirio del capitán Smith tirado en una litera empapada de ácido fénico y declamando salmos en inglés con acento de Newcastle. Abriéndose paso en tanta pasividad se afinca en Persio la noción de un posible circo donde osos hormigueros, payasos y ánades dancen en cubierta bajo una carpa de estrellas, y sólo a su imperfecta visión de la popa pueda atribuirse ese momentáneo deslizamiento de figuras escatológicas, de sombras de Volterra o Cerveteri confundidas con un zoo monótonamente consignado a Hamburgo. Cuando abre todavía más los ojos, fijos en el mar que la popa subdivide y recorta, el espectáculo sube bruscamente de color, empieza a quemarle los párpados. Con un grito se cubre la cara, lo que ha alcanzado a ver se le amontona desordenadamente en las rodillas, lo obliga a doblarse gimiendo, desconsoladamente feliz, casi como si una mano jabonosa acabara de atarle al cuello un albatros muerto.

31

Primero pensó en subir a beberse un par de whiskies porque estaba seguro de que le hacían falta, pero ya en el pasillo presintió la noche ahí afuera, bajo el cielo, y le dieron ganas de ver el mar y poner sus ideas en orden. Era más de medianoche cuando se apoyó en la borda de babor, satisfecho de estar solo en la cubierta (no podía ver a Persio, oculto por uno de los ventiladores). Muy lejos sonó una campana, probablemente en la popa o en el puente de mando. Medrano miró a lo alto; como siempre, la luz violeta que parecía emanar de la materia misma de los cristales le produjo una sensación desagradable. Se preguntó sin mayor interés si los que habían pasado la tarde en la proa, bañándose en la piscina o tomando sol, habrían observado el puente de mando; ahora sólo le interesaba la larga charla con Claudia, que había terminado en una nota extrañamente calma, recogida, casi como si Claudia y él se hubieran ido quedando dormidos poco a poco junto a Jorge. No se habían dormido, pero quizá les había hecho bien lo que acababan de hablar. Y quizá no, porque al menos en su caso las confidencias personales nada podían resolver. No era el pasado el que acababa de aclararse, en cambio el presente era de pronto más grato, más pleno, como una isla de tiempo asaltada por la noche, por la inminencia del amanecer y también por las aguas servidas, los regustos del anteayer y el ayer y esa mañana y esa tarde, pero una isla donde Claudia y Jorge estaban con él. Habituado a no castrar su pensamiento se preguntó si ese suave vocabulario insular no sería producto de un sentimiento y si, como tantas veces, las ideas no se irisaban ya bajo la luz del interés o de la protección. Claudia era todavía una hermosa mujer; hablar con ella presumía una primera y sutil aproximación a un acto de amor. Pensó que no le molestaba ya que Claudia siguiera enamorada de León Lewbaum; como si una cierta realidad de Claudia ocurriera en un plano diferente. Era extraño, era casi hermoso.

Se conocían ya tanto mejor que pocas horas atrás. Medrano no recordaba otro episodio de su vida en que la relación personal se hubiera dado tan simplemente, casi como una necesidad. Sonrió al precisar el punto exacto —lo sentía así, estaba perfectamete seguro— en que ambos habían abandonado el peldaño ordinario para descender, como tomados de la mano, hacia un nivel diferente donde las palabras se volvían objetos cargados de afecto o de censura, de ponderación o de reproche. Había ocurrido en el momento exacto en que él —tan poco antes, realmente tan poco antes— le había dicho: «Madre de Jorge, el leoncito», y ella había comprendido que no era un torpe juego de palabras sobre el nombre de su marido sino que Medrano le ponía en las manos abiertas algo como un pan caliente o una flor o una llave. La amistad empezaba sobre las bases más inseguras, las de las diferencias y los disconformismos; porque Claudia acababa de decirle palabras duras, casi negándole el derecho a que él hiciera de su vida lo que una temprana elección había decidido. Y al mismo tiempo con qué remota vergüenza había agregado: «Quién soy yo para reprocharle trivialidad, cuando mi propia vida...» Y los dos habían callado mirando a Jorge que ahora dormía con la cara hacia ellos, hermosísimo bajo la suave luz de la cabina, suspirando a veces o balbuceando algún paso de sus sueños.

La menuda silueta de Persio lo tomó de sorpresa, pero no le molestó encontrárselo a esa hora y en ese lugar.

—Pasaje por demás interesante —dijo Persio, apoyándose en la borda a su lado—. He pasado revista al rol, y extraído consecuencias sorprendentes.

—Me gustaría conocerlas, amigo Persio.

—No son demasiado claras, pero la principal estriba (hermosa palabra, de paso, tan llena de sentido plástico) en que casi todos debemos estar bajo la influencia de Mercurio. Sí, el gris es el color del rol, la uniformidad aleccionante de ese color donde la violencia del blanco y la aniquilación del negro se fusionan en el gris perla, para no mencionar más que uno de sus preciosos matices.

—Si lo entiendo bien, usted piensa que entre nosotros no hay seres fuera de lo común, tipos insólitos.

—Más o menos eso.

—Pero este barco es una instancia cualquiera de la vida, Persio. Lo insólito se da en porcentajes bajísimos, salvo en las recreaciones literarias, que por eso son literatura. Yo he cruzado dos veces el mar, aparte de muchos otros viajes. ¿Cree que alguna vez me tocó viajar con gentes extraordinarias? Ah, sí, una vez en un tren que iba a Junín almorcé frente a Luis Ángel Firpo, que ya estaba viejo y gordo pero siempre simpático.

—Luis Ángel Firpo, un típico caso de Carnero con influencia de Marte. Su color es el rojo, como es natural, y su metal el hierro. Probablemente Atilio Presutti ande también por ese lado, o la señorita Lavalle que es una naturaleza particularmente demoníaca. Pero las notas dominantes son monocordes... No es que me queje, mucho peor sería una nave henchida de personajes saturninos o plutonianos.

—Me temo que las novelas influyan en su concepción de la vida —dijo Medrano—. Todo el que sube por primera vez a un barco cree que va a encontrar una humanidad diferente, que a bordo se va a operar una especie de transfiguración. Yo soy menos optimista y opino con usted que aquí no hay ningún héroe, ningún atormentado en gran escala, ningún caso interesante.

—Ah, las escalas. Claro, eso es muy importante. Yo hasta ahora miraba el rol de manea natural, pero tendré que estudiarlo a distintos niveles y a lo mejor usted tiene razón.

—Puede ser. Mire, hoy mismo han ocurrido algunas pequeñas cosas que, sin embargo, pueden repercutir hasta quién sabe dónde. No se fíe de los gestos trágicos, de los grandes pronunciamientos; todo eso es literatura, se lo repito.

Pensó en lo que significaba para él el mero hecho de que Claudia apoyara la mano en el brazo del sillón y moviera una que otra vez los dedos. Los grandes problemas, ¿no serían una invención para el público? Los saltos a lo absoluto, al estilo Karamazov o Stavroguin... En lo pequeño, en lo casi nimio estaban también los Julien Sorel, y al final el salto era tan fabuloso como el de cualquier héroe mítico. Quizá Persio estuviera tratando de decirle algo que se le escapaba. Lo tomó del brazo y caminaron despacio por la cubierta.

—Usted también piensa en la popa, ¿verdad? —preguntó sin énfasis.

—Yo la veo —dijo Persio, todavía con menos énfasis—. Es un lío inimaginable.

—Ah, usted la ve.

—Sí, por momentos. Hace un rato, para ser exacto. La veo y dejo de verla, y todo es tan confuso... Como pensar, pienso casi todo el tiempo en ella.

—Se me ocurre que a usted le sorprende que nos quedemos cruzados de brazos. No hace falta que me conteste, creo que es así. Bueno, a mí también me sorprende, pero en el fondo coincide con la pequeñez de que hablábamos. Hicimos un par de tentativas que nos dejaron en ridículo, y aquí estamos, aquí entra en juego la pequeña escala. Minucias, un fósforo que alguien enciende para otro, una mano que se apoya en el brazo de un sillón, una burla que salta como un guante a la cara de alguien... Todo eso está ocurriendo, Persio, pero usted vive de cara a las estrellas y sólo ve lo cósmico.

—Uno puede estar mirando las estrellas y al mismo tiempo verse la punta de las pestañas —dijo Persio con algún resentimiento—. ¿Por qué cree que le dije hace un rato que el rol era interesante? Precisamente por Mercurio, por el gris, por la abulia de casi todos. Si me interesaran otras cosas estaría en lo de Kraft corrigiendo las pruebas de una novela de Hemingway, donde siempre ocurren cosas de gran tamaño.

—De todas maneras —dijo Medrano— estoy lejos de justificar nuestra inacción. No creo que saquemos nada

en limpio si insistimos, a menos de incurrir precisamente en los grandes gestos, pero tal vez eso lo echaría
todo a perder y la cosa terminaría en un ridículo todavía peor, estilo parto de los montes. Ahí está, Persio: el
ridículo. A eso le tenemos miedo, y en eso estriba (le
devuelvo su hermosa palabra) la diferencia entre el
héroe y el hombre como yo. El ridículo es siempre pequeña escala. La idea de que puedan tomarnos el pelo
es demasiado insoportable, por eso la popa está ahí y
nosotros de este lado.

—Sí, yo creo que sólo el señor Porriño y yo no te-
meríamos el ridículo a bordo —dijo Persio—. Y no porque seamos héroes. Pero el resto... Ah, el gris, qué color tan difícil, tan poco lavable...

Era un diálogo absurdo y Medrano se preguntó si
todavía habría alguien en el bar; necesitaba un trago.
Persio se mostró dispuesto a seguirlo, pero la puerta
del bar estaba cerrada y se despidieron con alguna melancolía. Mientras sacaba su llave, Medrano pensó en
el color gris y en que había abreviado a propósito su
conversación con Persio, como si necesitara estar de
nuevo solo. La mano de Claudia en el brazo del sillón...
Pero otra vez esa leve molestia en la boca del estómago, esa incomodidad que horas atrás se había llamado Bettina pero ya no era Bettina, ni Claudia, ni el
fracaso de la expedición, aunque era un poco todo eso
junto y algo más, algo que resultaba imposible apre-
hender y que estaba ahí, demasiado cerca y dentro para
dejarse reconocer y atrapar.

Al paso locuaz de las señoras, que acudían para nada en especial antes de irse a dormir, siguió la presencia más ponderada del doctor Restelli, que explayó para ilustración de Raúl y López un plan que Don Galo y él habían maquinado en horas vespertinas. La relación social a bordo dejaba un tanto que desear, dado que varias personas apenas habían tenido oportunidad de alternar entre ellas, sin contar que otros tendían a aislarse, por todo lo cual Don Galo y el que hablaba habían llegado a la conclusión de que una velada recreativa sería la mejor manera de quebrar el hielo, etc. Si López y Raúl prestaban su colaboración, como sin duda la prestarían todos los pasajeros en edad y salud para lucir alguna habilidad especial, la velada tendría gran éxito y el viaje proseguiría dentro de una confraternización más estrecha y más acorde con el carácter argentino, un tanto retraído en un comienzo pero de una expansividad sin límites una vez dado el primer paso.

—Bueno, vea —dijo López, un poco sorprendido—, yo sé hacer unas pruebas con la baraja.

—Excelente, pero excelente, querido colega —dijo el doctor Restelli—. Estas cosas, tan insignificanes en apariencia, tienen la máxima importancia en el orden social. Yo he presidido durante años diversas tertulias, ateneos y cooperadoras, y puedo asegurarles que los juegos de ilusionismo son siempre bien recibidos con el beneplácito general. Noten ustedes, además, que esta velada de acercamiento espiritual y artístico permitirá disipar las lógicas inquietudes que la infausta nueva de la epidemia haya podido provocar entre el elemento femenino. ¿Y usted, señor Costa, qué puede ofrecernos?

—No tengo la menor idea —dijo Raúl—, pero si me da tiempo para hablar con Paula, ya se nos ocurrirá alguna cosa.

—Notable, notable —dijo el doctor Restelli—. Estoy convencido de que todo saldrá muy bien.

López no lo estaba tanto. Cuando se quedó otra vez solo con Raúl (el barman empezaba a apagar las luces y había que irse a dormir), se decidió a hablar.

—A riesgo de que Paula vuelva a tomarnos el pelo, ¿qué le parecería otro viajecito por las regiones inferiores?

—¿A esta hora? —dijo sorprendido Raúl.

—Bueno, ahí abajo no parece que el tiempo tenga la mayor importancia. Evitaremos testigos y a lo mejor damos con el buen camino. Sería cuestión de probar otra vez el camino que siguieron el chico de Trejo y usted esta tarde. No sé muy bien por dónde se baja, pero en todo caso muéstreme la entrada y voy solo.

Raúl lo miró. Este López, qué mal le sentaban las palizas. Lo que le hubiera encantado a Paula escucharlo.

—Lo voy a acompañar con mucho gusto —dijo—. No tengo sueño y a lo mejor nos divertimos.

A López se le ocurrió que hubiera sido bueno avisarle a Medrano, pero pensaron que ya estaría en la cama. La puerta del pasadizo seguía sorprendentemente abierta, y bajaron sin encontrar a nadie.

—Ahí descubrí las armas —explicó Raúl—. Y aquí había dos lípidos, uno de ellos de considerables proporciones. Vea, la luz sigue encendida; debe ser una especie de sala de guardia, aunque más parece la trastienda de una tintorería o algo igualmente estrafalario. Ahí va.

Al principio no lo vieron, porque el llamado Orf estaba agachado detrás de una pila de bolsas vacías. Se enderezó lentamente, con un gato negro en sus brazos, y los miró sin sorpresa pero con algún fastidio, como si no fuera hora de venir a interrumpirlo. Raúl volvió a desconcertarse ante el aspecto del pañol, que tenía de camarote y algo de sala de guardia. López se fijó en los mapas hipsométricos por los colores y las líneas donde se reflejaba la diversidad del universo, todo eso que no era Buenos Aires.

—Se llama Orf —dijo Raúl, señalándole al marinero—. En general no habla. *Hasdala* —agregó amablemente, con un gesto de la mano.

—*Hasdala* —dijo Orf—. Les aviso que no pueden quedarse aquí.

—No es tan mudo, che —dijo López, tratando de adivinar la nacionalidad de Orf por el acento y el apellido. Llegó a la conclusión de que era más fácil considerarlo como un lípido a secas.

—Ya nos dijeron lo mismo esta tarde —observó Raúl, sentándose en un banco y sacando la pipa—. ¿Cómo sigue el capitán Smith?

—No sé —dijo Orf, dejando que el gato se bajara por la pierna del pantalón—. Sería mejor que se fueran.

No lo dijo con demasiado énfasis, y acabó sentándose en un taburete.

López se había instalado en el borde de una mesa, y estudiaba en detalle los mapas. Había visto la puerta del fondo y se preguntaba si dando un salto podría llegar a abrirla antes de que Orf se le cruzara en el camino. Raúl ofreció su tabaquera, y Orf aceptó. Fumaba en una vieja pipa de madera tallada, que recordaba vagamente a una sirena sin incurrir en el error de representarla en detalle.

—¿Hace mucho que es marino? —preguntó Raúl—. A bordo del *Malcolm*, quiero decir.

—Dos años. Soy uno de los más nuevos.

Se levantó para encender la pipa con el fósforo que le ofrecía Raul. En el momento en que López se bajaba de la mesa para ganar de lado de la puerta, Orf levantó el banco y se le acercó. Raúl se enderezó a su vez porque Orf sujetaba el banco por una de las patas, y ese no era modo de sujetar un banco en circunstancias normales, pero antes de que López pudiera darse cuenta de la amenaza el marinero bajó el banco y lo plantó delante de la puerta, sentándose en él de manera que todo fue como un solo movimiento y tuvo casi el aire de una figura de ballet. López miró la puerta, metió las manos en los bolsillos y giró en dirección de Raúl.

—*Orders are orders* —dijo Raúl, encogiéndose de hombros—. Creo que nuestro amigo Orf es una excelente persona, pero que la amistad acaba allí donde empiezan las puertas, ¿eh, Orf?

—Ustedes, insisten, insisten —dijo quejumbrosamente Orf—. No se puede pasar. Harían mucho mejor en...

Aspiró el humo con aire apreciativo.

—Muy buen tabaco, señor. ¿Usted lo compra en la Argentina este tabaco?

—En Buenos Aires lo compro este tabaco —dijo Raúl—. En Florida y Lavalle. Me cuesta un ojo de la cara, pero entiendo que el humo debe ser grato a las narices de Zeus. ¿Qué estaba por aconsejarnos, Orf?

—Nada —dijo Orf, cejijunto.

—Por nuestra amistad —dijo Raúl—. Fíjese que tenemos la intención de venir a visitarlo muy seguido, tanto a usted como a su colega de la serpiente azul.

—Justamente, Bob... ¿Por qué no se vuelven de su lado? A mí me gusta que vengan —agregó con cierto desconsuelo—. No es por mí, pero si algo pasa...

—No va a pasar nada, Orf, eso es lo malo. Visitas y visitas, y usted con su banquito de tres patas delante de la puerta. Pero por lo menos fumaremos y usted nos hablará del kraken y del holandés errante.

Fastidiado por su fracaso, López escuchaba el diálogo sin ganas. Echó otro vistazo a los mapas, inspeccionó el gramófono portátil (había un disco de Ivor Novello) y miró a Raúl que parecía divertirse bastante y no daba señales de impaciencia. Con un esfuerzo volvió a sentarse al borde de la mesa; quizá hubiera otra posibilidad de llegar por las buenas a la pueta. Orf parecía dispuesto a hablar, aunque seguía en su actitud vigilante.

—Ustedes son pasajeros y no comprenden —dijo Orf—. Por mí no tendría ningún inconveniente en mostrarles... Pero ya bastante nos exponemos Bob y yo. Justamente, por culpa de Bob podría ocurrir que...

—¿Sí? —dijo Raúl, alentándolo. «Es una pesadilla», pensó López. «No va a terminar ninguna de sus frases, habla como un trapo hecho jirones.»

—Ustedes son mayores y tendrían que tener cuidado con él, porque...

—¿Con quién?

—Con el muchachito —dijo Orf—. Ese que vino antes con usted.

Raúl dejó de tamborilear sobre el borde del taburete.

—No entiendo —dijo—. ¿Qué pasa con el muchachito?

Orf asumió nuevamente un aire afligido y miró hacia la puerta del fondo, como si temiera que lo espiaran.

—En realidad no pasa nada —dijo—. Yo solamente digo que se lo digan... Ninguno de ustedes tiene que venir aquí —acabó, casi rabioso—. Y ahora yo me tengo que ir a dormir; ya es tarde.

—¿Por qué no se puede pasar por esta puerta? —preguntó López—. ¿Se va a la popa por ahí?

No, se va a... Bueno, más allá empieza. Ahí hay un camarote. No se puede pasar.

—Vamos —dijo Raúl guardando la pipa—. Tengo bastante por esta noche. Adiós, Orf, hasta pronto.

—Mejor que no vuelvan —dijo Orf—. No es por mí, pero...

En el pasillo López se preguntó en voz alta qué sentido podían tener esas frases inconexas. Raúl, que lo seguía silbando bajo, resopló impaciente.

—Me empiezo a explicar cosas —dijo—. Lo de la borrachera, por ejemplo. Ya me parecía raro que el barman le hubiera dado tanto alcohol; creí que se mareaba con una copa, pero seguro que tomó más que eso. Y el olor a tabaco... Era tabaco de lípidos, qué joder.

—El pibe habrá querido hacer lo mismo que nosotros —dijo López, amargo—. Al fin y al cabo todos buscamos lucirnos desentrañando el misterio.

—Sí, pero él corre más peligro.

—¿Le parece? Es cierto, pero no tanto.

Raúl guardo silencio. A López, ya en lo alto de la escalerilla, le llamó la atención su cara.

—Dígame una cosa: ¿Por qué no hacemos lo único que queda por hacer con estos tipos?

—¿Sí? —dijo Raúl, distraído.

—Agarrarlos a trompadas, che. Hace un momento hubiéramos podido llegar a esa puerta.

—Tal vez, pero dudo de la eficacia del sistema, por lo menos a esta altura de las cosas. Orf parece un tipo macanudo y no me veo sujetándolo contra el suelo mientras usted abre la puerta. Qué sé yo, en el fondo no tenemos ningún motivo para proceder de esa manera.

—Sí, eso es lo malo. Hasta mañana, che.

—Hasta mañana —dijo Raúl, como si no hablara con él. López lo vio entrar en su cabina y se volvió por el pasadizo hasta el otro extremo. Se detuvo a mirar el sistema de barras de acero y engranajes, pensando que Raúl estaría en ese mismo instante contándole a Paula la inútil expedición. Podía imaginar muy bien la expresión burlona de Paula. «Ah, López estaba con vos, claro...» Y algún comentario mordaz, alguna reflexión sobre la estupidez de todos. Al mismo tiempo seguía viendo la cara de Raúl cuando había terminado de trepar la escalerilla, una cara de miedo, de preocupación que nada tenía que ver con la popa y con los lípidos. «La verdad, no me extrañaría nada —pensó—. Entonces...» Pero no habría que hacerse ilusiones, aunque lo que empezaba a sospechar coincidiera con lo que había dicho Paula. «Ojalá pudiera creerlo», pensó, sintiéndose de golpe muy feliz, ansioso y feliz, esperanzadoramente idiota. «Seré el mismo imbécil toda mi vida», se dijo, mirándose con aprecio en el espejo.

Paula no se burlaba de ellos, cómodamente instalada

en la cama leía una novela de Massimo Bontempelli y recibió a Raúl con suficiente alegría como para que él, después de llenar un vaso de whisky, se sentara al borde de la cama y le dijera que el aire del mar empezaba a broncearla vistosamente.

—Dentro de tres días seré una diosa escandinava —dijo Paula—. Me alegro de que hayas venido porque necesitaba hablarte de literatura. Desde que nos embarcamos no hablo de literatura con vos, y esto no es vida.

—Dale —se resignó Raúl, un poco distraído—. ¿Nuevas teorías?

—No, nuevas impaciencias. Me está sucediendo algo bastante siniestro, Raulito, y es que cuanto mejor es el libro que leo, más me repugna. Quiero decir que su excelencia literaria me repugna, o sea que me repugna la literatura.

—Eso se arregla dejando de leer.

—No. Porque aquí y allá doy con algún libro que no se puede calificar de gran literatura, y que sin embargo no me da asco. Empiezo a sospechar por qué: porque el autor ha renunciado a los efectos, a la belleza formal, sin por eso incurrir en el periodismo o la monografía disecada. Es difícil explicarlo, yo misma no lo veo nada claro. Creo que hay que marchar hacia un nuevo estilo, que si querés podemos seguir llamando literatura aunque sería más justo cambiarle el nombre por cualquier otro. Ese nuevo estilo sólo podría resultar de una nueva visión del mundo. Pero si un día se alcanza, qué estúpidas nos van a parecer estas novelas que hoy admiramos, llenas de trucos infames, de capítulos y subcapítulos con entradas y salidas bien calculadas...

—Vos sos poeta —dijo Raúl—, y todo poeta es por

definición enemigo de la literatura. Pero nosotros, los seres sublunares, todavía encontramos hermoso un capítulo de Henry James o de Juan Carlos Onetti, que por suerte para nosotros no tienen nada de poetas. En el fondo lo que vos le reprochás a las novelas es que te llevan de la punta de la nariz, o más bien que su efecto sobre el lector se cumpla de fuera para dentro, y no al revés como en la poesía. ¿Pero por qué te molesta la parte de fabricación, de truco, que en cambio te parece tan bien en Picasso o en Alban Berg?

—No me parece tan bien; simplemente no me doy cuenta. Si fuera pintora o música, me rebelarían con la misma violencia. Pero no es solamente eso, lo que me desconsuela es la mala calidad de los recursos literarios, su repetición al infinito. Vos dirás que en las artes no hay progreso, pero es casi cuestión de lamentarlo. Cuando comparás el tratamiento de un tema por un escritor antiguo y uno moderno, te das cuenta de que por lo menos en la parte retórica, apenas hay diferencia. Lo más que podemos decir es que somos más perversos, más informados y que tenemos un repertorio mucho más amplio; pero las muletillas son las mismas, las mujeres palidecen o enrojecen, cosa que jamás ocurre en la realidad (yo a veces me pongo un poco verde, es cierto, y vos colorado), y los hombres actúan y piensan y contestan con arreglo a una especie de manual universal de instrucciones que tanto se aplica a una novela india como a un best-seller yanqui. ¿Me entendés mejor, ahora? Hablo de las formas exteriores, pero si las denuncio es porque esa repetición prueba la esterilidad central, el juego de variaciones en torno a un pobre tema, como ese bodrio de Hindemith sobre un tema de Weber que escuchamos en una hora aciaga, pobres de nosotros.

Aliviada, se estiró en la cama y apoyó una mano en la rodilla de Raúl.

—Tenés mala cara, hijito. Contále a mamá Paula.

—Oh, yo estoy muy bien —dijo Raúl—. Peor cara tiene nuestro amigo López después de lo mal que lo trataste.

—Él, vos y Medrano se lo merecían —dijo Paula—. Se portan como estúpidos, y el único sensato es Lucio. Supongo que no necesito explicarte que...

—Por supuesto, pero López debío creer que realmente tomabas partido por la causa del orden y el *laissez faire*. Le ha caído bastante mal, sos un arquetipo, su Freya, su Walkyria, y mirá en lo que terminás. Hablando de terminar, seguro que Lucio terminará en la municipalidad o al frente de una sociedad de dadores de sangre, está escrito. Qué pobre tipo, madre mía.

—¿Así que Jamaica John anda cabizbajo? Mi pobre pirata de capa caída... SAbés, me gusta mucho Jamaica John. No te extrañes de que lo trate mal. Necesito...

—Ah, no empecés con el catálogo de tus exigencias —dijo Raúl, terminando su whisky—. Ya te he visto arruinar demasiadas mayonesas en la vida por echarles la sal o el limón a destiempo. Y además me importa un corno lo que te parece López y lo que necesitás descubrir en él.

—*Monsieur est faché*?

—No, pero sos más sensata hablando de literatura que de sentimientos, cosa bastante frecuente en las mujeres. Ya sé, me vas a decir que eso prueba que no las conozco. Ahorrate el comentario.

—*Je ne te le fais pas dire, mon petit.* Pero a lo mejor tenés razón. Dame un trago de esa porquería.

—Mañana vas a tener la lengua cubierta de sarro. El whisky te hace un mal horrible a esta hora, y además cuesta muy caro y no tengo más que cuatro botellas.

—Dame un poco, infecto murciélago.

—Andá a buscarlo vos misma.

—Estoy desnuda.

—¿Y qué?

Paula lo miró y sonrió.

—Y qué —dijo, encogiendo las piernas y sacando los pies de la sábana. Tanteó hasta encontrar las pantuflas, mientras Raúl la miraba fastidiado. Enderezándose de un brinco, le tiró la sábana a la cara y caminó hasta la repisa donde estaban las botellas. Su espalda se recortaba en la penumbra de la cabina.

—Tenés lindas nalgas —dijo Raúl, librándose de la sábana—. Te vas salvando de la celulitis hasta ahora. ¿A ver de frente?

—De frente te va a interesar menos —dijo Paula con la voz que lo enfurecía. Echó whisky en un vaso grande y fue al cuarto de baño para agregarle agua. Volvió caminando lentamente. Raúl la miró en los ojos, y después bajó la vista, la paseó por los senos y el vientre. Sabía lo que iba a ocurrir y estaba preparado, el bofetón le sacudió la cara y casi al mismo tiempo oyó el primer sollozo de Paula y el ruido apagado del vaso cayendo sin romperse sobre la alfombra.

—No se va a poder respirar en toda la noche —dijo Raúl—. Hubieras hecho mejor en bebértelo, después de todo tengo Alka-Seltzer.

Se inclinó sobre Paula, que lloraba tendida boca

abajo en la cama. Le acarició un hombro, después el apenas visible omóplato, sus dedos siguieron por el fino hueco central y se detuvieron al borde de la grupa. Cerró los ojos para ver mejor la imagen que quería ver.

«...que te quiere, Nora.» Se quedó mirando su propia firma, después dobló rápidamente el pliego, escribió el sobre y cerró la carta.

Sentado en la cama, Lucio trataba de interesarse en un número del *Reader's Digest.*

—Es muy tarde —dijo Lucio—. ¿No te acostás?

Nora no contestó. Dejando la carta sobre la mesa tomó algunas ropas y entró en el baño. El ruido de la ducha le pareció interminable a Lucio, que procuraba enterarse de los problemas de conciencia de un aviador de Milwaukee convertido al anabaptismo en plena batalla. Decidió renunciar y acostarse, pero antes tenía que esperar turno para lavarse, a menos que... Apretando los dientes fue hasta la puerta y movió el picaporte sin resultado.

—¿No podés abrir? —preguntó con el tono más natural posible.

—No, no puedo —repuso la voz de Nora.

—¿Por qué?

—Porque no. Salgo en seguida.

—Abrí, te digo.

Nora no contestó. Lucio se puso el piyama, colgó su ropa, ordenó las zapatillas y los zapatos. Nora entró con una toalla convertida en turbante, el rostro un poco encendido.

Lucio notó que se había puesto el camisón en el

baño. Sentándose frente al espejo, empezó a secarse el pelo, a cepillarlo con movimientos interminables.

—Francamente yo quisiera saber lo que te pasa —dijo Lucio, afirmando la voz—. ¿Te enojaste porque salí a dar una vuelta con esa chica? Vos también podías venir, si querías.

Arriba, abajo, arriba, abajo. El pelo de Nora empezaba a brillar poco a poco.

—¿Tan poca confianza me tenés, entonces? ¿O te pensás que yo quería flirtear con ella? Estás enojada por eso, ¿verdad? No tenés ninguna otra razón, que yo sepa. Pero hablá, hablá de una vez. ¿No te gustó que saliera con esa chica?

Nora puso el cepillo sobre la cómoda. A Lucio le dio la impresión de estar muy cansada, sin fuerzas para hablar.

—A lo mejor no te sentís bien —dijo, cambiando de tono, buscando una apertura—. No estás enojada conmigo, ¿verdad? Ya ves que volví en seguida. ¿Qué tenía de malo, al fin y al cabo?

—Parecería que tuviera algo de malo —dijo Nora en voz baja—. Te defendés de una manera...

—Porque quiero que comprendas que con esa chica...

—Dejá en paz a esa chica, que por lo demás me parece una desvergonzada.

—Entonces, ¿por qué estás enojada conmigo?

—Porque me mentís —dijo Nora bruscamente—. Y porque esta noche dijiste cosas que me dieron asco.

Lucio tiró el cigarrillo y se le acercó. En el espejo su cara era casi cómica, un verdadero actor representando al hombre indignado u ofendido.

—¿Pero qué dije yo? ¿Entonces a vos también se te está contagiando la tilinguería de los otros? ¿Querés que todo se vaya al tacho?

—No quiero nada. Me duele que te callaste lo que ocurrió por la tarde.

—Me lo olvidé, eso es todo. Me pareció idiota que se estuvieran haciendo los compadres por algo que está perfectamente claro. Van a arruinar el viaje, te lo digo yo. Lo van a echar a perder con sus pelotudeces de chiquilines.

—Podrías ahorrarte esas palabrotas.

—Ah, claro, me olvidaba que la señora no puede oír esas cosas.

—Lo que no puedo soportar es la vulgaridad y las mentiras.

—¿Yo te he mentido?

—Te callaste lo de esta tarde, y es lo mismo. A menos que no me consideres bastante crecida para enterarme de tus andanzas por el barco.

—Pero, querida, si no tenía importancia. Fue una estupidez de López y los otros, me metieron en un baile que no me interesa y se lo dije bien claro.

—No me parece que fuera tan claro. Los que hablan claro son ellos, y yo tengo miedo. Igual que vos, pero no lo ando disimulando.

—¿Yo, miedo? Si te referís a lo del tifus doscientos y pico... Precisamente, lo que sostengo es que hay que quedarse de este lado y no meterse en líos.

—Ellos no creen que sea el tifus —dijo Nora—, pero lo mismo están inquietos y no lo disimulan como vos. Por lo menos ponen las cartas sobre la mea, tratan de hacer algo.

Lucio suspiró aliviado. A esta altura todo se pulverizaba, perdía peso y gravedad. Acercó una mano al hombro de Nora, se inclinó para besarla en el pelo.

—Qué tonta sos, qué linda y qué tonta —dijo—. Yo que hago lo posible por no afligirte...

—No fue por eso que te callaste lo de esta tarde.

—Sí, fue por eso. ¿Por qué otra cosa iba a ser?

—Porque te daba vergüenza —dijo Nora, levantándose y yendo hacia su cama—. Y ahora también tenés vergüenza y en el bar estabas que no sabías dónde meterte. Vergüenza, sí.

Entonces no era tan fácil. Lucio lamentó la caricia y el beso. Nora le daba resueltamente la espalda, su cuerpo bajo la sábana era una pequeña muralla hostil, llena de irregularidades, pendientes y crestas, rematando en un bosque de pelo húmedo en la almohada. Una muralla entre él y ella. Su cuerpo, una muralla silenciosa e inmóvil.

Cuando volvió del baño, oliendo a dentrífico, Nora había apagado la luz sin cambiar de postura. Lucio se acercó, apoyó una rodilla en el borde me la cama y apartó la sábana. Nora se incorporó bruscamente.

—No quiero, andate a tu cama. Dejame dormir.

—Oh, vamos —dijo él, sujetándola del hombro.

—Dejame, te digo. Quiero dormir.

—Bueno, te dejo dormir, pero a tu lado.

—No, tengo calor. Quiero estar sola, sola.

—¿Tan enojada estás? —dijo él con la voz con que se habla a los niños—. ¿Tan enojada está esa nenita sonsa?

—Sí —dijo Nora, cerrando los ojos como para borrarlo—. Dejame dormir.

Lucio se enderezó.

—Estás celosa, eso es lo que te pasa —dijo, alejándose—. Te da rabia que salí con Paula a la cubierta. Sos vos la que me ha estado mintiendo todo el tiempo.

Pero ya no le contestaban, quizá ni siquiera lo oían.

F

–No, no creo que mi frente de ataque sea más claro que un número de cincuenta y ocho cifras o uno de esos portulanos que llevaban las naves a catástrofes acuáticas. Se complica por un irresistible calidoscopio de vocabulario, palabras como mástiles, con mayúsculas que son velámenes furiosos. Samsara, por ejemplo: la digo y me tiemblan de golpe todos los dedos de los pies, y no es que me tiemblen de golpe todos los dedos de los pies ni que el pobre barco que me lleva como un mascarón de proa más gratuito que bien tallado, oscile y trepide bajo los golpes del Tridente. Samsara, debajo se me hunde lo sólido, Samsara, el humo y el vapor reemplazan a los elementos, Samsara, obra de la gran ilusión, hijo y nieto de Mahamaya...

Así van saliendo, perras hambrientas y alzadas, con sus mayúsculas como columnas henchidas con la gravidez más que espléndida de los capiteles historiados. ¿Cómo dirigirme al pequeño, a su madre, a estos hombres de argentino silencio, y decirles, hablarles del frente que se me faceta y esparce como un diamante derretido en medio de una fría batalla de copos de nieve? Me darían la espalda, se marcharían, y si optara por escribirles, porque a veces pienso en las virtudes de un manuscrito prolijo y alquitarado, resumen de largos equinocios de meditación, arrojarían mis enunciaciones con el mismo desconcierto que los induce a la prosa, al interés, a lo explícito, al periodismo con sus muchos disfraces. ¡Monólogo, sola tarea para un alma inmersa en lo múltiple! ¡Qué vida de perro!

(Pirueta petulante de Persio bajo las estrellas.)

—Finalmente uno no puede interrumpirles la digestión de un plato de pescado con dialécticas, con antropologías, con la narración inconcebible de Cosmas Indicopleustes, con libros fulgurales, con la mántica desesperada que me ofrece allá arriba sus ideogramas ardientes. Si yo mismo, como una cucaracha a medias aplastada, corro con la mitad de mis patas de un tablón a otro, me estrello en la vertiginosa altura de una pequeña astilla nacida del choque de un clavo del zapato de Presutti contra un nudo de la madera... ¡Y sin embargo empiezo a entender, es algo que se parece demasiado al temblor, empiezo a ver, es menos que un sabor de polvo, empiezo a empezar, corro hacia atrás, me vuelvo! Volverse, sí, ahí duermen las respuestas su vida larval, su noche primera. Cuántas veces en el auto de Lewbaum, malgastando un fin de semana en las llanuras bonaerenses, he sentido que debía hacerme coser en una bolsa y que me arrojaran a la banquina, a la altura de Bolívar o de Pergamino, cerca de Casbas o de Mercedes, en cualquier lugar con lechuzas en los palos del alambrado, con caballos lamentables buscando un pasto hurtado por el otoño. En vez de aceptar el toffee que Jorge se empecinaba en ponerme en los bolsillos, en vez de ser feliz junto a la majestad sencilla y cobijada de Claudia, hubiera debido abandonarme a la noche pampeana, como aquí esta noche en un mar ajeno y receloso, tenderme boca arriba para que la sábana encendida del cielo me tapara hasta la boca, y dejar que los jugos de abajo y de arriba me agusanaran acompasadamente, payaso enharinado que es la verdad de la carpa tendida sobre sus cascabeles, carroña de vaca que vuelve maldito el aire en trescientos metros a la redonda, maldito de fehacencia, maldito de verdad, maldito solamente para los malditos que se tapan la nariz con el gesto de la virtud y corren a refugiarse en su Plymouth o en el recuerdo de sus grabaciones de Sir Thomas Beecham, ¡oh imbéciles inteligentes, oh pobres amigos!

(La noche se quiebra por un segundo al paso de una estrella errante, y también por un segundo el Malcolm crece en velas y gavias, en aparejos desusados, tiembla también él como si un viento diferente lo corneara de lado, y Persio alzado hacia el horizonte olvida el radar y las telecomunicacones, cae en una entrevisión de bergantines y fragatas, de carabelas turcas, saicas grecorromanas, polacras venecianas, urcas de Holanda, síndalos tunecinos y galeotas toscanas, antes producto de Pío Baroja y largas horas de hastío en Kraft hacia las cuatro de la tarde, que de un conocimiento verdadero del sentido de esos nombres arborescentes.)...

¿Por qué tanta aglomeración confusa en la que no sé distinguir la verdad del recuerdo, los nombres de las presencias? Horror de la ecolalia, del inane retruécano. Pero con el hablar de todos los días sólo se llega a una mesa cargada de vituallas, a un encuentro con el shampoo o la navaja, a la rumia de un editorial sesudo, a un programa de acción y de reflexión que este papel de lija incendiado sobre mi cabeza reduce a menos que ceniza. Tapado por los yuyos de la *pampa hubiera debido estarme largas horas prestando oído al correr del peludo o a la germinación laboriosa de la cinacina. Dulces y tontas palabras folklóricas, prefacio inconsistente de toda la sacralidad, cómo me acarician la lengua con patas engomadas, crecen a la manera de la madreselva profunda, me libran poco a poco el acceso a la Noche verdadera, lejos de aquí y contigua, aboliendo lo que va de la pampa al mar austral, Argentina mía allá en el fondo de este telón fosforescente, calles apagadas cuando no siniestras de Chacarita, rodar de colectivos envenenados de color y estampas. Todo me une porque todo me lacera, Túpac Amáru cósmico, ridículo, babeando palabras que aun en mi oído irreductible parecen inspiradas por La Prensa de los domingos o por alguna disertación del doctor Restelli, profesor de enseñanza secundaria. Pero crucificado en la pampa, boca arriba contra el silencio de millones de gatos lúcidos mirándome desde el reguero lácteo que beben impasibles, hubiera accedido acaso a lo que me hurtaban las lecturas, comprendido de golpe los sentidos segundos y terceros de tanta guía telefónica, del ferrocarril que didácticamente esgrimí ayer para ilustración del comprensivo Medrano, y por qué el paraguas se me rompe siempre por la izquierda, y esa delirante búsqueda de medias exclusivamente gris perla o rojo bordeaux. Del saber al entender o del entender al saber, ruta incierta que titubeante columbro desde vocabularios anacrónicos, meditaciones periclitadas, vocaciones obsoletas, asombro de mis jefes e irrisión de los ascensoristas. No importa, Persio continúa, Persio es este átomo desconsolado al borde de la vereda, descontento de las leyes circulatorias, esta pequeña rebelión por donde empieza el catafalco de la bomba H, proemio al hongo que deleita a los habitués de la calle Flo-*

rida y la pantalla de plata. He visto la tierra americana en sus horas más próximas a la confidencia última, he trepado a pie por los cerros de Uspallata, he dormido con una toalla empapada sobre la cara, cruzando el Chaco, me he tirado del tren en Pampa del Infierno para sentir la frescura de la tierra a medianoche. Conozco los olores de la calle Paraguay, y también Godoy Cruz de Mendoza, donde la brújula del vino corre entre gatos muertos y cascos de cemento armado. Hubiera debido mascar coca en cada rumbo, exacerbar las solitarias esperanzas que la costumbre relega al fondo de los sueños, sentir crecer en mi cuerpo la tercera mano, esa que espera para asir el tiempo y darlo vuelta, porque en alguna parte ha de estar esa tercera mano que a veces fulminante se insinúa en una instancia de poesía, en un golpe de pincel, en un suicidio, en una santidad, y que el prestigio y la fama mutilan inmediatamente y sustituyen por vistosas razones, esa tarea de picapedrero leproso que llaman explicar y fundamentar. Ah, en algún bolsillo invisible siento que se cierra y se abre la tercera mano, con ella quisiera acariciarte, hermosa noche, desollar dulcemente los nombres y las fechas que están tapando poco a poco el sol, el sol que una vez se enfermó en Egipto hasta quedarse ciego, y necesitó de un dios que lo curara... ¿Pero cómo explicar esto a mis camaradas pasajeros, a mí mismo, si a cada minuto me miro en un espejo de sorna y me invito a volver a la cabina donde me espera un vaso de agua fresca y la almohada, el inmenso campo blanco donde galoparán los sueños? ¿Cómo entrever la tercera mano sin ser ya uno con la poesía, esa traición de palabras al acecho, esa proxeneta de la hermosura, de la euforia, de los finales felices, de tanta prostitución encuadernada en tela y explicada en los institutos de estilística? No, no quiero poesía inteligible a

bordo, ni tampoco voodoo o ritos iniciáticos. Otra cosa
más inmediata, menos copulable por la palabra, algo libre
de tradición para que por fin lo que toda tradición enmas-
cara surja como un alfanje de plutonio a través de un
biombo lleno de historias pintadas. Tirado en la alfalfa
pude ingresar en ese orden, aprender sus formas, porque no
serán palabras sino ritmos puros, dibujos en lo más sensible
de la palma de la tercera mano, arquetipos radiantes, cue-
ros sin peso donde se sostiene la gravedad y bulle dulce-
mente el germen de la gracia. Algo se me acerca cada vez
más, pero yo retrocedo, no sé reconciliarme con mi som-
bra; quizá si encontrara la manera de decir algo de esto a
Claudia, a los alegres jóvenes que corren hacia juegos in-
calculables, las palabras serían antorchas de pasaje, y aquí
mismo, no ya en la planicie donde traicioné mi deber al re-
husarle mi abrazo en plena tierra labrantía, aquí mismo la
tercera mano deshojaría en la hora más grave un primer re-
loj de eternidad, un encuentro comparable al golpe de un
fuego de San Telmo en una sábana tendida a secar. ¡Pero
soy como ellos, somos triviales, somos metafísicos mucho
antes de ser físicos, corremos delante de las preguntas para
que sus colmillos no nos rompan los pantalones, y así se in-
venta el fútbol, así se es radical o subteniente o corrector en
Kraft, incalculable felonía! Medrano es quizá el único que
lo sabe: somos triviales y lo pagamos con felicidad o con
desgracia, la felicidad de la marmota envuelta en grasa, la
sigilosa desgracia de Raúl Costa que aprieta contra su pi-
yama negro un cisne de ceniza, y hasta cuando nacemos
para preguntar y otear las respuestas, algo infinitamente
desconcertante que hay en la levadura del pan argentino,
en el color de los billetes ferroviarios o la cantidad de calcio
de sus aguas, nos precipitan como desaforados en el drama

total, saltamos sobre la mesa para danzar la danza de Shiva con un enorme lingam a plena mano, o corremos el amok del tiro en la cabeza o el gas del alumbrado, apesados de metafísica sin rumbo, de problemas inexistentes, de supuestas invisibilidades que cómodamente cortinan de humo el hueco central, la estatua sin cabeza, sin brazos, sin lingam y sin yoni, la apariencia, la cómoda pertenencia, la sucia apetencia, la pura rima al infinito donde también caben la ciencia y la cociencia. ¿Por qué no defenestrar antes que nada el peso venenoso de una historia de papel de obra, negarse a la commemoración, pesarse el corazón en una balanza de lágrimas y ayuno? Oh, Argentina, ¿por qué ese miedo al miedo, ese vacío para disimular el vacío? En vez del juicio de los muertos, ilustre de papiros, ¿por qué no nuestro juicio de los vivos, la cabeza que se rompe contra la pirámide de Mayo para que al fin la tercera mano nazca con un hacha de diamante y de pan, su flor de tiempo nuevo, su mañana de ilustración y coalescencia? ¿Quién es ese hijo de puta que habla de laureles que supimos conseguir? ¿Nosotros, nosotros conseguimos los laureles? ¿Pero es posible que seamos tan canallas?

—No, no creo que mi frente de ataque sea más claro que un número de cincuenta y ocho cifras, o uno de estos portulanos que llevaban las naves a catástrofes acuáticas. Se complica por un irresistible calidoscopio de vocabulario, palabras como mástiles, como mayúsculas...

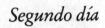

Segundo día

32

Menos mal que había tenido la precaución de traer cuatro o cinco revistas, porque los libros de la biblioteca estaban escritos en idiomas raros, y los dos o tres que encontró en español trataban de guerras y cuestiones de los judíos y otras cosas demasiado filosóficas. Mientras esperaba que doña Pepa acabara de peinarse, Nelly se entregó fruiciosamente a la contemplación de fotos de diversos cocktails ofrecidos en las grandes residencias porteñas. Le encantaba la elegancia del estilo de Jacobita Echániz cuando hablaba a sus lectoras con toda familiaridad, realmente como si fuera una de ellas, sin darse corte de alternar en la mejor sociedad y al mismo tiempo mostrando (¿pero por qué su madre se empeñaba en hacerse ese rodete de lavandera, Dios mío?) que pertenecía a un mundo diferente donde todo era rosado, perfumado y enguantado. No hago más que ir a desfiles de modelos —confiaba Jacobita a sus fieles lectoras—. Lucía Schleiffer que es monísima y además inteligente, pronuncia una conferencia sobre la evolución de la moda femenina (con motivo de la exposición de textiles en Gath y Chaves) y la gente de la calle, en tanto, se queda boquiabierta viendo las polleras de plisado lavable, hasta ayer parte de la magia norteamericana... En el Alvear la embajada francesa invita a un público selecto para ilustrarlo sobre la moda de París (como decía un modisto: Christian Dior va y todos nosotros tratamos de seguirlo). Hay perfumes franceses de regalo para las invitadas y todas salen locas de contento abrazando su paquetito...

—Bueno, ya estoy —dijo doña Pepa—. ¿Usted también, doña Rosita? Parece que hace una linda mañana.

—Sí, pero el barco se está empezando a mover de nuevo —dijo doña Rosita nada satisfecha—. ¿Vamos m'hijita?

La Nelly cerró la revista no sin antes enterarse de que Jacobita acababa de visitar la exposición de horticultura en el Parque Centenario, que allí se había encontrado con Julia Bullrich de Saint, rodeada de cestas y de amistades, a Stella Morro de Cárcano y a la infatigable señora de Udaondo. Se preguntó por qué la señora de Udaondo sería infatigable. ¿Y todo eso había sido en el Parque Centenario, a la vuelta de donde vivía la Coca Chimento, su compañera de trabajo en la tienda? Muy bien podían haber ido las dos un sábado a la tarde, pedirle a Atilio que las llevara para ver un poco cómo era la exposición de horticultura. Pero de veras, el barco se estaba moviendo bastante, seguro que su mamá y que doña Rosita se descomponían apenas acabaran de tomar la leche, y ella misma... Era una vergüenza tener que levantarse tan temprano, en un viaje de placer el desayuno no debía servirse antes de las nueve y media, como la gente fina. Cuando apareció Atilio, fresco y animado, le preguntó si no era posible quedarse en la cama hasta las nueve y media y tocar el timbre para que sirvieran el desayuno en el camarote.

—Pero claro —dijo el Pelusa, que no estaba demasiado seguro—. Aquí vos hacés lo que querés. Yo me levanto temprano porque me gusta ver el mar cuando sale el sol. Ahora tengo un ragú bárbaro. ¿Qué me decís del tiempo? ¡Hay cada bloque de agua...! Lo que no se ve todavía es la tunina, pero seguro que esta tarde las vemos. Buenos días, señora, qué tal. ¿Cómo anda el pibe, señora?

—Todavía duerme —dijo la señora de Trejo, nada segura de que la palabra pibe le quedara bien a Felipe—. El pobre pasó una noche muy inquieta según acaba de decirme mi esposo.

—Se quemó demasiado —dijo el Pelusa con aire entendido—. Yo le previne dos o tres veces, mirá pibe que tengo experiencia, yo sé lo que te digo, no te hagas el loco el primer día... Pero qué le va a hacer. Y bueno, así aprenderá. Mire, cuando yo estaba adentro...

Doña Rosita cortó la inminente evocación de la vida de cuartel, proclamando la necesidad de subir al bar porque en el pasillo se sentía más el balanceo. Bastó esto para que la señora de Trejo empezara a notar que tenía un estómago. Ella no tomaría nada más que una taza de café negro, el doctor Viñas le había dicho que era lo mejor en caso de mar picado. Doña Pepa creía en cambio que una buena dosis de pan con manteca asienta el café con leche, pero eso sí, sin dulce, porque el dulce contiene azúcar y eso espesa la sangre, que es lo peor para el mareo. El señor Trejo, incorporado al grupo, creyó encontrar algún fundamento científico en la teoría, pero Don Galo, que emergía de la escalerilla como un ludión vivamente proyectado por las férreas manos del chófer, manifestó sensiblemente tendencia a despacharse un plato de panceta con huevos fritos. Otros pasajeros llegaban al bar, López se detuvo a leer un cartel donde se confirmaba el funcionamiento de la peluquería para damas y caballeros, y se especificaban los horarios. La Beba hizo una de sus entradas al *ralentí*, con detección en el último peldaño y lánguido oteo del ambiente, luego se vio entrar a Persio vestido con camisa azul y pantalones crema demasiado grandes para él, y el bar se llenó de charlas y de buenos olores. Ya en su segundo cigarrillo, Medrano se asomó un momento para ver si estaba ahí Claudia. Inquieto, volvió a bajar y llamó en la cabina.

—Soy el colmo de la indiscreción, pero se me ocurrió que quizá Jorge no seguía bien y que les hacía falta algo.

Envuelta en una bata roja, Claudia parecía más joven. Le tendió la mano sin que ninguno de los dos comprendiera bien la necesidad de ese saludo formal.

—Gracias por venir. Jorge está mucho mejor y durmió muy bien toda la noche. Esta mañana preguntó si usted lo había acompañado mucho rato... Pero mejor que él mismo dirija los interrogatorios.

—Por fin llegás —dijo Jorge, que lo tuteaba con toda naturalidad—. Anoche prometiste contarme una aventura de Davy Crockett, no te olvidés.

Medrano prometió que más tarde le contaría alucinantes aventuras de los héroes de las praderas.

—Pero ahora me voy a desayunar, che. Tu mamá tiene que vestirse y vos también. Nos encontramos en cubierta, hace una mañana estupenda.

—Ya está —dijo Jorge—. Che, cómo charlaban anoche.

—¿Nos oíste?

—Claro, pero también soñé con cosas del astro. ¿Vos sabías que Persio y yo tenemos un astro?

—Un poco copiado de Saint-Exupéry —le confesó Claudia—. Encantador, por lo demás, y lleno de descubrimientos sensacionales.

Mientras se volvía al bar, Medrano pensó que el intervalo de la noche había cambiado misteriosamente el rostro de Claudia. Se había despedido de él con una expresión en la que había cansancio y desazón, como si todo lo que él le había confiado le hubiera hecho daño. Y las palabras con que había comentado su confidencia —pocas, quizá desganadas, casi todas duras y afiladas— habían sido la contraparte de su cara amarga, rendida por una fatiga repentina que no era solamente física. Lo había maltratado sin rudeza pero sin lástima, pagándole sinceridad con sinceridad. Ahora volvía a encontrar a Claudia diurna, a la madre del leoncito. «No es de las que arrastran la melancolía —pensó agradecido—. Y yo tampoco, aunque el bueno de López, en cambio...» Porque López dijo que estaba muy bien, pero que en realidad no había dormido mucho.

—¿Usted se va a hacer cortar el pelo? —preguntó—. En ese caso vamos juntos y podemos charlar mientras esperamos. Yo creo que las peluquerías, che, son una institución que hay que cultivar.

—Lástima que no haya salón de lustrar —dijo Medrano, divertido.

—Lástima, sí. Mírelo a Restelli, qué cafisho se ha venido.

Bajo el cuello abierto de la camisa de sport, el pañuelo rojo con pintas blancas le quedaba muy bien al doctor Restelli. La rápida y decidida amistad entre él y Don Galo se cimentaba con frecuentes consultas a una lista que perfeccionaban con ayuda de un lápiz prestado por el barman.

López empezó a contar su expedición de la noche, con la advertencia de que no había mucho que contar.

—El resultado es que uno se queda con un humor de perros y con ganas de agarrar a patadas a todos los lípidos o como se llamen esos tipos.

—Me pregunto si no estaremos perdiendo el tiempo —dijo Medrano—. Lo pienso como una escalera a dos puntas, es decir que me fastidia perder el tiempo en averiguaciones inútiles, y también me parece que quedarnos así es malgastar los días. Hasta ahora hay que admitir que los partidarios del *statu quo* se lucen más que nosotros.

—Pero usted no cree que tengan razón.

—No, analizo la situación, nada más. Personalmente me gustaría seguir buscando un paso, pero no veo otra salida que la violencia y no me gustaría malograrles el viaje a los demás, máxime cuando parecen pasarlo bastante bien.

—Mientra sigamos reduciéndolo todo a poblemas... —dijo López con aire despechado—. En realidad yo me levanté de mal humor y la bronca busca destaparse por donde puede. Ahora ¿por qué me levanté de mal humor? Misterio, cosas del hígado.

Pero no era el hígado, a menos que el hígado tuviera el pelo rojo. Y sin embargo se había acostado contento, seguro de que algo iba a definirse y que no le sería desfavorable. «Pero uno está triste lo mismo», se dijo, mirando lúgubremente su taza vacía.

—Ese muchacho Lucio, ¿se ha casado hace mucho? —preguntó antes de tener tiempo de pensar la pregunta.

Medrano se quedó mirándolo. A López le pareció que vacilaba.

—Bueno, a usted no me gustaría mentirle, pero tampoco quisiera que esto se sepa. Supongo que oficialmente se presentan como recién casados, pero todavía les falta la pequeña ceremonia que se oficia en un despacho fragante de tinta y cuero viejo. Lucio no tuvo inconveniente en decírmelo en Buenos Aires, a veces nos tropezamos en el club universitario. Coincidencias de la calistenia.

—La verdad que la cosa no me interesa demasiado —dijo López—. Por supuesto guardaré el secreto para inconsciente martirio de las señoras de a bordo, pero nada me sorprendería que su fino olfato... Mire, ya hay una que empieza a marearse.

Con un gesto en el que la torpeza se aliaba a una fuerza considerable, el Pelusa tomó del brazo a su madre y empezó a remolcarla hacia la escalerilla de salida.

—Un poco de aire fresco y se te pasará en seguida, mamá. Che Nelly, vos prepará la reposera en un sitio que no haga viento. ¿Por qué comiste tanto pan con dulce? Yo te dije, acordate.

Con un aire levemente conspirador, Don Galo y el doctor Restelli hicieron señas a Medrano y a López. La lista que tenían en la mano ocupaba ya varios renglones.

—Vamos a hablar un poco de nuestra velada —propuso Don Galo, encendiendo un puro de calidad sospechosa—. Ya es tiempo de divertirse un poco, coño.

—Bueno —dijo López—. Y después nos vamos a la peluquería. Es un programa formidable.

33

Las cosas se arreglan por donde uno menos piensa, pensó Raúl al despertarse. La bofetada de Paula había servido para que se fuera a la cama mucho más dispuesto a dormir que antes. Pero una vez despierto, después de un descanso perfecto, volvió a imaginarse a Felipe bajando a esa Niebeland de pacotilla y luces violetas, cortándose solo para sentirse independiente y más seguro de sí mismo. Mocoso del diablo, con razón tenía una borrachera complicada con insolación. Lo imaginó (mientras miraba reflexivamente a Paula que empezaba a agitarse en la cama) entrando en la cámara de Orf y del gorila con el tatuaje en el brazo, haciéndose simpático, ganándose unas copas, convertido en el gallito del barco y probablemente hablando mal de los restantes pasajeros. «Una paliza, una buena paliza bien pegada», pensó, pero sonreía porque pegarle a Felipe hubiera sido como...

Paula abrió un ojo y lo miró.

—Hola.

—Hola —dijo Raúl—. *Look, love, what envious streaks, Do lace the severing clouds in yonder east...*

—¿Hay sol, de verdad?

—*Night's candles are burnt out, and jocund day...*
—Vení a darme un beso —dijo Paula.
—Ni pienso.
—Vení, no me guardés rencor.
—Rencor es mucha palabra, querida. El rencor hay que merecerlo. Anoche me pareciste sencillamente loca, pero es una vieja impresión.

Paula saltó de la cama, y para sorpresa de Raúl apareció en piyama. Se le acercó, le revolvió el pelo, le acarició la cara, lo besó en la oreja, le hizo cosquillas. Se reían como chicos y él acabó abrazándola y devolviéndole las cosquillas hasta que cayeron sobre la alfombra y se revolcaron hasta el centro de la cabina. Paula se levantó de un brinco y giró sobre un pie.

—No estás enojado, no estás enojado —dijo. Se echó a reír, siempre bailando—. Pero es que fuiste tan perro, mirá que dejarme levantar así...

—¿Dejarte levantar? Especie de vagabunda, te levantaste desnuda sencillamente porque sos una exhibicionista y porque sabés que soy incapaz de ir a contárselo a tu Jamaica John.

Paula se sentó en el suelo, y le puso las dos manos sobre las rodillas.

—¿Por qué a Jamaica John, Raúl? ¿Por qué a él y no a otro?

—Porque te gusta —dijo Raúl, sobrio—. Y porque él está enloquecido con vos. *Est-ce que je t'apprend des nouvelles*?

—No, la verdad que no. Tenemos que hablar de eso, Raúl.

—En absoluto. Te vas a otro confesonario. Pero te absuelvo, eso sí.

—Oh, me tenés que escuchar. Si vos no me escuchás, ¿qué hago yo?

—López —dijo Raúl— ocupa la cabina número uno, en el pasillo del otro lado. Ya vas a ver cómo él te va a escuchar.

Paula lo miró pensativa, suspiró, y los dos saltaron al mismo tiempo para llegar antes al cuarto de baño. Ganó Paula y Raúl volvió a tirarse en la cama y se puso a fumar. Una buena paliza... Había varios que merecían una buena paliza. Una paliza con flores, con toallas mojadas, con un lento arañar perfumado. Una paliza que durara horas, entrecortada por reconciliaciones y caricias, vocabulario perfecto de las manos, capaz de abolir y justificar las torpezas nada más que para recomenzarlas después entre lamentos y el olvido final, como un diálogo de estatuas o una piel de leopardo.

A las diez y media la cubierta empezó a poblarse. Un horizonte perfectamente idiota circundaba el *Malcolm*, y el Pelusa se hartó de acechar por todas partes las señales de los prodigios profetizados por Persio y Jorge.

¿Pero quién estaba mirando y sabiento todo eso? No Persio, esta vez, atento a afeitarse en su cabina, aunque naturalmente cualquiera podía apreciar el conjunto a poco que tuviera interés en salir y adelantarse blandamente al encuentro de la proa como una imagen cada vez más fija (gentes en las reposeras, gentes quietas en la borda, gentes tiradas en el suelo o sentadas al borde de la piscina). Y así partiendo del primer tablón a la altura de los pies, el contemplador (quien fuera, porque

Persio se pulverizaba con alcohol en su cabina) podía progresar lenta o rápidamente, demorarse en una estría de alquitrán parda o negra, subir por un ventilador o encaramarse a una cofa espesamente forrada en pintura blanca, a menos que prefiriera abarcar el conjunto, fijar de golpe las posiciones parciales y los gestos instantáneos antes de dar la espalda a la escena y llevar la mano al bolsillo donde se entibiaban los Chesterfield o los Particulares Livianos (que ya escaseaban, cada vez más particulares y livianos, privados de las fuentes porteñas de suministro).

Desde lo alto —punto de vista válido, si no apreciable—, la abolición de los mástiles reducidos a dos discos insignificantes, así como el campanile de Giotto visto por una golondrina suspendida sobre su justo centro se reduce a un cuadrado irrisorio, pierde con la altura y el volumen todo prestigio (y un hombre en la calle, contemplado desde un cuarto piso, es por un instante una especie de huevo peludo que flota en el aire por encima de un travesaño gris perla o azul, sustentado por una misteriosa levitación que pronto explican dos activas piernas y la brusca espalda que echa abajo las geometrías puras). Arriba, el punto de vista más ineficaz: los ángeles ven un mundo Cézanne: esferas, conos, cilindros. Entonces una brusca tentación mueve a aproximarse al sitio donde Paula Lavalle contempla las olas. Aproximación, cebo del conocimiento, espejo para alondras (¿pero todo esto lo piensa Persio, lo piensa Carlos López, quien fabrica estas similitudes y busca, fotógrafo concienzudo, el enfoque favorable?), y ya al lado de Paula, contra Paula, casi en medio de Paula, descubrimiento de un universo irisado que fluctúa y se altera a cada instante, su pelo donde el sol juega como un gato con un ovillo rojo, cada cabello una zarza ardiente, hilo eléctrico por el que corre el fluido que mueve el *Malcolm* las máquinas del mundo, la acción de los hombres y la derrota de las galaxias, el absolutamente indecible *swing* cósmico en este primer cabello (el observador no alcanza a despegarse de él, el resto es un fondo neblinoso como en un *close-up* del ojo izquierdo de Simone Signoret donde lo demás o pasa de una inane sopa de sémola que sólo más tarde tomará nombre de galán o de madre o de bistró del séptimo distrito). Y al mismo tiempo todo es como una guitarra (pero si Persio estuviera aquí proclamaría la guitarra negándose al término de comparación —no hay *cómo*, cada cosa está petrificada en su cosidad, lo demás es tramoya—, sin permitir que se la empleara como juego metafórico, de donde cabe inferir que quizá Carlos López es agente y paciente de estas visiones provocadas y padecidas bajo el cielo azul); entonces, resumiendo, todo es una guitarra desde arriba, con la boca en la circunferencia del palo mayor, las cuerdas en los cándidos cables que vibran y tiemblan, con la mano del guitarrista posada en los trastes sin que la señora de Trejo, repantigada en una mecedora verde, sepa que ella es esa mano cruzada y agazapada en los trastes, y la otra mano es el mar encendido a babor, rascando el flanco de la guitarra como los gitanos cuando esperan o pausan un tiempo de cante, el mar como lo sintió Picasso cuando pintaba el hombre de la guitarra que fue de Apollinaire. Y esto ya no puede estarlo pensando Carlos López, pero es Carlos López el que junto a Paula pierde los ojos en uno solo de sus cabellos y siente vibrar un instrumento en la confusa instancia de fuerzas que es toda cabellera, el entrecruzamiento potencial de miles de miles de cabellos, cada uno la cuerda de un instrumento sigiloso que se tendería sobre kilómetros de mar, un arpa como el arpamujer de Jerónimo Bosch, en suma otra guitarra antepasada, en suma una misma música que llena la boca de Carlos López de un profundo gusto a frutillas y a cansancio y a palabras.

—Qué resaca tengo, la puta madre —murmuró Felipe, enderezándose en la cama.

Suspiró aliviado al ver que su padre ya había salido a cubierta. Girando cautelosamente la cabeza comprobó que la cosa no era para tanto. En cuanto se pegara una ducha (y después un buen remojón en la piscina) se sentiría perfectamente. Sacándose el piyama se miró los hombros enrojecidos, pero ya casi no le picaban, de cuando en cuando un alfilerazo le corría por la piel y lo obligaba a rascarse con cuidado. Un sol espléndido entraba por el ojo de buey. «Hoy me paso el día en la pileta», pensó Felipe, desperezándose. La lengua le molestaba como un pedazo de trapo. «Qué bruto este Bob, qué ron que tiene», con una satisfacción masculina de haber hecho algo gordo, transgredido un principio cualquiera. Bruscamente se acordó de Raúl, buscó la pipa y la lata de tabaco. ¿Quiénes lo habían traído a la cabina, lo habían acostado? Se acordó de la cabina de Raúl, de la descompostura en el baño y Raúl ahí afuera, escuchando todo. Cerró los ojos, avergonzado. A lo mejor Raúl lo había traído a la cabina, pero qué habrían dicho los viejos y la Beba al verlo tan mal. Ahora se acordaba de una mano untándole algo calmante en los brazos, y unas palabras lejanas, el viejo que le tiraba la bronca. La pomada de Raúl, Raúl había hablado de una pomada o se la había dado, pero qué importaba, de golpe sentía hambre, seguro que todos habían tomado ya café con leche, debía de ser muy tarde. No, las nueve y media. ¿Pero dónde estaba la pipa?

Dio unos pasos, probándose. Se sentía perfectamente. Encontró la pipa en un cajón de la cómoda, entre los pañuelos, y la caja de tabaco perdida entre los pares de medias. Linda pipa, qué forma tan inglesa. Se la puso en la boca y se fue a mirar al espejo, pero quedaba raro con el torso desnudo y esa pipa tan bacana. No tenía ganas de fumar, todavía le duraba el gusto del ron y del tabaco de Bob. Qué formidable había estado esa charla con Bob, qué tipo increíble.

Se metió en la ducha, pasando del agua casi hirviendo a la fría. El *Malcolm* bailaba un poco y era muy agradable mantenerse en equilibrio sin usar los soportes cromados. Se jabonó despacio, mirándose en el gran espejo que ocupaba casi completamente uno de los tabiques del baño. La tipa del clandestino le había dicho: «Tenés lindo cuerpo, pibe», y eso le había dado coraje aquella vez. Claro que tenía un cuerpo formidable, espalda en triángulo como los puntos del cine y del boxeo, piernas finas pero que marcaban un gol de media cancha. Cerró la ducha y se miró de nuevo, reluciente de agua, el pelo colgándole sobre la frente; se lo echó atrás, puso una cara indiferente, se miró de tres cuartos, de perfil. Tenía bien marcadas las placas musculares del estómago; Ordóñez decía que esa era una de las cosas que muestran al atleta. Contrajo los músculos tratando de llenarse lo más posible de nudosidades y saliencias, alzó los brazos como Charles Atlas y pensó que sería lindo tener una foto así. Pero quien le iba a sacar una foto así, aunque él había visto fotos que parecía increíble que alguien hubiera podido estar allí sacándolas, por ejemplo esas fotos que un tipo se había sacado él mismo mientras estaba con una mina en distintas posturas, en las fotos se veía la perilla de goma que el tipo sujetaba entre los dedos del pie para poder sacar la foto cuando fuera el mejor momento, y se veía todo, completamente todo. En realidad una mujer con las piernas abiertas era bastante asqueroso, más que un hombre, sobre todo en una foto porque la vez del clandestino, como ella se movía todo el tiempo y además uno estaba interesado de otra manera, pero así, mirando las fotos en frío... Se puso las manos sobre el vientre, qué cosa bárbara, no podía ni pensar en eso. Se envolvió en la toalla de baño y empezó a peinarse, silbando. Como se había jabonado la cabeza tenía el pelo muy mojado y blando, no conseguía armar el jopo. Se quedó un rato hasta conseguir resultados satisfactorios. Después se desnudó de nuevo y empezó a hacer flexiones, mirándose de cuando en cuando en el espejo para ver si no se le caía el jopo.

Estaba de espaldas a la puerta, que había dejado abierta, cuando oyó el chillido de la Beba. Vio su cara en el espejo.

—Indecente —dijo la Beba, alejándose del campo visual—. ¿Te parece bien andar desnudo con la puerta abierta?

—Bah, no te vas a caer muerta por verme un poco el culo —dijo Felipe—. Para eso somos hermanos.

—Se lo voy a contar a papá. ¿Te crees que tenés ocho años?

Felipe se puso la salida de baño y entró en la cabina. Empezó a cargar la pipa, mirando a Beba que se había sentado al borde de la cama.

—Parece que ya estás mejor —dijo la Beba, displicente.

—Pero si no era nada. Tomé demasiado sol.

—El sol no huele.

—Basta, no me jorobes. Te podés mandar mudar.

Tosió, ahogándose con la primera bocanada. La Beba lo miraba, divertida.

—Se cree que puede fumar como un hombre grande —dijo—. ¿Quién te regaló la pipa?

—Lo sabés de sobra, estúpida.

—El marido de la pelirroja, ¿no? Tenés suerte vos. Primero afilás con la señora y después el marido te regala una pipa.

—Metete las opiniones en el traste.

La Beba seguía mirándolo y al parecer apreciaba el progresivo domino de Felipe sobre la pipa, que empezaba a tirar bien.

—Es muy gracioso —dijo—. Mamá anoche estaba furiosa contra Paula. Sí, no me mirés así; furiosa. ¿Sabés lo que dijo? Jurame que no te vas a enojar.

—No juro nada.

—Entonces no te lo digo. Dijo... «Esa *mujer* es la que se mete con el nene.» Yo te defendí, creeme, pero no me hicieron caso como siempre. Vas a ver que se va a armar un lío.

Felipe se puso rojo de rabia, volvió a ahogarse y acabó dejando la pipa. Su hermana acariciaba modestamente el borde de la colcha.

—La vieja es el colmo —dijo por fin Felipe—. ¿Pero qué se cree que soy yo? Ya me tiene podrido con lo del nene, uno de estos días los voy a mandar a todos a... (La Beba se había puesto los dedos en las orejas.) Y a vos la primera, mosquita muerta, seguro que fuiste vos la que fue a alcahuetear que yo... ¿Pero ahora no se puede hablar con las mujeres, entonces? ¿Y quién los trajo a ustedes acá, decime? ¿Quién les pagó el viaje? Mirá, mandate mudar, me dan unas ganas de pegarte un par de bifes.

—Yo que vos —dijo la Beba— tendría más cuidado al flirtear con Paula. Mamá dijo...

Ya en la puerta se volvió a medias. Felipe seguía en el mismo sitio, con las manos en los bolsillos de la robe de chambre y el aire de un preliminarista que disimula el miedo.

—Imaginate que Paula se enterara de que te llamamos el nene —dijo la Beba, cerrando la puerta.

—Cortarse el pelo es una operación metafásica —opinó Medrano—. ¿Habrá ya un psicoanálisis y una sociología del peluquero y de sus clientes? El ritual, ante todo, que acatamos y favorecemos a lo largo de toda la vida.

—De chico la peluquería me impresionaba tanto como la iglesia —dijo López—. Había algo misterioso en que el peluquero trajera una silla especial, y después esa sensación de la mano apretándome la cabeza como un coco y haciéndola girar de un lado a otro... Sí, un ritual, usted tiene razón.

Se acodaron en la borda buscando cualquier cosa a lo lejos.

—Todo se junta para que la peluquería tenga algo de templo —dijo Medrano—. Primero, el hecho de que los sexos están separados le da una importancia especial. La peluquería es como los billares y los mingitorios, el androceo que nos devuelve una cierta e inexplicable libertad. Entramos en un territorio muy diferente del de la calle, las casas y los tranvías. Ya hemos perdido las sobremesas de hombres solos, y los cafés con salón de familias, pero todavía salvamos algunos reductos.

—Y el olor, que uno reconoce en cualquier lugar de la tierra.

—Aparte de que los androceos se han hecho quizá para que el hombre, en pleno alarde de virilidad, pueda ceder a un erotismo que él mismo considera femenino, quizá sin razón pero de hecho, y al que se negaría indignado en otra circunstancia. Las fricciones, los fomentos, los perfumes, los recortes minuciosamente ordenados, los espejos, el talco... Si usted enumera estas cosas fuera del contexto, ¿no son la mujer?

—Claro —dijo López—, lo que prueba que ni a solas se queda uno libre de ellas, gracias a Dios. Vamos a mirar a los tritones y las nereidas que invaden poco a poco la piscina. Che, también nosotros podríamos pegarnos un remojón.

—Vaya usted, amigazo, yo me quedo un rato al sol dando unas vueltas.

Atilio y su novia acababan de tirarse vistosamente al agua, y proclamaban a gritos que estaba muy fría. Con aire marcadamente desolado, Jorge buscó a Medrano y le hizo saber que Claudia no le daba permiso para bañarse.

—Bueno, ya te bañarás esta tarde. Anoche no estabas muy bien, y ya oíste que el agua está helada.

—Está solamente fría —dijo Jorge, que amaba la precisión en ciertos casos—. Mamá se pasa la vida mandándome a bañar cuando no tengo ganas, y... y...

—Y viceversa.

—Eso. ¿Vos no te bañás, Persio lunático?

—Oh, no —dijo Persio, que estrechaba calurosamente la mano de Medrano—. Soy demasiado sedentario y además una vez tragué tanta agua que estuve sin poder hablar más de cuarenta y ocho horas.

—Vos estáis macaneando —sentenció Jorge, nada convencido—. Medrano, ¿viste al glúcido ahí arriba?

—No. ¿En el puente de mando? Si nunca hay nadie.

—Yo lo vi, che. Cuando salí a la cubierta hace un rato. Estaba ahí, mirá, justamente entre esos dos vidrios; seguro que manejaba el timón.

—Curioso —dijo Claudia—. Cuando Jorge me avisó ya era tarde y no vi a nadie. Uno se pregunta cómo dirigen este barco.

—No es forzosamente necesario que estén pegados a los vidrios —dijo Medrano—. El puente es muy profundo, me imagino, y se instalarán en el fondo o delante de la mesa de mapas... —sospechó que nadie le hacía demasiado caso—. De todos modos tuviste suerte, porque lo que es yo...

—La primera noche el capitán veló ahí hasta muy tarde —dijo Persio.

—¿Cómo sabés que era el capitán, Persio lunático?

—Se nota, es una especie de aura. Decime: ¿cómo era el glúcido que viste?

—Petiso y vestido de blanco como todos, con una gorra como todos, y unas manos con pelos negros como todos.

—No me vas a decir que le viste los pelos desde aquí.

—No —admitió Jorge—, pero por lo petiso se notaba que tenía pelos en las manos.

Persio se tomó el mentón con dos dedos, y apoyó el codo en otros dos.

—Curioso, muy curioso —dijo, mirando a Claudia—. Uno se pregunta si realmente vio a un oficial, o si el ojo interior... Como cuando habla en sueños, o echa las cartas. Catalizador, esa es la palabra, un verdadero pararrayos. Sí, uno se pregunta —agregó, perdiéndose en sus pensamientos.

—Yo lo vi, che —murmuró Jorge un poco ofendido—. ¿Qué tiene de raro, a la final?

—No se dice a la final.

—A la que tanto, entonces.

—Tampoco se dice a la que tanto —dijo Claudia, riéndose. Pero Medrano no tenía ganas de reírse.

—Esto ya joroba demasiado —le dijo a Claudia cuando Persio se llevó a Jorge para explicarle el misterio de las olas—. ¿No es ridículo que estemos reducidos a una zona que llamamos cubierta cuando en realidad está por completo descubierta? No me dirá que esas pobres lonas que han instalado los finlandeses serán una protección en caso de temporal. Es decir que si empieza a llover, o cuando haga frío en el estrecho de Magallanes, tendremos que pasarnos el día en el bar o en las cabinas... Caramba, esto es más un transporte de tropas o un barco negrero que otra cosa. Hay que ser como Lucio para no verlo.

—De acuerdo —dijo Claudia, acercándose a la borda—. Pero como hay un sol tan hermoso, aunque Persio diga que en el fondo es negro, nos despreocupamos.

—Sí, pero cómo se parece eso a lo que hacemos en tantos otros terrenos —dijo Medrano en voz baja—. Desde anoche tengo la sensación de que lo que me ocurre de fuera a dentro, por decirlo así, no es esencialmente distinto de lo que soy yo de dentro a fuera. No me explico bien, temo caer en una pura analogía, esas analogías que el bueno de Persio maneja para su deleite. Es un poco...

—Es un poco usted y un poco yo, ¿verdad?

—Sí, y un poco el resto, cualquie elemento o parte del resto. Tendría que plantearlo con mayor claridad, pero siento como si pensarlo fuera la mejor manera de perder el rastro... Todo esto es tan vago y tan insignificante. Vea, hace un momento yo estaba perfectamente bien (dentro de la sencillez del conjunto, como decía un cómico de la radio). Bastó que Jorge contara que había visto a un glúcido en el puente de mando para que todo se fuera al diablo. ¿Qué relación puede haber entre eso y...? pero es una pregunta retórica, Claudia; sospecho la relación, y la relación es que no hay ninguna relación porque todo es una y la misma cosa.

—Dentro de la sencillez del conjunto —dijo Claudia, tomándolo del brazo y atrayéndolo imperceptiblemente hacia ella—. Mi pobre Gabriel, desde ayer usted se está haciendo una mala sangre terrible. Pero no era para eso que nos embarcamos en el *Malcolm*.

—No —dijo Medrano, entornando los ojos para sentir mejor la suave presión de la mano de Claudia—. Claro que no era para eso.

—¿Jantzen? —preguntó Raúl.

—No, El Coloso —dijo López, y soltaron la carcajada.

A Raúl le hacía gracia además encontrárselo a López en el pasillo de estribor, siendo que su cabina quedaba del otro lado. «Hace la ronda, el pobre, da un rodeo cada vez por si se produce un encuentro casual etcétera. ¡Oh, centinela enamorado, *pervigilium veneris*! Este muchacho merecería un slip de mejor calidad, realmente...»

—Espere un segundo —dijo, no sabiendo si debía encomiarse por su compasión—. El torbellino atómico se disponía a seguirme, pero naturalmente se habrá olvidado el rouge o las zapatillas en algún rincón.

—Ah, bueno —dijo López, fingiendo indiferencia.

Empezaron a charlar, apoyados en el tabique del pasillo. Pasó Lucio, también en traje de baño, los saludó y siguió de largo.

—¿Cómo va ese ánimo para las nuevas puntas de lanza y las ofensivas de los comandos? —dijo Raúl.

—No demasiado bien, che; después del fiasco de anoche... Pero supongo que habrá que seguir adelante. A menos que el pibe Trejo nos gane de mano...

—Lo dudo —dijo Raúl, mirándolo de reojo—. Si a cada viaje se pesca una curda como la de ayer... No se puede bajar al Hades sin un alma bien templada; así lo enseñan las buenas mitologías.

—Pobre pibe, seguro que se quiso desquitar —dijo López.

—¿Desquitar?

—Bueno, ayer lo dejamos de lado y supongo que no le gustó. Yo lo conozco un poco, ya sabe que enseñó en su colegio; no creo que tenga un carácter fácil. A esa edad todos quieren ser hombres y tienen razón, sólo que los medios y las oportunidades les juegan sucio vuelta a vuelta.

«¿Por qué diablos me estás hablando de él? —se dijo Raúl, mientras asentía con aire comprensivo—. Tenés mucho olfato, vos, las ves todas debajo del agua, y además sos un tipo macanudo.» Se inclinó solemnemente ante Paula que habría la puerta de la cabina, y volvió a mirar a López que no se sentía muy cómodo en traje de baño. Paula se había puesto una malla negra bastante austera, en total desacuerdo con el bikini del día anterior.

—Buenos días, López —dijo livianamente—. ¿Vos también te tirás al agua, Raúl? Pero no vamos a caber ahí adentro.

—Moriremos como héroes —dijo Raúl, encabezando la marcha—. Madre mía, ya están ahí los boquenses, lo único que falta es que ahora se tire Don Galo con silla y todo.

Por la escalera de babor se asomaba Felipe, seguido de la Beba que se instaló elegantemente en la barandilla para dominar la piscina y la cubierta. Saludaron a Felipe agitando la mano, y él devolvió el saludo con alguna timidez, preguntándose cuáles habían sido los comentarios a bordo sobre su rara descompostura. Pero cuando Paula y Raúl lo recibieron charlando y riendo, y se tiraron al agua seguidos de López y de Lucio, recobró la seguridad y se puso a jugar con ellos. El agua de la piscina se llevó los últimos restos de la resaca.

—Parece que estás mejor —le dijo Raúl.

—Seguro, ya se me pasó todo.

—Ojo con el sol, hoy va a estar fuerte de nuevo. Tenés muy quemados los hombros.

—Bah, no es nada.

—¿Te hizo bien la pomada?

—Sí, creo que sí —dijo Felipe—. Qué lío, anoche. Discúlpeme, mire que descomponerme en su camarote... Me daba calor, pero qué iba a hacer.

—Vamos, no fue nada —dijo Raúl—. A cualquiera le puede pasar. Yo una vez le vomité en una alfombra a mi tía Magda, que en paz no descanse; muchos dijeron que la alfombra había quedado mejor que antes, pero te advierto que tía Magda no era popular en la familia.

Felipe sonrió, sin entender demasiado. Estaba contento de que fueran de nuevo amigos, era el único con quien se podía hablar en el barco. Lástima que Paula estuviera con él y no con Medrano o López. Tenía ganas de seguir charlando con Raúl, y a la vez veía las piernas de Paula que colgaban al borde de la piscina y se moría por ir a sentarse a su lado y averiguar lo que pensaba sobre su enfermedad.

—Hoy probé la pipa —dijo torpemente—. Es estupenda, y el tabaco...

—Mejor que el que fumaste anoche, espero —dijo Raúl.

—¿Anoche? Ah; usted quiere decir...

Nadie podía oírlos, los Presutti evolucionaban entre grandes exclamaciones en el otro extremo de la piscina.

Raúl se acercó a Felipe, acorralado contra la tela encerada.

—¿Por qué fuiste solo? Entendés, no es que no puedas ir donde te dé la gana. Pero me sospecho que allá abajo no es muy seguro.

—¿Y qué me puede pasar?

—Probablemente nada. ¿Con quién te encontraste?

—Con... —iba a decir «Bob» pero se tragó la palabra—. Con uno de los tipos.

—¿Cuál, el más chico? —preguntó Raúl, que sabía muy bien.

—Sí, con ése.

Lucio se les acercó, salpicándolos. Raúl hizo un gesto que Felipe no entendió bien y se hundió de espaldas, nadando hacia el otro extremo donde Atilio y la Nelly emergían entusiastas. Dijo alguna cosa amable a la Nelly, que lo admiraba temerosamente, y entre él y el Pelusa se pusieron a enseñarle la plancha. Felipe lo miró un momento, contestó sin ganas a algo que decía Lucio, y acabó encaramándose junto a Paula que tenía los ojos cerrados contra el sol.

—Adivine quien soy.

—Por la voz, un muchacho muy buen mozo —dijo Paula—. Espero que no se llame Alejandro, porque el sol está estupendo.

—¿Alejandro? —dijo el alumno Trejo, cero en varios bimestres de historia griega.

—Sí, Alejandro, Iskandar, Aleixandre, como le guste. Hola, Felipe. Pero claro, usted es el papá de Alejandro. ¡Raúl, tenés que venir a oír esto, es maravilloso! Sólo falta que ahora aparezca un mozo y nos ofrezca una macedonia de frutas.

Felipe dejó pasar la racha ininteligible, para lo cual se organizó el jopo con un peine de nylon que extrajo del bolsillo del slip. Estirándose, se entregó a la primera caricia de un sol todavía no demasiado fuerte.

—¿Ya se le pasó la mona? —preguntó Paula, cerrando otra vez los ojos.

—¿Qué mona? Me hizo mal el sol —dijo Felipe, sobresaltado—. Aquí todo el mundo piensa que me tomé un litro de whisky. Mire, una vez en una comida con los muchachos, cuando terminamos cuarto año... —la evocación incluía diversas descripciones de jóvenes debajo de las mesas del restaurante *Electra*, pero Felipe invicto llegando a su casa a las tres de la mañana y eso que había empezado con dos cinzanos y bitter, después el nebiolo y un licor dulce que no sabía cómo se llamaba.

—¡Qué aguante! —dijo Paula—. ¿Y por qué esta vez le hizo mal?

—Pero si no fue el drogui, no le digo, yo creo que me quedé demasiado por la tarde. Usted también está bastante quemada —agregó, buscando una salida—. Le queda muy bien, tiene unos hombros lindísimos.

—¿De verdad?

—Sí, preciosos. Ya se lo habrán dicho muchas veces, me imagino.

«Pobrecito —pensaba Paula, sin abrir los ojos—. Pobrecito.» Y no lo decía por Felipe. Medía el precio que alguien tendría que pagar por un sueño, una vez más alguien moriría en Venecia y seguiría viviendo después de la muerte, *a sadder but not a wiser man*... Pensar que hasta un niño como Jorge ya hubiera encontrado montones de cosas divertidas y hasta sutiles que decir. Pero no, el jopo y la petulancia y se acabó... «Por eso parecen estatuas, lo que pasa es que lo son de veras, por fuera y por dentro.» Adivinaba lo que debía estar imaginándose López, solo y enfurruñado. Ya era tiempo de firmar el armisticio con Jamaica John, el pobre estaría convencido de que Felipe le decía cosas incitantes y que ella escuchaba cada vez más complacida, los galanteos («es más una galantina que un galanteo») del pequeño Trejo. «¿Qué pasaría si me lo llevara a la cama? Ruboroso como un cangrejo sin saber dónde meterse... Sí, dónde meterse lo sabría seguramente pero antes y después, es decir lo verdaderamente importante... Pobrecito, habría que enseñarle todo... pero si es extraordinario, el chico de *Le Blé en Herbe* también se llamaba Felipe... Ah, no, esto ya es demasiado. Tengo que contárselo a Jamaica John apenas se le pasen las ganas de retorcerme el pescuezo...»

Jamaica John se miraba los pelos de las pantorrillas. Sin alzar demasiado la voz hubiera podido hablar con Paula, ahora que los Presutti salían del agua, y se hacía un silencio cortado por la risa lejana de Jorge. En cambio le pidió un cigarrillo a Medrano y se puso a fumar con los ojos fijos en el agua, donde una nube hacía desesperados esfuerzos por no ceder su forma de pera Williams. Acababa de acordarse de un fragmento de sueño que había tenido hacia la madrugada y que debía influir en su estado de ánimo. De cuando en cuando se le ocurría soñar cosas parecidas; esta vez entraba en juego un amigo suyo a quien nombraban ministro, y él asistía a la ceremonia del juramento. Todo estaba muy bien y su amigo era un muchacho formidable, pero lo mismo se había sentido vagamente infeliz, como si cualquiera pudiera ser ministro menos él. Otras veces soñaba con el matrimonio de ese mismo amigo, uno de esos braguetazos que lo embarcan a uno en yates, Orient Express y Superconstellations; en todos los casos el despertar era penoso, hasta que la ducha ponía orden en la realidad. «Pero yo no tengo ningún sentimiento de inferioridad —se dijo—. Dormido, en cambio, soy un pobre infeliz.» Honestamente, procuraba interrogarse: ¿no estaba satisfecho de su vida, no le bastaba su trabajo, su casa (que no era su casa, en realidad, pero vivir como pensionista de su hermana era una solución más que satisfactoria), sus amigas del momento o del semestre? «Lo malo es que nos han metido en la cabeza que la verdad está en los sueños, y a lo mejor es al revés y me estoy haciendo mala sangre por una tontería. Con este sol y este viajecito, hay que ser idiota para atormentarse así.»

Solo en el agua, Raúl miró a Pelusa y a Felipe. De modo que la pipa era estupenda, y el tabaco... Pero le había mentido sobre el viaje al Hades. No le molestaba la mentira, era casi un homenaje que le rendía Felipe. A otro no hubiera tenido inconveniente en decirle la verdad, al fin y al cabo qué podía importarle. Pero a él le mentía porque sin saberlo sentía la fuerza que los acercaba (más fuerte cuanto más se echara atrás, como un buen arco), le mentía y sin saberlo le estaba alcanzando una flor con su mentira.

Incorporándose, Felipe respiró con fruición; su torso y su cabeza se inscribieron en el fondo profundamente azul del cielo. Raúl se apoyó en la tela encerada y recibió de lleno la herida, dejó de ver a Paula y a López, se oyó pensar en voz alta, muy adentro pero con reverberaciones de caverna oyó gritar su pensamiento que nacía con las palabras de Krishnadasa, extraño recuerdo en una piscina, en un tiempo tan diferente, en un cuerpo tan ajeno, pero como si las palabras fueran por derecho suyas, y lo eran, todas las palabras del amor eran suyas y las de Krishnadasa y las del bucoliasta y las del hombre atado al lecho de flores de la más lenta y dulce tortura. «Bienamado, sólo tengo un deseo —oyó cantar—. Ser las campanillas que ciñen tus piernas para seguirte por doquiera y estar contigo... Si no me ato a tus pies, ¿de qué me sirve cantar un canto de amor? Eres la imagen de mis ojos y te veo en todas partes. Si contemplo tu belleza soy capaz de amar el mundo. Krishnadasa dice: Mira, Mira.» Y el cielo parecía negro en torno de la estatua.

34

—Pobre hombre —decía doña Rosita— Mírenlo ahí como un santo sin juntarse con nadie. A mí eso me parece una vergüenza, siempre le digo a mi esposo que el gobierno tendría que tomar medidas. No es justo que porque uno sea chófer tenga que pasarse el día metido en un rincón.

—Y parece simpático, el pobre —dijo la Nelly—. Qué grande que es, ¿te fijaste, Atilio? ¡Qué urso!

—Bah, no es para tanto —dijo Atilio—. Cuando yo

lo ayudo a levantar la silla del viejo no te vayas a creer que me gana en fuerza. Lo que es es gordo, pura grasa. Parece un cácher, pero si te lo agarra Lausse me lo duerme en dos patadas. Che, ¿cómo te parece que le irá al Rusito cuando pelee con Estéfano?

—El Rusito es muy bueno —dijo la Nelly—. Dios quiera que gane.

—La última vez ganó raspando, a mí me parece que no tiene bastante punch, pero eso sí, un juego de piernas... Parece Errol Flynn en esa del boxeador, vos la viste.

—Sí, la vimos en el Boedo. Ay, Atilio, a mí las cintas de boxeadores no me gustan, se ensangrientan la cara y al final no se ven más que peleas todo el tiempo. No hay nada de sentimiento, qué querés.

—Bah, el sentimiento —dijo el Pelusa—. Las mujeres si no ven un engominado que se la pasa a los besos, no quieren saber nada. La vida es otra cosa, te lo digo yo. La realidad, entendés.

—Vos lo decís porque te gustan las de pistoleros, pero cuando sale la Esther Williams bien que te quedás con la boca abierta, no vayas a creer que no me fijo.

El Pelusa sonrió modestamente y dijo que después de todo la Esther Williams era un budinazo. Pero doña Rosita, reponiéndose del letargo provocado por el desayuno y el rolido, intervino para opinar que las actrices de ahora no se podían comparar con las de su tiempo.

—Es muy cierto —dijo doña Pepa—. Cuando uno piensa en la Norma Talmadge y la Lilian Gish, ésas eran mujeres. Acordate de la Marlene Dietrich, lo que se llama decente no era, ¡pero qué sentimiento! En aquella en colores que él era un cura que se había escapado entre los moros, te acordás; y ella de noche salía a la terraza con esos velos blancos... Me acuerdo que acababa mál, era el destino...

—Ah, ya sé —dijo doña Rosita—. Lo que el viento se llevó, qué sentimiento, ahora me acuerdo.

—No, ésa no era lo que el viento se llevó —dijo doña Pepa—. Era una que el cura se llamaba Pepe no sé cuanto. Todo en la arena, me acuerdo, unos colores.

—Pero no, mamá —dijo la Nelly—. La de Pepe era otra de Charles Boyer. Atilio también la vio, fuimos con la Nela. ¿Te acordás, Atilio?

El Pelusa, que se acordaba poco, empezó a correr las reposeras con sus ocupantes dentro, para que no les diera el sol. Las señoras se rieron y chillaron un poco, pero estaban encantadas porque así podían ver de frente la piscina.

—Ya está ésa hablando con el chico —dijo doña Rosita—. Me da una cosa cuando pienso lo desvergonzada que es...

—Pero mamá, no es para tanto —dijo la Nelly, que había estado charlando con Paula y seguía deslumbrada por el buen humor y los chistes de Raúl—. Vos no querés comprender a la juventud moderna, acordate cuando fuimos a ver la de James Dean. Te juro, Atilio, se quería ir todo el tiempo y decía que eran unos sinvergüenzas, date cuenta.

—Los pitucos no son muy trigo limpio —dijo el Pelusa, que se tenía bien discutido el asunto con los muchachos del café—. Es la educación que reciben, qué le vas a hacer.

—Si yo era la madre de ese muchachito, ya me iba a

oír —dijo doña Pepa—. Seguro que le está diciendo cosas que no son para su edad. Y si no sería más que eso...

Las tres asintieron, mirándose significativamente.

—Lo de anoche fue el colmo —siguió doña Pepa—. Mire que salir en la oscuridad con ese muchacho casado, y la señora ahí mirando... La cara que tenía, bien que la vi, pobre ángel. Hay que decir lo que es, ya no tiene religión. ¿Usted vio en el tranvía? Se puede caer muerta que se quedan tan tranquilos sentados leyendo esas revistas con crímenes y la Sofía Loren.

—Ah, señora, si yo le contara... —dijo doña Rosita—. Mire, en nuestro barrio, sin ir más lejos... Véala, véala a esa desvergonzada, y si no sería más que con ese muchacho de anoche, pero encima anda con el profesor, y eso que parecía una persona seria, un mozo tan formal.

—¿Qué tiene que ver? —dijo Atilio, alineándose como un solo hombre en el bando atacado—. López es macanudo, uno puede hablar de cualquier cosa que no se da tono, les juro. Hace bien en tirarse el lance cuantimás que a la final la que le da calce es ella.

—¿Pero y el marido, entonces? —dijo la Nelly que admiraba a Raúl y no entendía su conducta—. Yo creo que él tendría que darse cuenta. Primero con uno, después con otro, después con otro...

—Ahí tienen, ahí tienen —dijo doña Rosita—. Se va uno y en seguida empieza a hablar con el profesor. ¿Qué les decía? Yo no comprendo cómo el marido le puede consentir.

—Es la juventud moderna —dijo la Nelly, privada de argumentos—. Está en todas las novelas.

Envuelta en una ola de autoridad moral y un solero azul y rojo, la señora de Trejo saludó a los presentes y ocupó una reposera junto a doña Rosita. Menos mal que el chico ya se había separado de la Lavalle, porque en esa forma... Doña Rosita se tomó su tiempo antes de buscar una apertura y entre tanto se discutió intensamente el rolido, el desayuno, el horror del tifus si no se toma a tiempo y se fumigan las habitaciones, y el malestar felizmente pasajero del simpático joven Trejo, tan parecido al papá en la forma de mover la cabeza. Aburrido, Atilio propuso a Nelly que hicieran fúting para quitarse el frío del baño, y las señoras estrecharon filas y compararon los ovillos de lanas y el comienzo de las respectivas mañanitas. Más tarde (Jorge cantaba a gritos, acompañado por Persio cuya voz se parecía sorprendentemente a la de un gato) las señoras coincidieron en que Paula era un factor de perturbación a bordo y que no se debía permitir una cosa semejante, máxime cuando faltaba tanto tiempo para llegar a Tokio.

La discreta aparición de Nora fue recibida con un interés disimulado por cristiana amabilidad. Las señoras se mostraron en seguida dispuestas a levantar el estado de ánimo de Nora, cuyas ojeras confirmaban elocuentemente lo que debía haber sufrido. No era para menos, pobrecita, recién casada y con semejante picaflor que ya se le iba con otra a dar vueltas en la oscuridad y a hacer vaya a saber qué. Lástima que Nora no parecía demasiado dispuesta a las confidencias; fue necesaria toda la habilidad dialéctica de las señoras para hacerla intervenir poco a poco en la conversación, iniciada con una referencia a la buena calidad de la manteca de a bordo y seguida del análisis de las instalaciones de las cabinas, el ingenio desplegado por los marineros para construir la piscina en plena cubierta, lo buen mozo que era el joven Costa, el aire un poco triste que tenía esa mañana el profesor López, y lo joven que se veía al marido de Nora, aunque era raro que ella no hubiera ido a bañarse con él. A lo mejor estaba un poco mareada, las señoras tampoco se sentían en condiciones de concurrir a la piscina, aparte de que su edad...

—Sí, hoy no tengo ganas de bañarme —dijo Nora—. No es que me sienta mal, al contrario, pero no dormí mucho y... —se ruborizó violentamente porque doña Rosita había mirado a la señora de Trejo, que había mirado a doña Pepa, que había mirado a doña Rosita. Todas comprendían tan bien, alguna vez habían sido jóvenes, pero de todos modos Lucio debía portarse como un caballero galante y venir a buscar a su joven esposa para que lo acompañara a pasear al sol o a bañarse. Ah, los muchachos, todos iguales, muy exigentes para alguna cosas, sobre todo cuando acaban de casarse, pero después les gustaba andar solos o con los amigos, para contarse cuentos verdes mientras la esposa tejía sentada en una silla. A doña Pepa, sin embargo, le parecía (pero era solamente una opinión y además confusamente expresada) que una mujer recién casada no debía permitirle a su marido que la dejara sola, porque así le iba dando alas y al final empezaba a ir al café para jugar al truco con los amigos, después se iban solos al cine, después volvían tarde del trabajo, después uno ya no sabía de qué cosas eran capaces.

—Lucio y yo somos muy independientes —alegó débilmente Nora—. Cada uno tiene derecho a vivir su propia vida, porque...

—Así es la juventud de hoy —dijo doña Pepa, firme en sus trece—. Cada uno por su lado y un buen día descubren que... No lo digo por ustedes, m'hijita, ya se imagina, ustedes son tan simpáticos, pero yo tengo experiencia, yo la he criado a la Nelly, si le contara, qué lucha... Aquí mismo, para no ir más lejos, si usted y el señor Costa no se fijan un poco, no me extrañaría que... Pero no quisiera ser indiscreta.

—Eso no es ser indiscreta, doña Pepa —dijo vivamente la señora de Trejo—. Comprendo muy bien lo que quiere decir y estoy completamente de acuerdo. Yo también he de velar por mis hijos, créame.

Nora empezaba a darse cuenta de que se hablaba de Paula.

—A mí tampoco me gusta el comportamiento de esa señorita —dijo—. No es que me concierna personalmente, pero tiene una manera de coquetear..

—Justamente lo que estábamos diciendo cuando usted vino —dijo doña Rosita—. Las mismas palabras. Una desvergonzada, eso.

—Bueno, yo no lo dicho... Me parece que exagera su liberalidad, y claro que usted, señora...

—Ya lo creo, hijita —dijo la señora de Trejo—. Y no voy a consentir que esa niña, por llamarla así, siga metiéndose con el nene. Él es la inocencia misma, a los dieciséis años, figúrense un poco... Pero si fuera solamente eso... Es que además no se conforma con un solo flirt, por decirlo en inglés. Sin ir más lejos...

—Si afilaría solamente con el profesor a mí no me parecería tan mal —dijo doña Pepa—. Y eso que tampoco está bien porque cuando una se ha casado ante Dios no debe mirar a otro hombre. Pero el señor

López parece tan educado, y a lo mejor solamente conversan.

—Una vampiresa —dijo doña Rosita—. Su marido será muy simpático, pero si mi Enzo me vería hablando con otro hombre, no es que sea un bruto pero seguro que algo pasa. El casamiento es el casamiento, yo siempre lo digo.

Nora había bajado los ojos.

—Ya sé lo que están pensando —dijo—. También ha pretendido meterse con mí... con Lucio. Se imaginan que ni él ni yo podemos tomar en cuenta una cosa semejante.

—Sí, m'hijita, pero hay que tener cuidado —dijo doña Pepa con la desagradable sensación de que el pez se le soltaba del anzuelo—. Está muy bien decir que no lo van a tomar en cuenta, pero una mujer siempre es una mujer y un hombre siempre es un hombre, como decían en la vista esa de Montgomery no sé cuánto.

—Oh, no hay que exagerar —dijo Nora—. Por el lado de Lucio no tengo el menor cuidado, pero reconozco que el comportamiento de esa chica...

—Una arrastrada, eso —dijo doña Rosita—. Salir a la cubierta a más de la medianoche sola con un hombre y cuando la esposa, pobre ángel, disculpe la comparación, se queda ahí mirando...

—Vamos, vamos —dijo la señora de Trejo—. No hay que exagerar, doña Rosita. Ya ve que esta niña toma las cosas con toda filosofía, y eso que es la interesada.

—¿Y cómo las voy a tomar? —dijo Nora, sintiendo que una pequeña mano empezaba a apretarle la garganta—. No se va a repetir, es todo lo que puedo decirles.

—Sí, puede ser —dijo la señora de Trejo—. Yo en cambio no pienso permitirle que siga fastidiando al nene. Le he dicho a mi esposo lo que pienso, y si vuelve a propasarse ya me va a oír la jovencita ésa. El pobre nene se cree obligado a tenerle la vela porque ayer el señor Costa lo atendió cuando se descompuso, y hasta le hizo un regalo. Imagínese qué compromiso. Pero miren quién viene a visitarnos...

—Hace un sol de justicia —declaró Don Galo, despidiendo al chófer con uno de sus movimientos de manos que le daban un aire de prestidigitador—. ¡Qué calor, señoras mías! Pues aquí me tiene con mi lista casi completa, y dispuesto a sometérsela a ustedes para que me asesoren con su amabilidad y conocimientos...

35

—*Tiens, tiens*, el profesor —dijo Paula.

López se sentó a su lado en el borde de la piscina.

—Deme un cigarrillo, me dejé los míos en la cabina —dijo casi sin mirarla.

—Pero claro, no faltaba más. Este maldito encendedor acabará en lo más hondo de las fosas oceánicas. Bueno, ¿Y cómo hemos amanecido hoy?

—Más o menos bien —dijo López, pensando todavía en los sueños que le habían dejado un gusto amargo en la boca—. ¿Y usted?

—Ping-pong —dijo Paula.

—¿Ping-pong?

—Sí. Yo le pregunto cómo está, usted me contesta y luego me pregunta cómo estoy. Yo le contesto: Muy bien, Jamaica John, muy bien a pesar de todo. El ping-pong social, siempre deliciosamente idiota como los bises en los conciertos, las tarjetas de felicitación y unos tres millones de cosas más. La deliciosa vaselina que mantiene tan bien lubricadas las ruedas de las máquinas del mundo, como decía Spinoza.

—De todo eso lo único que me gusta es que me haya llamado con mi verdadero nombre —dijo López—. Lamento no poder agregar «muchas gracias», después de su perorata.

—¿Su verdadero nombre? Bueno, López es bastante horrible, convengamos. Lo mismo que Lavalle, aunque este último... Sí, el héroe estaba detrás de una puerta y le zamparon una descarga cerrada; siempre es una evocación histórica vistosa.

—Si vamos a eso, López fue un tirano igualmente vistoso, querida.

—Cuando se dice «querida» como lo acaba de decir usted, dan ganas de vomitar, Jamaica John.

—Querida —dijo él en voz muy baja.

—Así está mejor. Sin embargo, caballero, permítame recordarle que una dama...

—Ah, basta, por favor —dijo López—. Basta de comedia. O hablamos de verdad o me mando mudar. ¿Por qué tenemos que estar echándonos púas desde ayer? Esta mañana me levanté decidido a no volver a mirarla, o a decirle en la cara que su conducta... —soltó una carcajada—. Su conducta —repitió—. Está bueno que yo me ponga a hablar de conductas. Vaya a vestirse y la espero en el bar, aquí no puedo decirle nada.

—¿Me va a sermonear? —dijo Paula, con aire de chiquilla.

—Sí. Vaya a vestirse.

—¿Está muy enojado, pero muy, muy enojado con la pobrecita Paula?

López volvió a reír. Se miraron un momento, como si se vieran por primera vez. Paula respiró profundamente. Hacía mucho que no sentía el deseo de obedecer, y le pareció extraño, nuevo, casi agradable. López esperaba.

—De acuerdo —dijo Paula—. Me voy a vestir, profesor. Cada vez que se ponga mandón lo llamaré profesor. Pero también nos podríamos quedar aquí, el joven Lucio acaba de salir del agua, nadie nos oye, y si usted tiene que hacerme revelaciones importantes... ¿Por qué nos vamos a perder este sol tan tibio?

¡Por qué diablos tenía que obedecerle?

—El bar era un pretexto —dijo López, siempre en voz baja—. Hay cosas que ya no se pueden decir, Paula. Ayer, cuando toqué su mano... Es algo así, de qué sirve hablar.

—Pero usted habla muy bien, Jamaica John. Me gusta oírle decir esas cosas. Me gusta cuando está enojado como un oso, pero también cuando se ríe. No esté enojado conmigo, Jamaica John.

—Anoche —dijo él, mirándole la boca— la odié. Le debo algunos sueños horribles, mal gusto en la boca, una mañana casi perdida. No había ninguna necesidad de que yo fuera a la peluquería, fui porque necesitaba ocuparme de alguna cosa.

—Anoche —dijo Paula— usted se portó como un sonso.

—¿Era tan necesario que se fuera con Lucio a la cubierta?

—¿Por qué no con él, o con cualquier otro?

—Eso me hubiera gustado que lo adivinara por su propia cuenta.

—Lucio es muy simpático —dijo Paula, aplastando el cigarrillo—. Al fin y al cabo lo que yo quería ver eran las estrellas, y las vi. También él, se lo aseguro.

López no dijo nada pero la miró de una manera que obligó a Paula a bajar los ojos por un momento. Estaba pensando (pero era más una sensación que un pensamiento) en la forma en que le haría pagar esa mirada, cuando oyó gritar a Jorge y luego a Persio. Miraron hacia atrás. Jorge saltaba en la cubierta, señalando el puente de mando.

—¡Un glúcido, un glúcido! ¿Qué les dije que había uno?

Medrano y Raúl, que charlaban cerca del entoldado, se acercaron a la carrera. López saltó al suelo y miró. A pesar de que el sol lo cegaba reconoció en el puente de mando la silueta del oficial enjuto, de pelo canoso cortado a cepillo, que les había hablado el día antes. López juntó las manos contra la boca y gritó con tal fuerza que el oficial no pudo menos que mirar. Le hizo una seña conminatoria para que bajara a la cubierta. El oficial seguía mirándolo, y López repitió la seña con tal violencia que parecía que estuviera transmitiendo un mensaje con banderas. El oficial desapareció.

—¿Qué le ha dado, Jamaica John? —dijo Paula, bajándose a su vez—. ¿Para qué lo llamó?

—Lo llame —dijo López secamente— porque me dio la reverenda gana.

Fue hacia Medrano y Raúl, que parecían aprobar su actitud, y señaló hacia arriba. Estaba tan excitado que Raúl lo miró con divertida sorpresa.

—¿Usted cree que va a bajar?

—No sé —dijo López—. Puede ser que no baje, pero hay algo que quiero prevenirles, y es que si no aparece antes de diez minutos voy a tirar esta tuerca contra los vidrios.

—Perfecto —dijo Medrano—. Es lo menos que se puede hacer.

Pero el oficial apareció poco después, con su aire atildado y ligeramente para adentro, como si trajera ya estudiados el papel y el repertorio de las respuestas posibles. Bajó por la escalerilla de estribor, disculpándose al pasar junto a Paula que le hizo un saludo burlón. Sólo entonces se dio cuenta López de que estaba casi desnudo para hablar con el oficial; sin que supiera bien por qué, el detalle lo enfureció todavía más.

—Muy buenos días tengan los señores —dijo el oficial con sendas inclinaciones de cabeza a Medrano, Raúl y López.

Más allá, Claudia y Persio asistían a la escena sin querer intervenir. Lucio y Nora habían desaparecido y las señoras seguían charlando con Atilio y Don Galo, entre risas y cacareos.

—Buenos días —dijo López—. Ayer si no me equivoco, usted dijo que el médico de a bordo vendría a vernos. No ha venido.

—Oh, lo siento mucho —el oficial parecía querer quitarse una pelusa de la chaqueta de hilo blanco, miraba atentamente la tela de las mangas—. Espero que la salud de ustedes sea excelente.

—Dejemos la salud de lado. ¿Por qué no vino el médico?

—Supongo que habrá estado atareado con nuestros enfermos. ¿Han notado ustedes algún... algún detalle que pueda alarmarlos?

—Sí —dijo blandamente Raúl—. Hay una atmósfera general de peste que parece de una novela existencialista. Entre otras cosas usted no debería prometer sin cumplir.

—El médico vendrá, pueden estar seguros. No me gusta decirlo, pero por razones de seguridad que no dejarán de comprender es conveniente que entre ustedes y... nosotros, digamos, haya el menor contacto posible... por lo menos en estos primeros días.

—Ah, el tifus —dijo Medrano—. Pero si alguno de nosotros estuviera dispuesto a arriesgarse, yo, por ejemplo, ¿por qué no habría de pasar con usted a la popa y ver al médico?

—Pero es que después usted tendría que volver, y en ese caso...

—Ya empezamos de nuevo —dijo López, maldiciendo a Medrano y a Raúl porque no lo dejaban darse el gusto—. Oiga, ya estoy harto, me entiende, lo que se dice harto. No me gusta este viaje, no me gusta usted, sí, usted, y todo el resto de los glúcidos empezando por su capitan Smith. Ahora escuche: puede ser que tengan algún lío allá atrás, no sé qué, la tifus o las ratas, pero quiero prevenirle que si las puertas siguen cerradas estoy dispuesto a cualquier cosa para abrirme paso. Y cuando digo cualquier cosa me gustaría que me lo tomara al pie de la letra.

Le temblaban los labios de rabia, y Raúl le tuvo un

poco de lástima, pero Medrano parecía de acuerdo y el oficial se dio cuenta de que López no hablaba solamente por él. Retrocedió un paso, inclinándose con fría amabilidad.

—No quiero abrir opinión sobre sus amenazas, señor —dijo—, pero informaré a mi superior. Por mi parte lamento profundamente que...

—No, no, déjese de lamentaciones —dijo Medrano, cruzándose entre él y López cuando vio que éste apretaba los puños—. Mándese mudar, mejor, y como tan bien lo dijo, informe a su superior. Y lo antes posible.

El oficial clavó los ojos en Medrano, y Raúl tuvo la impresión de que había palidecido. Era un poco difícil saberlo bajo esa luz casi cenital y la piel tostada del hombre. Saludó rígidamente y dio media vuelta. Paula lo dejó pasar sin cederle más que un trocito de peldaño donde apenas cabía el zapato, y luego se acercó a los hombres que se miraban entre ellos un poco desconcertados.

—Motín a bordo —dijo Paula—. Muy bien, López. Estamos cien por cien con usted, la locura es más contagiosa que el tifus 224.

López la miró como si se despertara de un mal sueño. Claudia se había acercado a Medrano; le tocó apenas el brazo.

—Ustedes son la alegría de mi hijo. Vea la cara maravillada que tiene.

—Me voy a cambiar —dijo bruscamente Raúl, para quien la situación parecía haber perdido todo interés. Pero Paula seguía sonriendo.

—Soy muy obediente, Jamaica John. Nos encontramos en el bar.

Subieron casi juntos las escalerillas, pasando al lado de la Beba Trejo que fingía leer una revista. A López le pareció que la penumbra del pasillo era como una noche de verdad, sin sueños donde alguien que no lo merecía tomaba posesión de una jefatura. Se sintió exaltado y cansadísimo a la vez. «Hubiera hecho mejor en romperle ahí nomás la cara», pensó, pero casi le daba igual.

Cuando subió al bar, Paula había pedido ya dos cervezas y estaba a la mitad de un cigarrillo.

—Extraordinario —dijo López—. Primera vez que una mujer se viste más rápido que yo.

—Usted debe tener una idea romana de la ducha, a juzgar por lo que ha tardado.

—Tal vez, no me acuerdo bien. Creo que me quedé un rato largo; el agua fría estaba tan buena. Me siento mejor ahora.

El señor Trejo interrumpió la lectura de un *Omnibook* para saludarlos con una cortesía ligeramente glacial, cosa que, según Paula, venía muy bien en vista del calor. Sentados en la banqueta del rincón más alejado de la puerta, veían solamente al señor Trejo y al barman, ocupado en trasvasar el contenido de unas botellas de ginebra y vermouth. Cuando López encendió su cigarrillo con el de Paula, acercando la cara, algo que debía ser la felicidad se mezcló con el humo y el rolido del barco. Exactamente en medio de esa felicidad sintió caer una gota amarga, y se apartó, desconcertado.

Ella seguía esperando, tranquila y liviana. La espera duró mucho.

—¿Todavía sigue con ganas de matar al pobre glúcido?

—Bah, qué me importa este tipo.

—Claro que no le importa. El glúcido hubiera pagado por mí. Es a mí a quien tiene ganas de matar. En un sentido metafórico, por supuesto.

López miró su cerveza.

—Es decir que usted entra en su cabina en traje de baño, se desnuda como si tal cosa, se baña, y él entra y sale, se desnuda también, y así vamos, ¿no?

—Jamaica John —dijo Paula, con un tono de cómico reproche—. *Manners, my dear*.

—No entiendo —dijo López—. No entiendo realmente nada. Ni el barco, ni a usted, ni a mí, todo esto es una ridiculez completa.

—Querido, en Buenos Aires uno no está tan enterado de lo que pasa dentro de las casas. Cuántas chicas que usted admiraba *illo tempore* se desvestirán en compañía de personas sorprendentes... ¿No le parece que de a ratos le nace una mentalidad de vieja solterona?

—No diga pavadas.

—Pero es así, Jamaica John, usted está pensando exactamente lo mismo que pensarían esas pobres gordas metidas debajo de las lonas si supieran que Raúl y yo no estamos casados ni tenemos nada que ver.

—Me repugna la idea porque no creo que sea cierto —dijo López, otra vez furioso—. No puedo creer que Costa... ¿Pero entonces qué pasa?

—Use su cerebro, como dicen en las traducciones de novelas policiales.

—Paula, se puede ser liberal, eso puedo comprenderlo de sobra, pero usted y Costa...

—¿Por qué no? Mientras los cuerpos no contaminen las almas... Ahí está lo que le preocupa, las almas. Las almas que a su vez contaminan los cuerpos y, como consecuencia, uno de los cuerpos se acuesta con el otro.

—¿Usted no se acuesta con Costa?

—No, señor profesor, no me acuesto con Costa ni me acosto con cuesta. Ahora yo contesto por usted: «No lo creo.» Vio, le ahorré tres palabras. Ah, Jamaica John, qué fatiga, qué ganas de decirle una mala palabra que tengo ya a la altura de las muelas del juicio. Pensar que usted aceptaría una situación así en la literatura... Raúl insiste en que tiendo a medir el mundo desde la literatura. ¿No sería mucho más inteligente si usted hiciera lo mismo? ¿Por qué es tan español, López archilópez de superlópez? ¿Por qué se deja manejar por los atavismos? Estoy leyendo en su pensamiento como las gitanas del Parque Retiro. Ahora baraja la hipótesis de que Raúl... bueno, digamos que una fatalidad natural lo prive de apreciar en mí lo que exaltaría a otros hombres. Está equivocado, no es eso en absoluto.

—No he pensado tal cosa —dijo López, un poco avergonzado—. Pero reconozca que a usted misma le tiene que parecer raro que...

—No, porque soy amiga de Raúl desde hace diez años. No tiene por qué parecerme raro.

López pidió otras dos cervezas. El barman les hizo notar que se acercaba la hora del almuerzo y que la cerveza les quitaría el apetito, pero las pidieron lo mismo. Suavemente, la mano de López se posó en la de Paula. Se miraron.

—Admito que no tengo ningún derecho para hacerme el censor. Vos... Sí, dejame que te tutee. Dejame, quéres.

—Por supuesto. Te salvaste por poco de que yo empezara, cosa que también te habría deprimido porque hoy estás con los nueve puntos, como dice el chico de la sirvienta de casa.

—Querida —dijo López—. Muy querida.

Paula lo miró un momento, dudando.

—Es fácil pasar de la duda a la ternura, es casi un movimiento fatal. Lo he advertido muchas veces. Pero el péndulo vuelve a oscilar, Jamaica John, y ahora vas a dudar mucho más que antes porque te sentís más cerca de mí. Hacés mal en ilusionarte, yo estoy lejos de todo. Tan lejos que me da asco.

—No, de mí no estás lejos.

—La física es ilusoria, querido mío, una cosa es que vos estés cerca de mí, y otra... Las cintas métricas se hacen pedazos cuando uno pretende medir cosas como éstas. Pero hace un rato... Sí, mejor te lo digo, es muy raro que yo tenga un momento de sinceridad, o de honradez... ¿Por qué ponés esa cara de escándalo? No vas a pretender conocerme en dos días mejor que yo en veinticinco años bien cumplidos. Hace un rato comprendí que sos un muchacho delicioso, pero sobre todo que sos más honrado de lo que yo había creído.

—¿Cómo más honrado?

—Digamos, más sincero. Hasta ahora confesá que estabas haciendo la comedia de siempre. Se sube al barco, se estudia la situación reinante, se eligen las candidatas... Como en la literatura, aunque Raúl se divierta. Vos hiciste exactamente lo mismo, y si hubiera habido a bordo cinco o seis Paulas, en vez de lo que hay (vamos a dejar aparte a Claudia porque no es para vos, y no pongas esa cara de varón ofendido), a esta hora yo no tendría el honor de beber una cerveza bien helada con el señor profesor.

—Paula, todo eso que estás diciendo yo le llamo destino a secas. También vos podrías haberte encontrado a un montón de tipos a bordo, y a lo mejor a mí me tocaría mirarte desde lejos.

—Jamaica John, cada vez que oigo pronunciar la palabra destino siento ganas de sacar la pasta dentífrica. ¿Te fijaste que Jamaica John ya no queda tan lindo cuando te tuteo? Los piratas exigen un tratamiento más solemne, me parece. Claro que si te digo Carlos me voy a acordar de un perrito de tía Carmen Rosa. Charles... No, es de un snobismo horrendo. En fin, ya encontraremos, por el momento seguís siendo mi pirata predilecto. No, no voy a ir.

—¿Quién dijo nada? —dijo López, sobresaltado.

—*Tes yeux, mon chéri*. Tienen perfectamente dibujado el pasillo de abajo, una puerta, y el número uno en la puerta. Admito por mi parte que he tomado buena nota del número de tu cabina.

—Paula, por favor.

—Dame otro cigarrillo. Y no creas que has ganado mucho porque esté dispuesta a admitir que sos más honrado de lo que pensaba. Simplemente te aprecio, cosa que antes no ocurría. Creo que sos un gran tipo, y que-el-cielo-me-juzgue si esto se lo he dicho a muchos antes que a vos. Por lo regular tengo de los hombres una idea perfectamente teratológica. Imprescindibles pero lamentables, como las toallas higiénicas o las pastillas Valda.

Hablaba haciendo muecas divertidas, como si quisiera quitarle todavía más peso a sus palabras.

—Creo que te equivocas —dijo López, hosco—. No soy un gran tipo como decís, pero tampoco me gusta tratar a una mujer como si fuera un programa.

—Pero yo soy un programa, Jamaica John.

—No.

—Sí, convencete. Lo sabés con los ojos, aunque tu educación cristiana pretenda engañarte. Conmigo nadie se engaña, en el fondo: es una ventaja, creeme.

—¿Por qué esa amargura?

—¿Por qué esa invitación?

—Pero si no te he invitado a nada —porfió López furioso.

—Oh, sí, oh, sí, oh, sí.

—Me dan ganas de tirarte del pelo —dijo él con ternura—. Me dan ganas de mandarte al demonio.

—Sos muy bueno —dijo Paula, convencida—. Los dos, en realidad, somos formidables.

López se puso a reír, era más fuerte que él.

—Me gusta oírte hablar —dijo—. Me gusta que seas tan valiente. Sí, sos valiente, te exponés todo el tiempo a que te entiendan mal, y eso es el colmo de la valentía. Empezando por lo de Raúl. No pienso insistir: te creo. Ya te lo dije antes, y te lo repito. Eso sí, no entiendo nada, a menos que... Anoche se me ocurrió...

Le habló de la cara de Raúl cuando volvían de su expedición, y Paula lo escuchó en silencio, reclinada en la banqueta, mirando cómo la ceniza crecía poco a poco entre sus dedos. La alternativa era tan sencilla: confiar en él o callarse. En el fondo a Raúl no le importaría gran cosa, pero se trataba de ella y no de Raúl. Confiar en Jamaica John o callarse. Decidió confiar. No había vuelta que darle, era la mañana de las confidencias.

36

La noticia del desagradable altercado entre el profesor y el oficial corrió-como-un-reguero-de-pólvora entre las señoras. Qué extraño en López, tan cortés y bien educado. Realmente a bordo se estaba creando una atmósfera muy antipática, y la Nelly, que volvía de una amable charla con su novio al abrigo de unos rollos de cuerda, se creyó en el caso de clamar que los hombres no hacían más que echar a perder las cosas buenas. Aunque Atilio se esforzó virilmente por defender la conducta de López, doña Pepa y doña Rosita lo arrollaron indignadas, la señora de Trejo se puso violeta de rabia, y Nora aprovechó la excitación general para volverse casi corriendo a la cabina, donde Lucio seguía penosamente una condensación de experiencias de un misionero en Indonesia. No levantó la vista, pero ella se acercó al sillón y esperó. Lucio acabó de cerrar la revista con aire resignado.

—Ahí afuera ha habido un altercado muy desagradable —dijo Nora.

—¿Qué me importa?

—Bajó un oficial y el señor López lo trató muy mal. Lo amenazó con romper los vidrios a pedradas si no se arregla el asunto de la popa.

—Va a ser difícil que encuentre piedras —dijo Lucio

—Dijo que iba a tirar un fierro.

—Lo meterán preso por loco. Me importa tres pitos.

—Claro, a mí tampoco —dijo Nora.

Empezó a cepillarse el pelo, y de cuando en cuando miraba a Lucio por el espejo. Lucio tiró la revista sobre la cama.

—Ya estoy harto. Maldito el día en que me saqué esa porquería de rifa. Pensar que otros se ganan un Chevrolet a un chalet en Mar de Ajó.

—Sí el ambiente no es de lo mejor —dijo Nora.

—Ya lo creo, te sobran razones para decirlo.

—Me refiero a lo que pasa con la popa, y todo eso.

—Mejor que no volvamos a tocar ese punto.

—Por supuesto. Completamente de acuerdo. Es tan estúpido que no merece que se lo mencione.

—No sé si es tan estúpido, pero mejor lo dejamos de lado.

—Lo dejamos de lado, pero es perfectamente estúpido.

—Como quieras —dijo Nora.

—Si hay una cosa que me revienta es la falta de confianza entre marido y mujer —dijo virtuosamente Lucio.

—Ya sabés muy bien que no somos marido y mujer.

—Y vos sabés muy bien que mi intención es que lo seamos. Lo digo para tu tranquilidad de pequeña burguesa, porque para mí ya lo somos. Y eso no me lo vas a negar.

—No seas grosero —dijo Nora—. Vos te creés que yo no tengo sentimientos.

Con mínimas excepciones los viajeros aceptaron colaborar con Don Galo y el doctor Restelli para que la velada borrara toda sombra de inquietud que, como dijo el doctor Restelli, no hacía más que nublar el magnífico sol que justificaba el prestigio secular de las costas patagónicas. Profundamente resentido por el episodio de la mañana, el doctor Restelli había ido en busca de López tan pronto se enteró de lo ocurrido por conducto de las señoras y Don Galo. Como López charlaba con Paula en el bar, se limitó a beber un indian tonic con limón en el mostrador, esperando la oportunidad de terciar un diálogo que más de una vez lo obligó a volver la cara y hacerse el desentendido. Más de una vez también el señor Trejo, cuyo número de *Omnibook* parecería eternizarse entre los dedos, le echó unas miradas de inteligencia, pero el doctor Restelli apreciaba demasiado a su colega para darse por aludido. Cuando Raúl Costa apareció con aire de recién bañado, una camisa a la que Steinberg había aportado numerosos dibujos, y la más perfecta soltura para sentarse junto a Paula y López y entrar en la conversación como si aquello le pareciera de lo más natural, el doctor Restelli se consideró autorizado a toser y arrimarse a su turno. Afligido y amoscado a la vez, procuró que López le prometiera no tirar la tuerca contra los cristales del puente de mando, pero López, que parecía muy alegre y nada belicoso, se puso serio de golpe y dijo que su ultimátum era formal y que no estaba dispuesto a que siguieran tomándole el pelo a todo el mundo. Como Raúl y Paula guardaban un silencio marcado por bocanadas de Chesterfield, el doctor Restelli invocó razones de orden estético, y López condescendió casi en seguida a considerar la velada como una especie de tregua sagrada que expiraría a las diez de la mañana del día siguiente. El doctor Restelli declaró que López, aunque lamentablemente excitado por una cuestión que no justificaba semejante actitud, procedía en esa circunstancia como el caballero que era, y luego de aceptar otro indian tonic salió en busca de Don Galo que reclutaba participaciones en la cubierta.

Riéndose de buena gana, López sacudió la cabeza como un perro mojado.

—Pobre Gato Negro, es un tipo excelente. Lo vieran los veinticinco de mayo cuando sube a decir su discurso. La voz le sale de los zapatos, pone los ojos en blanco, y mientras los chicos se tuercen de risa o se duermen con los ojos abiertos, las glorias de la lucha libertadora y los próceres de blanca corbata pasan como perfectos maniquíes de cera, a una distancia sideral de la pobre Argentina de mil novecientos cincuenta. ¿Saben lo que me dijo un día uno de mis alumnos? «Señor, si hace un siglo todos eran tan nobles y tan valientes, ¿qué carajo pasa hoy?» Hago notar que a algunos alumnos les doy bastante confianza, y que la pregunta me fue formulada en un Paulista a las doce del día.

—Yo también me acuerdo de los discursos patrioteros de la escuela —dijo Raúl—. Aprendí muy pronto a tenerles un asco minucioso. El lábaro, la patria inmarcesible, los laureles eternos, la guardia muere pero no se rinde... No, ya me hice un lío, pero es lo mismo. ¿Será cierto que ese vocabulario sirve de riendas, de anteojos? El hecho es que pasado cierto nivel mental, el ridículo del contraste entre esas palabras y quienes lo emplean acaba con cualquier ilusión

—Sí, pero uno necesita la fe cuando es joven —dijo Paula—. Me acuerdo de uno que otro profesor decente y respetado; cuando decían esas cosas en las clases o los discursos, yo me prometía una carrera brillante, un martirio, la entrega total a la patria. Es una cosa dulce, la patria, Raulito. No existe, pero es dulce.

—Existe, pero no es dulce —dijo López.

—No existe, la existimos —dijo Raúl—. No se queden en la mera fenomenología, atrasados.

Paula entendía que eso no era absolutamente exacto, y el diálogo adquirió un brillo técnico que exigía el discreto silencio admirativo de López. Oyéndolos se asomaba una vez más a esa carencia que apenas podía nombrar si la llamaba incomunicación o simplemente individualidad. Separados como estaban por sus diferencias y sus vidas, Paula y Raúl se entrecruzaban como una malla, se reconocían continuamente en las alusiones, los recuerdos de episodios vividos en común, mientras él estaba afuera, asistiendo tristemente —y a la vez se podía ser feliz, tan feliz mirando la nariz de Paula, oyendo la risa de Paula— a esa alianza sellada por un tiempo y un espacio que eran como cortase un dedo y mezclar la sangre y ser uno solo para siempre jamás... Ahora él iba a ingresar en el tiempo y en el espacio de Raúl, asimilando asiduamente durante vaya a saber cuánto las imponderables cosas que Raúl conocía ya como si fueran parte de él, los gustos y las repulsiones de Paula, el sentido exacto de un gesto o de un vestido o de una cólera, su sistema de ideas o simplemente el desorden general de sus valores y sus sentimientos, sus nostalgias y sus esperanzas. «Pero va a ser mía y eso cambia todo —pensó, apretando los labios—. Va a nacer de nuevo, lo que él sabe de ella es lo que puede compartir todo el mundo que la conozca un poco.

Yo...» Pero lo mismo llegaba tarde, lo mismo Raúl y ella cruzarían una mirada en cualquier momento, y esa mirada sería un concierto en la Wagneriana, un atardecer en Mar del Plata, un capítulo de William Faulkner, una visita a la tía Matilde, una huelga universitaria, cualquier cosa sin Carlos López, cualquier cosa ocurrida cuando Carlos López dictaba una clase en Cuarto B, o paseaba por Florida, o hacía el amor con Rosalía, algo selladamente ajeno, como los motores de los autos de carrera, como los sobres que guardan testamentos, algo fuera de su aire y su alcance pero también Paula, igualmente y tan Paula como la que dormiría en sus brazos y lo haría feliz. Entonces los celos del pasado, que en los personajes de Pirandello o de Proust le habían parecido una mezcla de convención y de impotencia para realizar de verdad el presente, podían empezar a morder en la manzana. Sus manos conocerían cada momento del cuerpo de Paula, y la vida lo engañaría con la mínima ilusión del presente, de las pocas horas o días o meses que irían pasando, hasta que entrara Raúl o cualquier otro, hasta que aparecieran una madre o un hermano o una ex condiscípula, o simplemente una hoja en un libro, un apunte en una libreta, y peor todavía, hasta que Paula hiciera un gesto antiguo, cargado de un sentido inapresable, o aludiera a cualquier cosa de otro tiempo al pasar por delante de cualquier casa o viendo una cara o un cuadro. Si un día se enamoraba verdaderamente de Paula, porque ahora no estaba enamorado («ahora no estoy enamorado —pensó—, ahora sencillamente me quiero acostar con ella y vivir con ella y estar con ella») entonces el tiempo le mostraría su verdadera cara ciega, proclamaría el espacio infranqueable del pasado donde no entran las manos y las palabras, donde es inútil tirar una tuerca contra un puente de mando porque no llega y no lastima, donde todo paso se ve detenido por un muro de aire y todo beso encuentra por respuesta la insoportable burla del espejo. Sentados en torno de la misma mesa, Paula y Raúl estaban a la vez del otro lado del espejo; cuando su voz se mezclaba aquí y allá a las dos de ellos, era como si un elemento excéntrico penetrara en la cumplida esfera de sus voces que bailaban, livianamente enlazadas, tomándose y soltándose alternativamente en el aire. Poder cambiarse por Raúl, ser Raúl sin dejar de ser él mismo, correr tan ciegamente y tan desesperadamente que el muro invisible se hiciera trizas y lo dejara entrar, recoger todo el pasado de Paula en un solo abrazo que lo pusiera por siempre a su lado, poseerla virgen, adolescente, jugar con ella los primeros juegos de la vida, acercarse así a la juventud, al presente, al aire sin espejos que los rodeaba, entrar con ella en el bar, sentarse con ella a la mesa, saludar a Raúl como a un amigo, hablar lo que estaban hablando, mirar lo que miraban, sentir a la espalda el otro espacio, el futuro inconcebible, pero que todo es resto fuera de ellos, que ese aire de tiempo que los envolvía hasta ahora no fuese la burbuja irrisoria rodeada de nada, de un ayer donde Paula era de otro mundo, de un mañana donde la vida en común no tendría fuerzas para atraerla por entero contra él, hacerla de verdad y para siempre suya.

—Sí, era admirable —dijo Paula, y puso la mano en el hombro de López—. Ah, Jamaica John se despierta, su cuerpo astral andaba por regiones lejanas.

—¿A quién le llaman el walsungo? —dijo

—Gieseking. No sé por qué le llamábamos así, Raúl está triste porque se ha muerto. Íbamos mucho a escucharlo, tocaba un Beethoven tan hermoso.

—Sí, yo también lo escuché alguna vez —dijo López. (Pero no era lo mismo, no era lo mismo. Cada uno por su lado, el espejo...) Colérico, sacudió la cabeza y le pidió un cigarrillo a Paula. Paula se arrimó contra él, no demasiado porque el señor Trejo los miraba de cuando en cuando, y le sonrió.

—Qué lejos andabas, pero qué lejos. ¿Estás triste? ¿Te aburrís?

—No seas tonta —dijo López—. ¿Usted no encuentra que es muy tonta?

37

—No sé, no tiene nada de fiebre, pero hay algo que no me gusta —dijo Claudia, mirando a Jorge que corría en persecución de Persio—. Cuando mi hijo no afirma su voluntad de repetir el postre, es señal de que tiene la lengua sucia.

Medrano escuchaba como si las palabras fuesen un reproche. Se encogió de hombros, rabioso.

—Lo mejor sería que lo viera un médico, pero si seguimos así... No, realmente es una barbaridad. López tiene toda la razón del mundo y habrá que acabar de alguna manera con este absurdo.

«Me pregunto para qué demonios tenemos esas armas en la cabina», pensó, explicándose de sobra por qué Claudia callaba con un aire entre desconcertado y escéptico.

—Probablemente no conseguirán nada —dijo Claudia después de un rato—. Una puerta de hierro no se abre a empujones. Pero no se preocupe por Jorge, quizá sea un resto del malestar de ayer. Vaya a traerme una reposera, y busquemos un poco de sombra.

Se ubicaron a suficiente distancia de la señora de Trejo como para satisfacer su susceptibilidad social y poder hablar sin que los oyera. La sombra era fresca a las cuatro de la tarde, soplaba una brisa que a veces resonaba en los cabos y alborotaba el pelo de Jorge, entregado a un violento fideo fino con el paciente Persio. Por debajo del diálogo Claudia sentía que Medrano rumiaba su idea fija, y pensaba mientras comentaba los ejercicios de Presutti y Felipe en el oficial y el médico. Sonrió, divertida de la masculina obcecación.

—Lo curioso es que hasta ahora no hemos hablado del viaje por el Pacífico —le dijo—. Me he fijado que nadie menciona el Japón. Ni siquiera el modesto estrecho de Magallanes o las posibles escalas.

—Futuro remoto —dijo Medrano, volviendo con una sonrisa de su malhumor de un minuto—. Demasiado remoto para la imaginación de algunos, y demasiado improbable para usted y para mí.

—Nada hace suponer que no llegaremos.

—Nada. Pero es un poco como la muerte. Nada hace suponer que no moriremos, y sin embargo...

—Detesto las alegorías —dijo Claudia—, salvo las que escribieron en su tiempo, y no todas.

Felipe y el Pelusa ensayaban en la cubierta la serie de ejercicios con que se lucirían en la velada. No se veía a nadie en el puente de mando. La señora de Trejo enterró cruelmente las amarillas agujas en el ovillo de lana, envolvió el tejido, y luego de un cortés saludo se sumó amablemente a los ausentes. Medrano dejó que su mirada se balanceara un rato en el espacio, sujeta en el pico de un pájaro carnero.

—Japón o no Japón, nunca lamentaré haberme embarcado en este condenado *Malcolm*. Le debo haberla conocido, le debo ese pájaro, esas olas enjabonadas, y creo que algunos malos ratos más necesarios de lo que habría admitido en Buenos Aires.

—Y Don Galo, y la señora de Trejo, amén de otros pasajeros igualmente notables.

—Hablo en serio, Claudia. No soy feliz a bordo, cosa que podría sorprenderme porque no entraba para nada en mis planes. Todo estaba preparado para hacer de este viaje algo como el intervalo entre la terminación de un libro y el momento en que cortamos las páginas de uno nuevo. Una tierra de nadie en que nos curamos las heridas, si es posible, y juntamos hidratos de carbono, grasas y reservas morales para la nueva zambullida en el calendario. Pero me ha salido al revés, la tierra de nadie era el Buenos Aires de los últimos tiempos.

—Cualquier sitio es bueno para poner las cosas en claro —dijo Claudia—. Ojalá yo sintiera lo mismo, todo lo que me dijo anoche, lo que todavía puede ocurrirle... A mí no me inquieta mucho la vida que llevo, allá o acá. Sé que es como una hibernación, una vida en puntas de pie, y que vivo para ser nada más que la sombra de Jorge, la mano que está ahí cuando de noche él alarga la suya en la oscuridad y tiene miedo.

—Sí, pero eso es mucho.

—Visto desde fuera, o estimado en términos de abnegación maternal. El problema es que yo soy otra cosa además de la madre de Jorge. Ya se lo dije, mi matrimonio fue un error, pero también es un error quedarse demasiado tiempo tirada al sol en la playa. Equivocarse por exceso de belleza o de felicidad... lo que cuenta son los resultados. De todos modos mi pasado estaba lleno de cosas bellas o necesarias no me consolará nunca. Deme a elegir entre un Braque y un Picasso, me quedaré con el Braque, lo sé (si es un cuadro en que estoy pensado ahora), pero qué tristeza no tener ese precioso Picasso colgado en mi salón...

Se echó a reír con alegría, y Medrano alargó una mano y la apoyó en su brazo.

—Nada le impide ser mucho más que la madre de Jorge —dijo—. ¿Por qué casi siempre las mujeres que se quedan solas pierden el impulso, se dejan estar? ¿Corrían tomadas de nuestra mano, mientras nosotros creíamos correr porque ellas nos mostraban un camino? Usted no parece aceptar que la maternidad sea su sola obligación, como tantas otras mujeres. Estoy seguro de que podría hacer todo lo que se propusiera, satisfacer todos los deseos.

—Oh, mis deseos —dijo Claudia—. Más bien quisiera no tenerlos, acabar con muchos de ellos. Quizá así...

—Entonces, ¿Seguir queriendo a su marido basta para malograrla?

—No sé si lo quiero —dijo Claudia—. A veces pienso que nunca lo quise. Me resultó demasiado fácil liberarme. Como usted de Bettina, por ejemplo, y creo saber que no estaba enamorado de ella.

—¿Y él? ¿No trató nunca de reconciliarse, la dejó irse así?

—Oh, él iba a tres congresos de neurología por año —dijo Claudia, sin resentimiento—. Antes de que el divorcio quedara terminado ya tenía una amiga en Montevideo. Me lo dijo para quitarme toda preocupación, porque debía sospechar éste... llamémosle sentimiento de culpa.

Vieron cómo Felipe subía por la escalerilla de estribor, se reunía con Raúl y los dos se alejaban por el pasillo. La Beba bajó y vino a sentarse en la reposera de su madre. Le sonrieron. La Beba les sonrió. Pobre chica, siempre tan sola.

—Se está bien, aquí —dijo Medrano.

—Oh, sí —dijo la Beba—. Ya no aguantaba más el sol. Pero también me gusta quemarme.

Medrano iba a preguntarle por qué no se bañaba, pero se contuvo prudentemente. «A lo mejor meto la pata», pensó fastidiado al mismo tiempo por la interrupción del diálogo. Claudia preguntaba alguna cosa sobre una hebilla que había encontrado Jorge en el comedor. Encendiendo un cigarro, Medrano se hundió un poco más en la reposera. Sentimiento de culpa, palabras y más palabras. Sentimiento de culpa. Como si una mujer como Claudia pudiera... La miró de lleno, la vio sonreír. La Beba se animaba, acercó un poco su reposera, más confiada. Por fin empezaba a hablar en serio con las personas mayores. «No —pensó Medrano—, eso no puede ser un sentimiento de culpa. Un hombre que pierde a alguien como ella es el verdadero culpable. Cierto que podía no estar enamorado, porque tengo que juzgarlo desde mi punto de vista. Creo que realmente la admiro, que cuanto más se confía y me habla de su debilidad, más fuerte y más espléndida la encuentro. Y no creo que sea el aire yodado...» Le bastaba evocar por un segundo (pero no era siquiera una evocación, estaba mucho antes de toda imagen y toda palabra, formando parte de su modo de ser, del bloque total y definitivo de su vida), las mujeres que había conocido íntimamente, las fuertes y las débiles, las que van adelante y las que siguen las huellas. Tenía garantías de sobra para admirar a Claudia, para tenderle la mano sabiendo que era ella quien la tomaba para guiarlo. Pero el rumbo de la marcha era incierto, las cosas latían por fuera y por dentro como el mar y el sol y la brisa en los cables. Un deslumbramiento secreto, un grito de encuentro, una turbia seguridad. Como si después viniera algo terrible y hermoso a la vez, algo definitivo, un enorme salto o una decisión irrevocable. Entre ese caos que era sin embargo como una música, y al gusto cotidiano de su cigarro, había ya una ruptura incalculable. Medrano midió esa ruptura como si fuera la distancia pavorosa que le quedaba todavía por franquear.

—Sujétame fuerte la muñeca —mandó el Pelusa—. No ves que si te refalás ahora los rompemo el alma.

—Sentado en la escalerilla, Raúl seguía minuciosamente las distintas fases del entrenamiento. «Se han hecho buenos amigos», pensó, admirando la forma en que el Pelusa levantaba a Felipe haciéndolo describir un sermicírculo. Admiró la fuerza y la agilidad de Atilio, un tanto menoscabadas en su plástica por el absurdo traje de baño. Deliberadamente estacionó la mirada en su cintura, sus antebrazos cubiertos de pecas y vello rojizo, negándose a mirar de lleno a Felipe que, contraídos los labios (debía tener un poco de miedo) se mantenía cabeza abajo mientras el Pelusa lo aguantaba sólidamente plantado y con las piernas abiertas para contrarrestar el balanceo del barco. «¡Hop!», gritó el Pelusa, como había oído a los equilibristas del circo Boedo, y Felipe se encontró de pie, respirando agitadamente y admirado de la fuerza de su compañero.

—Lo que sí nunca te pongas duro —aconsejó el Pelusa, respirando a fondo—. Cuando más blando el cuerpo mejor te sale la prueba. Ahora hacemos la pirámide, atenti a cuando yo digo hop. ¡Hop! Pero no, pibe, no ves que así te podés sacar la muñeca. Qué cosa, ya te lo dije como sofocientas veces. Si estaría aquí el Rusito, verías lo que son las pruebas, verías.

—Que querés, uno no puede aprender todo de golpe —dijo Felipe, resentido.

—Está bien, está bien, no digo nada, pero vos te emperrás en ponerte duro. Soy yo que hago la fuerza, vos tenés que dar el salto. Ojo cuando me pisás el cogote, mirá que tengo la piel paspada.

Hicieron la pirámide, fracasaron en la doble tijera australiana, se desquitaron con una serie de saltos de carpa combinados que Raúl, bastante aburrido aplaudió con énfasis. El Pelusa sonrió modestamente, y Felipe estimó que ya estaban bastante entrenados para la noche.

—Tenés razón, pibe —dijo el Pelusa—. Si te estrenás

demasiado después te duele todo el cuerpo. ¿Querés que los tomemos una cerveza?

—No, en todo caso más tarde. Ahora me voy a pegar una ducha, estoy todo transpirado.

—Eso es bueno —dijo el Pelusa—. La transpiración mata el microbio. Yo me voy a tomar una Quilmes Cristal.

«Curioso, para ellos una cerveza es casi siempre una Quilmes Cristal», se dijo Raúl, pero lo pensba para desechar la esperanza de que quizá Felipe había rechazado deliberadamente la invitación. «Quién sabe, a lo mejor todavía sigue enojado.» El Pelusa pasó a su lado con un sonoro «Disculpe, joven», y un halo casi visible de olor a cebolla. Raúl se quedó sentado hasta que Felipe subió a su vez, echada sobre los hombros la toalla a franjas rojas y verdes.

—Todo un atleta —dijo Raúl—. Se van a lucir esta noche.

—Bah, no es nada. Yo todavía no me siento muy bien, de a ratos me da vuelta la cabeza, pero las cosas más difíciles las va a hacer Atilio. ¡Qué calor!

—Con una ducha quedarás como nuevo.

—Seguro, es lo mejor. ¿Y usted qué va a hacer esta noche?

—Mirá, todavía no sé. Tengo que hablar con Paula y combinar alguna cosa más o menos divertida. Tenemos la costumbre de improvisar algo a último momento. Sale siempre mal, pero la gente no se da demasiado cuenta. Estás empapado.

—También, con todo el ejercicio... ¿De veras que no saben lo que van a hacer?

Raúl se había levantado, y anduvieron juntos por el

pasillo de estribor. Felipe hubiera debido subir por la otra escalerilla para ir directamente a su cabina. Claro que era lo mismo, bastaba atravesar el pasadizo intermedio; pero lo más lógico hubiera sido que subiera por la escalerilla de babor. Es decir que si había subido por la de estribor, podía suponerse que había buscado hablar con Raúl. No era seguro pero sí probable. Y no estaba enojado, aunque evitaba mirarlo en los ojos. Siguiéndolo por el pasillo sombrío, veía las vivas franjas de la toalla cubriéndole parte de la espalda; pensó en un gran viento que la hiciera flotar como la capa de un auriga. Los pies desnudos iban dejando una ligera marca húmeda en el linóleo. Al llegar al pasadizo Felipe se volvió, apoyando una mano en el tabique. Ya otra vez había tomado la misma actitud, igualmente inseguro sobre lo que iba a decir y cómo tenía que decirlo.

—Bueno, me voy a pegar una ducha. ¿Usted qué hace?

—Oh, me iré a tirar un rato a la cama, siempre que Paula no ronque mucho.

—No me va a decir que ronca, una chica tan joven.

Enrojeció de golpe, dándose cuenta que el recuerdo de Paula lo turbaba frente a Raúl, que Raúl le estaba tomando el pelo, que al fin y al cabo las mujeres debían roncar como tanta gente, y que sorprenderse delante de Raúl era admitir que no tenía la menor idea de una mujer dormida, de una mujer en una cama. Pero Raúl lo miraba sin asomo de burla.

—Claro que ronca —dijo—. No siempre, pero a veces cuando hace la siesta. No se puede leer con alguien que ronca cerca.

—Seguro —dijo Felipe—. Bueno, si quiere venir un rato a charlar al camarote, total yo me pego una ducha en un momento. No hay nadie, el viejo se la pasa leyendo en el bar.

—Ya está —dijo Raúl, que había aprendido la expresión en Chile y le recordaba algunos días de montaña y de feliciad—. Me vas a dejar cargar la pipa con tu tabaco, me dejé la lata en mi cabina.

La puerta de su cabina estaba a cuatro metros del pasadizo, pero Felipe pareció aceptar el pedido como algo casi necesario, el gesto que redondea una situación, algo tras de lo cual se puede seguir adelante con toda tranquilidad.

—El camarero es un as —dijo Felipe—. ¿Usted lo vio entrar o salir de su camarote? Yo nunca, pero apenas uno vuelve encuentra todo acomodado, la cama hecha... Espere que le doy el tabaco.

Tiró la toalla a un rincón y puso en marcha el ventilador. Mientras buscaba el tabaco explicó que le encantaban los aparatos eléctricos que había en la cabina, que el cuarto de baño era una maravilla y lo mismo las luces, todo estaba tan bien pensado. De espaldas a Raúl, se inclinaba sobre el cajón inferior de la cómoda, buscando el tabaco. Lo encontró y se lo alcanzó, pero Raúl no hacía caso de su gesto.

—¿Qué pasa? —dijo Felipe, con el brazo tendido.

—Nada —dijo Raúl sin tomar el tabaco—. Te estaba mirando.

—¿A mí? Vamos...

—Con un cuerpo así ya habrás conquistado muchas chicas.

—Oh, vamos —repitió Felipe, sin saber qué hacer

con la lata en la mano. Raúl la tomó y al mismo tiempo le sujetó la mano, atrayéndole. Felipe se soltó bruscamente pero sin retroceder. Parecía más desconcertado que temeroso, y cuando Raúl dio un paso adelante se quedó inmóvil, con los ojos bajos. Raúl le apoyó la mano en el hombro y la dejó correr lentamente por el brazo.

—Estás empapado —dijo—. Vení, bañate de una vez.

—Sí, mejor —dijo Felipe—. En seguida salgo.

—Dejá la puerta abierta, entre tanto podemos charlar.

—Pero... Por mí me da igual, pero si entra el viejo...

—¿Qué crees que va a pensar?

—Y, no sé.

—Si no sabés, entonces te da lo mismo.

—No es eso, pero...

—¿Tenés vergüenza?

—¿Yo? ¿De qué voy a tener vergüenza?

—Ya me parecía. Si tenés miedo de lo que piense tu papá, podemos cerrar la puerta de entrada.

Felipe no encontraba qué decir. Vacilante, fue hasta la puerta de la cabina y la cerró con llave. Raúl esperaba, cargando lentamente la pipa. Lo vio mirar el armario, la cama, como si buscara alguna cosa, un pretexto para ganar tiempo a decidirse. Sacó de la cómoda un par de medias blancas, unos calzoncillos, y los puso sobre la cama, pero después los tomó otra vez y los llevó al cuarto de baño para dejarlos al lado de la ducha, sobre un taburete niquelado. Raúl había encendido la pipa y lo miraba. Felipe abrió la ducha, probó la temperatura del agua. Después, con un movimiento rápido, de frente a Raúl, se bajó el slip y en un instante estuvo bajo la ducha, como si buscara la protección del agua. Empezó a jabonarse enérgicamente, sin mirar hacia la puerta, y silbó. Un silbido entrecortado por el agua que se le metía en la boca y su respiración agitada.

—De verdad, tenés un cuerpo estupendo —dijo Raúl, ubicándose contra el espejo—. A tu edad hay muchos chicos que todavía no se sabe bien lo que son, pero vos... Si habré visto muchachos como vos en Buenos Aires.

—¿En el club? —dijo Felipe, incapaz de pensar otra cosa. Seguía de frente a él negándose por pudor a darle la espalda. Algo zumbaba ensordecedoramente en su cabeza; era el agua que le golpeaba los oídos y le entraba en los ojos, o algo más adentro, una tromba que lo privaba de voluntad y de todo dominio sobre su voz. Seguía jabonándose automáticamente pero bajo el agua, que se llevaba la espuma. Si la Beba llegaba a enterarse... Detrás de eso, como a una distancia infinita estaba pensando en Alfieri, en que Alfieri podría haber sido ése que estaba ahí fumando, mirándolo como miran los sargentos a los conscriptos desnudos, o los médicos como aquel de la calle Charcas que lo hacía caminar con los ojos cerrados y estirando los brazos. Alcanzó a decirse que Alfieri (pero no, si no era Alfieri), se estaba burlando de su torpeza, de golpe le dio rabia ser tan idiota, cortó de golpe la ducha y empezo a jabonarse de verdad, con movimientos furiosos que iban dejando montones de espuma blanca en el vientre, las axilas, el cuello. Ya casi no le importaba que Raúl lo estuviera mirando, al fin y al cabo entre hombres... Pero se mentía, y al jabonarse evitaba ciertos movimientos, se mantenía lo más derecho posible, siempre de frente, poniendo especial cuidado en lavarse los brazos y el pecho, el cuello y las orejas. Apoyó un pie en el borde de la cubeta de mosaicos verdes, se agachó un poco y empezó a jabonarse el tobillo y la pantorrilla. Tenía la impresión de que hacía horas que se estaba bañando. La ducha no le daba ningún placer pero le costaba cortar el agua y salir de la cubeta, empezar a secarse. Cuando, por fin, se enderezó, con el pelo chorreándole en los ojos, Raúl había descolgado la toalla de una percha y se la alcanzaba desde lejos, evitando pisar el suelo salpicado de jabón.

—¿Te sentís mejor, ahora?

—Seguro. La ducha hace bien después del ejercicio.

—Sí, y sobre todo después de ciertos ejercicios. Hoy no me entendiste cuando te dije que tenías un lindo cuerpo. Lo que te quería preguntar era si te gusta que las mujeres te lo digan.

—Bueno, claro que a uno le gusta —dijo Felipe, empleando el «uno» después de vacilar imperceptiblemente.

—¿Ya te tiraste a muchas, o solamente a una?

—¿Y usted? —dijo Felipe, poniéndose los calzoncilos.

—Contestame, no tengas vergüenza.

—Yo soy joven, todavía —dijo Felipe—. Para qué me voy a dar corte.

—Así me gusta. Así que todavía no te tiraste ninguna.

—Tanto como ninguna no. En los clandestinos... Claro que no es lo mismo.

—Ah, fuiste a los clandestinos. Yo creía que ya no quedaba ninguno en las afueras.

—Quedan dos o tres —dijo Felipe, peinándose frente al espejo—. Tengo un amigo de quinto año que me pasó el dato. Un tal Ordóñez.

—¿Y te dejaron entrar?

—Seguro que me dejaron entrar. No ve que iba con Ordóñez que ya tiene libreta. Fuimos dos veces.

—¿Te gustó?

—Y claro.

Apagó la luz del cuarto de baño y pasó junto a Raúl que no se había movido. Lo oyó que abría un cajón, buscando una camisa o unas zapatillas. Se quedó un momento más en la sombra húmeda preguntándose por qué... Pero ya ni siquiera valía la pena hacerse la pregunta. Entró en la cabina y se sentó en un sillón. Felipe se había puesto unos pantalones blancos; todavía tenía el torso desnudo.

—Si no te gusta que hablemos de mujeres, me lo decís y basta —dijo Raúl—. Yo pensé que ya estabas en edad de interesarte por esas cosas.

—¿Quién dijo que no me interesa? Qué tipo raro es usted, a ratos me hace recordar a uno que conozco...

—¿También te habla de mujeres?

—A veces pero es raro... Hay tipos raros, ¿no? No quise decir que usted...

—Por mí no te preocupes, me imagino que a veces te debo parecer raro. Así que ése que conocés... Hablame de él, total podemos fumarnos una pipa juntos. Si querés.

—Claro —dijo Felipe, mucho más seguro dentro de su ropa. Se puso una camisa azul, dejándola por fuera de los pantalones, sacó su pipa. Se sentó en el otro sillón y esperó a que Raúl le alcanzara el tabaco. Tenía una sensación de haber escapado a algo, como si todo lo que acababa de ocurrir hubiera podido ser muy distinto. Ahora se daba cuenta de que todo el tiempo había estado crispado, agazapado, casi, esperando que Raúl hiciera alguna cosa que no había hecho, o dijera alguna cosa que no había dicho. Tenía casi ganas de reírse, cargó torpemente la pipa y la encendió usando dos fósforos. Empezó a contar cosas de Alfieri, lo púa que era Alfieri y cómo se había tirado a la mujer del abogado. Elegía los recuerdos, después de todo Raúl había hablado de mujeres, no tenía por qué contarle las historias de Viana y de Freilich. Con Alfieri y Ordóñez tenía para un buen rato de cuentos.

—Para eso se precisa mucho vento, claro. Las mujeres quieren que uno las lleve a la milonga, meta taxi, y arriba hay que pagar la amueblada..

—Si estuviéramos en Buenos Aires yo te podría arreglar todo eso, sabés. Cuando volvamos ya verás. Te lo prometo.

—Usted debe tener un cotorro bacán, seguro.

—Sí. Te lo pasaré cuando te haga falta.

—¿De verdad? —dijo Felipe, casi asustado—. Sería fenomenal, así uno puede llevarse a una mujer aunque no tenga mucha plata... —se puso colorado, tosió—. Bueno, algún día me parece que podríamos compartir los gastos. Tampoco es cosa de que usted...

Raúl se levantó y se le acercó. Empezó a acariciarle el pelo, que estaba empapado y casi pegajoso. Felipe hizo un movimiento para apartar la cabeza.

—Vamos —dijo—. Me va a despeinar. Si entra el viejo...

—Cerraste la puerta, creo.

—Sí, pero lo mismo. Déjeme.

Le ardían las mejillas. Trató de levantarse del sillón, pero Raúl le apoyó una mano en el hombro y lo mantuvo quieto. Volvió a acariciarle levemente el pelo.

—¿Qué pensás de mí? Decime la verdad, no me importa.

Felipe se zafó y se puso de pie. Raúl dejó caer los brazos, como ofreciéndose a que lo golpeara. «Si me golpea es mío», alcanzó a pensar. Pero Felipe retrocedió uno o dos pasos, moviendo la cabeza como decepcionado.

—Déjeme —dijo con un hilo de voz—. Ustedes... ustedes son todos iguales.

—¿Ustedes? —dijo Raúl, sonriendo levemente.

—Sí, ustedes. Alfieri es igual, todos son iguales.

Raúl seguía sonriendo. Se encogió de hombros, hizo un movimiento hacia la puerta.

—Estás demasiado nervioso, hijo. ¿Qué tiene de malo que un amigo le haga una caricia a otro? Entre dar la mano o pasarla por el pelo, ¿qué diferencia hay?

—Diferencia... Usted sabe que hay diferencia.

—No, Felipe, sos vos que desconfiás de mí porque te parece raro que yo quiera ser tu amigo. Desconfiás, me mentís. Te portás como una mujer, si querés que te diga lo que pienso

—Sí, ahora agárreselas conmigo —dijo Felipe, acercándose un poco—. ¿Yo le miento a usted?

—Sí. Me diste un poco de lástima, mentís muy mal, eso se aprende poco a poco y vos todavía no sabés. Yo también volví allá abajo, y me enteré por uno de los lípidos. ¿Por qué me dijiste que habías estado con el más chico de los dos?

Felipe hizo un gesto como para negarle importancia a la cuestión.

—Puedo aceptar muchas veces cosas tristes de vos —dijo Raúl, hablándole en voz baja—. Puedo comprender que no me quieras, o que te parezca inadmisible la idea de ser mi amigo, o que tengas miedo de que los otros interpreten mal... Pero no me mientas, Felipe, ni siquiera por una tontería como esa.

—Pero si no había nada de malo —dijo Felipe. Contra su voluntad lo atraía la voz de Raúl, sus ojos que lo miraban como esperando otra cosa de él—. De veras, lo que pasó es que me daba rabia que ustedes no me llevaron ayer, y quise... Bueno, fui por mi cuenta, y lo que hice allá abajo es cosa mía. Por eso no le contesté la verdad.

Le dio bruscamente la espalda y se acercó al ojo de buey. La mano con la pipa le colgaba, blanda. Se pasó la otra por el pelo, arqueó un poco los hombros. Por un momento había temido que Raúl le reprochase alguna otra cosa que no alcanzaba a precisar, cualquier cosa que hubiera querido flirtear con Paula, o algo por el estilo. No quería mirarlo porque los ojos de Raúl le hacían daño, le daban ganas de llorar, de tirarse en la cama boca abajo y llorar, sintiéndose tan chiquilín y desarmado frente a ese hombre que le mostraba unos ojos tan desnudos. De espaldas a él, sintiéndolo acercarse lentamente, sabiendo que de un momento a otro los brazos de Raúl iban a ceñirlo con toda su fuerza, sintió que la pena se hacía miedo y que detrás del miedo había como una especie de tentación de seguir esperando y saber cómo sería ese abrazo en el que Raúl renunciaría a toda su superioridad para no ser más que una voz suplicante y unos ojos mansos como de perro, vencido por él, vencido a pesar de su abrazo. Bruscamente comprendía que los papeles se cambiaban, que era él quien podía dictar la ley. Se volvió de golpe, vio a Raúl en el preciso instante en que sus manos lo buscaban, y se le rió en la cara, histéricamente, mezclando risa y llanto, riéndose a sollozos agudos y quebrados, con la cara llena de muecas y de lágrimas y de burla.

Raúl le rozó la cara con los dedos, y esperó una vez más que Felipe le pegara. Vio el puño que se alzaba, lo esperó sin moverse. Felipe se tapó la cara con las dos manos, se agachó y saltó fuera de distancia. Era casi fatal que fuese hasta la puerta, la abriera y se quedara esperando. Raúl le pasó al lado sin mirarlo. La puerta sonó como un tiro a su espalda.

G

Tal vez sea necesario el reposo, tal vez en algún momento el guitarrista azul deja caer el brazo y la boca sexual calla y se ahueca, entra en sí misma como horriblemente se ahueca y entra en sí mismo un guante abandonado en una cama. A esa hora de desapego y de cansancio (porque el reposo es eufemismo de derrota, y el sueño máscara de una nada metida en cada poro de la vida), la imagen apenas antropomórfica, desdeñosamente pintada por Picasso en un cuadro que fue de Apollinaire, figura más que nunca la comedia en su punto de fusión, cuando todo se inmoviliza antes de estallar en el acorde que resolverá la tensión inso-

portable. *Pero pensamos en términos fijos y puestos ahí delante, la guitarra, el músico, el barco que corre hacia el sur, las mujeres y los hombres que entretejen sus pasos como los ratones blancos en la jaula. Qué inesperado revés de la trama puede nacer de una sospecha última que sobrepase lo que está ocurriendo y lo que no está ocurriendo, que se sitúa en ese punto donde quizá alcanza a operarse la conjunción del ojo y la quimera, donde la fábula arranca a pedazos la piel del carnero, donde la tercera mano entrevista apenas por Persio en un instante de donación astral, empuña por su cuenta la vihuela sin caja y sin cuerdas, inscribe en un espacio duro como mármol una música para otros oídos. No es cómodo entender la antiguitarra como no es cómodo entender la antimateria, pero la antimateria es ya cosa de periódicos y comunicaciones a congresos, el antiuranio, el antisilicio destellan en la noche, una tercera mano sideral se propone con la más desaforada de las provocaciones para arrancar al vigía de su contemplación. No es cómodo presumir una antilectura, un antiser, una antihormiga, la tercera mano abofetea anteojos y clasificaciones, arranca los libros de los estantes, descubre la razón de la imagen en el espejo, su revelación simétrica y demoníaca. Ese antiyó y ese antitú están ahí, y qué es entonces de nosotros y de la satisfactoria existencia donde la inquietud no pasaba de una parva metafísica alemana o francesa, ahora que en el cuero cabelludo se posa por la sombra de la antiestrella, ahora que en el abrazo del amor sentimos un vértigo de antiamor, y o porque ese palindroma del cosmos sea la negación (¿por qué tendría que ser la negación el antiuniverso?) sino la verdad que muestra la tercera mano, la verdad que espera el nacimiento del hombre para entrar en la alegría.*

De alguna manera, tirado en plena pampa, metido en una bolsa sucia o simplemente desbarrancado de un caballo mañero, Persio cara a las estrellas siente avecinarse el informe cumplimiento. Nada lo distingue a esa hora del payaso que alza una cara de harina hacia el agujero negro de la carpa, contacto con el cielo. El payaso no lo sabe, Persio no sabe qué es esa pedrea amarilla que rebota en sus ojos enormemente abiertos. Y porque no lo sabe, todo le es dado a sentir con más vehemencia, el casco reluciente de la noche austral gira paulatino con sus cruces y sus compases, y en los oídos penetra poco a poco la voz de la llanura, el crujir del pasto que germina, la ondulación temerosa de la culebra que sale al rocío, el leve tamborileo del conejo aguzado por un deseo de luna. Huele ya la seca crepitación secreta de la pampa, toca con pupilas mojadas una tierra nueva que apenas trata con el hombre y lo rechaza como lo rechazan sus potros, sus ciclones y sus distancias. Los sentidos dejan poco a poco de ser parte de él para extraerlo y volcarlo en la llanura negra; ahora ya no ve ni oye ni huele ni toca, está salido, partido, desatado, enderezándose como un árbol abarca la pluralidad en un solo y enorme dolor que es el caos resolviéndose, el cristal que cuaja y se ordena, la noche primordial en el tiempo americano. Qué puede hacerle ya el sigiloso desfile de sombras, la creación renovada y deshecha que se alza en torno, la sucesión espantosa de abortos y armadillos y caballos lanudos y tigres de colmillos como cuernos, y malones de piedra y barro. Poyo inmutable, testigo indiferente de la revolución de cuerpos y eones ojo posado como un cóndor de alas de montaña en la carrera de miríadas y galaxias y plegamientos, espectador de monstruos y diluvios, de escenas pastorales o incendios seculares, metamorfosis del magma, del sial, de la flotación indecisa de continentes ballenas, de islas tapires, australes catástrofes de piedra, parto insoportable de los Andes abriendo en canal una sierra estremecida, y no poder descansar un segundo ni saber con certeza si esa sensación de la mano izquierda es una edad glacial con todos sus estrépitos o nada más que una babosa que pasea de noche en busca de tibieza.

Si renunciar fuera difícil, renunciaría acaso a esa ósmosis de cataclismos que lo sume en una densidad insoportable, pero se niega empecinado a la facilidad de abrir o cerrar los ojos, levantarse y salir al borde del camino, reinventar de golpe su cuerpo, la ruta, una noche de mil novecientos cincuenta y pico, el socorro que llegará con faros y exclamaciones y una estela de polvo. Aprieta los dientes (pero es quizás una cordillera que nace, una trituración de basaltos y arcillas) y se ofrece al vértigo, al andar de la babosa o la cascada por su cuerpo inmerso y confundido. Toda creación es un fracaso, vuelan las rocas por el espacio, animales innominados se derrumban y chapalean patas arriba, revientan en astillas los cohihues, la alegría del desorden aplasta y exalta y aniquila entre aullidos y mutaciones. ¿Qué debía quedar de todo eso, solamente una tapera en la pampa, un pulpero socarrón, un guacho perseguido y pobre diablo, un generalito en el poder? Operación diabólica en que cifras colosales acaban en un campeonato de fútbol, un poeta suicida, un amor amargo por las esquinas y las madreselvas. Noche del sábado, resumen de la gloria, ¿es esto lo sudamericano? En cada gesto de cada día, ¿repetimos el caos irresuelto? En un tiempo de presente indefinidamente postergado, de culto necrofílico, de tendencia al hastío y al sueño sin ensueños, a la mera pesadilla que sigue a la ingestión del zapallo y el chorizo en grandes dosis,

¿buscamos la coexistencia del destino, pretendemos ser a la vez la libre carrera del ranquel y el último progreso del automovilismo profesional? De cara a las estrellas, tirados en la llanura impermeable y estúpida, ¿operamos secretamente una renuncia al tiempo histórico, nos metemos en ropas ajenas y en discursos vacíos que enguantan las manos del saludo del caudillo y el festejo de las efemérides, y de tanta realidad inexplorada elegimos el antagónico fantasma, la antimateria del antiespíritu, de la antiargentinidad, por resuelta negativa a padecer como se debe un destino en el tiempo, una carrera con sus vencedores y vencidos? Menos que maniqueos, menos que hedónicos vividores, ¿representamos en la tierra al lado espectral del desvenir, su larva sardónica agazapada al borde de la ruta, el antitiempo de alma y el cuerpo, la facilidad barata, el no te metás si no es para avivarte? Destino de no querer un destino, ¿no escupimos a cada palabra hinchada, a cada ensayo filosófico, a cada campeonato clamoroso, la antimateria vital elevada a la carpeta de marcramé, a los juegos florales, a la escarapela, al club social y deportivo de cada barrio porteño o rosarino o tucumano?

38

Por lo demás los juegos florales regocijaban siempre a Medrano, asistente irónico. La idea se le ocurrió mientras bajaba a cubierta después de acompañar a Claudia y a Jorge, que de golpe había querido dormir la siesta. Pensándolo mejor, el doctor Restelli hubiera debido proponer la celebración de juegos florales a bordo; era más espiritual y educativo que una simple velada artística, y hubiera permitido a unos cuantos la perpetración de bromas enormes. «Pero no se conciben los juegos florales a bordo», pensó, tirándose cansado en su reposera y eligiendo despacio un cigarrillo. Retardaba a propósito el momento en que dejaría de interesarse por lo que veía en torno para ceder deliciosamente a la imagen de Claudia, a la reconstrucción minuciosa de su voz, de la forma de sus manos, de su manera tan simple y casi necesaria de guardar silencio o hablar. Carlos López se asomaba ahora a la escalerilla de babor y miraba encandilado el horizonte de las cuatro de la tarde. El resto de los pasajeros se había marchado hacía rato; el puente de mando seguía vacío. Medrano cerró los ojos y se preguntó que iba a ocurrir. El plazo se cerraba, cuando el último número de la velada diera paso a los aplausos corteses y a la dispersión general de los espectadores, empezaría la carrera del reloj del tercer día. «Los símbolos de siempre, el aburrimiento de una analogía no demasiado sutil», pensó. El tercer día, el cumplimiento. Los hechos más crudos eran previsibles: la popa se abriría por sí sola a la visita de los hombres, o López cumpliría su amenaza con el apoyo de Raúl y de él mismo. El partido de la paz se haría presente, iracundo, acaudillado por Don Galo; pero a partir de ahí el futuro se nublaba, las vías se bifurcaban, trifurcaban... «Va a estar bueno», pensó, satisfecho sin saber por qué. Todo se daba en una escala ridícula, tan absolutamente antidramática que su satisfacción terminaba por impacientarlo. Prefirió volver a Claudia, recomponer su rostro que ahora, cuando se despedía de él en la puerta de la cabina, le había parecido veladamente inquieto. Pero no había dicho nada y él había preferido no darse por enterado, aunque le hubiera gustado estar todavía con ella, velando juntos el sueño de Jorge, hablando en voz baja de cualquier cosa. Otra vez lo ganaba un oscuro sentimiento de vacío, de desorden, una necesidad de compaginar algo —pero no sabía qué—, de montar un puzzle tirado en mil pedazos sobre la mesa. Otra fácil analogía, pensar la vida como un puzzle, cada día un trocito de madera con una mancha verde, un poco de rojo, una nada de gris, pero todo mal barajado y amorfo, los días revueltos, parte del pasado metida como una espina en el futuro, el presente libre quizá de lo precedente y lo subsiguiente, pero empobrecido por una división demasiado voluntaria, un seco rechazo de fantasmas y proyectos. El presente no podía ser eso, pero sólo ahora, cuando mucho de ese ahora era ya pérdida irreversible, empezaba a sospechar sin demasiado convencimiento que la mayor de sus culpas podía haber sido una libertad fundada en una falsa higiene de vida, un deseo egoísta de disponer de sí mismo en cada instante de un día reiteradamente único, sin lastres de ayer y de mañana. Visto con esa óptica todo lo que llevaba andando se le aparecía de pronto como un fracaso absoluto. «¿Fracaso de qué?», pensó, desasosegado. Nunca se había planteado la existencia en términos de triunfo; la noción de fracaso carecía entonces de sentido. «Sí, lógicamente —pensó—. Lógicamente.» Repetía la palabra, la hacía saltar en la lengua. Lógicamente. Entonces Claudia, entonces el *Malcolm*. Lógicamente. Pero el estómago, el sueño sobresaltado, la sospecha de que algo se acercaba que lo sorprendería desprevenido y desarmado, que había que prepararse. «Qué diablos —pensó—, no es tan fácil echar por la borda las costumbres, esto se parece mucho al surmenage. Como aquella vez que creí volverme loco y resultó un comienzo de septicemia...» No, no era fácil. Claudia parecía comprenderlo, no le había hecho ningún reproche a propósito de Bettina, pero curiosamente Medrano pensaba ahora que Claudia hubiera debido reprocharle lo que Bettina representaba en su vida. Sin ningún derecho, por supuesto, y mucho menos como una posible sucesora de Bettina. La sola idea de sucesión era insultante cuando se pensaba en una mujer como Claudia. Por eso mismo, quizás, ella hubiera podido decirle que era un canalla, hubiera podido decírselo tranquilamente, mirándolo con ojos en los que su propia intranquilidad brillaba como un derecho bien ganado, el derecho de cómplice, el reproche del reprochable, mucho más amargo y más justo y más hondo que el del juez o del santo. Pero por qué tenía que ser Claudia quien le abriera de golpe las puertas del tiempo, lo expulsara desnudo en el tiempo que empezaba a azotarlo obligándolo a fumar cigarrillo tras cigarrillo, morderse los labios y desear que de una manera u otra el puzzle acabara por recomponerse, que sus manos inciertas, novicias en esos juegos, buscaran tanteando los pedazos rojos, azules y grises, extrajeran del desorden un perfil de mujer, un gato ovillado junto al fuego, un fondo de viejos árboles de fábula. Y que todo eso fuera más fuerte que el sol de las cuatro y media, el horizonte cobalto que entreveía con los ojos entornados, oscilando hacia arriba y hacia abajo con cada vaivén del *Malcom,* barco mixto de la Magenta Star. Bruscamente fue la calle Avellaneda, los árboles con la herrumbre del otoño; las manos metidas en los bolsillos del piloto, caminaba huyendo de algo vagamente amenazador. Ahora era un zaguán, parecido a la casa de Lola Romarino pero más estrecho; salió a un patio —apurarse, apurarse, no había que perder tiempo— y subió escaleras como las del hotel *Saint Michel* de París, donde había vivido unas semanas con Leonora (se le escapaba el apellido). La habitación era amplia, llena de cortinados que debían esconder irregularidades de las paredes, o ventanas que darían a sórdidos patios negros. Cuando cerró la puerta, un gran alivio acompañó su gesto. Se quitó el piloto, los guantes; con mucho cuidado los puso sobre una mesa de caña. Sabía que el peligro no había pasado, que la puerta sólo lo defendía a medias; era más bien un aplazamiento que le permitía pensar otro recurso más seguro. Pero no quería pensar, no tenía en qué pensar; la amenaza era demasiado incierta, flotaba ascendiendo, alejándose y volviendo como un aire manchado de humo. Dio unos pasos hasta quedar en el centro de la habitación. Sólo entonces vio la cama, disimulada por un biombo rosa, un miserable armazón a punto de venirse abajo. Una cama de hierro, revuelta, una palangana y una jofaina; sí, podía ser el hotel *Saint-Michel* aunque no era, la habitación se parecía a la de otro hotel, en Río. Sin saber por qué no quería acercarse a la cama revuelta y sucia, permanecía inmóvil con las manos en los bolsillos del saco, esperando. Era casi natural, casi necesario que Bettina descorriera uno de los raídos cortinados y avanzara hacia él como resbalando sobre la mugrienta alfombra, se parara a menos de un metro y alzara poco a poco la cara completamente tapada por el pelo rubio. La sensación de amenaza se disolvía, viraba a otra cosa sin que él supiera todavía qué era esa otra cosa aún peor que iba a suceder, y Bettina levantaba poco a poco la cara invisible con el pelo que temblaba y oscilaba dejando ver la punta de la nariz, la boca que volvía a desaparecer, otra vez la nariz, el brillo de los ojos entre el pelo rubio. Medrano hubiera querido retroceder, sentir por lo menos la espalda pegada a la puerta, pero flotaba en un aire pastoso del que tenía que extraer cada bocanada con un esfuerzo del pecho, de todo el cuerpo. Oía hablar a Bettina, porque desde el principio Bettina había estado hablando, pero lo que decía era un sonido continuo y agudo, ininterrumpido, como un papagayo que repitiera incansablemente una serie de sílabas y silbidos. Cuando sacudió la cabeza y todo el pelo saltó hacia atrás, derramándose sobre las orejas y los hombros, su rostro estaba tan cerca del suyo que con sólo inclinarse hubiera podido mojar sus labios en las lágrimas que lo empapaban. Brillantes de lágrimas las mejillas y el mentón, entreabierta la boca de donde seguía saliendo el discurso incomprensible, la cara de Bettina borraba de golpe el cuarto, las cortinas, el cuerpo que seguía más abajo, las manos que al principio él había visto pegadas a los muslos, no quedaba más que su cara flotando en el humo del cuarto, bañada en lágrimas, desorbitados los ojos que interrogaban a Medrano, y cada pestaña, cada pelo de las cejas parecía aislarse, dejarse ver por sí mismo y por separado, la cara de Bettina era un mundo infinito, fijo y convulso a la vez delante de sus ojos que no podían evadirla, y la voz seguía saliendo como una cinta espesa, una materia pegajosa cuyo sentido era clarísimo aunque no fuera posible entender nada, clarísimo y definitivo, un estallido de claridad y consumación, la amenaza por fin concretada y resuelta, el fin de todo, la presencia absoluta del horror en esa hora y ese sitio. Jadeando Medrano veía la cara de Bettina que sin acercarse parecía cada vez más pegada a la suya, reconocía los rasgos que habían aprendido a leer con todos sus sentidos, la curva del mentón, la fuga de las cejas, el hueco delicioso entre la nariz y la boca cuyo fino vello conocían tan bien sus labios; y al mismo tiempo sabía que estaba viendo otra cosa, que esa cara era el revés de Bettina, una máscara donde un sufrimiento inhumano, una concentración de todo el sufrimiento del mundo sustituía y pisoteaba la trivialidad de una cara que él había besado alguna vez. Pero también sabía que no era cierto, que sólo lo que estaba viendo ahora era la verdad, que ésta era Bettina, una Bettina monstruosa frente a la cual la mujer que había sido su amante se deshacía como él mismo se sentía deshacer mientras poco a poco retrocedía hacia la puerta sin conseguir distanciarse de la cara flotando a la altura de sus ojos. No era miedo, el horror iba más allá del miedo; más bien como el privilegio de sentir el momento más atroz de una tortura pero sin dolor físico, la esencia de la tortura sin el retorcimiento de las carnes y los nervios. Estaba viendo el otro lado de las cosas, se estaba viendo por primera vez como era, la cara de Bettina le ofrecía un espejo chorreante de lágrimas, una boca convulsa que había sido la frivolidad, una mirada sin fondo que había sido el capricho posándose en las cosas de la vida. Todo esto no lo sabía porque el horror anulaba todo saber, era la materia misma de la penetración en un otro lado antes inconcebible, y por eso cuando despertó con un grito y todo el océano azul se le metió en los ojos y vio otra vez las escalerillas y la silueta de Raúl Costa sentado en lo alto, sólo entonces, tapándose la cara como si temiera que algún otro pudiera ver en él lo que él acababa de ver en la máscara de Bettina, comprendió que estaba alcanzando una respuesta, que el puzzle empezaba a armarse. Jadeando como en el sueño, miró sus manos, la reposera en que estaba sentado, los tablones de la cubierta, los hierros de la borda, los miró extrañado, ajeno a todo lo que lo rodeaba, salido de sí mismo. Cuando fue capaz de pensar (doliéndole, porque todo en él le gritaba que pensar sería otra vez falsificar), supo que no había soñado con Bettina sino consigo mismo; el verdadero horror había sido ése, pero ahora, bajo el sol y el viento salado, el horror cedía al olvido, a estar otra vez del otro lado, y le dejaba solamente una sensación de que cada elemento de su vida, de su cuerpo, de su pasado y su presente eran falsos, y que la falsedad estaba ahí al alcance de la mano, esperando para tomarlo de la mano y llevárselo otra vez al bar, al día siguiente, al amor de Claudia, a la cara sonriente y caprichosa de Bettina siempre allá en el siempre Buenos Aires. Lo falso era el día que estaba viendo porque era él quien lo veía; lo falso estaba afuera porque estaba adentro, porque había sido inventado pieza por pieza a lo largo de toda la vida. Acababa de ver la verdadera cara de la frivolidad, pero por suerte, ah, por suerte no era más que una pesadilla. Volvía a la razón, la máquina echaba a pensar, bien lubricada, oscilaban las bielas y los cojinetes, recibían y daban la fuerza, preparaban las conclusiones satisfactorias. «Qué sueño horrendo», clasificó Gabriel Medrano, buscando los cigarrillos, esos cilindros de papel llenos de tabaco misionero, a cinco pesos el atado de veinte.

Cuando le fue imposible seguir resistiendo el sol, Raúl volvió a su cabina donde Paula dormía boca arriba. Tratando de no hacer ruido se sirvió un poco de whisky y se tiró en un sillón. Paula abrió los ojos y le sonrió.

—Estaba soñando con vos, pero era más alto y tenías un traje azul que te sentaba mal.

Se enderezó, doblando la almohada para apoyarse. Raúl pensó en los sarcófagos etruscos, quizá porque Paula lo miraba con una leve sonrisa que todavía parecía participar del sueño.

—En cambio tenías mejor cara —dijo Paula—. Realmente se diría que estás al borde de un soneto o de un poema en octavos reales. Lo sé, porque he conocido vates que tomaban ese aire antes del alumbramiento.

Raúl suspiró entre fastidiado y divertido.

—Qué viaje insensato —dijo—. Tengo la impresión de que todos andamos a los tropezones, incluso el barco. Pero vos no, en realidad. Me parece que a vos te va muy bien con tu pirata de tostada piel.

—Depende —dijo Paula, estirándose—. Si me olvido un poco más de mí misma puede ser que me vaya bien, pero siempre estarás vos cerca, que sos el testigo.

—Oh, yo no soy nada molesto. Me hacés la señal convenida, por ejemplo cruzando los dedos o golpeando con el talón izquierdo, y yo desaparezco. Incluso de la cabina, si te hace falta, pero supongo que no. Aquí las cabinas abundan.

—Lo que es tener mala reputación —dijo Paula—. Para vos, yo no necesito más de cuarenta y ocho horas para acostarme con un tipo.

—Es un buen plazo. Da tiempo a los exámenes de conciencia, a cepillarse los dientes...

—Resentido, eso es lo que sos. Ni arte ni parte, pero resentido lo mismo.

—De ninguna manera. No confundas celos con envidia, y en mi caso es pura envidia.

—Contame —dijo Paula, echándose para atrás—. Contame por qué me tenés envidia.

Raúl le contó. Le costaba hablar, aunque mojaba cada palabra en un cuidadoso baño de ironía, evitando toda piedad de sí mismo.

—Es muy chico —dijo Paula—. Comprendés, es una criatura.

—Cuando no es por eso es porque ya son demasiado grandes. Pero no le busques explicaciones. La verdad, me porté como un estúpido, perdí la serenidad como si fuera la primera vez. Siempre me pasará lo mismo, imaginaré lo que puede suceder antes de que suceda. Las consecuencias están a la vista.

—Sí, es mal sistema. No imagines y acertarás, etcétera.

—Pero ponete en mi lugar —dijo Raúl, sin pensar que podía hacer reír a Paula—. Aquí estoy desarmado, no tengo ninguna de las posibilidades que se me darían en Buenos Aires. Y al mismo tiempo estoy más cerca, más horriblemente cerca que allá, porque lo encuentro en todas partes y sé que un barco puede ser el mejor lugar del mundo... después. Es la historia de Tántalo entre pasillos y duchas y pruebas de acrobacia.

—No sos gran cosa como corruptor —dijo Paula—. Siempre lo sospeché y me alegro de comprobarlo.

—Andate al diablo.

—Pero es verdad que me alegro. Creo que ahora lo merecés un poco más que antes, y que a lo mejor tenés suerte.

—Hubiera preferido merecerlo menos y...

—¿Y qué? No me voy a poner a pensar en pormenores, pero supongo que no es tan fácil. Si fuera fácil habría menos tipos en la cárcel y menos chicos muertos en los maizales.

—Oh, eso —dijo Raúl—. Es increíble cómo una mujer puede imaginarse ciertas cosas.

—No es imaginación, Raulito. Y como no creo que seas un sádico, por lo menos en la medida en que se convierte en un peligro público, no te veo haciéndolo objeto de malos tratos, como diría virtuosamente *La Prensa* si se enterara. En cambio no me cuesta nada imaginarte en tareas más pausadas de seducción, si me permitís la palabra, y llegando a los malos tratos por el camino de los buenos. Pero esta vez parece que el aire de mar te ha dado demasiado ímpetu, pobrecito.

—No tengo ni ganas de mandarte al demonio por segunda vez.

—De todos modos —dijo Paula, poniéndose un dedo en la boca—, de todos modos hay algo en tu favor, y supongo que no estarás tan deprimido como para no advertirlo. Primero, el viaje se anuncia largo y no tenés rivales a bordo. Quiero decir que no hay mujeres que puedan envalentonarlo. A su edad, si tiene suerte en el flirteo más inocente, un chico se hace una idea muy especial de sí mismo, y tiene mucha razón. A lo mejor yo tengo un poco la culpa, ahora que lo pienso. Lo dejé que se hiciera ilusiones, que me hablara como un hombre.

—Bah, qué importa eso —dijo Raúl.

—Puede que no importe, de todos modos te repito que todavía tenés muchas chances. ¿Necesito explicarme?

—Si no te es muy molesto.

—Pero es que tendrías que haberte dado cuenta, injerto de zanahoria. Es tan simple, tan simple. Miralo bien y verás lo que él mismo no puede ver, porque no lo sabe.

—Es demasiado hermoso como para verlo realmente —dijo Raúl—. Yo no sé lo que veo cuando lo miro. Un horror, un vacío, algo lleno de miel, etcétera.

—Sí, en esas condiciones... Lo que tendrías que haber visto es que el pequeño Trejo está lleno de dudas, que tiembla y titubea y que en el fondo, muy en el fondo... ¿No te das cuenta de que tiene como un aura? Lo que lo hace precioso (porque yo también lo encuentro precioso, pero con la diferencia de que me siento como si fuera su abuela) es que está a punto de caer, no puede seguir siendo lo que es en este minuto de su vida. Te has portado como un idiota, pero quizá, todavía... En fin, no está bien que yo, verdad...

—¿Realmente crées, Paula?

—Es Dionisos adolescente, estúpido. No tiene la menor firmeza, ataca porque está muerto de miedo, y a la vez está ansioso, siente el amor como algo que vuela sobre él, es un hombre y una mujer y los dos juntos, y mucho más que eso. No hay la menor fijación en él, sabe que ha llegado la hora pero no sabe de qué, y entonces se pone esas camisas horribles y viene a decirme que soy tan bonita y me mira las piernas, y me tiene un miedo pánico... Y vos no ves nada de eso y andás como un sonámbulo que llevara una bandeja de merengues... Dame un cigarrillo, creo que después me voy a bañar.

Raúl la miró fumar, cambiando de vez en cuando una sonrisa. Nada de lo que le había dicho lo tomaba de sorpresa, pero ahora lo sentía objetivamente, propuesto desde un segundo observador. El triángulo se cerraba, la medición se establecía sobre bases seguras. «Pobre intelectual, necesitado de pruebas», pensó sin amargura. El whisky empezaba a perder el gusto amargo del comienzo.

—Y vos —dijo Raúl—. Quiero saber de vos, ahora. Terminemos de emputecernos fraternalmente, la ducha está ahí al lado. Hablá, confesá, el padre Costa es todo oídos.

—Estamos encantados de la buena idea que han tenido el señor doctor y el señor enfermo —dijo el *maître*—. Sírvase un gorro, a menos que prefiera una careta.

La señora de Trejo se decidió por un gorro violeta, y el *maître* alabó su elección. La Beba encontró que lo menos cache era una diadema de cartón plateado, con una que otra lentejuela roja. El *maître* iba de mesa en mesa distribuyendo las fantasías, comentando el progresivo (y tan natural) descenso de la temperatura, y tomando nota de las variaciones en materia de cafés e infusiones. En la mesa número cinco, asistidos por Nora y Lucio que tenían cara de sueño, Don Galo y el doctor Restelli daban los últimos toques al orden del programa. De acuerdo con el *maître* se había decidido celebrar la velada en el bar; aunque más pequeño que el comedor se prestaba para ese género de fiestas (según ejemplos de viajes anteriores, y hasta un álbum con frases y firmas de pasajeros de nombres nórdicos). A la hora del café, el señor Trejo abandonó su mesa y completó solemnemente el triunvirato de los organizadores. Puro en mano, Don Galo repasó la lista de participantes y la sometió a sus compañeros.

—Ah, aquí veo que el amigo López nos va a deslumbrar con sus habilidades de ilusionista —dijo el señor Trejo—. Muy bien, muy bien.

—López es un joven de notables condiciones —dijo el doctor Restelli—. Tan excelente profesor como amable contertulio.

—Me alegro de que esta noche prefiera el esparcimiento social a las actitudes exageradas que le hemos visto últimamente —dijo el señor Trejo, aflautando la voz de manera de que López no pudiera enterarse—. Realmente esos jóvenes se dejan llevar por un espíritu de violencia nada loable, señores, nada loable.

—El hombre está amoscado —dijo Don Galo— y se comprende que le hierva la sangre. Pero ya verán ustedes cómo se atemperan los ánimos después de nuestra fiestecita. Eso es lo que hace falta, que haya un poco de jolgorio. Inocente, claro.

—Así es —apoyó el doctor Restelli—. Todos estamos de acuerdo en que el amigo López se ha apresurado demasiado a proferir amenazas que a nada conducen.

Lucio miraba de cuando en cuando a Nora, que miraba el mantel o sus manos. Tosió, incómodo, y preguntó si no sería ya hora de pasar al bar. Pero el doctor Restelli sabía de buena fuente que el mozo y el *maître* estaban dando los últimos toques al arreglo del salón, colgando guirnaldas de cotillón y creando esa atmósfera propicia a las efusiones del espíritu y la civilidad.

—Exacto, exacto —dijo Don Galo—. Efusiones del espíritu, eso es lo que yo digo. El jolgorio, vamos. Y en cuanto a esos gallitos, porque reparen ustedes que no se trata solamente del joven López, ya sabremos nosotros ponerlos en su sitio para que el viaje transcurra sin engorros. Bien recuerdo una ocasión en Pergamino, cuando el subgerente de mi sucursal...

Se oyó un amable batir de palmas, y el *maître* anunció que los señores pasajeros podían pasar a la sala de fiestas.

—Parece propio el Lunapar en carnaval —dictaminó el Pelusa, admirado de los farolitos de colores y los globos.

—Ay, Atilio, con esa careta me das un miedo —se quejó la Nelly—. Justamente te tenías que elegir la de gorila.

—Vos agarrate una buena silla y me guardás una, que yo voy a averiguar cuándo nos tenemos que preparar para el número. ¿Y su hermanito, señorita?

—Por ahí debe andar —dijo la Beba.

—Pero no vino a comer, no vino.

—No, dijo que le dolía la cabeza. Siempre le gusta hacerse el interesante.

—Qué le va a doler la cabeza —dijo el Pelusa, autoritario—. Seguro que le agarró algún calambre después del entrenamiento.

—No sé —dijo la Beba, desdeñosa—. Con lo consentido que lo tiene mamá, seguro que es un capricho para hacerse desear.

No era un capricho, tampoco un dolor de cabeza. Felipe había dejado venir la noche sin moverse de la cabina. Entró su padre, satisfecho de un truco ganado en ruda batalla, se bañó y volvió a salir, y luego la Beba hizo una corta aparición destinada presumiblemente a buscar unas partituras de piano que no aparecían en su valija. Tirado en la cama fumando sin ganas, Felipe sentía descender la noche en el azul del ojo de buey. Todo era como un descenso, lo que pensaba deshila-chadamente, el gusto cada vez más áspero y pegajoso del cigarrillo, el barco que a cada cabeceo le daba la im-presión de hundirse un poco más en el agua. De un pri-mer repertorio de injurias repetidas hasta que las pala-bras habían perdido todo sentido, derivaba a un malestar interrumpido por vaharadas de satisfacción maligna, de orgullo personal que lo hacían saltar de la cama, mirarse en el espejo, pensar en ponerse la camisa a cuadros amarillos y rojos y salir a cubierta con el aire de desafío o la indiferencia. Casi en seguida reingresaba a la humillada contemplación de su conducta, de sus manos tiradas sobre la cama y que no habían sido capa-ces de cortarle la cara a trompadas. Ni una sola vez se preguntó si realmente había sentido el deseo o la nece-sidad de cortarle la cara a trompadas; prefería reanudar los insultos o dejarse absorber por fantasmas en donde los actos de arrojo y las explicaciones al borde de las lá-grimas terminaban en una voluptuosidad que le exigía desperezarse, encender otro cigarrillo y dar una vuelta incierta por la cabina, preguntándose por qué se que-daba ahí encerrado en vez de sumarse a los otros que ya debían estar por cenar. En una de ésas era seguro que iba a venir su madre, con las preguntas como metralla, impaciente y asustada a la vez. Tirándose otra vez en la cama, admitió de mala gana que después de todo él había sacado ventaja. «Debe estar desesperado», pensó, empezando a encontrar palabras para su pensamiento. La idea de Raúl desesperado era casi inconcebible, pero seguramente tenía que ser así, había salido de la cabina como si lo fueran a matar ahí mismo, blanco como un papel. «Blanco como un papel», pensó satisfecho. Y ahora estaría solo, mordiéndose los puños de rabia. No era fácil imaginar a Raúl mordiéndose los puños; cada vez que se esforzaba por someterlo a la peor de las humillaciones morales, lo veía con su cara tranquila y un poco burlona, recordaba el gesto con que le había ofrecido la pipa o se le había acercado para acariciarle el pelo. A lo mejor estaba tan pancho tirado en la cama, fumando como si nada.

«No tanto —se dijo, vengativo—. Seguro que es la primera vez que lo sacan carpiendo en esa forma.» Eso le iba a enseñar a meterse con un hombre, maricón del diablo. Y pensar que hasta ese momento había estado engañado, había creído que era el único amigo con quien podría contar a bordo, en ese viaje sin mujeres que trabajarse, ni farra, ni por lo menos otros muchachos de su edad para divertirse en la cubierta. Ahora estaba listo, casi lo mejor era no salir de la cabina, total... Hacía un rato que la imagen de Paula se le aparecía como una sorpresa sumada a la otra, si en realidad la otra había sido una sorpresa. Pero Paula, ¿qué diablos representaba en el asunto? Barajaba dos o tres hipótesis instantáneas, igualmente crudas e insatisfactorias, y otra vez volvía a preocuparlo —pero precisamente entonces le nacían como vahos de satisfacción, momentos de gloria que le llenaban el pecho de aire y de humo de cigarrillo, ya no de pipa porque la pipa estaba tirada cerca de la puerta, y exactamente sobre ella, en la pared, la marca del choque rabioso—, otra vez lo preocupaba por qué tenía que haber sido él y no cualquier otro, por qué Raúl lo había buscado a él en seguida, casi la misma noche del embarque, en vez de irse a mariposear con otro. Casi no le importaba admitir que no había otro posible, que el repertorio era limitado y como fatal; en el hecho de que Raúl lo hubiera elegido encontraba al mismo tiempo la fuerza para estrellar una pipa contra la pared y para respirar profundamente, con los ojos entornados, como saboreando un privilegio especialísimo. Cómo se la iba a pagar, de eso podía estar bien seguro, se la iba a pagar pedacito a pedacito, hasta que aprendiera para siempre a no equivocarse. «Carajo, no es que yo le haya dado calce —se dijo enderezándose—. No soy Viana, yo, no soy Freilich, qué joder.» Le iba a demostrar hora por hora lo que era un hombre de verdad, aunque pretendiera sobrarlo con su cancha de pitucón platudo, con su pelirroja de puro cuento. Demasiado le había consentido que le diera consejos, que pretendiera ayudarlo. Se había dejado sobrar, y el otro había confundido una cosa con otra.

Oyó un ruido en la puerta y se estremeció. Pucha que estaba nervioso. También... Miró de reojo a la Beba que olía el aire de la cabina frunciendo la nariz.

—Vos seguí fumando así y vas a ver —dijo la Beba,

con su aire virtuoso—. Le voy a decir a mamá para que te esconda los cigarrillos.

—Andate a la mierda y quedate un tiempo —dijo Felipe casi amablemente.

—¿No oíste que llamaban a comer? Por culpa del señor yo tengo que levantarme de la mesa y hacer el papelón de bajar a buscar al nene.

—Claro, como todos viven pendientes de vos.

—Dice papá que subas a comer en seguida.

Felipe tardó un segundo en contestar.

—Decile que me duele la cabeza. En todo caso voy después, para la fiesta.

—¿La cabeza? —dijo la Beba—. Podrías inventar otra cosa.

—¿Qué querés decir? —preguntó Felipe, enderezándose. Otra vez había sentido como si le apretaran el estómago. Oyó el golpe de la puerta, y se sentó al borde de la cama. Cuando entrara en el comedor tendría que pasar obligadamente por delante de la mesa número dos, saludar a Paula, a López y a Raúl. Empezó a vestirse despacio, poniéndose una camisa azul y unos pantalones grises. Al encender la luz central, vio la pipa en el suelo y la recogió. Estaba intacta. Pensó que lo mejor sería dársela a Paula, junto con la lata de tabaco, para que ella... Y al entrar en el comedor tendría que pasar por delante de la mesa, saludando. ¿Y si llevaba la pipa y la dejaba sobre la mesa, sin decir nada? Era idiota, estaba demasiado nervioso. Llevarla en el bolsillo y aprovechar después, en la cubierta, si lo veía salir a tomar fresco, acercarse y decirle secamente: «Esto es suyo», o algo por el estilo. Entonces Raúl lo miraría como miraba él, y empezaría a sonreír muy despacio. No, a lo mejor no se sonreiría, a lo mejor trataría de tomarlo del brazo, y entonces... Se peinó lentamente, mirándose desde todos los ángulos. No iría a cenar, lo dejaría con las ganas de verlo llegar y que se pusiera colorado al pasar delante de su mesa. «Si no me pusiera colorado», pensó, rabioso, pero contra eso no se podía luchar. Mejor quedarse en la cubierta, o en el bar, tomando una cerveza. Pensó en la escalerilla del pasadizo, en Bob.

Doña Rosita y doña Pepa fueron atentamente instaladas en la primera fila de butacas, y la señora de Trejo se les incorporó con un aire arrebolado que explicaba la inminente actuación artística de su hija. Detrás empezaron a tomar asiento los que llegaban del comedor. Jorge, muy solemne, se instaló entre su madre y Persio, pero Raúl no parecía dispuesto a sentarse y se apoyó en el mostrador esperando que el resto se ubicara a gusto. La silla de Don Galo fue colocada en posición presidencial, y el chófer se apresuró a disimularse en la última fila donde también se había instalado Medrano, que fumaba un cigarrillo tras otro con aire no demasiado contento. El Pelusa volvió a preguntar por su compañero de pruebas gimnásticas, y después de confiar la careta a doña Rosita, anunció que iría a ver cómo andaba Felipe. Detrás de una máscara vagamente polinesia, Paula imitaba para López la voz de la señora de Trejo.

El *maître* dio una orden al mozo y las luces se apagaron, encendiéndose al mismo tiempo un reflector en el fondo y otro en el suelo, cerca del piano laboriosamente metido entre el mostrador y una de las paredes. Solemne, el *maître* levantó la cola del piano. Sonaron algunos aplausos y el doctor Restelli, parpadeando violentamente, se encaminó a la zona iluminada. Por supuesto no era él la persona más indicada para abrir el sencillo y espontáneo acto de esparcimiento, por cuanto la idea original pertenecía en un todo al distinguido caballero y amigo Don Galo Porriño, ahí presente.

—Siga usted, hombre, siga usted —dijo Don Galo, alzando su voz sobre los amables aplausos—. Ya se imaginan ustedes que no estoy para hacer de maestro de ceremonias, de modo que adelante y viva la pepa.

En el silencio un tanto incómodo que siguió, el regreso de Atilio resultó más visible y sonoro de lo que él hubiera querido. Deslizándose en su silla, luego de dibujar una gigantesca sombra en la pared y el techo, informó en voz baja a la Nelly que su compañero de número no aparecía por ninguna parte. Doña Rosita le devolvió su careta, reclamando silencio entre implorante y enojada, pero el Pelusa estaba desconcertado y siguió quejándose y haciendo crujir la silla. Aunque no le llegaban las palabras, Raúl sospechó lo que pasaba. Cediendo a un viejo automatismo, miró en dirección de Paula que se había quitado la máscara y observaba estadísticamente la concurrencia. Cuando ella miró en su dirección, alzando las cejas con aire interrogativo, Raúl le contestó con su encogimiento de hombros. Paula sonrió antes de volver a ponerse la máscara y reanudar la charla con López, y a Raúl esa sonrisa le pareció algo así como un pasaporte, un sello estampándose sobre un papel, el tiro al aire que desata la carrera.

Pero lo mismo hubiera salido del bar aunque Paula no lo hubiera mirado.

—Cómo hablan, Dios mío, cómo hablan —dijo Paula—. ¿Vos realmente creés que en el comienzo era el verbo, Jamaica John?

—Te quiero —dijo Jamaica John para quien decir eso era una réplica concluyente—. Es maravilloso todo lo que te quiero, y que te lo esté diciendo aquí sin que nadie oiga, de careta a careta, de pirata o vahiné.

—Yo seré una vahiné —dijo Paula, mirando su careta y volviendo a ponérsela—, pero vos tenés un aire entre Rocambole y diputado sanjuanino que te queda muy mal. Tendrías que haber elegido la careta de Presutti, aunque lo mejor es que no te pongas ninguna y sigas siendo Jamaica John.

Ahora el doctor Restelli elogiaba las notables cualidades musicales de la señorita Trejo, quien seguidamente iba a deleitarlos con su versión de un trozo de Clementi y otro de Czerny, compositores célebres. López miró a Paula, que tuvo que morderse un dedo. «Compositores célebres —pensó—. Esta velada va a ser un monumento.» Había visto salir a Raúl, y López también lo había visto y la había mirado con un aire entre zumbón e interrogativo que ella había fingido ignorar. «Buena suerte, Raulito —pensó—. Ojalá te aplaste la nariz, Raulito. Ah, seré la misma hasta el fin, no me podré arrancar el Lavalle cosido en la sangre, en el fondo no le perdonaré jamás que sea mi mejor amigo. El intachable amigo de una Lavalle. Eso, el intachable amigo. Y ahí va, deslizándose por un pasillo vacío, temblando, uno más en la legión de los que tiemblan deliciosamente, derrotados de antemano... No se lo perdonaré jamás y él lo sabe, y el día en que encuentre alguno que lo siga (pero no lo va a encontrar, Paulita vela para que no lo encuentre, y en este caso no vale la pena molestarse), ese día mismo me plantará para siempre, adiós los conciertos, los sándwiches de paté a las cuatro de la mañana, las vagancias por San Telmo o la costanera, adiós Raúl, adiós pobrecito Raúl, que tengas suerte, que por lo menos esta vez te vaya bien.»

Del piano salían sonidos diversos. López puso un pañuelo blanco en la mano de Paula. Pensó que lloraba de risa, pero no estaba seguro. La vio acercar rápidamente el pañuelo a la cara, y le acarició el hombro, apenas, un roce más que una caricia. Paula le sonrió, sin devolverle el pañuelo, y cuando estallaron los aplausos lo abrió en todo su tamaño y se sonó enérgicamente.

—Cochina —dijo López—. No te lo presté para eso.

—No importa —dijo Paula—. Es tan ordinario que me va a paspar la nariz.

—Yo toco mejor que ésa —dijo Jorge—. Que lo diga Persio.

—No entiendo nada de música —dijo Persio—. Salvo los pasodobles todo me es igual.

—Decí vos, mamá, si no toco mejor que esa chica. Y con todos los dedos, no dejando la mitad en el aire.

Claudia suspiró, reponiéndose de la masacre. Pasó la mano por la frente de Jorge.

—¿De veras te sentís bien?

—Y claro —dijo Jorge, que esperaba el momento de su número—. Persio, mirá la que se viene.

A una señal entre amable e imperiosa de Don Galo, la Nelly avanzó hasta quedar arrinconada entre la cola del piano y la pared del fondo. Como no había contado con el reflector en plena cara («Está emocionada, pobrecita», decía doña Pepa para que todos oyeran), parpadeaba violentamente y terminó por levantar un brazo y taparse los ojos. El *maître* corrió obsequioso y alejó el reflector un par de metros. Todos aplaudían para alentar a la artista.

—Voy a declamar «Reír llorando», de Juan de Dios Peza —anunció la Nelly, poniendo las manos como si estuviera por hacer sonar unas castañuelas—. *Viendo a Garrik, ator de la Inglaterra, la gente al aplaudirlo le decía...*

—Yo también lo sé ese verso —dijo Jorge—. ¿Te acordás que lo recité en el café la otra noche? Ahora viene la parte del médico.

—*Víctimas del esplín los altos lores, en sus noches más negras y pesadas* —declamaba la Nelly—, *iban a ver al rey de los atores, y cambiaban su esplín por carcajadas.*

—La Nelly nació artista —confiaba doña Pepa a doña Rosita—. Desde chiquita, créamelo, ya declamaba el zapatito me aprieta y la media me da calor.

—El Atilio no —dijo doña Rosita, suspirando—. Lo único que le gustaba era aplastar cucarachas en la cocina y dale a la pelota en el patio. Si me habrá roto malvones, con los chicos es una lucha si se quiere tener la casa hecha un chiche.

Apoyados en el mostrador, atentos a cualquier deseo del público o los artistas, el *maître* y el barman asistían al espectáculo. El barman estiró la mano hasta la manecilla de la calefacción y la pasó de 2 a 4. El *maître* lo miró, los dos sonrieron; no entendían gran cosa de lo que declamaba la artista. El barman sacó dos botellas de cerveza y dos vasos. Sin hacer el menor ruido abrió las botellas, llenó los vasos. Medrano, semidormido en el fondo del bar, les tuvo envidia, pero era complicado abrirse paso entre las sillas. Se dio cuenta de que se le había apagado el pucho en la boca, lo desprendió con cuidado de los labios. Estaba casi contento de no haberse sentado junto a Claudia, de poder mirarla desde la sombra, secretamente. «Qué hermosa es», pensó. Sentía una tibieza, una leve ansiedad como al borde de un umbral que por alguna razón no se va a franquear, y la ansiedad y la tibieza nacían de no poder franquearlo y que estuviera bien así. «Nunca sabrá el bien que me ha hecho», se dijo. Lastimado, confuso, con todos sus papeles en desorden, roto el peine y sin botones las camisas, sacudido por un viento que le arrancaba pedazos de tiempo, de cara, de vida muerta, se asomaba otra vez, más profundamente, a la puerta entornada e infranqueable a partir de donde, quizás, algo sería posible con más derecho, algo nacería de él y sería su obra y su razón de ser, cuando dejara a la espalda tanto que había creído aceptable y hasta necesario. Pero aún estaba lejos.

39

A mitad del pasillo se dio cuenta de que tenía la pipa en la mano, y volvió a enfurecerse. Después pensó que si llevaba también el tabaco podría convidar a Bob y demostrarle que sabía lo que era fumar. Se metió la lata en el bolsillo y volvió a salir, seguro de que a esa hora no había nadie en los pasillos. Tampoco en el pasadizo central, tampoco en el largo pasaje donde la lamparilla violeta parecía más débil que nunca. Si esta vez tenía suerte y Bob lo dejaba pasar a la popa... La esperanza de vengarse lo hacía correr, lo ayudaba a luchar contra el miedo. «Pero fíjense, justamente el más jovencito resultó el más valiente, él solo ha descubierto la manera de llegar...» La Beba, por ejemplo, y hasta el viejo, pobre, la cara de rata ahogada en orina que pondría cuando todos lo alabaran. Pero eso no es nada al lado de Raúl. «Cómo, Raúl, ¿usted no sabía? Pero sí, Felipe se animó a meterse en la boca del lobo...» Los tabiques del pasadizo eran más estrechos que la vez anterior; se detuvo a unos dos metros de las puertas, miró hacia atrás. La verdad, el pasadizo parecía más estrecho, lo ahogaba. Abrir la puerta de la derecha fue casi un alivio. La luz de las bombillas colgando desnudas lo dejó medio ciego. No había nadie en la cámara, revuelta como siempre, llena de pedazos de correas, lonas, herramientas sobre el banco de trabajo. Tal vez por eso la puerta del fondo se recortaba mejor, como esperándolo. Felipe volvió a cerrar despacio, y avanzó en puntas de pie. A la altura del banco de trabajo se quedó inmóvil. «Hace un calor bárbaro aquí abajo», pensó. Oía con fuerza las máquinas, los ruidos venían de todas partes a la vez, se agregaban al calor y a la luz enceguecedora. Franqueó los dos metros que lo separaban de la puerta y probó despacio el picaporte. Alguien venía por el pasillo. Felipe se pegó a la pared para quedar cubierto por la puerta en caso de que la abrieran. «No era un ruido de pasos», pensó, angustiado. Un ruido, solamente. También ahora era un alivio entreabrir la puerta y mirar. Pero antes, como había leído en una novela policial, se agachó para que su cabeza no quedara a la altura de un balazo. Adivinó un pasillo angosto y oscuro; cuando sus ojos se habituaron, empezó a distinguir a unos seis metros los peldaños de una escalera. Sólo entonces se acordó de las palabras de Bob. Es decir que... Si volvía en seguida al bar y buscaba a López o a Medrano, a lo mejor entre dos podrían llegar sin peligro. ¿Pero qué peligro? Bob lo había amenazado nada más que para asustarlo. ¿Qué peligro podía haber en la popa? El tifus ni contaba, aparte de que él no se contagiaba nunca las enfermedades, ni las paperas siquiera.

Cerró la puerta a su espalda y avanzó. Respiraba con dificultad el aire que olía a alquitrán y a cosas rancias. Vio un puerta a la izquierda y se adelantó hacia la escalerilla. Su propia sombra surgió delante de él, dibujándolo por un instante en el suelo, inmóvil y con un brazo alzado sobre la cabeza en un gesto de defensa. Cuando atinó a girar, Bob lo miraba desde la puerta abierta de par en par. Una luz verdosa salía de la cabina.

—*Hasdala,* chico.

—Hola —dijo Felipe, retrocediendo un poco. Sacó la pipa del bolsillo y la tendió hacia la zona iluminada. No encontraba las palabras, la pipa temblaba entre sus dedos—. Ve, me acordé que usted... Íbamos a charlar de nuevo, y entonces...

—*Sa* —dijo Bob—. Entra, chico, entra.

Cuando le llegó el turno, Medrano tiró el cigarrillo y fue a sentarse al piano con aire un tanto soñoliento. Acompañándose bastante bien se puso a cantar baguatas y zambas, imitando desvergonzadamente el estilo de Atahualpa Yupanqui. Lo aplaudieron largo rato y lo obligaron a cantar otras tonadas. Persio, que lo siguió, fue recibido con el respeto desconfiado que suscitan los clarividentes. Presentado por el doctor Restelli como un investigador de arcanos remotos, se puso a leer las líneas de la mano de los voluntarios, diciéndoles el repertorio corriente de banalidades entre las que, de cuando en cuando, deslizaba alguna frase sólo comprendida por el interesado y que bastaba para dejarlo estupefacto. Aburriéndose visiblemente, Persio terminó su ronda quiromántica y se acercó al mostrador para cambiar el porvenir por un refresco. El doctor Restelli recopilaba su vocabulario más escogido para presentar al benjamín de la tertulia, al promisor cuanto inteligente Jorge Lewbaum, en quien los pocos años no eran óbice para los muchos méritos. Este niño, notable exponente de la infancia argentina, haría las delicias de la velada gracias a su personalísima interpretación de algunos monólogos de los cuales era autor, y el primero de los cuales se titulaba «Narración del octopato».

—Yo lo escribí pero Persio me ayudó —dijo lealmente Jorge, avanzando entre cerrados aplausos. Saludó muy tieso, coincidiendo por un instante con la descripción del doctor Restelli.

—Narración del octopato, por Persio y Jorge Lewbaum —dijo, y tendió una mano para apoyarse en la cola del piano. Dando un salto, el Pelusa llegó a tiempo para tomarlo del brazo antes de que se golpeara la boca contra el suelo.

Vaso de agua, aire, recomendaciones, tres sillas para tender al desmayado, botones que repentinamente se enconan y no ceden. Medrano miró a Claudia, inclinada sobre su hijo, y se acercó al mostrador.

—Telefonee al médico ahora mismo.

El *maître* se afanaba humedeciendo una servilleta. Medrano lo enderezó, agarrándolo del brazo.

—Dije: ahora mismo.

El *maître* entregó la toalla al barman y fue hasta el teléfono situado en la pared. Marcó un número de dos cifras. Dijo algunas palabras, las repitió en voz más alta. Medrano esperaba sin quitarle los ojos de encima. El *maître* colgó y le hizo un gesto de asentimiento.

—Va a venir inmediatamente, señor. Pienso que... tal vez convendría llevar al niño a su cama.

Medrano se preguntó por dónde iba a venir el médico, por dónde venía el oficial de pelo gris. A su espalda el estrépito de las señoras sobrepasaba su paciencia. Se abrió camino hasta Claudia, que tenía entre las suyas la mano de Jorge.

—Ah, parece que vamos mejor —dijo, arrodillándose a su lado.

Jorge le sonrió. Tenía un aire avergonzado y miraba las caras flotando sobre él como si fueran nubes. Sólo miraba de veras a Claudia y a Persio, quizá también a Medrano que, sin ceremonias, le pasó los brazos por el cuello y las piernas y lo levantó. Las señoras abrieron paso y el Pelusa hizo ademán de ayudar, pero Medrano salía ya llevándose a Jorge. Claudia lo siguió; la careta de Jorge le colgaba de la mano. Los demás se consultaban con la mirada, indecisos. No era grave, claro, un vahído provocado por el calor de la sala, pero de todos modos ya no les quedaba mucho ánimo para seguir la fiesta.

—Pues deberíamos seguirla —afirmaba Don Galo, moviéndose de un lado a otro con bruscos timonazos de la silla—. Nada se gana con deprimirse por un accidente sin importancia.

—Ya verán ustedes que el niño se repone en diez minutos —decía el doctor Restelli—. No hay que dejarse impresionar por los signos exteriores de un simple desvanecimiento.

—Ma qué, ma qué —se condolía lúgubremente el Pelusa—. Primero se planta el pibe justo cuando tenemos que hacer las pruebas, y ahora se me descompone el otro purrete. Este barco es propiamente la escomúnica.

—Por lo menos sentémonos y bebamos alguna cosa —propuso el señor Trejo—. No se debe pensar todo el tiempo en enfermedades, máxime cuando a bordo... Quiero decir, que nada se gana sumándose a los rumores alarmistas. También mi hijo estaba hoy con dolor de cabeza, y ya ven que ni mi esposa ni yo nos preocupamos. Bien claro nos han dicho que se han tomado a bordo todas las precauciones necesarias.

Aleccionada por la Beba, la señora de Trejo señaló en ese instante que Felipe no estaba en la cabina. El Pelusa se golpeó la cabeza y dijo que eso ya lo sabía él, y que dónde podía andar metido el pibe.

—En la cubierta, seguro —dijo el señor Trejo—. Un capricho de muchacho.

—Ma qué capricho —dijo el Pelusa—. ¿No ve que ya estábamos fenómeno para las pruebas?

Paula suspiró, observando de reojo a López que había asistido al desmayo de Jorge con una expresión donde la rabia empezaba a ganar terreno.

—Bien podría ser —dijo López— que encuentres cerrada la puerta de tu cabina.

—No sabría si alegrarme o voltearla a patadas —dijo Paula—. Al fin y al cabo es *mi* cabina.

—¿Y si está cerrada, qué vas a hacer?

—No sé —dijo Paula—. Me pasaré la noche en la cubierta. Qué importa.

—Vení, vamos —dijo López.

—No, todavía me voy a quedar un rato.

—Por favor.

—No. Probablemente la puerta está abierta y Raúl duerme como una vaca. No sabés lo que le revientan los actos culturales y de sano esparcimiento.

—Raúl, Raúl —dijo López—. Te estás muriendo por ir a desnudarte a dos metros de él.

—Hay más de tres metros, Jamaica John.

—Vení —dijo él una vez más, pero Paula lo miró de lleno, negándose, pensando que Raúl merecía que ella se negara ahora y que esperara hasta saber si también él sacaba del mazo la carta de triunfo. Era perfectamente inútil, era cruel para Jamaica John y para ella: era lo que menos deseaba en el mundo y a esa hora. Lo hacía por eso, para pagar una deuda vaga y oscura que no constaba en ningún asiento; como una remisión, una esperanza de volver atrás y encontrarse en los orígenes, cuando no era todavía esa mujer que ahora se negaba envuelta en una ola de deseo y de ternura. Lo hacía por Raúl pero también por Jamaica John, para poder darle un día algo que no fuera una derrota anticipada. Pensó que con gestos tan increíblemente estúpidos se abrían quizá las puertas que toda la malignidad de la inteligencia no era capaz de franquear. Y lo peor era que iba a tener que pedirle de nuevo el pañuelo y que él se lo iba a negar, furioso y resentido, antes de irse a dormir solo, amargo de tabaco sin ganas.

—Menos mal que te reconocí. Un poco más y te parto la cabeza. Ahora me acuerdo que te había prevenido, eh.

Felipe se revolvió incómodo en el banquillo donde había terminado por sentarse.

—Ya le dije que vine a buscarlo a usted. No estaba en la otra pieza, vi la puerta abierta y quise saber si...

—Oh, no tiene nada de malo, chico. *Here's to you.*

—*Prosit* —dijo Felipe, tragando el ron como un hombre—. Está bastante bien su camarote. Yo creía que los marineros dormían todos juntos.

—A veces viene Orf, cuando se cansa de los dos chinos que tiene en su camarote. Oye, no está mal tu tabaco, eh. Un poco flojo, todavía, pero mucho mejor que esa porquería que fumabas ayer. Vamos a cargar otra pipa, qué te parece.

—Vamos —dijo Felipe, sin mayores ganas. Miraba la cabina de paredes sucias, con fotografías de hombres y mujeres sujetas con alfileres, un almanaque donde tres pajaritos llevaban por el aire una hebra dorada, los dos colchones tirados en el suelo en un rincón, uno sobre otro, la mesa de hierro, con manos sucesivas de pintura que había terminado por aglutinarse en algunas partes de las patas, dando la impresión de que todavía estaba fresca y chorreante. Un armario abierto de par en par dejaba ver un reloj colgado de un clavo, camisetas deshilachadas, un látigo corto, botellas llenas y vacías, vasos sucios, un alfiletero violeta. Cargó otra vez la pipa con mano insegura; el ron era endiabladamente fuerte, y ya Bob le había llenado otra vez el vaso. Trataba de no mirar las manos de Bob, que le hacían pensar en arañas peludas; en cambio le gustaba la serpiente azul del antebrazo. Le preguntó si los tatuajes eran dolorosos. No, en absoluto, pero había que tener paciencia. También dependía de la parte del cuerpo que se tatuara. Conocía un marinero de Bremen que había tenídola valentía de... Felipe escuchaba, asombrado, preguntándose al mismo tiempo si en la cabina habría alguna ventilación, porque el humo y el olor del ron cargaban cada vez más el aire, ya empezaba a ver a Bob como si hubiera una cortina de gasa entre ambos. Bob le explicaba, mirándolo afectuosamente, que el mejor sistema de tatuaje era el de los japoneses. La mujer que tenía en el hombro derecho se la había tatuado Kiro, un amigo suyo que también se ocupaba de traficar opio. Despojándose de la camiseta con un gesto lento y casi elegante, dejó que Felipe viera la mujer sobre el hombro derecho, las dos flechas y la guitarra, el águila que abría unas alas enormes y le cubría casi por completo el tórax. Para el águila había tenido que dejarse emborrachar, porque la piel era muy delicada en algunas partes del pecho, y le dolían los pinchazos. ¿Felipe tenía la piel sensible? Sí, en fin, un poco, como todo el mundo. No, no como todo el mundo, porque eso variaba según las razas y los oficios. Realmente ese tabaco inglés estaba muy bueno, era cosa de seguir fumando y bebiendo. No importaba que no tuviera muchas ganas, siempre ocurría lo mismo a mitad de una sesión, bastaba insistir un poco para encontrar nuevamente el gusto. Y el ron era suave, un ron blanco muy suave y perfumado. Otro vasito y le iba a mostrar un álbum con fotos de viaje. A bordo el que sacaba casi siempre las fotos era Orf, pero también tenía muchas que le habían regalado las mujeres de los puertos de escala, a las mujeres les gustaba regalar fotos, algunas bastante... Pero primero iban a brindar por su amistad. *Sa*. Un buen ron, muy suave y perfumado, que iba perfectamente con el tabaco inglés. Hacía calor, claro, estaban muy cerca del cuarto de máquinas. No tenía más que imitarlo y quitarse la camisa, la cuestión era ponerse cómodo y seguir charlando como viejos amigos. No, para qué hablaba de abrir la puerta, de todos modos el humo no saldría de la cabina, y en cambio si alguien lo encontraba en esa parte del barco... Se estaba muy bien así, sin nada que hacer, charlando y bebiendo. Por qué tenía que preocuparse, todavía era muy temprano, a menos que su mamá lo anduviera buscando... Pero no tenía que enojarse, era una broma, ya sabía muy bien que hacía lo que le daba la gana a bordo, como tenía que ser. ¿El humo? Sí, quizás había un poco de humo, pero cuando se estaba fumando un tabaco tan extraordinario valía la pena respirarlo más y más. Y otro vasito de ron para mezclar los sabores que iban tan bien juntos. Pero sí, hacía un poco de calor, ya le había dicho antes que se quitara la camisa. Así, chico, sin enojarse. Sin correr a la puerta, así, bien quiero, porque sin querer uno podía lastimarse, verdad, y con una piel realmente tan suave, quién hubiera dicho que un chico tan bueno no comprendiera que era mejor quedarse quieto y no luchar por zafarse, por correr hacia la puerta cuando se podía estar tan bien en la cabina, ahí en ese rincón donde se estaba tan mullido, sobre todo si uno no hacía fuerza para soltarse, para evitar que las manos encontraran los botones y los fueran soltando uno a uno, interminablemente.

—No será nada —dijo Medrano—. No será nada, Claudia.

Claudia arropaba a Jorge que de golpe se había arrebolado y temblaba de fiebre. La señora de Trejo acababa de salir de la cabina, luego de asegurar que esas descomposturas de los niños no eran nada y que Jorge estaría lo más bien por la mañana. Casi sin contestarle, Claudia había agitado un termómetro mientras Medrano cerraba el ojo de buey y arreglaba las luces para que no dieran en la cara de Jorge. Por el pasillo andaba Persio con la cara muy larga, sin animarse a entrar. El médico llegó a los cinco minutos y Medrano hizo ademán de salir de la cabina, pero Claudia lo retuvo con una mirada. El médico era un hombre gordo, de aire entre aburrido y fatigado. Chapurreaba el francés, y examinó a Jorge sin levantar la vista de su cuerpo, reclamando de pronto una cuchara, tomando el pulso y flexionando las piernas como si al mismo tiempo estuviera muy lejos de ahí. Tapó a Jorge, que rezongaba entre dientes, y preguntó a Medrano si era el padre del chico. Cuando vio su gesto negativo se volvió sorprendido a Claudia, como si en realidad la viera por primera vez.

—*Eh bien, madame, il faudra attendre* —dijo, encogiéndose de hombros—. *Pour l'instant je ne peux pas me prononcer. C'est bizarre, quand même...*

—¿El tifus? —preguntó Claudia.

—*Mais non, allons, c'est pas du tout ça!*

—De todos modos hay tifus a bordo, ¿no es así? —preguntó Medrano—. *Vous avez eu des cas de typhus chez vous n'est-ce pas?*

—*C'est à dire...* —empezó el médico. No existía una absoluta seguridad de que se tratara de tifus 224, a lo sumo un brote benigno que no inspiraba mayores inquietudes. Si la señora le permitía iba a retirarse, y le enviaría por el *maître* los medicamentos para el niño. En su opinión, parecía tratarse de una congestión pulmonar. Si la temperatura pasaba de treinta y nueve cinco deberían avisar al *maître*, que a su vez...

Medrano sentía que las uñas se le clavaban en las palmas de las manos. Cuando el médico salió, después de tranquilizar una vez más a Claudia, estuvo a punto de irse detrás y atraparlo en el pasillo, pero Claudia pareció darse cuenta y le hizo un gesto. Medrano se detuvo en la puerta, indeciso y furioso.

—Quédese, un rato Gabriel. Por favor.

—Sí, claro —dijo Medrano confuso. Comprendía

que no era el momento de forzar la situación, pero le costaba alejarse de la puerta, admitir una vez más la derrota y acaso la burla. Claudia esperaba sentada al borde de la cama de Jorge, que se agitaba delirando y quería destaparse. Golpearon discretamente; el *maître* traía dos cajas y un tubo. En su cabina tenía una bolsa para hielo, el médico había dicho que en caso necesario podían usarla. Él se quedaría una hora más en el bar y estaba a sus órdenes por cualquier cosa. Les mandaría café bien caliente con el mozo, si querían.

Medrano ayudó a Claudia a dar los primeros remedios a Jorge, que se resistía débilmente, sin reconocerlos. Golpearon a la puerta; era López, mohíno y preocupado, que venía por noticias. Medrano le contó en voz baja el diálogo con el médico.

—Pucha, si hubiera sabido lo agarro en el pasillo —dijo López—. Acabo de bajar del bar y no me enteré de nada hasta que Presutti me dijo que el médico había andado por aquí.

—Volverá, si es necesario —dijo Medrano—. Y entonces, si le parece...

—Seguro —dijo López—. Avíseme antes, si puede, de todos modos yo andaré por ahí, no voy a poder dormir esta noche. Si el tipo piensa que Jorge tiene algo serio, entonces no hay que esperar ni un minuto más —bajó la voz para que Claudia no oyera—. Dudo que el médico sea más decente que el resto de la pandilla. Capaces de dejar que el chico se agrave con tal de que no se sepa en tierra. Vea, che, lo mejor va a ser llamarlo aunque no haga falta, digamos dentro de una hora. Nosotros lo esperamos afuera, y esta vez no nos para nadie hasta la popa.

—De acuerdo, pero pensemos un poco en Jorge —dijo Medrano—. No sea que por ayudarlo le hagamos un mal. Si fallamos el golpe y el médico se queda del otro lado, la cosa puede ponerse fea.

—Hemos perdido dos días —dijo López—. Es lo que se gana con la cortesía y con hacerles caso a los viejos pacíficos. ¿Pero usted cree que el chico...?

—No, pero es más un deseo que otra cosa. Los dentistas no sabemos nada de tifus, querido. Me preocupa la violencia de la crisis, la fiebre. Puede no ser nada, demasiado chocolate, un poco de insolación. Puede ser la congestión pulmonar de que habló el médico. En fin, vámonos a fumar un pitillo. De paso hablaremos con Presutti y Costa, si andan por ahí.

Se acercó a Claudia y le sonrió. López también le sonreía. Claudia sintió su amistad y les agradeció, mirándolos simplemente.

—Volveré dentro de un rato —dijo Medrano—. Recuéstese, Claudia, trate de descansar.

Todo sonaba un poco como ya dicho, inútil y tranquilizador. Las sonrisas, los pasos en puntillas, la promesa de volver, la confianza de saber que los amigos estaban ahí al lado. Miró a Jorge, que dormía más tranquilo. La cabina parecía haber crecido bruscamente, quedaba un vago perfume de cigarrillo negro, como si Gabriel no se hubiera ido del todo. Claudia apoyó la cara en una mano y cerró los ojos; una vez más velaría junto a Jorge. Persio andaría cerca como un gato sigiloso, la noche se movería interminablemente hasta que llegara el alba. Un barco, la calle Juan Bautista Alberdi, el mundo; Jorge estaba ahí, enfermo, entre millones de Jorges enfermos en todos los puntos de la tierra, pero el mundo era ahora sólo un niño enfermo. Si León hubiera estado con ellos, eficaz y seguro, descubriendo el mal en su brote, frenándolo sin perder un minuto. El pobre Gabriel, inclinándose sobre Jorge con la cara de los que no comprenden nada; pero la ayudaba saber que Gabriel estaba ahí, fumando en el pasillo, esperando con ella. La puerta se entreabrió. Agachándose, Paula se quitó los zapatos y esperó. Claudia le hizo seña de que se acercara, pero ella avanzó apenas hasta un sillón.

—No oye nada —dijo Claudia—. Venga, siéntese aquí.

—Me iré en seguida, aquí ha venido ya demasiada gente a fastidiarla. Todo el mundo quiere mucho a su cachorrito.

—Mi cachorrito con treinta y nueve de fiebre.

—Medrano me dijo lo del médico, están ahí afuera montando guardia. ¿Me puedo quedar con usted? ¿Por qué no se acuesta un rato? Yo no tengo sueño, y si Jorge se despierta le prometo llamarla en seguida.

—Quédese, claro, pero yo tampoco tengo sueño. Podemos charlar.

—¿De las cosas sensacionales que ocurren a bordo? Le traigo el último boletín.

«Perra, maldita perra —pensó mientras hablaba—, revolcándote en lo que vas a decir, saboreando lo que ella te va a preguntar...» Claudia le miraba las manos y Paula las escondió de golpe, se echó a reír en voz baja, dejó otra vez las manos en los brazos del sillón. Si hubiera tenido una madre como Claudia, pero claro, la hubiera odiado como a la suya. Demasiado tarde par pensar en una madre, ni siquiera en una amiga.

—Cuénteme —dijo Claudia—. Nos ayudará a pasar el rato.

—Oh, nada serio. Los Trejo, que están al borde de la histeria porque les ha desaparecido el chico. Lo disimulan, pero...

—No estaba en el bar, ahora me acuerdo. Creo que Presutti lo anduvo buscando.

—Primero Presutti y después Raúl.

Perra.

—Pues no andará muy lejos —dijo Claudia, indiferente—. Los muchachos tienen caprichos, a veces... Tal vez le dio por pasar la noche en la cubierta.

—Tal vez —dijo Paula—. Menos mal que yo no soy tan histérica como ellos, y puedo advertir que también Raúl se ha borrado del mapa.

Claudia la miró. Paula había esperado su mirada y la recibió con una cara lisa, inexpresiva. Alguien iba y venía por el pasillo, en el silencio los pasos ahogados por el linóleo se marcaban uno tras otro, más cerca, más lejos. Medrano, o Persio, o López, o el afligido Presutti, preocupado de veras por Jorge.

Claudia bajó los ojos, bruscamente fatigada. La alegría que le había dado ver a Paula se perdía de golpe, reemplazada por un deseo de no saber más, de no aceptar esa nueva contaminación todavía informulada, suspendida de una pregunta o un silencio capaz de explicarlo todo. Paula había cerrado los ojos y parecía indiferente a lo que pudiera seguir, pero movía de pronto los dedos, tamborileando sin ruido en los brazos del sillón.

—Por favor, no pueden ser celos —dijo como para ella—. Les tengo tanta lástima.

—Váyase, Paula.

—Oh, claro. En seguida —dijo Paula, levantándose bruscamente—. Perdóneme. Vine para otra cosa, quería acompañarla. De puro egoísta, porque usted me hace bien. En cambio...

—En cambio nada —dijo Claudia—. Siempre podremos hablar otro día. Váyase a dormir, ahora. No se olvide de los zapatos.

Obedeció, salió sin volverse una sola vez.

Pensó que era curioso cómo una cierta idea del método puede inducir a obrar de determinada manera, aun sabiendo perfectamente que se pierde el tiempo. No encontraría a Felipe en la cubierta, pero lo mismo la recorrió lentamente, primero por babor y luego por estribor, parándose en la parte entoldada para habituar los ojos a la oscuridad, explorando la zona vaga y confusa de los ventiladores, los rollos de cuerda y los cabrestantes. Cuando volvió a subir, oyendo al pasar los aplausos que venían del bar, estaba decidido a golpear en la puerta de la cabina número cinco. Una negligencia casi desdeñosa, como de quien tiene todo el tiempo por delante, se mezclaba con una inconfesada ansiedad por lograr y por demorar a la vez el encuentro. Se rehusaba a creer (pero lo sentía, y era más hondo, como siempre) que la ausencia de Felipe fuera un signo de perdón o de guerra. Estaba seguro de que no iba a encontrarlo en la cabina, pero llamó dos veces y acabó por abrir la puerta. Las luces encendidas, nadie adentro. La puerta del baño estaba abierta de par en par. Volvió a salir rápidamente, porque tenía miedo de que la hermana o el padre vinieran en su busca y lo aterraba la idea del escándalo barato, el por-qué-está-usted-en-una-cabina-que-no-es-la-suya, todo el repertorio insoportable. De golpe era el despecho (ya ahí, debajo de todo, mientras andaba displicente por la cubierta, retardando el zarpazo), porque otra vez Felipe lo había burlado yéndose por su cuenta a explorar el barco, reivindicando sus derechos ofendidos. No había ningún signo, no había ninguna tregua. La guerra declarada, quizás el desprecio. «Esta vez le voy a pegar —pensó Raúl—. Que se vaya todo al diablo, pero por lo menos le quedará un recuerdo debajo de la piel.» Franqueó casi corriendo la distancia que lo separaba de la escalerilla del pasadizo central, se tiró abajo de a dos peldaños. Y sin embargo era tan chico, tan tonto; quién sabe si al final de todos esos desplantes no esperaría la reconciliación avergonzada, quizá con condiciones, con límites precisos, amigos sí, pero nada más, usted se confunde... Porque era estúpido decirse que todo estaba perdido, en el fondo Paula tenía razón. No se podía llegar a ellos con la verdad en la boca y en las manos, había que sesgar, corromper (pero la palabra no tenía el sentido que le daba el uso); tal vez así, un día, mucho antes del término del viaje, tal vez así... Paula tenía razón, lo había sabido desde el primer momento y sin embargo había equivocado la táctica. Cómo no aprovechar de esa fatalidad que había en Felipe, enemigo de sí mismo, pronto a ceder creyendo que resistía. Todo él era deseo y pregunta, bastaba lavarlo blandamente de la educación doméstica, de los slogans de la barra, de la convicción de que unas cosas estaban bien y otras mal, dejarlo correr y tirarle suavemente de la brida, darle la razón y deslizarle a la vez la duda, abrirle una nueva visión de las cosas, más flexible y ardiente. Destruir y construir en él, materia plástica maravillosa, tomarse el tiempo, sufrir la delicia del tiempo, de la espera, y cosechar en su día, exactamente a la hora señalada y decidida.

No había nadie en la cámara. Raúl miró la puerta del fondo y vaciló. No podía ser que hubiera tenido la audacia... Pero sí, podía ser. Tanteó la puerta, entró en el pasillo. Vio la escalera. «Ha llegado a la popa —pensó deslumbrado-. Ha llegado antes que nadie a la popa.» Le latía el corazón como un murciélago suelto. Olió el tabaco, lo reconoció. Por las junturas de la puerta de la izquierda filtraba una luz sorda. La abrió lentamente, miró. El murciélago se deshizo en mil pedazos, en un estallido que estuvo a punto de cegarlo. Los ronquidos de Bob empezaron a marcar el silencio. Tumbado entre Felipe y la pared, el águila azul alzaba y bajaba estertorosamente las alas a cada ronquido. Una pierna velluda, cruzada sobre las de Felipe, lo mantenía preso en un lazo ridículo. Se olía a vómito, a tabaco y a sudor. Los ojos de Felipe, desmesuradamente abiertos, miraban sin ver a Raúl parado en la puerta. Bob roncaba cada vez más fuerte, hizo un movimiento como si fuera a despertarse. Raúl dio dos pasos y se apoyó con una mano en la mesa. Sólo entonces Felipe lo reconoció. Se llevó las manos al vientre, estúpidamente, y trató de zafarse poco a poco del peso de la pierna que acabó resbalando mientras Bob se agitaba balbuceando algo y todo su cuerpo grasiento se sacudía como en una pesadilla. Sentándose en el borde de los colchones. Felipe estiró la mano buscando la ropa, tanteando en un suelo regado por su vómito. Raúl dio la vuelta a la mesa y con el pie empujó la ropa desparramada. Sintió que también él iba a vomitar y retrocedió hasta el pasillo. Apoyado en la pared, esperó. La escalerilla que llevaba a la popa no estaba a más de tres metros, pero no la miró ni una sola vez. Esperaba. Ni siquiera era capaz de llorar.

Dejó que Felipe pasara primero y lo siguió. Recorrieron la primera cámara y el pasadizo violeta. Cuando llegaban a la escalerilla, Felipe se tomó del pasamanos, giró en redondo y se dejó caer poco a poco en un peldaño.

—Dejame pasar —dijo Raúl, inmóvil frente a él.

Felipe se tapó la cara con las manos y empezó a sollozar. Parecía mucho más pequeño, un niño crecido que se ha lastimado y no puede disimularlo, Raúl se tomó del pasamanos, y con una flexión trepó a los peldaños superiores. Pensaba vagamente en el águila azul, como si fuera necesario pensar en el águila azul para resistir todavía la náusea, llegar a su cabina sin vomitar en los pasillos. El águila azul, un símbolo. Exactamente el águila, un símbolo. No se acordaba para nada de la escalera de popa. El águila azul, pero claro, la pura mitología deliciosamente concentrada en un *digest* digno de los tiempos, águila y Zeus, pero claro, clarísimo, un símbolo, el águila azul.

H

Una vez más, quizá la última, pero quién podría decirlo; nada es claro aquí, Persio presiente que la hora de la conjunción ha cerrado la justa casa, vestido los muñecos con las justas ropas. Desatados los ojos, respirando penosamente, solo en su cabina o en el puente, ve contra la noche dibujarse los muñecos, ajustarse las pelucas, continuar la velada interrumpida. Cumplimiento, alcance: las palabras más oscuras caen como gotas de sus ojos, tiemblan un momento al borde de sus labios. Piensa: «Jorge», y es una lágrima verde, enorme; que resbala milímetro a milímetro enganchándose en los pelos de la barba, y por fin se transmuta en una sal amarga que no se podría escupir en toda la eternidad. Ya no le importa prever la popa, lo que más allá se abre a otra noche, a otras caras, a una voluntad de puertas Stone. En un momento de tibia vanidad se creyó omnímodo, vidente, llamado a las revelaciones, y lo ganó la oscura certidumbre de que existía un punto central desde donde cada elemento discordante podía llegar a ser visto como un rayo de la rueda...

Extrañamente la gran guitarra ha callado en la altura, el Malcolm se mueve sobre un mar de goma, bajo un aire de tiza. Y como ya nada prevé de la popa, y su voluntad maniatada por el jadear de Jorge, por la desolación que arrasa la cara de su madre, cede a un presente casi ciego que apenas vale por unos metros de puente y de borda contra un mar sin estrellas, quizás entonces y por eso Persio se ahínca

— 424 —

en la conciencia de que la popa es verdaderamente (aunque no le parezca a nadie así) su amarga visión, su crispado avance inmóvil, su tarea más necesaria y miserable. Las jaulas de los monos, los leones rondando los puentes, la pampa tirada boca arriba, el crecer vertiginoso de los cohihues, irrumpe y cuaja ahora en los muñecos que ya han ajustado sus caretas y sus pelucas, las figuras de la danza que repiten en un barco cualquiera las líneas y los círculos del hombre de la guitarra de Picasso (que fue de Apollinaire), y también son los trenes que salen y llegan a las estaciones portuguesas, entre tantos otros millones de cosas simultáneas, entre una infinidad tan pavorosa de simultaneidades y coincidencias y entrecruzamientos y rupturas que todo, a menos de someterlo a la inteligencia, se desploma en una muerte cósmica; y todo, a menos de no someterlo a la inteligencia, se llama absurdo, se llama concepto, se llama ilusión, se llama ver el árbol al precio del bosque, la gota de espaldas al mar, la mujer a cambio de la fuga al absoluto. Pero los muñecos ya están compuestos y danzan delante de Persio; peripuestos, atildados, algunos son funcionarios que en el pasado resolvían expedientes considerables, otros se llaman con nombres de a bordo y Persio mismo está entre ellos, rigurosamente calvo y súmero, servidor del zigurat, corrector de pruebas en Kraft, amigo de un niño enfermo. ¿Cómo no ha de acordarse a la hora en que todo parece querer violentamente resolverse, cuando ya las manos buscan un revólver en un cajón, cuando alguien boca abajo llora en una cabina, cómo no ha de acordarse Persio el erudito de los hombres de madera, de la estirpe lamentable de los muñecos iniciales? La danza en la cubierta es torpe como si danzaran legumbres o piezas mecánicas; la madera insuficiente de una torva y *avara creación cruje y se bambolea a cada figura, todo es de madera, los rostros, las caretas, las piernas, los sexos, los pesados corazones donde nada se asienta sin cuajarse y agrumarse, las entrañas que amontonan vorazmente las sustancias más espesas, las manos que aferran otras manos para mantener de pie el pesado cuerpo, para terminar el giro. Agobiado de fatiga y desesperanza, harto de una lucidez que no le ha dado más que otro retorno y otra caída, asiste Persio a la danza de los muñecos de madera, el primer acto del destino americano. Ahora serán abandonados por los dioses descontentos, ahora los perros y las vasijas y hasta las piedras de moler se sublevarán contra los torpes gólems condenados, caerán sobre ellos para hacerlos pedazos y la danza se complicará de muerte, las figuras se llenarán de dientes y de pelos y de uñas; bajo el mismo cielo indiferente empezarán a sucumbir las imágenes frustradas, y aquí en este ahora donde también se alza Persio pensando en un niño enfermo y en una madrugada turbia, la danza seguirá sus figuras estilizadas, las manos habrán pasado por la manicura, las piernas calzarán pantalones, las entrañas sabrán del foie gras y del muscadet, los cuerpos perfumados y flexibles danzarán sin saber que danzan todavía la danza de madera y que todo es rebelión expectante y que el mundo americano es un escamoteo, pero que debajo trabajan las hormigas, los armadillos, el clima con ventosas húmedas, los cóndores con piltrafas podridas, los caciques que el pueblo ama y favorece, las mujeres que tejen en los zaguanes a lo largo de su vida, los empleados de banco y los jugadores de fútbol y los ingenieros orgullosos y los poetas empecinados en creerse importantes y trágicos, y los tristes escritores de cosas tristes, y las ciudades manchadas de indiferencia. Tapándose los ojos donde la popa entra ya como* una espina, Persio siente cómo el pasado inútilmente desmentido y aderezado se abraza al ahora que lo parodia como los monos a los hombres de madera, como los hombres de carne a los hombres de madera. Todo lo que va a ocurrir será igualmente ilusorio, la sumersión en el desencadenamiento de los destinos se resolverá en un lujo de sentimientos favorecidos o contrariados, de derrotas y victorias igualmente dudosas. Una ambigüedad abisal, una irresolución insanable en el centro mismo de todas las soluciones: en un pequeño mundo igual a todos los mundos, a todos los trenes, a todos los guitarreros, a todas las proas y a todas las popas, en un pequeño mundo sin dioses y sin hombres, los muñecos danzan en la madrugada. Por qué lloras, Persio, por qué lloras; con cosas así se enciende a veces el fuego, de tanta miseria crece el canto; cuando los muñecos muerdan su último puñado de cenizas, quizá nazca un hombre. Quizá ya ha nacido y no lo ves.

Tercer día

40

—Las tres y cinco —dijo López.

El barman se había ido a dormir a medianoche. Sentados detrás del mostrador, el *maître* bostezaba de tiempo en tiempo pero seguía fiel a su palabra. Medrano, con la boca amarga de tabaco y mala noche, se levantó una vez más para asomarse a la cabina de Claudia.

A solas en el fondo del bar, López se preguntó si Raúl se habría ido a dormir. Raro que Raúl desertara en una noche así. Lo había visto un rato después de que llevaran a Jorge a su cabina; fumaba, apoyado en el tabique del pasillo de estribor, un poco pálido y con aire de cansado; pero había respondido en seguida al clima de excitación general provocado por la llegada del médico, mezclándose en la conversación hasta que Paula salió de la cabina de Claudia y los dos se fueron juntos después de cambiar unas palabras. Todas esas cosas se dibujaban perversamente en la memoria de López, que las reconstruía entre trago y trago de coñac o de café. Raúl apoyado en el tabique, fumando; Paula que salía de la cabina, con una expresión (¿pero cómo reconocer ya las expresiones de Paula, a Paula misma?); y los dos se miraban como sorprendidos de encontrarse de nuevo —Paula sorprendida y Raúl casi fastidiado—, hasta echar a andar rumbo al pasadizo central. Entonces López había bajado a cubierta y se había quedado más de una hora solo en la proa, mirando hacia el puente de mando donde no se veía a nadie, fumando y perdiéndose en un vago y casi agradable delirio de cólera y humillación en el que Paula pasaba como una imagen de calesita, una y otra vez, y a cada paso él alargaba el brazo para golpearla, y lo dejaba caer y la deseaba, de pie y temblando la deseaba y sabía que no podría volver esa noche a su cabina, que era necesario velar, embrutecerse bebiendo o hablando, olvidarse de que una vez más ella se había negado a seguirlo y que estaba durmiendo al lado de Raúl o escuchando el relato de Raúl que le contaría lo que le había sucedido durante la velada, y entonces la calesita giraba otra vez y la imagen de Paula desnuda pasaba al alcance de sus manos, o Paula con la blusa roja, a cada vuelta distinta. Paula con su bikini o con un piyama que él no le conocía. Paula desnuda otra vez, tendida de espaldas contra las estrellas, Paula cantando *Un jour tu verras,* Paula diciendo amablemente que no, moviendo apenas la cabeza a un lado y a otro, no, no. Entonces López se había vuelto al bar a beber, y llevaba ya dos horas con Medrano, velando.

—Un coñac, por favor.

El *maître* bajó del estante la botella de Courvoisier.

—Sírvase uno usted —agregó López. Era gaucho el *maître*, era un poco menos de la popa que el resto de los glúcidos—. Y otro más, ahí viene mi compañero.

Medrano hizo un gesto negativo desde la puerta.

—Hay que llamar otra vez al médico —dijo—. El chico está con casi cuarenta de fiebre.

El *maître* fue al teléfono y marcó el número.

—Tómese un trago de todos modos —dijo López—. Hace un poco de frío a esta hora.

—No, viejo, gracias.

El *maître* volvió hacia ellos una cara preocupada.

—Pregunta si ha tenido convulsiones o vómitos.

—No. Dígale que venga en seguida.

El *maître* habló, escuchó, habló otra vez. Colgó el tubo con aire contrariado.

—No va a poder venir hasta más tarde. Dice que doblen la dosis del remedio que está en el tubo, y que vuelvan a tomar la temperatura dentro de una hora.

Medrano corrió al teléfono. Sabía que el número era cinco-seis. Lo marcó mientras López, acodado en el mostrador, esperaba con los ojos clavados en el *maître*. Medrano volvió a marcar el número.

—Lo siento tanto, señor —dijo el *maître*—. Siempre es lo mismo, no le gusta que los molesten a estas horas. Da ocupado, ¿no?

Se miraron, sin contestarle. Salieron juntos y cada uno se metió en su cabina. Mientras cargaba el revólver y se llenaba los bolsillos de balas. López se descubrió en el espejo y se encontró ridículo. Pero cualquier cosa era mejor que pensar en dormir. Por las dudas se puso una campera oscura y se guardó otro paquete de cigarrillos. Medrano lo esperaba afuera, con un rompevientos que le daba un aire deportivo. A su lado y parpadeando de sueño, revuelto el pelo, Atilio Presutti era la imagen misma del asombro.

—Le avisé al amigo, porque cuantos más seamos más chances hay de llegar a la cabina de la radio —dijo Medrano—. Vaya a buscarlo a Raúl y que se traiga la Colt.

—Pensar que me dejé la escopeta en casa —se quejó el Pelusa—. Si sabía la traía.

—Quédese aquí esperando a los otros —dijo Medrano—. Yo vuelvo en seguida.

Entró en la cabina de Claudia. Jorge respiraba penosamente y tenía una sombra azul en torno a la boca. No había mucho que decir, prepararon el medicamento y consiguieron que lo tragara. Como si de pronto reconociera a su madre, Jorge se abrazó a ella llorando y tosiendo. Le dolía el pecho, le dolían las piernas, tenía algo raro en la boca.

—Todo eso se te va a pasar en seguida, leoncito —dijo Medrano arrodillándose junto a la cama y acariciando la cabeza de Jorge, hasta conseguir que soltara a Claudia y volviera a estirarse, con un quejido y un rezongo.

—Me duele, che —le dijo a Medrano—. ¿Por qué no me das algo que me cure en seguida?

—Lo acabás de tomar, querido. Ahora va a ser así: dentro de un rato te dormís, soñás con el octopato o con lo que más te guste, y a eso de las nueve te despertás mucho mejor y yo vengo a contarte cuentos.

Jorge cerró los ojos, más tranquilo. Sólo entonces sintió Medrano que su mano derecha oprimía la de Claudia. Se quedó quieto mirando a Jorge, dejándolo sentir su presencia que lo calmaba, dejando que su mano apretara la de Claudia. Cuando Jorge respiró más aliviado, se incorporó poco a poco. Llevó a Claudia hasta la puerta de la cabina.

—Yo tengo que irme un rato. Volveré y los acompañaré todo lo que haga falta.

—Quédese ahora —dijo Claudia.

—No puedo. Es absurdo, pero López me espera. No se inquiete, volveré en seguida.

Claudia suspiró, y bruscamente se apoyó en él. Su cabeza era muy tibia contra su hombro.

—No hagan tonterías, Gabriel. No vayan a hacer tonterías.

—No, querida —dijo Medrano en voz muy baja—. Prometido.

La besó en el pelo, apenas. Su mano dibujó algo en la mejilla mojada de Claudia.

—Volveré en seguida —repitió, apartándola lentamente. Abrió la puerta y salió. El pasillo le pareció borroso, hasta distinguir la silueta de Atilio que montaba guardia. Sin saber por qué miró su reloj. Eran las tres y veinte del tercer día de viaje.

Detrás de Raúl venía Paula metida en una robe de chambre roja. Raúl y López caminaban como si quisieran librarse de ella, pero no era tan fácil.

—¿Qué es lo que piensan hacer, al fin y al cabo? —preguntó, mirando a Medrano.

—Traer al médico de una oreja y telegrafiar a Buenos Aires —dijo Medrano un poco fastidiado—. ¿Por qué no se va a dormir, Paulita?

—Dormir, dormir, estos dos no hacen otra cosa que darme el mismo consejo. No tengo sueño, quiero ayudar en lo que pueda.

—Acompañe a Claudia, entonces.

Pero Paula no quería acompañar a Claudia. Se volvió a Raúl y lo miró fijamente. López se había apartado, como si no quisiera mezclarse. Bastante le había costado ir hasta la cabina y golpear, oír el «adelante» de Raúl y encontrárselos en medio de una discusión de la que los cigarrillos y los vasos daban buena idea. Raúl había aceptado inmediatamente sumarse a la expedición, pero Paula parecía rabiosa porque López se lo llevaba, porque se iban los dos y la dejaban sola, aislada, del lado de las mujeres y los viejos. Había terminado por preguntar airadamente qué nueva idiotez estaban por hacer, pero López se había limitado a encogerse de hombros y esperar a que Raúl se pusiera un pullover y se guardara la pistola en el bolsillo. Todo esto lo hacía Raúl como si estuviera ausente, como si fuera una imagen en un espejo. Pero tenía otra vez en la cara la expresión burlonamente decidida del que no vacila en arriesgarse a un juego que en el fondo le importa muy poco.

Se abrió con violencia la puerta de una cabina, y el señor Trejo hizo su aparición envuelto en una gabardina gris bajo la cual el piyama azul resultaba incongruente.

—Ya estaba durmiendo, pero he oído rumor de voces y pensé que quizá el niño siguiera descompuesto —dijo el señor Trejo.

—Está bastante afiebrado, y vamos a ir a buscar al médico —dijo López.

—¿A buscarlo? Pero me extraña que no venga por su cuenta.

—A mí también, pero habrá que ir a buscarlo.

—Supongo —dijo el señor Trejo, bajando la vista—

que no se habrá observado ningún nuevo síntoma que...

—No, pero no se trata de perder tiempo, ¿Vamos?

—Vamos —dijo el Pelusa, a quien la negativa del médico había terminado de entrarle en la cabeza con resultados cada vez más sombríos.

El señor Trejo iba a decir algo más, pero le pasaron al lado y siguieron. No mucho, porque ya se abría la puerta de la cabina número nueve y aparecía Don Galo envuelto en una especie de hopalanda, con el chófer al lado. Don Galo apreció con una mirada la situación y alzó conminatoriamente la mano. Aconsejaba a los queridos amigos que no perdieran la calma a esa hora de la madrugada. Enterado por las voces de lo que había ocurrido en el teléfono, insistía en que las prescripciones del galeno debían bastar por el momento, pues de lo contrario el facultativo hubiese venido en persona a ver al niño, sin contar con que...

—Estamos perdiendo el tiempo —dijo Medrano—. Vamos.

Se encaminó al pasadizo central, y Raúl se le puso a la par. A sus espaldas oían el diálogo vehemente del señor Trejo y Don Galo.

—Usted estará pensando en bajar por la cabina del barman, ¿no?

—Sí, puede que tengamos más suerte esta vez.

—Conozco un camino mejor y más directo —dijo Raúl—. ¿Se acuerda, López? Iremos a ver a Orf y su amigo el del tatuaje.

—Claro —dijo López—. Es más directo, aunque no sé si por ahí se podrá salir a popa. Ensayaremos, de todos modos.

Entraban en el pasadizo central cuando vieron al doctor Restelli y a Lucio que venían del pasillo de estribor, atraídos por las voces. Poco necesitó el doctor Restelli para darse cuenta de lo que ocurría. Alzando el índice con el gesto de las grandes ocasiones, los detuvo a un paso de la puerta que llevaba abajo. El señor Trejo y Don Galo se le agregaron, gárrulos y excitados. Evidentemente la situación era desagradable si, como decía el joven Presutti, el médico se había negado a hacerse presente, pero convenía que Medrano, Costa y López comprendieran que no se podía exponer al pasaje a las lógicas consecuencias de una acción agresiva tal como la que presumiblemente intentaban perpetrar. Si desgraciadamente, como ciertos síntomas hacían presumir, un brote de tifus 224 acababa de declararse en el puente de los pasajeros, lo único sensato era requerir la intervención de los oficiales (para lo cual existían diversos recursos, tales como el *maître* y el teléfono) a fin de que el simpático enfermito fuese inmediatamente trasladado al dispensario de popa, donde se estaban asistiendo el capitán Smith y los restantes enfermos de a bordo. Pero semejante cosa no se lograría con amenazas tales como las que ya se habían proferido esa mañana, y...

—Vea, doctor, cállese la boca —dijo López—. Lo siento mucho, pero ya estoy harto de contemporizar.

—¡Querido amigo!

—¡Nada de violencias! —chillaba Don Galo, apoyado por las exclamaciones indignadas del señor Trejo. Lucio, pálido, se había quedado atrás y no decía nada.

Medrano abrió la puerta y empezó a bajar. Raúl y López lo siguieron.

—Dejesén de cacarear, gallinetas —dijo el Pelusa, mirando al partido de la paz con aire de supremo desprecio. Bajó dos peldaños, y les cerró la puerta en la cara—. Qué manga de paparulos, mama mía. El pibe grave y estos cosos dale con el armisticio. Me dan ganas de agarrarlos a patadas, me dan.

—Me sospecho que va a tener oportunidad —dijo López—. Bueno, Presutti, aquí hay que andarse atento. En cuanto encuentre por ahí alguna llave inglesa que le sirva de cachiporra, échela mano.

Miró hacia la cámara de la izquierda, a oscuras pero evidentemente vacía. Pegándose a los lados, abrieron de golpe la puerta de la derecha. López reconoció a Orf, sentado en un banco. Los dos finlandeses que se ocupaban de la proa se habían instalado junto al fonógrafo y se aprestaban a poner un disco; Raúl, que entraba pegado a López, pensó irónicamente que debía ser el disco de Jivor Novello. Uno de los finlandeses se enderezó sorprendido y avanzó con los brazos un poco abiertos, como si fuera a pedir una explicación. Orf no se había movido, pero los miraba entre estupefacto y escandalizado.

En el silencio que parecía durar más de lo normal, vieron abrirse la puerta del fondo. López ya estaba a un paso del finlandés que seguía en la actitud del que se dispone a abrazar a alguien, pero cuando vio al glúcido que se recortaba en el marco de la puerta y se quedaba mirándolos asombrado, dio otro paso a la vez que hacía un gesto para que el finlandés se apartara. El finlandés se corrió ligeramente a un lado y en el mismo momento lo trompeó en la mandíbula y el estómago. Cuando López caía como un trapo, lo golpeó otra vez en plena cara. La Colt de Raúl apareció un segundo antes que el revólver de Medrano, pero no hubo necesidad de tiros. Con un perfecto sentido de la oportunidad, el Pelusa se plantó en dos saltos al lado del glúcido y lo metió de un manotón en la cámara, cerrando la puerta con una seca patata. Orf y los dos filandeses levantaban las manos como si quisieran colgarse del cielo raso.

El Pelusa se agachó junto a López, le levantó la cabeza y empezó a masajearle el cuello con una violencia inquietante. Después le soltó el cinturón y le hizo una especie de respiración artificial.

—Hijo de una gran siete, le pegó en la boca del estómago. ¡Te rompo la cara, cabrón de mierda! Esperate que te agarre solo, ya vas a ver cómo te parto la cabeza, aprovechador. ¡Qué manera de desmayarse, mama mía!

Medrano se agachó y sacó el revólver del bolsillo de López, que empezaba a moverse y a parpadear.

—Por el momento téngalo usted —le dijo a Atilio—. ¿Qué tal, viejo?

López gruñó algo ininteligible, y buscó vagamente un pañuelo.

—A todos éstos va a haber que llevarlos de nuestro lado —dijo Raúl, que se había sentado en un banco y gozaba del dudoso placer de mantener con las manos alzadas a cuatro hombres que empezaban a fatigarse. Cuando López se enderezó y le vio la nariz, la sangre que le chorreaba por el cuello, pensó que Paula iba a tener un buen trabajo. «Con lo que le gusta hacer de enfermera», se dijo divertido.

—Sí, la joroba es que no podemos seguir dejando a éstos sueltos a la espalda —dijo Medrano—. ¿Qué le parece si me los arrea hasta la proa, Atilio, y los encierra en alguna cabina?

—Déjemelos por mi cuenta, señor —dijo el Pelusa, esgrimiendo el revólver—. Vos andá saliendo, atorrante. Y ustedes. Ojo que al primero que se hace el loco le zampo un plomo en el coco. Pero ustedes me esperan, ¿eh? No se vayan a ir solos.

Medrano miró inquieto a López, que se había levantado muy pálido y se tambaleaba. Le preguntó si no quería ir con Atilio y descansar un rato, pero López lo miró con rabia.

—No es nada —murmuró, pasándose la mano por la boca—. Yo me quedo, che. Ahora ya empiezo a respirar. Pucha que es feo.

Se puso blanco y cayó otra vez, resbalando contra el cuerpo del Pelusa que lo sostenía. No había nada que hacer, y Medrano se decidió. Sacaron al glúcido y a los lípidos al pasillo, dejando que el Pelusa llevara casi en brazos a López que maldecía, y recorrieron el pasillo lo más rápidamente posible. Probablemente al volver encontrarían refuerzos y quizás armas listas, pero no se veía otra salida.

La reaparición de López ensangrentado, seguido de un oficial y tres marineros del *Malcolm* con las manos en alto, no era un espectáculo para alentar a Lucio y al señor Trejo, que se habían quedado conversando cerca de la puerta. Al grito que se le escapó al señor Trejo respondieron los pasos del doctor Restelli y de Paula, seguidos de Don Galo que se mesaba los cabellos en una forma que Raúl sólo había visto en el teatro. Cada vez más divertido, puso a los primeros prisioneros contra la pared e hizo señas al Pelusa para que se llevara a López a su cabina. Medrano rechazaba con un gesto la andanada de gritos, preguntas y admoniciones.

—Vamos, al bar —dijo Raúl a los prisioneros. Los hizo salir al pasillo de estribor, desfilando con no poco trabajo entre la silla de Don Galo y la pared. Medrano seguía detrás, apurando la cosa todo lo posible, y cuando Don Galo, perdida toda paciencia, lo agarró de un brazo y lo sacudió gritando que no iba-a-consentir-que, se decidió a hacer lo único posible.

—Todo el mundo arriba —mandó—. Paciencia si no les gusta.

Encantado, el Pelusa agarró inmediatamente la silla de Don Galo y la echó hacia adelante, aunque Don Galo se aferraba a los rayos de las ruedas y hacía girar la manivela del freno con todas sus fuerzas.

—Vamos, deje al señor —dijo Lucio, interponiéndose—. ¿Pero se han vuelto locos, ustedes?

El Pelusa soltó la silla, sujetó a Lucio por el justo medio del saco de piyama y lo proyectó con violencia contra el tabique. El revólver le colgaba insolentemente de la otra mano.

—Caminá, manteca —dijo el Pelusa—. A ver si te tengo que bajar el jopo a sopapos.

Lucio abrió la boca, la cerró otra vez. El doctor Restelli y el señor Trejo estaban petrificados, y al Pelusa le costó bastante ponerlos en movimiento. Al pie de la escalera del bar, Raúl y Medrano esperaban.

Dejando a todo el mundo alineado contra el mostrador del bar, cerraron con llave la puerta que daba a la biblioteca, y Raúl arrancó a tirones los hilos del teléfono. Pálido y retorciéndose las manos en el mejor estilo ancilar, el *maître* había entregado las llaves sin oponer resistencia. A la carrera se largaron otra vez por el pasadizo y la escalerilla.

—Faltan el astrónomo, Felipe y el chófer —dijo el Pelusa, parándose en seco—. ¿Los encerramos también?

—No hace falta —dijo Medrano—. Esos no gritan.

Abrieron la puerta de la cámara sin tomar demasiadas precauciones. Estaba vacía y de golpe parecía mucho más grande. Medrano miró hacia la puerta del fondo.

—Da a un pasillo —dijo Raúl con una voz sin expresión—. Al fondo está la escalera que sube a popa. Habrá que tener cuidado con el camarote de la izquierda.

—¿Pero usted ya estuvo? —se asombró el Pelusa.

—Sí.

—¿Estuvo y no subió a la popa?

—No, no subí —dijo Raúl.

El Pelusa lo miró con desconfianza, pero como le tenía simpatía se convenció de que debía estar mareado por todo lo que había sucedido. Medrano apagó las luces sin hacer comentario y abrieron poco a poco la puerta, apuntando a ciegas hacia adelante. Casi en seguida vieron el brillo de los colores del pasamanos de la escalera.

—Mi pobre, pobrecito pirata —dijo Paula—. Venga que su mamá le ponga un algodón en la nariz.

Dejándose caer al borde de su cama, López sentía que el aire le entraba muy despacio en los pulmones. Paula que había mirado empavorecida el revólver que el Pelusa apretaba en la mano izquierda, lo vio irse de la cabina con no poco alivio. Después obligó a López, que estaba horriblemente pálido, a que se tendiera en la cama. Fue a mojar una toalla y empezó a lavarle con mucho cuidado la cara. López maldecía en voz baja, pero ella siguió limpiándolo y retándolo a la vez.

—Ahora sacate esa campera y metete del todo en la cama. Te hace falta descansar un rato.

—No, ya estoy bien —dijo López—. Te creés que voy a dejarlos solos a los muchachos, justamente ahora que...

Cuando se enderezaba, todo giró de golpe. Paula lo sostuvo, y esta vez consiguió que se tendiera de espaldas. En el armario había una manta, y lo abrigó lo mejor posible. Sus manos anduvieron a ciegas por debajo de la manta, hasta soltarle los cordones de las zapatillas. López la miraba como desde lejos, con los ojos entornados. No se le había hinchado la nariz pero tenía una marca violeta debajo de un ojo, y un tremendo hematoma en la mandíbula.

—Te queda precioso —dijo Paula, arrodillándose para quitarle las zapatillas—. Ahora sos de veras mi Jamaica John, mi héroe casi invicto.

—Poneme alguna cosa aquí —murmuró López, señalándose el estómago—. No puedo respirar, pucha que soy flojo. Total, un par de piñas...

—Pero vos le habrás contestado —dijo Paula, buscando otra toalla y haciendo correr el agua caliente—. ¿No trajiste alcohol? Ah, sí, aquí hay un frasco. Soltate el pantalón, si podés... Esperá, te voy a ayudar a sacarte esa campera que parece de amianto. ¿Te podés enderezar un poquito? Si no, date vuelta y la sacamos poco a poco.

López la dejaba hacer, pensando todo el tiempo en los amigos. No era posible que por un lípido de porra tuviera que quedar fuera de combate. Cerrando los ojos, sintió las manos de Paula que andaban por sus brazos, librándolo de la campera, y que después le soltaban el cinturón, desabotonaban la camisa, ponían algo tibio sobre su piel. Una o dos veces sonrió porque el pelo de Paula le hacía cosquillas en la cara. De nuevo le andaba suavemente en la nariz, cambiándole los algodones. Sin querer, sin pensar. López estiró un poco los labios. Sintió la boca de Paula contra la suya, liviana, un beso de enfermera. La apretó en sus brazos, respirando penosamente, y la besó mordiéndola, hasta hacerla gemir.

—Ah traidor —dijo Paula, cuando pudo soltarse—. Ah bellaco. ¿Qué clase de paciente sos?

—Paula.

—Cállese la boca. No me venga con arrumacos porque le han pegado una paliza. No hace media hora eras un frigidaire último modelo.

—Y vos —murmuró López, queriendo atraerla otra vez—. Y vos, más que mala. Cómo podés decir...

—Me vas a llenar de sangre —dijo cruelmente Paula—. Sé obediente, mi corsario negro. No estás ni vestido ni desvestido, ni en la cama ni fuera de ella... No me gustan las situaciones ambiguas, sabés. ¿Sos mi enfermo o qué? Esperá que te cambie otra vez el paño del estómago. ¿Puedo mirar sin ofensa a mi natural pudor? Sí, puedo mirar. ¿Dónde tenés la llave de tu preciosa cabina?

Lo tapó hasta el cuello con la manta y fue a mojar las toallas. López, después de buscar confusamente en los bolsillos del pantalón, le alcanzó la llave. Veía todo un poco borroso, pero lo bastante claro para darse cuenta de que Paula se estaba riendo.

—Si te vieras, Jamaica John... Ya tenés un ojo completamente cerrado, y el otro me mira con un aire... Pero esto te va a hacer bien, esperá...

Cerró con llave, se acercó retorciendo una toalla. Así, así. Todo estaba bien. Más despacio, un poco de algodón en la nariz que todavía sangraba. Había sangre por todos lados, la almohada era un horror, y la manta, la camisa blanca que López se quitaba a manotazos. «Lo que voy a tener que lavar», pensó, resignada. Pero una buena enfermera... Se dejó abrazar quietamente, cediendo a las manos que la atraían, la apretaban contra su cuerpo, empezaban a correr por ella que tenía los ojos muy abiertos mientras sentía subir la vieja fiebre, la misma vieja fiebre que los mismos viejos labios enconarían y aliviarían, alternativamente, a lo largo de las horas que empezaban como las viejas horas, bajo los viejos dioses, para agregarse al viejo pasado. Y era tan hermoso y tan inútil.

41

—Déjenme ir delante, conozco bien esta parte.

Agachados, pegándose a la pared de la izquierda, se movieron en fila india hasta que Raúl llegó a la puerta de la cabina. «Todavía seguirá roncando entre los vómitos —pensó—. Si está ahí, si nos ataca, ¿le voy a pe-

gar un tiro? ¿Y se lo voy a pegar porque nos ataca?»
Abrió la puerta poco a poco, hasta encontrar al tanteo
la llave de la luz. Encendió y volvió a apagar; sólo él
podía medir el alivio rencoroso de no ver a nadie ahí
adentro.

Como si su mando terminara exactamente en ese
punto, dejó que Medrano subiera el primero la escalerilla. Pegados a él, arrastrándose casi sobre los peldaños, se asomaron a la oscuridad de un puente cubierto.
No se veía más allá de un metro, entre el cielo y las
sombras de la popa había apenas una diferencia de
grado. Medrano esperó un momento.

—No se ve nada, che. Habrá que meterse en algún
lado hasta que amanezca, si seguimos así nos van a
quemar como quieran.

—Ahí hay una puerta —dijo el Pelusa—. Qué oscuro
que está todo, Dios te libre.

Se deslizaron fuera de la escotilla y en dos saltos lle-
garon a la puerta. Estaba cerrada, pero Raúl golpeó en
el hombro de Medrano para indicarle una segunda
puerta a unos tres metros. El Pelusa llegó el primero, la
abrió de golpe y se agachó hasta el suelo. Los otros esperaron un segundo antes de reunírsele; la puerta se cerró sin ruido. Inmóviles, escucharon. No se oía respirar, un olor a madera lustrada les recordó las cabinas
de proa. Paso a paso Medrano fue hasta la ventanilla y
corrió la cortina. Encendió un fósforo y lo apagó entre
los dedos; la cabina estaba vacía.

La llave de la puerta había quedado del lado de
adentro. Cerraron y se sentaron en el suelo a fumar y a
esperar. No había nada que hacer hasta que amane-
ciera. Atilio se inquietaba, quería saber si Medrano o

Raúl tenían algún plan. Pero no lo tenían, simplemente esperar hasta que el alba permitiera entrever la popa, y entonces abrirse paso de alguna manera hasta la cabina de radio.

—Fenómeno —dijo el Pelusa.

En la oscuridad, Medrano y Raúl sonrieron. Se estuvieron callados, fumando, hasta que la respiración de Atilio empezó a subir de tono. Hombro contra hombro, Medrano y Raúl encendieron un nuevo cigarrillo.

—Lo único que me preocupa es que algunos de los glúcidos se largue a la proa y descubra que le hemos metido preso a un colega y a un par de lípidos.

—Poco probable —dijo Medrano—. Si hasta ahora no iban aunque los llamáramos a gritos, difícil que de golpe les dé por cambiar de hábitos. Más miedo le tengo al pobre López, es capaz de creerse obligado a reunirse con nosotros, y está desarmado.

—Sería una lástima —dijo Raúl—. Pero no creo que venga.

—Ah.

—Mi querido Medrano, su discreción es deliciosa. Un hombre capaz de decir: «Ah» en vez de preguntarme las razones de mi parecer...

—En realidad me las puedo imaginar.

—Por supuesto —dijo Raúl—. De todos modos creo que hubiera preferido la pregunta. Será la hora, esta oscuridad fragante de fresno, o la perspectiva de que nos rompan la cabeza antes de mucho... No es que sea particularmente sentimental ni que me entusiasmen las confidencias, pero no me molestaría decirle lo que eso representa para mí.

—Dígalo, che. Pero no levante la voz.

Raúl estuvo un rato callado.

—Supongo que busco un testigo, como siempre. Por las dudas, claro; bien podría suceder que me pasara algo desagradable. Un mensajero, más bien, alguien que le diga a Paula... Ahí está la cosa: ¿qué le va a decir? ¿A usted le gusta Paula?

—Sí, mucho —dijo Medrano—. Me da pena que no sea feliz.

—Pues alégrese —dijo Raúl—. Aunque le parezca raro de mi parte, estoy seguro de que a esta hora Paula está siendo todo lo feliz que puede serlo en esta vida. Y eso es lo que el mensajero tendría que repetirle, llegado el caso, como una expresión de buenos deseos. *To Althea, going to the wars* —agregó como para él.

Medrano no dijo nada y se quedaron un rato escuchando el ruido de las máquinas y algún chapoteo que les llegaba desde lejos. Raúl suspiró, cansado.

—Me alegro de haberlo conocido —dijo—. No creo que tengamos mucho en común, salvo la preferencia por el coñac de a bordo. Sin embargo aquí estamos juntos, no se sabe bien por qué.

—Por Jorge, supongo —dijo Medrano.

—Oh, Jorge... Había ya tantas cosas detrás de Jorge.

—Cierto. Tal vez el único que está aquí realmente por Jorge es Atilio.

—*Right you are.*

Estirando la mano, Medrano descorrió un poco la cortina. El cielo empezaba a palidecer. Se preguntó si todo aquello tendría algún sentido para Raúl. Aplastando cuidadosamente la colilla contra el suelo, se quedó mirando la débil raja grisácea. Habría que despertar a Atilio, prepararse a salir. «Había ya tantas cosas detrás de Jorge», había dicho Raúl. Tantas cosas, pero tan vagas, tan revueltas. ¿Para todos sería como para él, sobrepasado de golpe por un amontonamiento confuso de recuerdos, de bruscas fugas en todas direcciones? La forma de la mano de Claudia, la voz de Claudia, la búsqueda de una salida... Afuera aclaraba poco a poco, y él hubiera querido que también su ansiedad saliera hacia el día al mismo tiempo, pero nada era seguro, nada estaba prometido. Deseó volver a Claudia, mirarla largamente en los ojos, buscar allí una respuesta. Eso lo sabía, de eso por lo menos se sentía seguro, la respuesta estaba en Claudia aunque ella lo ignorara, aunque también se creyera condenada a preguntar. Así, alguien manchado por una vida incompleta podía, sin embargo, dar plenitud en su hora, marcar un camino. Pero ella no estaba a su lado, la oscuridad de la cabina, el humo del tabaco eran la materia misma de su desconcierto. Cómo ordenar por fin todo aquello que había creído tan ordenado antes de embarcarse, crear una perspectiva donde la cara enmarañada de lágrimas de Bettina no fuera ya posible, alcanzar de alguna manera el punto central desde donde cada elemento discordante pudiera llegar a ser visto como un rayo de la rueda. Verse a sí mismo andando, y saber que eso tenía un sentido; querer, y saber que su cariño tenía un sentido; huir, y saber que la fuga no sería una traición más. No sabía si amaba a Claudia, solamente hubiera querido estar junto a ella y a Jorge, salvar a Jorge para que Claudia perdonara a León. Sí, para que Claudia perdonara a León, o dejara de amarlo, o lo amara todavía más. Era absurdo, era cierto: para que Claudia perdonara a León antes de perdonarlo a él, antes de que Bettina lo perdonara, antes de que otra vez pudiera acercarse a Claudia y a Jorge para tenderles la mano y ser feliz.

Raúl le apoyó la mano en el hombro. Se endereza- ron rápidamente, después de sacudir a Atilio. Se oían pasos en la cubierta. Medrano hizo girar la llave de la puerta y la entreabrió. Un glúcido corpulento venía por la cubierta, con la gorra en la mano. La gorra se ba- lanceaba a un lado y a otro de su pierna derecha; de golpe se quedó quieta, empezó a subir, pasó al lado de la cabeza y siguió más arriba.

—Entrá isofacto —mandó el Pelusa, encargado de meterlo en la cabina—. Qué gordo que sos, mámata. Cómo morfan arriba de este barco.

Raúl interrogó rápidamente en inglés, y el glúcido contestó en una mezcla de inglés y español. Le tem- blaba la boca, probablemente nunca había tenido tres armas de fuego tan cerca del estómago. Comprendió inmediatamente de lo que se trataba, y asintió. Le deja- ron bajar las manos, después de cachearlo.

—La cosa es así —explicó Raúl—. Hay que seguir por donde éste iba a tomar, subir otra escalera, y al lado mismo está la cabina de la radio. Hay un tipo ahí toda la noche, pero parece que no tiene armas.

—¿Ustedes están jugando, es alguna apuesta o qué? —preguntó el glúcido.

—Guardá silencio o bajás a la tumba —conminó el Pelusa, plantándole el revólver en las costillas.

—Yo voy a ir con él —dijo Medrano—. Andando rá- pido puede que no nos vean. Será mejor que ustedes se queden aquí. Si oyen tiros, suban.

—Vayamos los tres —dijo Raúl—. ¿Por qué nos va- mos a quedar aquí?

—Por que cuatro son muchos, che, nos van a calar de entrada. Protéjanme la espalda, al fin y al cabo no creo que estos tipos... —dijo sin terminar la frase, miró al glúcido.

—Ustedes se han vuelto locos —dijo el glúcido.

Desconcertado pero obediente, el Pelusa entreabrió la puerta y se cercioró de que no había nadie. Una luz cenicienta parecía mojar la cubierta. Medrano se metió el revólver en el bolsillo del pantalón, apuntando a las piernas del glúcido. Raúl iba a decirle algo más pero se calló. Los vieron salir, trepar la escalerilla. Atilio, nada satisfecho, se puso a mirar a Raúl con un aire de perro obediente que lo enterneció.

—Medrano tiene razón —dijo Raúl—. Esperemos aquí, a lo mejor vuelve en seguida sano y salvo.

—Podría haber ido yo, podría —dijo el Pelusa.

—Esperemos —dijo Raúl—. Una vez más, esperemos.

Todo eso tenía un aire de cosa ya sucedida, de novela de kiosko. El glúcido estaba sentado al lado del transmisor, con la cara empapada y los labios temblorosos. Apoyado en la puerta, Medrano tenía el revólver en una mano y el cigarrillo en la otra; de espaldas a él, inclinado sobre los aparatos, el radiotelegrafista movía los diales y empezaba a transmitir. Era un muchacho delgado y pecoso, que se había asustado y no atinaba a serenarse. «Mientras no me engañe», pensó Medrano. Pero esperaba que el lenguaje que había usado, y la sensación que debía tener el otro en la espalda cada vez que pensaba en el Smith y Weston, fueran suficientes.

Aspiró con gusto el humo, atento a la escena pero a la vez tan lejos de todo, dejando apenas la cara para edificación del glúcido que lo miraba empavorecido. Por la ventanilla de la izquierda entraba poco a poco la luz, abriéndose paso en la mala iluminación artificial de la cabina. Lejos se oyó un silbato, una frase en un idioma que Medrano no entendía. Oyó el chisporroteo del transmisor y la voz del radiotelegrafista, una voz entrecortada una especie de hipo. Pensó en la escalerilla que había subido a toda velocidad, él con su revólver a cinco centímetros de las nalgas opulentas del glúcido, la visión instantánea de la gran curva de la popa vacía, la entrada en la cabina, el salto del radiotelegrafista sorprendido en su lectura. Era verdad, ahora que lo pensaba: la popa enteramente vacía. Un horizonte ceniciento, el mar como de plomo, la curva de la borda, y todo eso había durado un segundo. El radiotelegrafista entraba en comunicación con Buenos Aires. Oyó, palabra por palabra, el mensaje. Ahora el glúcido imploraba con los ojos el permiso para sacar un pañuelo del bolsillo, ahora el radiotelegrafista repetía el mensaje. Pero hombre, la popa enteramente vacía, era un hecho; en fin, qué importaba. Las palabras del muchachito pecoso se mezclaban con una sensación seca y cortante, una casi dolorosa plenitud en ese comprender instantáneo de que al fin y al cabo la popa estaba enteramente vacía pero que no importaba, que no tenía la más mínima importancia porque lo que importaba era otra cosa, algo inapresable que buscaba mostrarse y definirse en la sensación que lo exaltaba cada vez más. De espaldas a la puerta, cada bocanada de humo era como una tibia aquiescencia, un comienzo de reconciliación que se llevaba los restos de ese largo malestar de dos días. No se sentía feliz, todo estaba más allá o al margen de cualquier sentimiento ordinario. Como una música entre dientes, más bien, o simplemente como un cigarrillo bien encendido y bien fumado. El resto —pero qué podía importar el resto ahora que empezaba a hacer las paces consigo mismo, a sentir que ese resto no se ordenaría ya nunca más con la antigua ordenación egoísta. «A lo mejor la felicidad existe y es otra cosa», pensó Medrano. No sabía por qué, pero estar ahí, con la popa a la vista (y enteramente vacía) le daba una seguridad, algo como un punto de partida. Ahora que estaba lejos de Claudia la sentía junto a él, era como si empezara a merecerla junto a él. Todo lo anterior contaba tan poco, lo único por fin verdadero había sido esa hora de ausencia, ese balance en la sombra mientras esperaba con Raúl y Atilio, un saldo de cuentas del que salía por primera vez tranquilo, sin razones muy claras, sin méritos ni deméritos, simplemente reconciliándose consigo mismo, echando a rodar como un muñeco de barro al hombre viejo, aceptando la verdadera cara de Bettina aunque supiera que la Bettina sumida en Buenos Aires no tendría jamás esa cara, pobre muchacha, a menos que alguna vez también ella soñara con una pieza de hotel y viera avanzar a su antiguo amante olvidado, lo viera a su turno como él la había visto, como sólo puede verse lo frívolo en una hora que no está en los relojes. Y así iba todo, y dolía y lavaba.

Cuando advirtió la sombra en la ventanilla, la cara del glúcido que revolvía los ojos aterrado, levantó el arma con desgano esperando todavía que el juego de manos no acabara en juego de villanos. La bala pegó muy cerca de su cabeza, oyó chillar al radiotelegrafista y en dos saltos le pasó al lado y se parapetó en el otro extremo de la mesa de transmisión, gritándole al glúcido que no se moviera. Distinguió una cara y un brillo de níquel en la ventanilla, tiró, apuntando bajo y la cara desapareció mientras se oía gritar y hablar con dos o tres voces distintas. «Si me quedo aquí Raúl y Atilio van a subir a buscarme y los van a liquidar», pensó. Pasando detrás del glúcido lo levantó con el caño del revólver y lo hizo andar hacia la puerta. Echado hacia adelante sobre los diales, el radiotelegrafista temblaba y murmuraba, buscando algo en un cajón bajo. Medrano gritó una orden y el glúcido abrió la puerta. «Al final no estaba tan vacía», alcanzó a pensar, divertido, empujando hacia afuera al corpachón tembloroso. Aunque le temblaba la mano, al radiotelegrafista le resultó fácil apuntar en mitad de la espalda y tirar tres veces seguidas, antes de soltar el revólver y ponerse a llorar como el chiquilín que era.

Al primer disparo, Raúl y el Pelusa se habían largado de la cabina. El Pelusa llegó antes a la escalerilla. Al nivel de los últimos escalones estiró el brazo y empezó a tirar. Los tres lípidos pegados a la pared de la cabina de la radio se largaron cuerpo a tierra, uno de ellos con una bala en la oreja. En la puerta de la cabina el glúcido gordo había alzado las manos y gritaba horriblemente en una lengua ininteligible. Raúl cubrió a todo el mundo con la pistola y obligó a levantarse a los lípidos, después de sacarles las armas. Era bastante asombroso que el pelusa hubiera podido asustarlos con tanta facilidad; no habían intentado siquiera contestar.

Gritándole que los mantuviera quietos contra la pared, se asomó a la cabina saltando sobre Medrano caído boca abajo. El radiotelegrafista hizo ademán de recobrar el revólver, pero Raúl lo alejó de un puntapié y empezó a cachetearle la cara de un lado y de otro, mientras le repetía cada vez la misma pregunta. Cuando oyó la respuesta afirmativa, lo golpeó una vez más, agarró el revólver y salió a la cubierta. El Pelusa entendía sin necesidad de palabras: agachándose, levantó a Medrano y echó a andar hacia la escalerilla. Raúl le cubría la retirada, temiendo una bala a cada paso. En el puente inferior no encontraron a nadie, pero se oía gritar en alguna otra parte. Bajaron las dos escalerillas y consiguieron llegar a la cámara de los mapas. Raúl arrimó la mesa contra la puerta; ya no se oía gritar, probablemente los lípidos no se animaban a atacarlos antes de contar con suficientes refuerzos.

Atilio había tendido a Medrano sobre unas lonas y miraba con ojos desorbitados a Raúl, que se arrodilló en medio de las salpicaduras de sangre. Hizo lo natural en esos casos, pero sabía desde el comienzo que era inútil.

—A lo mejor todavía se puede salvar —decía Atilio, trastornado—. Dios mío, qué hemorragia de sangre. Habría que llamar al médico.

—A buena hora —murmuró Raúl, mirando la cara vacía de Medrano. Había visto los tres agujeros en la espalda, una de las balas había salido cerca del cuello y por ahí se derramaba casi toda la sangre. En los labios de Medrano había un poco de espuma.

—Vamos, levantalo otra vez y subámoslo allá. Hay que llevarlo a su cabina.

—¿Entonces está muerto de verdad? —dijo el Pelusa.

—Sí, viejo, está muerto. Esperá que te ayudo.

—Está bien, si no pesa nada. Va a ver que allá se despierta, quién le dice que a lo mejor no es tan grave.

—Vamos —repitió Raúl.

Ahora Atilio andaba más despacio por el pasadizo, procurando evitar que el cuerpo golpeara en los tabiques. Raúl lo ayudó a subir. No había nadie en el pasillo de babor, y Medrano había dejado su cabina abierta. Lo tendieron en la cama y el Pelusa se tiró en un sillón, jadeando.

Poco a poco pasó del jadeo al llanto, lloraba estertorosamente, tapándose la cara con las dos manos, y de cuando en cuando sacaba un pañuelo y se sonaba con una especie de berrido. Raúl miraba el rostro inexpresivo de Medrano, esperando, contagiado por la ilusión ya desvanecida de Atilio. La hemorragia se había detenido. Fue hasta el baño, trajo una toalla mojada y limpió los labios de Medrano, le subió el cuello del rompevientos para tapar la herida. Recordó que en esos casos no hay que perder tiempo en cruzar las manos sobre el pecho; pero sin saber por qué se limitó a estirarle los brazos hasta que las manos descansaron sobre los muslos.

—Hijos de puta, cabrones —decía el pelusa, sonándose—. Pero usté se da cuenta, señor. ¿Qué les había hecho él, dígame un poco? Si era por el pibe que fuimos, a la final lo único que queríamos era mandar el telegrama. Y ahora...

—El telegrama ya está en destino, por lo menos eso no se lo pueden quitar. Vos tenés la llave del bar, me parece. Andá a soltar a todos aquellos y avisales lo que pasó. No te descuidés con los del barco, yo me voy a quedar haciendo guardia en el pasillo.

El Pelusa agachó la cabeza, se sonó una vez más y salió. Parecía increíble que casi no se hubiera manchado con la sangre de Medrano. Raúl encendió un cigarrillo y se sentó a los pies de la cama. Miraba el tabique que separaba la cabina de la de al lado. Levantándose, se acercó y empezó a golpear suavemente, después con más fuerza. Se sentó otra vez. De golpe se le ocurrió pensar que habían estado en la popa, la famosa popa. ¿Pero qué había al fin y al cabo en la popa?

«Y a mí qué más me da», pensó, encogiéndose de hombros. Oyó abrirse la puerta de la cabina de López.

42

Como era de suponer el Pelusa se encontró con las señoras en el pasillo de estribor, todas ellas en diversos grados de histeria.

Durante media hora habían hecho lo imaginable por abrir la puerta del bar y poner en libertad a los clamorosos prisioneros, que seguían descargando puntapiés y trompadas. Arrimados a la escalerilla de cubierta, Felipe y el chófer de Don Galo seguían la escena con poco interés.

Cuando vieron aparecer a Atilio, doña Pepa y doña Rosita se precipitaron desmelenadas, pero él las rechazó sin despegar los labios y empezó a abrirse paso. La señora de Trejo, monumento de virtud ultrajada, se cruzó de brazos frente a él y lo fulminó con una mirada hasta entonces sólo reservada a su marido.

—¡Monstruos, asesinos! ¡Qué han hecho, amotinados! ¡Tire ese revólver, le digo!

—Ma déjeme pasar, doña —dijo el Pelusa—. Por un lado chillan que hay que soltar a la merza y por otro se me pone en el camino. ¿En qué estamos, dígame un poco?

Desprendiéndose de las crispadas manos de su madre, la Nelly se arrojó sobre el Pelusa.

—¡Te van a matar, te van a matar! ¿Por qué hicieron eso? ¡Ahora los oficiales van a venir y nos van a meter presos a todos!

—No digás macanas —dijo el Pelusa-. Eso no es nada, si supieras lo que pasó... Mejor no te cuento.

—¡Tenés sangre en la camisa! —clamó la Nelly—. ¡Mamá, mamá!

—Pero me vas a dejar pasar —dijo el Pelusa—. Esta sangre es de cuando le pegaron al señor López, qué te venís a hacer la Mecha Ortiz, por favor.

Las apartó con el brazo libre, y subió la escalerilla. Desde abajo las señoras redoblaron los chillidos al ver que levantaba el revólver antes de meter la llave en la cerradura. De golpe se hizo un gran silencio, y la puerta se abrió de par en par.

—Despacito —dijo Atilio—. Vos, che, salí primero y no te hagás el loco porque te meto un plomo propio en la buseca.

El glúcido lo miró como si le costara comprender, y bajó rápidamente. Lo vieron que iba hacia una de las puertas Stone, pero toda la atención se concentraba en la sucesiva aparición del señor Trejo, del doctor Restelli y Don Galo, diversamente recibidos con alaridos, llantos y comentarios a voz en cuello. Lucio salió el último, mirando a Atilio con aire de desafío.

—Vos no te hagás el malo —le dijo el Pelusa—. Ahora no te puedo atender, pero después si querés dejo el fierrito y te rompo bien la cara a trompadas, te rompo.

—Qué vas a romper —dijo Lucio, bajando la escalera.

Nora lo miraba sin animarse a decir nada. Él la tomó del brazo y se la llevó casi a tirones a la cabina.

El Pelusa echó una mirada al interior del bar, donde quedaba el *maître* inmóvil detrás del mostrador, y bajó metiéndose el revólver en el bolsillo derecho del pantalón.

—Callesén un poco —dijo, parándose en el segundo peldaño—. No ven que hay un niño enfermo, después quieren que no le suba la fiebre.

—¡Monstruo! —gritó la señora de Trejo, que se alejaba con Felipe y el señor Trejo—. ¡Esto no va a quedar así! ¡A la bodega con esposas y cadenas! ¡Como los criminales que son, secuestradores, mafiosos!

—¡Atilio, Atilio! —clamaba la Nelly, convulsa—. ¿Pero qué ha pasado, por qué encerraste a los señores?

El Pelusa iba a abrir la boca para contestar lo primero que le cruzaba por la cabeza, y que era una rotunda puteada. En cambio se quedó callado, apretando el revólver con el caño hacia el suelo. A lo mejor era porque estaba parado en el segundo escalón, pero de golpe se sentía tan por encima de esos gritos, esas preguntas, el odio estallando en imprecaciones y reproches. «Mejor voy a ver cómo está el pibe —pensó—. Le tengo de decir a la mamá que a la final mandamo el telegrama.»

Pasó sin hablar entre un racimo de manos tendidas y bocas abiertas; de lejos casi se podía pensar que esas mujeres lo aclamaban, lo acompañaban en un triunfo.

Persio había acabado por quedarse dormido, recostado en la cama de Claudia. Cuando empezó a amanecer, Claudia le echó una manta sobre las piernas, mirando con gratitud la esmirriada figura de Persio, sus ropas nuevas pero ya arrugadas y un poco sucias. Se acercó a la cama de Jorge y atisbó su respiración. Jorge dormía tranquilamente después de la tercera dosis del medicamento. Le bastó tocarle la frente para tranquilizarse. Sintió de golpe un cansancio como de muchas noches sin sueño; pero todavía no quería tenderse junto a su hijo, sabía que alguien vendría antes de mucho con noticias o con la repetición de los mismos episodios, los absurdos laberintos donde sus amigos habían vagado durante cuarenta y ocho horas sin saber demasiado por qué.

La cara amoratada de López asomó por la puerta entreabierta. Claudia no se sorprendió de que López no hubiera golpeado, ni siquiera le llamó la atención oír que las mujeres gritaban y hablaban en el pasillo de estribor. Movió la mano, invitándole a entrar.

—Jorge está mejor, ha dormido casi dos horas seguidas. pero usted...

—Oh, no es nada —dijo López, tocándose la mandíbula—. Duele un poco al hablar, y por eso hablaré poco. Me alegro de que Jorge esté mejor. De todos modos, los muchachos se las arreglaron para mandar un radiograma a Buenos Aires.

—Qué absurdo —dijo Claudia.

—Sí, ahora parece absurdo.

Claudia bajó la cabeza.

—En fin, a lo hecho pecho —dijo López—. Lo malo es que hubo tiros, porque los de la popa no los quisieron dejar pasar. Parece mentira, todos nos conocemos apenas, una amistad de dos días, si se puede llamar amistad, y sin embargo...

—¿Le ha pasado algo a Gabriel?

La afirmación ya estaba en la pregunta; López no tuvo más que callar y mirarla. Claudia se levantó, con la boca entreabierta. Estaba fea, casi ridícula. Dio un paso en falso, tuvo que tomarse del respaldo de un sillón.

—Lo han llevado a su cabina —dijo López—. Yo me quedaré cuidando a Jorge, si quiere.

Raúl, que velaba en el pasillo, dejó entrar a Claudia y cerró la puerta. Empezaba a molestarle la pistola en el bolsillo, era absurdo pensar que los glúcidos tomarían represalias. Fuera como fuera, la cosa tendría que terminar ahí; al fin y al cabo no estaban en guerra. Tenía ganas de acercarse al pasillo de estribor, donde se oían los chillidos de Don Galo y los apóstrofes del doctor Restelli entre los gritos de las señoras. «Los pobres —pensó Raúl—, qué viaje les hemos dado...» Vio que Atilio se asomaba tímidamente a la cabina de Claudia, y lo siguió. Sentía en la boca el gusto de la madrugada. «¿Sería realmente el disco de Ivor Novello?», pensó, descartando con esfuerzo la imagen de Paula que pugnaba por volver. Resignado, la dejó asomar cerrando los ojos, viéndola tal como la había visto llegar a la cabina de Medrano, detrás de López, envuelta en su robe de chambre, el pelo hermosamente suelto como a él le gustaba verla por la mañana.

—En fin, en fin —dijo Raúl.

Abrió la puerta y entró. Atilio y López hablaban en voz baja. Persio respiraba con una especie de silbido que le iba perfectamente. Atilio se le acercó, poniéndose un dedo en la boca.

—Está mejor el pibe, está —mumuró—. La madre dijo que ya no tenía fiebre. Durmió fenómeno toda la noche.

—Macanudo —dijo Raúl.

—Yo ahora me voy a mi camarote para explicarle un poco a mi novia y a las viejas —dijo el Pelusa—. Cómo están, mama mía. Qué mala sangre que se hacen.

Raúl lo miró salir, y fue a sentarse al lado de López que le ofreció un cigarrillo. De común a cuerdo corrieron los sillones lejos de la cama de Jorge, y fumaron un rato sin hablar. Raúl sospechó que López le agradecería su presencia en ese momento, la ocasión de liquidar cuentas y a otra cosa.

—Dos cosas —dijo bruscamente López—. Primero, me considero culpable de lo ocurrido o le hubiera tocado a algún otro, pero hice mal en quedarme mientras ustedes... —se le cortó la voz, hizo un esfuerzo y tragó saliva—. Lo que ocurió es que me acosté con Paula —dijo, mirando a Raúl que hacía girar el cigarrillo entre los dedos—. Esa es la segunda cosa.

—La primera no tiene importancia —dijo Raúl—. Usted no estaba en condiciones de seguir la expedición, aparte de que no parecía tan arriesgada. En cuanto a lo otro, supongo que Paula le habrá dicho que no me debe ninguna explicación.

—Explicación no —dijo López, confuso—. De todas maneras...

—De todas maneras, gracias. Me parece muy *chic* de su parte.

—Mamá —dijo Jorge—. ¿Dónde estás, mamá?

—Persio —dijo Jorge, incorporándose—. ¿Sabés qué soñé? Que en el astro caía nieve. Te juro, Persio, una nieve, unos copos como... como...

—¿Te sentís mejor? —dijo Persio, mirándolo como si temiera acercarse y romper el encantamiento.

—Me siento muy bien —dijo Jorge—. Tengo hambre, che, andá a decirle a mamá que me traiga café con leche. ¿Quién está ahí? Ah, qué tal. ¿Por qué están ahí?

—Por nada —dijo López—. Te vinimos a acompañar.

—¿Qué te pasó en la nariz, che? ¿Te caíste?

—No —dijo López, levantándose—. Me soné demasiado fuerte. Siempre me pasa. Hasta luego, después te vengo a ver.

Raúl salió tras él. Ya era hora de guardar la condenada automática que le pesaba cada vez más en el bolsillo, pero prefirió asomarse primero a la escalerilla de proa, donde ya daba el sol. La proa estaba desierta y Raúl se sentó en el primer peldaño y miró al mar y el cielo, parpadeando. Llevaba tantas horas sin dormir, bebiendo y fumando demasiado, que el brillo del mar y el viento en la cara le dolieron; resistió hasta acostumbrarse, pensando que ya era tiempo de volver a la realidad, si eso era volver a la realidad. «Nada de análisis, querido —se ordenó—. Un baño, un largo baño en tu cabina que ahora será para vos solo mientras dure el viaje, y Dios si va a durar poco, a menos que me equivoque de medio a medio.» Ojalá no se equivocara, porque entonces Medrano habría dejado la piel para nada. Personalmente ya no le importaba mucho seguir viajando o que todo acabara en un lío todavía más grande; tenía demasiado sarro en la lengua para elegir con libertad. Quizá cuando se despertara, después del baño, después de un vaso entero de whisky y un día de sueño, sería capaz de aceptar o rechazar; ahora le daba lo mismo un vómito en el suelo, Jorge que se despertaba curado, tres agujeros en un rompevientos. Era como tener la baraja de póker en la mano, en una neutralización total de fuerzas; sólo cuando se decidiera, si se decidía, a sacar uno por uno el comodín, el as, la reina y el rey... Aspiró profundamente; el mar era de un azul mitológico, del calor que veía en algunos sueños en los que volaba sobre extrañas máquinas translúcidas. Se tapó la cara con las manos y se preguntó si estaba realmente vivo. Debía estarlo, entre otras cosas porque era capaz de darse cuenta de que las máquinas del *Malcolm* acababan de detenerse.

Antes de salir, Paula y López habían entornado las cortinas del ojo de buey y en la cabina había una luz amarillenta que parecía vaciar de toda expresión la cara de Medrano. Inmóvil a los pies de la cama, con el brazo todavía tendido hacia la puerta como si no terminara nunca de cerrarla, Claudia miró a Gabriel. En el pasillo se oían voces ahogadas y pasos, pero nada parecía cambiar el silencio en el que acababa de entrar Claudia, la algodonosa materia que era el aire de la cabina, sus propias piernas, el cuerpo tendido en la cama, los objetos desparramados, las toallas tiradas en un rincón.

Acercándose paso a paso se sentó en el sillón que había arrimado Raúl, y miró de más cerca. Hubiera podido hablar sin esfuerzo, responder a cualquier pregunta; no sentía ninguna opresión en la garganta, no había lágrimas para Gabriel. También por dentro todo era algodonoso, espeso y frío como un mundo de acuario o de bola de cristal. Era así: acababan de matar a Gabriel. Gabriel estaba ahí muerto, ese desconocido, ese hombre con quien había hablado unas pocas veces en un breve viaje por mar. No había ni distancia ni cercanía, nada se dejaba medir ni contar; la muerte entraba en esa torpe escena mucho antes que la vida, echando a perder el juego, quitándole el poco sentido que había podido tener en esas horas de alta mar. Ese hombre había pasado parte de una noche junto a la cama de Jorge enfermo, ahora algo giraba apenas, una leve transformación (pero la cabina era tan parecida, el escenógrafo no tenía muchos recursos para cambiar el decorado) y de pronto era Claudia quien estaba sentada junto a la cama de Gabriel muerto. Toda su lucidez y su buen sentido no habían podido impedir que durante la noche temiera la muerte de Jorge, a esa hora en que morir parece un riesgo casi insalvable; y una de las cosas que la habían devuelto a la calma había sido pensar que Gabriel andaba por ahí, tomando café en el bar, velando en el pasillo, buscando la popa donde se escondía el médico. Ahora algo giraba apenas y Jorge era otra vez una presencia viva, otra vez su hijo de todos los días, como si no hubiera sucedido nada; una de las muchas enfermedades de un niño, las ideas negras de la alta noche y la fatiga; como si no hubiera sucedido nada, como si Gabriel se hubiera cansado de velar y estuviera durmiendo un rato, antes de volver a buscarla y a jugar con Jorge.

Veía el cuello del rompevientos tapando la garganta; empezaba a distinguir las manchas negruzcas en la lana, el coágulo casi imperceptible en la comisura de los labios. Todo eso era por Jorge, es decir, por ella; esa muerte era por ella y por Jorge, esa sangre, ese rompevientos que alguien había subido y arreglado, esos brazos pegados al cuerpo, esas piernas tapadas con una manta de viaje, ese pelo revuelto, esa mandíbula un poco levantada mientras la frente corría hacia atrás como resbalando en la almohada baja. No podría llorar por él, no tenía sentido llorar por alguien que apenas se conocía, alguien simpático y cortés y quizá ya un poco enamorado y en todo caso lo bastante hombre para no soportar la humillación de ese viaje, pero que no era nadie para ella, apenas unas horas de charla, una cercanía virtual, una mera posibilidad de cercanía, una mano firme y cariñosa en la suya, un beso en la frente de Jorge, una gran confianza, una taza de café muy caliente. La vida era esa operación demasiado lenta, demasiado sigilosa para mostrarse en toda su profundidad; hubieran tenido que pasar muchas cosas, o no pasar cosas y que eso fuera lo que pasaba, hubieran tenido que encontrarse poco a poco, con fugas y retrocesos y malentendidos y reconciliaciones, en todos los planos en que ella y Gabriel se asemejaban y se necesitaban. Mirándolo con algo que participaba del despecho y del reproche, pensó que él la había necesitado y que era una traición y una cobardía marcharse así, abandonarse a sí mismo a la hora del encuentro. Lo retó, inclinándose sobre él sin temor y sin lástima, le negó el derecho de morir antes de estar vivo en ella, de empezar verdaderamente a vivir en ella. Le dejaba un fantoche cariñoso, una imagen de veraneo, de hotel, le dejaba apenas su apariencia y algunos momentos en que la verdad había luchado por abrirse paso; le dejaba un nombre de mujer que había sido suya, frases que le gustaba repetir, episodios de infancia, una mano huesuda y firme en la suya, una manera hosca de sonreír y de no preguntar. Se iba como si tuviera miedo, elegía la más vertiginosa de las fugas, la de la inmovilidad irremediable, la del silencio hipócrita. Se negaba a seguir esperándola, a merecerla, a apartar una por una las horas que los distanciaban del encuentro. De qué valía que besara esa frente fría, que peinara con dedos estremecidos ese pelo pegajoso y enredado, que algo suyo y caliente corriera ahora por una cara enteramente vuelta hacia adentro, más lejana que cualquier imagen del pasado. No podría perdonarlo jamás, mientras se acordara de él le reprocharía haberla privado de un posible tiempo nuevo, un tiempo donde la duración, el estar viva en el centro mismo de la vida, renaciera en ella rescatándola, quemándola, reclamándole lo que el tiempo de todos los días no le reclamaba. Como un sordo girar de engranajes en las sienes, sentía ya que el tiempo sin él se desarrollaba en un camino interminable igual al tiempo de antes, al tiempo sin León, al tiempo de la calle Juan Bautista Alberdi, al tiempo de Jorge que era un pretexto, la mentira materna por excelencia, la coartada para justificar el estancamiento, las novelas fáciles, la radio por la tarde, el cine por la noche, el teléfono a toda hora, los febreros en Miramar. Todo eso podría haber cesado si él no estuviese ahí con las pruebas del robo y el abandono, si no se hubiera hecho matar como un tonto para no llegar a vivir de verdad en ella y hacerla vivir con su propia vida. Ni él ni ella hubieran sabido jamás quién necesitaba del otro, así como dos cifras no saben el número que componen; de su doble incertidumbre hubiera crecido una fuerza capaz de transformarlo todo, de llenarles la vida de mares, de carreras, de inauditas aventuras, de reposos como miel, de tonterías y catástrofes hasta un fin más merecido, hasta una muerte menos mezquina. Su abandono antes del encuentro era infinitamente más torpe y más sórdido que el abandono de sus amantes pasadas. De qué podía quejarse Bettina al lado de su queja, qué reproche urdirían sus labios frente a ese desposeimiento interminablemente repetido, que ni siquiera nacía de un acto de su voluntad, ni siquiera era su propia obra. Lo habían matado como a un perro, eligiendo por él, acabándole la vida sin que pudiera aceptar o negarse. Y que no tuviera la culpa era así, frente a ella, muerto ahí frente a ella, la peor, la más insanable de las culpas. Ajeno, librado a otras voluntades, grotesco blanco para la puntería de cualquiera, su traición era como el infierno, una ausencia eternamente presente, una carencia llenando el corazón y los sentidos, un vacío infinito en el que ella caería con todo el peso de su vida. Ahora sí podía llorar, pero no por él. Lloraría por su sacrificio inútil, por su tranquila y ciega bondad que lo había llevado al desastre, por lo que había tratado de hacer y quizá había hecho para salvar a Jorge pero detrás de ese llanto, cuando el llanto cesara como todos los llantos, vería alzarse otra vez la negativa, la fuga, la imagen de un amigo de dos días que no tendría fuerzas para ser su muerto de toda la vida. «Perdón por decirte todo esto —pensó desesperada—, pero estabas empezando a ser algo mío, ya entrabas por mi puerta con un paso que yo reconocía desde lejos. Ahora seré yo la que huya, la que pierda muy pronto lo poco que tenía de tu cara y de tu voz y de tu confianza. Me has traicionado de golpe, eternamente; pobre de mí, que perfeccionaré mi traición todos los días, perdiéndote de a poco, cada vez más, hasta que ya no seas ni siquiera una fotografía, hasta que Jorge no se acuerde de nombrarte, hasta que otra vez León entre en mi alma como un torbellino de hojas secas, y yo dance con su fantasma y no me importe.»

43

A las siete y media algunos pasajeros acataron el llamado del gong y subieron al bar. La detención del *Malcolm* no los sorprendía demasiado; era previsible que después de las locuras insensatas de esa noche se empezarían a pagar las consecuencias. Don Galo lo proclamó con su voz más chirriante mientras untaba rabiosamente las tostadas, y las señoras presentes asintieron con suspiros y miradas cargadas de reproche y profecía. La mesa de los malditos recibía de tiempo en tiempo una alusión o un par de ojos condenatorios que se fijaban obstinados en la cara amoratada de López, en el pelo suelto y descuidado de Paula, en la sonrisa soñolienta de Raúl. La noticia de la muerte de

Medrano había provocado un desmayo en doña Pepa y una crisis histérica en la señora de Trejo; ahora procuraban reponerse frente a las tazas de café con leche. Temblando de rabia al pensar en las horas que había pasado prisionero en el bar. Lucio apretaba los labios y se abstenía de comentarios; a su lado, Nora se sumaba oficiosamente al partido de la paz y se unía en voz baja a los comentarios de doña Rosita y de la Nelly, pero no podía impedirse mirar a cada momento hacia la mesa de López y de Raúl, como si para ella, al menos, las cosas distasen de estar claras. Imagen de la rectitud agraviada, el *maître* iba de una mesa a otra, recibía los pedidos, se inclinaba sin hablar, y de cuando en cuando miraba los hilos arrancados del teléfono y suspiraba.

Casi nadie había preguntado por Jorge, la truculencia podía más que la caridad. Capitaneadas por la señora de Trejo, doña Pepa, la Nelly y doña Rosita habían pretendido meterse muy temprano en la cabina mortuoria para adoptar las diversas disposiciones en que descuella la necrofilia femenina. Atilio, que había tenido una pelea a grito pelado con la familia, les adivinó la intención y fue a plantarse como fierro frente a la puerta. A la cortante invitación de la señora de Trejo para que las dejase entrar a cumplir sus deberes cristianos, respondió con un: «Vayasén a bañar», que no admitía dudas. Al ademán que hizo la señora de Trejo como para abofetearlo, el Pelusa respondió con un gesto tan significativo que la digna señora, vejada en lo más hondo, retrocedió con el rostro empurpurado mientras reclamaba a gritos la presencia de su esposo. Pero el señor Trejo no aparecía por ninguna parte, y las damas acabaron por marcharse, la Nelly bañada-en-lágrimas, doña Pepa y doña Rosita aterradas por la conducta del hijo y del futuro yerno, la señora de Trejo en plena crisis de urticaria nerviosa. En cierto modo el desayuno se proponía como una tirante tregua en la que todos se observaban de reojo, con la desagradable sensación de que el *Malcolm* se había detenido en medio del mar, es decir que el viaje se interrumpía y algo iba a suceder, vaya a saber qué.

A la mesa de los malditos acababa de sumarse el Pelusa, a quien Raúl invitó con un ademán apenas lo vio asomar a la puerta. Iluminada la cara por una sonrisa de felicidad, el Pelusa corrió a instalarse entre sus amigos, mientras la Nelly bajaba los ojos hasta casi tocar las tostadas, y su madre se iba poniendo más y más roja. Dándoles la espalda, el Pelusa se sentó entre Paula y Raúl que se divertían una barbaridad. López, masticando con muchas precauciones un bizcocho, le guiñó el ojo que le quedaba abierto.

—Me parece que a su familia no le entusiasma su presencia en esta mesa contaminada —dijo Paula.

—Yo tomo la leche donde quiero —dijo Atilio—. Que me dejen de incordiar, a la qué tanto.

—Seguro —dijo Paula, y le ofreció pan y manteca—. Asistamos ahora a la llegada majestuosa del señor Trejo y del doctor Restelli.

La voz cascada de Don Galo saltó como un tapón de champaña. Se alegraba de ver que los amigos habían podido dormir un par de horas por lo menos, después de la incalificable noche que habían pasado prisioneros. Por su parte le había sido imposible conciliar el sueño a pesar de una doble dosis de Bromural Knoll.

Pero ya tendría tiempo de dormir una vez que se hubieran deslindado las responsabilidades y sancionado a los inconscientes fautores de tal barbaridad.

—Aquí se va a armar antes de dos minutos —murmuró Paula—. Carlos, y vos, Raúl, quédense quietos.

—Ma sí, ma sí —decía el Pelusa, metido en su café con leche—. Qué escombro que hacen por nada.

López miraba curioso al doctor Restelli, que se cuidaba de devolverle la mirada. De la mesa de las señoras brotó un: «¡Osvaldo!», imperioso, y el señor Trejo, que se encaminaba a un sitio vacío, pareció recordar una obligación, y cambiando de rumbo, se acercó a la mesa de los malditos y encaró a Atilio que luchaba con un bocado algo excesivo de pan con dulce de frutilla.

—¿Se puede saber, joven, con qué derecho ha pretendido impedir el paso de mi esposa en la... en la capilla ardiente, digamos?

El Pelusa tragó el bocado con singular esfuerzo, y su nuez de Adán pareció a punto de reventar.

—Ma si lo único que querían era escorchar la paciencia —dijo.

—¿Cómo dice? ¡Repita eso!

A pesar de que Raúl le hacía señas de que no se moviera, el Pelusa echó atrás la silla y se levantó.

—Mejor acabelá —dijo, juntando los dedos de la mano izquierda y metiéndolos debajo de la nariz del señor Trejo—. ¿Pero usté quiere que yo me enoje de veras? ¿No le alcanzó con el castigo? ¿No estuvo bastante en penitencia, usted y todos ésos, manga de cagones?

—¡Atilio! —dijo virtuosamente Paula, mientras Raúl se retorcía de risa.

—¡Ma sí, ya que me vienen a buscar me van a oír! —gritó el Pelusa con una voz que rajaba los platos—. ¡Manga de atorrantes, meta hablar y hablar, y que sí que no, y entre tanto el pibe se estaba muriendo, se estaba! ¿Qué hicieron, dígame un poco? ¿Se movieron, ustedes? ¿Fueron a buscar al doctor, ustedes? ¡Fuimos nosotros, pa que lo sepa! ¡Nosotros, aquí el señor, y el señor que bien le rompieron la cara! Y el otro señor... sí, el otro... y después va a pretender que yo deje entrar a cualquiera en el camarote...

Se atragantaba, demasiado emocionado para seguir. Tomándolo del brazo, López trató de que se sentara, pero el Pelusa se resistía. Entonces López se levantó a su vez y miró en la cara al señor Trejo.

—Vox populi, vox Dei —dijo—. Vaya a tomar su desayuno, señor. En cuanto a usted, señor Porriño, ahórrenos sus comentarios y ustedes también, señoras y señoritas.

—¡Incalificable! —vociferó Don Galo, entre un coro de gemidos y exclamaciones femeninas—. ¡Abusan de su fuerza!

—¡Deberían haberlos matado a todos! —gritó la señora de Trejo, derramándose sobre el sillón.

Tan sincero deseo sirvió para que los demás empezaran a callarse, sospechando que habían ido demasiado lejos. El desayuno continuó entre sordos murmullos y una que otra mirada iracunda. Persio, que llegaba tarde, pasó como un duende entre las mesas y arrimó una silla junto a López.

—Todo es paradoja —dijo Persio, sirviéndose café—. Los corderos se han vuelto lobos, el partido de la paz es ahora el partido de la guerra.

—Un poco tarde —dijo López—. Harían mejor en quedarse en sus cabinas y esperar... me pregunto qué.

—Es un mal sistema —dijo Raúl bostezando—. Yo traté de dormir sin resultado. Se está mejor afuera al sol. ¿Vamos?

—Vamos —aceptó Paula, y se detuvo en el momento de levantarse—. *Tiens,* miren quién llega.

Enjuto y caviloso, el glúcido de cabello gris «a la brosse» los miraba desde la puerta. Numerosas cucharitas se posaron en los platos, algunas sillas dieron media vuelta.

—Buenos días, señoras, buenos días, señores.

Se oyó un débil: «Buen día, señor», de la Nelly.

El glúcido se pasó la mano por el pelo.

—Deseo comunicarles en primer término que el médico acaba de visitar al enfermito y lo ha encontrado mucho mejor.

—Fenómeno —dijo el Pelusa.

—En nombre del capitán les informo que las restricciones de seguridad conocidas por ustedes serán levantadas a partir del mediodía.

Nadie dijo nada, pero el gesto de Raúl era demasiado elocuente como para que el glúcido lo pasara por alto.

—El capitán lamenta que un malentendido haya sido causa de un deplorable accidente, pero comprenderán que la Magenta Star declina toda responsabilidad al respecto, máxime cuando todos ustedes sabían que se trataba de una enfermedad sumamente contagiosa.

—Asesinos —dijo claramente López—. Sí, eso que ha oído: asesinos.

El glúcido se pasó la mano por el pelo.

—En circunstancias como ésta, la emoción y el estado nervioso explican ciertas acusaciones absurdas —dijo, desechando la cuestión con un encogimiento de hombros—. No quisiera retirarme sin prevenir a ustedes que quizá fuera conveniente que prepararan su equipaje.

En medio de los gritos y preguntas de las señoras, el glúcido parecía más viejo y cansado. Dijo unas palabras al *maître* y salió, pasándose con insistencia la mano por el pelo.

Paula miró a Raúl, que encendía aplicadamente la pipa.

—Qué macana, che —dijo Paula—. Y yo que había subalquilado mi departamento por dos meses.

—A lo mejor —dijo Raúl— podés conseguir el de Medrano, si te adelantás a Lucio y a Nora que deben tener unas ganas bárbaras de conseguir casa.

—No le tenés respeto a la muerte, vos.

—La muerte no me va a tener respeto a mí, che.

—Vamos —dijo bruscamente López a Paula—. Vamos a tomar sol, estoy harto de todo esto.

—Vamos, Jamaica John —dijo Paula, mirándolo de reojo. Le gustaba sentirlo enojado. «No, querido, no te la vas a llevar de arriba —pensó—. Machito orgulloso, ya vas a ver cómo detrás de los besos está siempre mi boca, que no cambia así nomás. Mejor que trates de entenderme, no de cambiarme...» Y lo primero que tenía que entender era que la vieja alianza no estaba rota, que Raúl sería siempre Raúl para ella. Nadie le compraría su libertad, nadie la haría cambiar mientras no lo decidiera por su cuenta.

Persio tomaba una segunda taza de café y pensaba en el regreso. Las calles de Chacarita desfilaban por su memoria. Tendría que preguntarle a Claudia si era legal seguir faltando al empleo aunque estuviera de vuelta en Buenos Aires. «Detalles jurídicos delicados —pensó Persio—. Si el gerente me ve en la calle y yo he dicho que iba a hacer un viaje por mar...»

I

Pero si el gerente lo ve en la calle y él ha dicho que va a hacer un viaje por mar, ¿qué demonios importa? ¿Qué demonios? Esto lo subraya. Persio mirando el poso de su segunda taza de café, salido y distante, oscilando como un corcho en otro corcho más grande en una vaga zona del océano austral. En toda la noche no ha podido velar, desconcertado por el olor de pólvora, las carreras, la vana quiromancia sobre manos falseadas por el talco, los volantes de automóviles y las asas de las valijas. Ha visto la muerte cambiar de idea a pocos metros de la cama de Jorge, pero sabe que eso es una metáfora. Ha sabido que hombres amigos han roto el cerco y llegado a la popa, pero no ha encontrado el hueco por donde reanudar el contacto con la noche, coincidir con el descubrimiento precario de esa gente. El único que ha sabido algo de la popa ya no puede hablar. ¿Subió las escaleras de la iniciación? ¿Vio las jaulas de fieras, vio los monos colgados de los cables, oyó las voces primordiales, encontró la razón o el contentamiento? Oh terror de los antepasados, oh noche de la raza, pozo ciego y borboteante, ¿qué oscuro tesoro custodiaban los dragones de idioma nórdico, qué reverso esperaba allí para mostrarle a un muerto su verdadera cara? Todo el resto es mentira y esos otros, los que han vuelto o los que no han ido lo saben igualmente, los unos por no mirar o no querer mirar, los otros por inocencia o por la dulce canallería del tiempo y las costumbres. Mentira las verdades de los exploradores, mentira las mentiras de los cobardes y los prudentes; mentira las explicaciones, mentira los desmentidos. Sólo es cierta e inútil la gloria colérica de Atilio, ángel de torpes manos pecosas, que no sabe lo que ha sido pero que se yergue ya, marcado para siempre, distinto en su hora perfecta, hasta que la conjuración inevitable de la Isla Maciel lo devuelva a la ignorancia satisfactoria. Y sin embargo allá estaban las Madres, por darles un nombre, por creer en sus vagas figuraciones, alzándose en mitad de la pampa, sobre la tierra que está maleando la cara de sus hombres, el porte de sus espaldas y sus cuellos, el color de sus ojos, la voz que ansiosa reclama el asado de tira y el tango de moda, estaban los arquetipos, los ocultos pies de la historia que enloquecida corre por las versiones oficiales, por el-veinticinco-de-mayo-amaneció-frío-y-lluvioso, por Liniers misteriosamente héroe y traidor entre la página treinta y la treinta y cuatro, los pies profundos de la historia esperando la llegada del primer argentino, sedienta de entrega, de metamorfosis, de extracción a la luz. Pero una vez más sabe Persio que el rito obsceno se ha cumplido, que los antepasados siniestros se han interpuesto entre las Madres y sus distantes hijos, y que su terror acaba por matar la imagen del dios creador, sustituirlo por un comercio favorable de fantasmas, un cerco amenazante de la ciudad, una exigencia insaciable de ofrendas y apaciguamientos. Jaulas de monos, *fieras sueltas, glúcidos de uniforme, efemérides patrias, o solamente una cubierta lavada y gris de amanecer, cualquier cosa hasta para ocultar lo que temblorosamente esperaba del otro lado. Muertos o vivos han regresado de allá abajo con los ojos turbios, y una vez más ve Persio dibujarse la imagen del guitarrista que fue de Apollinaire, una vez más ve que el músico no tiene cara, no hay más que un vago rectángulo negro, una música sin dueño, un ciego acaecer sin raíces, un barco flotando a la deriva, una novela que se acaba.*

Epílogo

44

A las once y media empezó a hacer calor y Lucio, cansado de tomar sol y explicar a Nora una cantidad de cosas que Nora no parecía considerar como irrefutables, optó por subir a darse una ducha. Estaba harto de hablar cara al sol, maldiciendo a los que habían estropeado el viaje; harto de preguntarse qué iba a ocurrir y por qué se hablaba de preparar los equipajes. La respuesta lo alcanzó cuando subía la escalerilla de estribor: un zumbido imperceptible, una mancha en el cielo, una segunda mancha. Los dos hidroaviones Catalina giraron sobre el *Malcolm* un par de veces antes de amerizar a cien metros. Solo en la punta de la proa, Felipe los miró sin interés, perdido en un semisueño que la Beba atribuía malignamente al alcohol.

La sirena del *Malcolm* sonó tres veces, y se vio brillar un heliógrafo a bordo de uno de los hidroaviones.Tirados en sus reposeras, López y Paula miraron alejarse una chalupa en cuya proa iba un glúcido gordo. El tiempo parecía alargarse indefinidamente a esa hora, la chalupa tardó en llegar al costado de uno de los hidroaviones, vieron que el glúcido trepaba al ala y desaparecía.

—Ayudame a hacer las valijas —pidió Paula—. Tengo todo tirado por el suelo.

—Bueno, pero es que estamos tan bien aquí.

—Quedémonos —dijo Paula, cerrando los ojos.

Cuando volvieron a interesarse por lo que pasaba, la chalupa se desprendía del hidroavión con varios hombres a bordo. Desperezándose, López consideró llegado el momento de poner sus cosas en orden, pero antes de subir estuvieron un momento apoyados en la borda, cerca de Felipe, y reconocieron la silueta y el traje azul oscuro del que venía hablando animadamente con el glúcido gordo. Era el inspector de la Dirección de Fomento.

Media hora después, el *maître* y el mozo recorrieron las cabinas y la cubierta para convocar a los pasajeros en el bar, donde el inspector los esperaba acompañado del glúcido de pelo gris. El doctor Restelli llegó el primero, respirando un optimismo que su forzada sonrisa desmentía. En el intervalo había conferenciado con el señor Trejo, Lucio y Don Galo, cambiando ideas sobre la mejor manera de presentar las cosas (en caso de que se abriera una información sumaria o se pretendiera dar por terminado el crucero al cual todos, salvo los revoltosos, tenían pleno derecho). Las señoras arribaron con sus mejores saludos y sonrisas, ensayando unos: «¡Cómo! ¿Usted por aquí? ¡Qué sorpresa!», que el inspector contestó estirando levemente los labios y levantando la mano derecha con la palma hacia adelante.

—Ya estamos todos, creo —dijo, mirando al *maître* que pasaba revista. Se hizo un gran silencio, en medio del cual el fósforo que frotaba Raúl restalló con fuerza.

—Buenos días, señoras y señores —dijo el inspector—. Está de más que les señale cuánto lamenta la Dirección los inconvenientes producidos. El radiograma enviado por el capitán del *Malcolm* era de un carácter tan urgente que, como pueden ustedes apreciar, la Dirección no trepidó en movilizar inmediatamente los recursos más eficaces.

—El radiograma lo mandamos nosotros —dijo Raúl—. Para ser exacto, lo mandó el hombre que asesinaron ésos.

El inspector miraba la punta del dedo de Raúl, que señalaba al glúcido. El glúcido se pasó la mano por el pelo. Sacando un silbato, el inspector sopló dos veces. Entraron tres jóvenes con uniforme de la policía de la capital, marcadamente incongruente en esa latitud y en ese bar.

—Les agradeceré que me dejen terminar lo que he venido a comunicarles —dijo el inspector, mientras los policías se situaban detrás de los pasajeros—. Es muy lamentable que la epidemia estallara una vez que el barco había salido de la rada de Buenos Aires. Nos consta que la oficialidad del *Malcolm* tomó todas las medidas necesarias para proteger la salud de ustedes, forzándolos incluso a una disciplina un tanto molesta, pero que se imponía necesariamente.

—Exacto —dijo Don Galo—. Todo eso, perfecto. Lo dije desde el primer momento. Ahora permítame usted, estimado señor...

—Permítame *usted* —dijo el inspector—. A pesar de esas precauciones, hubo dos alarmas, la segunda de las cuales obligó al capitán a telegrafiar a Buenos Aires. El primer caso no pasó por fortuna de una falsa alarma, y el médico a bordo ya ha dado de alta al enfermito; pero el segundo, provocado por la imprudencia de la víctima que franqueó indebidamente las barreras sanitarias y llegó hasta la zona contaminada, ha sido fatal. El señor... —consultó una libreta, mientras crecían los murmullos—. El señor Medrano, eso es. Muy lamentable, ciertamente. Permítanme, señores, ¡Silencio! Permítanme. En estas circunstancias, y luego de conferenciar con el capitán y el médico, se ha llegado a la conclusión de que la presencia de ustedes a bordo del *Malcolm* resulta peligrosa para la salud de todos. La epidemia, aunque en curso de desaparición, podría tener un nuevo brote de este lado, máxime cuando el caso fatal ha llegado a su desenlace en una de las cabinas de proa. Por todo ello, señoras y señores, les ruego se preparen a embarcarse en los aviones dentro de un cuarto de hora. Muchas gracias.

—¿Y por qué embarcarse en los aviones? —gritó Don Galo, empujando su silla para acercarse al inspector—. ¿Pero entonces es cierto lo de la epidemia?

—Mi querido Don Galo, claro que es cierto —dijo el doctor Restelli, adelantándose vivamente—. Me sorprende usted, amigo. Nadie ha dudado un solo momento de que la oficialidad luchaba contra un brote del tifus 224, usted lo sabe muy bien. Señor inspector, no se trata en realidad de eso, pues todos estamos de acuerdo, sino de la oportunidad de la medida, digamos un tanto drástica, que proyecta usted tomar. Lejos de mí pretender hacer valer el derecho que como agraciado me corresponde, pero al mismo tiempo lo insto que reflexione sobre la precipitación de un acto que...

—Vea, Restelli, déjese de macanas —dijo López, zafándose del brazo de Paula y de sus pellizcos conminatorios—. Usted y todos los demás saben perfectamente que a Medrano lo han matado a tiros los del barco. Qué tifus ni qué carajo, che. Y usted escúcheme un momento. Maldito lo que me importa volver a Buenos Aires después de las que hemos pasado aquí, pero no pienso permitir que se mienta en esa forma.

—Cállese, señor —dijo uno de los policías.

—No me da la gana. Tengo testigos y pruebas de lo que digo. Y lo único que lamento es no haber estado con Medrano para bajar a tiros media docena de esos hijos de puta.

El inspector levantó la mano.

—Pues bien, señores, no quería verme obligado a señalarles la alternativa que se plantea en caso de que alguno de ustedes, perdida la noción de la realidad por razones amistosas o por lo que sea, insista en desvirtuar el origen de los hechos. Créanme que lamentaría verme precisado a desembarcar a ustedes en... digamos, alguna zona aislada, y retenerlos allí hasta que se serenaran los ánimos, y pudiera darse un curso normal a la información.

—A mí me puede desembarcar donde se le antoje —dijo López—. Medrano fue asesinado por ésos. Míreme la cara. ¿Le parece que también esto es tifus?

—Ustedes decidirán —dijo el inspector, dirigiéndose sobre todo al señor Trejo y a Don Galo—. No quisiera verme obligado a internarlos, pero si se obstinan en falsear hechos que han sido verificados por las personas más irreprochables...

—No diga macanas —dijo Raúl—. ¿Por qué no bajamos juntos, usted y yo, a echarle una ojeada al muerto?

—Oh, el cuerpo ya ha sido retirado del barco —dijo el inspector—. Usted comprende que se trata de una medida higiénica elemental. Señores, les ruego que reflexionen. Podemos estar todos de vuelta en Buenos Aires dentro de cuatro horas. Una vez allá, y firmadas las declaraciones que redactaremos de común acuerdo, no tengan la menor duda de que la dirección se ocupará de indemnizarlos debidamente, pues nadie olvida que este viaje correspondía a un premio, y que el hecho de haberse malogrado no es óbice.

—Lindo fin de frase —dijo Paula.

El señor Trejo carraspeó, miró a su esposa, y se decidió a hablar.

—Yo pregunto, señor inspector... Puesto que, como usted lo señala, el cuerpo ha sido retirado del barco, y a la vez el brote tífico está en franca regresión, ¿no ha pensado en la posibilidad de que...?

—Pero claro, hombre —dijo Don Galo—. ¿Qué razón hay para que los que estemos de acuerdo... digo claramente, los que estemos de acuerdo... prosigamos este viaje?

Todos hablaban a un tiempo, las voces de las señoras superaban las incómodas tentativas de los policías por imponer silencio. Raúl notó que el inspector sonreía satisfecho, y que hacía una seña a los policías para que no intervinieran. «Dividir para reinar —pensó, apoyándose en un tabique y fumando sin placer—. ¿Por qué no? Lo mismo da quedarse que irse, seguir que volver. Pobre López, empecinado en hacer brillar la verdad. Pero Medrano estaría contento si pudiera enterarse; vaya lío el que ha armado...» Sonrió a Claudia, que asistía como desde muy lejos a la escena, mientras el doctor Restelli explicaba que algunos lamentables excesos no debían gravitar sobre el bien ganado descanso de la mayoría de los pasajeros, por lo cual confiaba en que el señor inspector... Pero el señor inspector volvía a levantar la mano con la palma hacia adelante, hasta lograr un relativo silencio.

—Comprendo muy bien el punto de vista de estos señores —dijo—. Sin embargo, el capitán y la oficialidad han estimado que dadas las circunstancias, el brote, etc... En una palabra, señores; volvemos todos a Buenos Aires o me veo precisado, con gran dolor de mi alma, a ordenar una internación temporaria hasta que se disipen los malentendidos. Observen ustedes que la amenaza del tifus bastaría para justificar tan extrema medida.

—Ahí está —dijo Don Galo, volviéndose como un basilico hacia López y Atilio—. Ese es el resultado de la anarquía y de la prepotencia. Lo dije desde que subí a bordo. Ahora pagarán justos por pecadores, coño. ¿Y esos hidroaviones son seguros o qué?

—¡Nada de hidroaviones! —gritó la señora de Trejo, sostenida por un murmullo predominantemente femenino—. ¿Por qué no hemos de seguir el viaje, vamos a ver?

—El viaje ha terminado, señora —dijo el inspector.

—¡Osvaldo, y vos vas a tolerar esto!

—Hijita —dijo el señor Trejo, suspirando.

—De acuerdo, de acuerdo —dijo Don Galo—. Se toma el hidroavión y se acabó, con tal que no se hable más de internaciones y otras pajolerías.

—En efecto —dijo el doctor Restelli, mirando de reojo a López—, dadas las circunstancias, si lográramos la unanimidad a que nos invita el señor inspector...

López sentía entre asco y lástima. Estaba tan cansado que la lástima podía más.

—Por mí no se preocupe, che —le dijo a Restelli—. No tengo inconveniente en volver a Buenos Aires, y allá nos explicaremos.

—Justamente —dijo el inspector—. La Dirección tiene que tener la seguridad de que ninguno de ustedes aprovechará su regreso para difundir especies.

—Entonces —dijo López— la Dirección está bien arreglada.

—Señor mío, su insistencia... —dijo el inspector—. Créame, si no tengo la seguridad previa de que renunciarán ustedes a tergiversar, sí, a tergiversar de esa manera la verdad, me veré precisado a hacer lo que dije antes.

—No faltaría más que eso —dijo Don Galo—. Primero tres días con el alma en un hilo, y después vaya a saber cuánto tiempo metidos en el culo del mundo. No, no y no. ¡A Buenos Aires, a Buenos Aires!

—Pero claro —dijo el señor Trejo—. Es intolerable.

—Analicemos la situación con calma —pidió el doctor Restelli.

—La situación es muy sencilla —dijo el señor Trejo—. Puesto que el señor inspector considera que no es posible continuar el viaje... —miró a su esposa, lívida de rabia, e hizo un gesto de impotencia— ...entendemos que lo más lógico y natural es regresar en seguida a Buenos Aires y reintegrarnos en... en...

—A —dijo Raúl—. Reintegrarnos a.

—Por mi parte no hay inconveniente en que ustedes

se reintegren —dijo el inspector—, siempre que firmen la declaración que se preparará oportunamente.

—Mi declaración la redactaré yo hasta la última coma —dijo López.

—No serás el único —dijo Paula, sintiéndose un poco ridícula a fuerza de virtud.

—Claro que no —dijo Raúl—. Seremos por lo menos cinco. Y eso es más de una cuarta parte del pasaje, cosa no despreciable en una democracia.

—No me vengan con política —dijo el inpector.

El glúcido se pasó la mano por el pelo y empezó a hablarle en voz baja, mientras el inspector escuchaba deferente.

Raúl se volvió hacia Paula.

—Telepatía, querida. Le está diciendo que la Magenta Star se opone al truco de la internación parcial porque a la larga el escándalo será más grande. No nos llevarán a Ushuaia, verás, ni siquiera eso. Me alegro porque no traje ropa de invierno. Fíjate bien y verás cómo tengo razón.

La tenía, porque el inspector volvió a levantar la mano con su gesto que hacía pensar incongruentemente en un pingüino, y declaró con fuerza que si no se lograba la unanimidad se vería forzado a internar a todos los pasajeros sin excepción. Los hidroaviones no podían separarse, etc.; agregó otras vistosas razones técnicas. Calló, esperando los resultados de la vieja máxima que Raúl había sospechado un rato antes, y no tuvo que esperar mucho. El doctor Restelli miró a Don Galo, que miró a la señora de Trejo, que miró a su marido. Un polígono de miradas, un rebote instantáneo. Orador, Don Galo Porriño.

—Verá usted, señor mío —dijo Don Galo, haciendo oscilar la silla de ruedas—. No es cosa que por la contumacia y el emperramiento de estos jóvenes currutacos nos veamos los más ponderados y bien pensantes trasladados quién sabe adónde, sin contar que más tarde la calumnia se ensañará con nosotros, pues bien me conozco yo este mundo. Si usted nos dice que la... que el accidente, ha sido provocado por esa epidemia de la puñeta, personalmente creo que no hay razones para dudar de su palabra de funcionario. Nada me sorprendería que la reyerta de esta madrugada haya sido, más ruido que nueces. La verdad es que ninguno de nosotros —acentuó la última palabra— ha podido ver al... al malogrado caballeto, que gozaba de toda nuestra simpatía a pesar de sus torpezas de última hora.

Hizo girar la silla un cuarto de círculo y miró triunfalmente a López y Raúl.

—Repito: nadie lo ha visto, porque esos señores, ayudados por el forajido que se atrevió a encerrarnos anoche en el bar —y observen ustedes el peso que tiene esa incalificable tropelía cuando se la considera a la luz de lo que estamos diciendo—, esos señores, repito, por darles todavía un nombre que no merecen, impidieron a estas damas, movidas por un impulso de caridad cristiana que respeto aunque mis convicciones sean otras, el acceso a la cámara mortuoria. ¿Qué conclusiones, señor inspector, cabe sacar de esto?

Raúl agarró del brazo al Pelusa, que estaba color ladrillo, pero no pudo impedirle que hablara.

—¿Cómo qué conclusiones, paparulo? ¡Yo lo traje de vuelta, lo traje, con el señor aquí! ¡Le chorreaba la sangre por la tricota!

—Delirio alcohólico, probablemente —murmuró el señor Trejo.

—¿Y el tiro que le fajé al coso de la popa, entonces? ¡Le sangraba la oreja que parecía un chancho degollado! ¡Por qué no le habré pegado en la panza, Dios querido, a ver si también me venían con el tifus!

—No te rompás, Atilio —dijo Raúl—. La historia ya está escrita.

—Ma qué historia —dijo el Pelusa.

Raúl se encogió de hombros.

El inspector esperaba, sabiendo que otros serían más elocuentes que él. Primero habló el doctor Restelli, modelo de discreción y buen sentido; lo siguió el señor Trejo, vehemente defensor de la causa de la justicia y el orden; Don Galo se limitaba a apoyar los discursos con frases llenas de ingenio y oportunidad. En los primeros momentos López se molestó en replicarles y en insistir en que eran unos cobardes, apoyado por las interjecciones y los arrebatos de Atilio y las púas siempre certeras de Raúl. Cuando el asco le quitó hasta las ganas de hablar, les dio la espalda y se fue a un rincón. El grupo de los malditos se reunió en silencio, discretamente vigilado por los policías. El partido de la paz redondeaba sus conclusiones, favorecido por la aprobación de las señoras y la sonrisa melancólica del inspector.

45

Desde lo alto el *Malcolm* parecía un fósforo en una palangana. Después de haberse apurado para ocupar un asiento junto a una ventanilla, Felipe lo miró con indiferencia. El mar perdía todo volumen y relieve, se convertía en una lámina turbia y opaca. Encendió un cigarrillo y echó una mirada a su alrededor; los respaldos de los asientos eran sorprendentemente bajos. A la izquierda, el otro hidroavión volaba con una perfecta sensación de inmovilidad. El equipaje de los viajeros iba en él y también probablemente... Al subir, Felipe había mirado en todos los huecos de la cabina, esperando descubrir una forma envuelta en una sábana o una lona, más probablemente una lona. Como no vio nada, suponía que lo habían embarcado en el otro avión.

—En fin —dijo la Beba, sentada entre su madre y Felipe—. Era de imaginarse que esto terminaría mal. No me gustó desde el primer momento.

—Podría haber terminado perfectamente —dijo la señora de Trejo—, si no hubiera sido por el tifus y... por el tifus.

—De todas maneras es un papelón —dijo la Beba—. Ahora tendré que explicarle a todas mis amigas, imaginate.

—Pues m'hijita, lo explica y se acabó. Ya sabe muy bien lo que tiene que decir.

—Si te creés que María Luisa y la Merche se lo van a tragar...

La señora de Trejo miró un momento a la Beba y luego a su esposo, ubicado en el lado opuesto donde había sólo dos asientos. El señor Trejo, que había oído, hizo una seña para tranquilizarla. En Buenos Aires convencerían poco a poco a los chicos de que no tergiversaran las explicacioines; a lo mejor convendría mandarlos un mes a Córdoba, a la estancia de tía Florita. Los chicos olvidan pronto, y además como son menores de edad, sus palabras no tienen consecuencias jurídicas. Realmente no valía la pena hacerse mala sangre.

Felipe seguía mirando el *Malcolm* hasta que lo vio perderse debajo del avión; ahora sólo quedaba un interminable aburrimiento de agua, cuatro horas de agua hasta Buenos Aires. No estaba tan mal el vuelo, al fin y al cabo era la primera vez que subía a un avión y tendría para contarles a los muchachos. La cara de su madre antes de despegar, el terror disimulado de la Beba... Las mujeres eran increíbles, se asustaban por cada pavada. Y sí, che, qué le vas a hacer, se armó un lío tan descomunal que al final nos metieron a todos en un Catalina y de vuelta a casa. Mataron a uno y todo, que... Pero no le iban a creer, Ordóñez lo miraría con ese aire que tomaba cuando quería sobrarlo. Se hubiera sabido, pibe, vos qué te creés, para qué están los diarios. Sí, era mejor no hablar de eso. Pero Ordóñez, y a lo mejor Alfieri, le preguntarían cómo le había ido en el viaje. Eso era más fácil: la pileta, una pelirroja con bikini, el lance a fondo, la piba que se hacía la estrecha, mirá que si se enteran, yo tengo vergüenza, pero no, nena, aquí nadie se va a enterar, vení, dejame un poco.

Al principio no quería, estaba asustada, pero vos sabés lo que es, apenas me la trinqué en forma cerró los ojos y me dejó que la desvistiera en la cama. Qué hembra, pibe, no te puedo contar...

Resbaló un poco en el asiento, con los ojos entornados. Mirá, si te digo lo que fue eso... Todo el día, che, y no quería que me vaya, un metejón de esos que vos no sabés qué hacer... Pelirroja, sí, pero abajo era más bien rubia. Claro, yo también tenía curiosidad, pero ya te digo, más bien rubia.

Se abrió la puerta de la cabina de comando, y el inspector asomó con aire satisfecho y casi juvenil.

—Tiempo magnífico, señores. Dentro de tres horas y media estaremos en Puerto Nuevo. La Dirección ha pensado que luego de cumplir los trámites de que ya hemos hablado, ustedes preferirán sin duda encaminarse inmediatamente a sus domicilios. Para evitar pérdidas de tiempo habrá taxis para todos, y los equipajes les serán entregados apenas desembarquen.

Se sentó en el primer asiento, al lado del chófer de Don Galo que leía un número de *Rojo y Negro*. Nora, metida en lo más hondo de un asiento de ventanilla, suspiró.

—No me puedo convencer —dijo—. Creéme, es más fuerte que yo. Ayer estábamos tan bien, y ahora...

—A quién se lo decís —murmuró Lucio.

—Yo no entiendo, vos mismo al principio estabas tan preocupado por la cuestión de la popa... ¿Por qué se afligían tanto, decime? Yo no sé, parecían señores tan bien, tan simpáticos.

—Una manga de forajidos —dijo Lucio—. A los otros no los conocía, pero Medrano te juro que me dejó helado. Vos fijate, tal como están las cosas en Buenos Aires un lío así nos puede perjudicar a todos. Ponele que alguien le pase el dato a mis jefes, me puede costar un ascenso o algo peor. Al fin y al cabo eran premios oficiales, en eso nadie se fijó. No pensaban más que en armar escándalo, para lucirse.

—Yo no sé —dijo Nora, mirándolo y bajando en seguida los ojos—. Vos tenés razón, claro, pero cuando se enfermó el hijo de la señora...

—¿Y qué? ¿No lo ves ahí sentado comiendo caramelos? ¿Qué enfermedad era ésa, decíme un poco? Pero esos espamentosos lo único que buscaban era armar lío y hacerse los héroes. ¿Te creés que no me di cuenta de entrada y que no les paré el carro? Mucho revólver, mucho alarde... Yo te digo, Nora, si esto se llega a saber en Buenos Aires...

—Pero no se va a saber, creo —dijo Nora, tímidamente.

—Esperemos. Por suerte hay algunos que piensan como yo, y estamos en mayoría.

—Habrá que firmar esa declaración.

—Seguro que hay que firmarla. El inspector va a arreglar las cosas. A lo mejor yo me aflijo por nada, al fin y al cabo quién les va a creer ese cuento.

—Sí, pero el señor López y Presutti estaban tan furiosos...

—Se mandan la parte hasta el final —dijo Lucio—, pero ya vas a ver que en Buenos Aires no se oye hablar más de ellos. ¿Por qué me mirás así?

—¿Yo?

—Sí, vos.

—Pero Lucio, yo te miraba nomás.

—Me mirabas como si yo estuviera mintiendo o algo parecido.

—No, Lucio.

—Sí, me mirabas de una manera rara. ¿Pero no te das cuenta de que tengo razón?

—Claro que sí —dijo Nora, evitando sus ojos. Por supuesto que Lucio tenía razón. Estaba demasiado enojado como para no tener razón. Lucio siempre tan alegre, ella tenía que hacer todo lo posible para que se olvidara de esos días y volviera a estar alegre. Sería terrible que siguiera malhumorado y que al llegar a Buenos Aires decidiera hacer cualquier cosa, ella no sabía bien qué, cualquier cosa, perderle el cariño, abandonarla, aunque era absurdo creer que Lucio pudiera abandonarla precisamente ahora que ella le había dado la más grande prueba de amor, ahora que había pecado por él. Parecía increíble que dentro de tres horas fueran a estar en pleno centro, y ahora tenía que preguntarle a Lucio qué pensaba hacer, si ella volvería a su casa, porque aunque Mocha comprendiera, su mamá... Se imaginó entrando en el comedor, y su mamá que la miraba y se ponía cada vez más pálida. ¿Dónde había estado esos tres días? «Arrastrada —diría su mamá—. Esa es la educación que le han dado las monjas, arrastrada, prostituta, mal nacida.» Y Mocha la defendería pero cómo explicar esos tres días. Imposible volver a casa, le telefonearía a Mocha para que se encontrara con ella y con Lucio en alguna parte. Pero si Lucio, que estaba tan furiosos... Y si él no quería casarse en seguida, si empezaba a darle de largas al casamiento, y volvía a su empleo, a las chicas de la oficina, sobre todo a esa Betty, y si empezaba a salir de nuevo con los amigos...

Lucio miraba el mar sobre el hombro de Nora. Parecía esperar que ella le dijera algo. Nora se volvió hacia él y lo besó en la mejilla, en la nariz, en la boca. Lucio no devolvía los besos, pero ella lo sintió sonreír cuando le besaba otra vez en la mejilla.

—Monono —dijo Nora, poniendo toda su alma para que lo que decía fuera como tenía que ser—. Te quiero tanto. Soy tan feliz con vos, me siento tan segura, sabés, tan protegida.

Espiaba su cara, besándolo, y vio que Lucio seguía sonriendo. Juntó sus fuerzas para empezar a hablar de Buenos Aires.

—No, no, basta de caramelos. Anoche te estabas muriendo y ahora querés pescarte una indigestión.

—No comí más que dos —dijo Jorge, dejándose arropar en una manta de viaje y poniendo cara de víctima—. Che, qué serenito vuela este avión. ¿Vos no creés que con un avión así podríamos llegar al astro, Persio?

—Imposible —dijo Persio—. La estratósfera nos haría polvo.

Cerrando los ojos, Claudia apoyó la nuca en el borde del incómodo respaldo. La irritaba haberse irritado contra Jorge. Anoche te estabas muriendo... No era una frase para decirle al pobre, pero sabía que en el fondo no le estaba dedicada, que Jorge era culpable de una culpa que lo excedía infinitamente. Pobrecito, era estúpido de su parte descargar en él algo tan distinto, tan lejos de todo eso. Lo arropó de nuevo, tocándole la frente, y buscó los cigarrillos. En los asientos del lado opuesto López y Paula jugaban a enredarse los dedos de las manos, a hacer el dedo amputado, a pulsear. Contra la ventanilla, envuelto en humo, Raúl dormitaba. Una o dos imágenes de duermevela bailaron un momento y huyeron, despertándolo de golpe. A veinte centímetros de su cara veía la nuca del doctor Restelli y el robusto cogote del señor Trejo. Hubiera podido reconstruir casi literalmente su conversación, aunque el ruido del avión no le permitía oír ni una palabra. Se cambiarían las tarjetas, decididos a encontrarse muy pronto y asegurarse de que todo iba bien y que ninguno de los exaltados (afortunadamente bien metidos en cintura por el inspector y por su propia torpeza) pretendía iniciar una campaña en los pasquines de izquierda que los enlodara a todos. A esa altura, y a juzgar por la vehemencia que ponía el doctor Restelli en sus movimientos y gestos, debía estar insistiendo en que, bien mirado, no existía prueba alguna de lo que afirmaban los más desaforados. «Por lo menos un buen abogado lo demostraría concluyentemente —pensó Raúl, divertido—. Quién va a aceptar, quién va a creer que en un barco como ése había armas de fuego al alcance de la mano, y que los lípidos no nos hicieran pedazos en cinco minutos después que los baleamos en el puente. ¿Dónde están las pruebas de lo que podríamos decir? Medrano, claro. Pero ya leeremos una necrología de tres líneas, muy bien cocinada.»

—Che Carlos...

—Momento —dijo López—. Me está torciendo el brazo de una manera horrible, fijate.

—Encajale un pellizco, no hay nada mejor para ganar la pulseada. Mirá, me estaba divirtiendo en pensar que a lo mejor los viejitos tienen razón. ¿Vos trajiste tu revólver?

—No, debe tenerlo Atilio —dijo López, sorprendido.

—Lo dudo. Cuando fui a hacer mis valijas, la Colt había desaparecido con todas las balas. Como no era mía, me pareció justo. Le vamos a preguntar a Atilio, pero seguro que también le soplaron el fierrito. Otra cosa que se me ocurrió: vos y Medrano fueron a la peluquería, ¿verdad?

—¿A la peluquería? Esperá un poco, eso fue ayer. ¿Puede ser que haya sido ayer? Parece que hubiera pasado tanto tiempo. Sí, claro que fuimos.

—Me pregunto —dijo Raúl—, por qué no interrogaron al peluquero sobre la popa. Estoy seguro de que no lo hicieron.

—La verdad, no —dijo López, perplejo—. Estábamos tan bien, charlando, Medrano era tan macanudo, tan... Pero ustedes se dan cuenta, que esos cínicos pretendan decir que las cosas pasaron de otro modo...

—Volviendo al peluquero —dijo Raúl—, ¿no te llama la atención que a la hora en que todos nosotros andábamos buscando un pasaje cualquiera para llegar a la popa...?

Casi sin escuchar, Paula los miraba alternativamente, preguntándose hasta cuándo seguirían dándole vueltas al asunto. Los verdaderos inventores del pasado eran los hombres; a ella la preocupaba lo que iba a venir, si es que la preocupaba. ¿Cómo sería Jamaica John en Buenos Aires? No como a bordo, no como ahora; la ciudad los esperaba para cambiarlos, devolverles todo lo que se habían quitado junto con la corbata o la libreta de teléfonos al subir a bordo. Por lo pronto López era nada menos que un profesor, lo que se llama un docente, alguien que tiene que levantarse a las siete y media para ir a enseñar los gerundios a las nueve y cuarenta y cinco o a las once y cuarto. «Qué cosa tan horrorosa —pensó Paula—. Y lo peor va a ser cuando él me vea a mí allá; eso va a ser mucho, mucho peor.» ¿Pero qué importaba? Se sentía tan bien con las manos entrelazadas como idiotas, mirándose a veces o sacándose la lengua, o preguntándole a Raúl si le parecía que hacían la pareja ideal.

Atilio fue el primero en distinguir las chimeneas, las torres, los rascacielos, y recorrió el avión con un entusiasmo extraordinario. Durante todo el viaje se había aburrido entre la Nelly y doña Rosita, teniendo además que atender a la madre de la Nelly a quien el mareo le provocaba sólidos ataques de llanto y evocaciones familiares más bien confusas.

—¡Mirá, mirá, ya estamos en el río, si te fijás bien se ve el puente de Avellaneda! ¡Qué cosa, pensar que para ir le pusimos más de tres días y ahora volvemos en dos patadas!

—Son los adelantos —dijo doña Rosita, que miraba a su hijo con temor y desconfianza—. Ahora cuando lleguemos le telefoneamos a tu padre para que en todo caso nos vengan a buscar con el camioncito.

—Pero no, señora, si el inspector dijo que iban a poner taxis —afirmó la Nelly—. Por favor sentate, Atilio, me hacés venir tan nerviosa cuando te movés. Me parece que el avión se va a ladear, te juro.

—Como en esa cinta en que mueren todos —dijo doña Rosita.

El Pelusa soltó una carcajada despectiva, pero se sentó lo mismo. Le costaba estarse quieto y tenía todo el tiempo la sensación de que había que hacer algo. No sabía qué, le sobraban energías para hacer cualquier cosa si López o Raúl se lo pedían. Pero López y Raúl estaban callados, fumando, y Atilio se sentía vagamente decepcionado. A la final los viejos y los tiras se iban a salir con la suya, era una vergüenza, seguro que si estaba Medrano no se la llevaban de arriba.

—Qué nervioso que te ponés —dijo doña Rosita—. Vos parecería que no te basta con todas las barrabasadas de ayer. Mirala a la Nelly, mirala. Se te tendría que caer la cara de vergüenza de verla cómo ha sufrido la pobre. Yo nunca vi llorar tanto, te juro. Ay, doña Pepa, los hijos son una cruz, créame. Lo bien que estábamos en ese camarote todo de manera terciada y con el señor Porriño tan divertido, y justamente estos cabeza loca se van a meter en un lío.

—Acabala, mama —pidió el Pelusa, arrancándose un pellejo de un dedo.

—Tiene razón tu mamá —dijo débilmente la Nelly—. No ves que te engañaron esos otros, ya lo dijo el inspector. Te hicieron creer cada cosa y vos, claro...

El Pelusa se enderezó como si le hubieran clavado un alfiler.

—¿Pero vos querés que yo te lleve al altar sí o no? —vociferó—. ¿Cuántas veces te tengo de decir lo que pasó, papanata?

La Nelly se largó a llorar, protegida por los motores y el cansancio de los pasajeros. Arrepentido y furioso, el Pelusa prefería mirar Buenos Aires. Ya estaban cerca, ya se ladeaban un poco, se veían las chimeneas de la compañía de electricidad, el puerto, todo pasaba y desaparecía, oscilando en una niebla de humo y calor de mediodía. «Qué pizza que me voy a mandar con el Humberto y el Rusito —pensó el Pelusa—. Eso sí que no había en el barco, hay que decir lo que es.»

—Sírvase, señora —dijo el impecable oficial de policía.

La señora de Trejo tomó la estilográfica con una amable sonrisa, y firmó al pie de la hoja donde se amontonaban ya diez u once firmas.

—Usted, señor —dijo el oficial.

—Yo no firmo eso —dijo López.

—Yo tampoco —dijo Raúl.

—Muy bien, señores. ¿Señora?

—No, no firmaré —dijo Claudia.

—Ni yo —dijo Paula, dedicando al oficial una sonrisa especialísima.

El oficial se volvió hacia el inspector y le dijo algo. El inspector le mostró una lista donde figuraban los nombres, profesiones y domicilios de los viajeros. El oficial sacó un lápiz rojo y subrayó algunos nombres.

—Señores, pueden salir del puerto cuando quieran —dijo, golpeando los talones—. Los taxis y el equipaje esperan ahí afuera.

Claudia y Persio salieron llevando de la mano a Jorge. El calor espeso y húmedo del río y los olores del puerto repugnaron a Claudia, que se pasó una mano por la frente. Sí, Juan Bautista Alberdi al setecientos. Al lado de su taxi se despidió de Paula y López, saludó a Raúl. Sí, el teléfono figuraba en guía: Lewbaum.

López prometió a Jorge que iría un día, armado de un calidoscopio sobre el que Jorge se hacía grandes ilusiones. El taxi salió, llevándose también a Persio que parecía medio dormido.

—Bueno, ya ven que nos dejaron salir —dijo Raúl—. Nos vigilarán un tiempo, pero después... Saben de sobra lo que hacen. Cuentan con nosotros, por supuesto. Yo, por ejemplo, seré el primero en preguntarme qué debo hacer y cuándo lo voy a hacer. Me lo preguntaré tantas veces que al final... ¿Tomamos el mismo taxi, pareja encantadora?

—Claro —dijo Paula—. Haré poner aquí tus valijas.

Atilio se acercó corriendo, con la cara sudorosa. Estrechó la mano de Paula hasta machucársela, palmeó sonoramente a López en la espalda, chocó los cinco con Raúl. El saco color ladrillo lo devolvía de lleno a todo lo que lo estaba esperando.

—Los tenemos que ver —dijo el Pelusa, entusiasta—. Prestemé la lapicera y le dejo la dirección. Un domingo vienen y comemos un asado, eh. El viejo va a estar encantado de conocerlos.

—Pero claro —dijo Raúl, seguro de que no volverían a verse.

El Pelusa los miraba, resplandeciente y emocionado. Volvió a palmear a López y anotó sus direcciones y teléfonos. La Nelly lo llamaba a gritos, y él se alejó apenado, quizá comprendiendo o sintiendo algo que no comprendía.

Desde el taxi vieron cómo el partido de la paz se dispersaba, cómo el chófer metía a don Galo en un gran auto azul. Algunos mirones presenciaban la escena, pero había más policías que particulares.

Prensada entre López y Raúl, Paula preguntó adónde iban. López calló esperando, pero Raúl tampoco decía nada, mirándolos entre burlón y divertido.

—Como primera medida podríamos tomarnos un copetín —dijo entonces López.

—Sana idea —dijo Paula que tenía sed.

El chófer, un muchacho sonriente, se volvió a la espera de la orden.

—Y bueno —dijo López-. Vamos al *London*, che. Perú y Avenida.

NOTA

Esta novela fue comenzada con la esperanza de alzar una especie de biombo que me aislara lo más posible de la afabilidad que aquejaba a los pasajeros de tercera clase del *Claude Bernard* (ida) y del *Conte Grande* (vuelta). Como probablemente el lector la escogerá con intenciones análogas, puesto que los libros van siendo el único lugar de la casa donde todavía se puede estar tranquilo, me parece justo señalarle tan fraternal coincidencia en el arte de la fuga.

También quisiera decirle, tal vez curándome en salud, que no me movieron intenciones alegóricas y mucho menos éticas. Si hacia el final algún personaje alcanza a entreverse a sí mismo, mientras algún otro recae blandamente en lo que el orden bien establecido lo insta a ser, son esos los juegos dialécticos cotidianos que cualquiera puede contemplar a su alrededor o en el espejo del baño, sin pensar por ello en darles trascendencia.

Los soliloquios de Persio han perturbado a algunos amigos a quienes les gusta divertirse en línea recta. A su escándalo sólo puedo contestar que me fueron impuestos a lo largo del libro y en el orden en que aparecen, como una suerte de supervisión de lo que se iba urdiendo o desatando a bordo. Su lenguaje insinúa otra dimensión o, menos pedantescamente, apunta a otros blancos. Jugando al sapo ocurre que después de cuatro tejos perfectamente embocados, mandamos el quinto a la azotea; no es una razón para... Ahí está: no es una *razón*. Y precisamente por eso el quinto tejo corona quizá el juego en algún marcador invisible, y Persio puede farfullar aquellos versos que presumo anónimos y españoles: «Nadie con el tejo dio / Y yo con el tejo di.»

Por último, sospecho que este libro desconcertará a aquellos lectores que apoyan a sus escritores preferidos, entendiendo por apoyo el deseo y casi la orden de que sigan por el mismo camino y no salgan con un domingo siete. El primer desconcertado he sido yo, porque empecé a escribir partiendo de la actitud central que me ha dictado otras cosas muy diferentes; después, para mi maravilla y gran diversión, la novela se cortó sola y tuve que seguirla, primer lector de episodios que jamás había pensado que ocurrirían a bordo de un barco de la Magenta Star. ¿Quién me iba a decir que el Pelusa, que no me era demasiado simpático, se agrandaría tanto al final? Para no mencionar lo que me pasó con Lucio... Bah, dejémoslos tranquilos, aparte de que cosas parecidas ya le sucedieron a Cervantes y les suceden a todos los que escriben sin demasiado plan; dejando la puerta bien abierta para que entre el aire de la calle y hasta la pura luz de los espacios cósmicos, como no hubiera dejado de agregar el doctor Restelli.

Índice

«*Siendo yo editor de una revista llamada* Los Anales de Buenos Aires *recuerdo la visita de un joven alto que se presentó en mi oficina y me tendió un manuscrito. Le dije que lo leería y que volviera al cabo de una semana. La historia se titulaba* La casa tomada. *Le dije que era excelente.*

Era el año 1946. El editor era Jorge Luis Borges. Y el entonces joven escritor se llamaba Julio Cortázar. Sólo había publicado, bajo el pseudónimo de Julio Denis, una colección de sonetos titulaba Presencia, *que luego repudiaría.*

Aquel joven alto, hijo de argentinos, había nacido en Bruselas en 1914. El relato era uno de los ocho que aparecían después en su primer libro, titulado Bestiario *(1951). Siguieron otros muchos:* Final del juego *(1956),* Las armas secretas *(1959),* Historia de cronopios y de famas *(1962). Antes, en el 60, vio la luz su primera novela;* Los Premios, *un simple pero delicioso ejercicio narrativo. Cortázar llevaba ya más de diez años viviendo en Francia y viajando por todo el mundo.*

Y en 1963 explotó la bomba. La publicación de Rayuela *marco la cumbre de la narrativa contemporánea en lengua castellana, por lo que tenía de revolucionaria y anticipativa. La tradición realista quedaba dinamitada. Y su obra siguió creciendo; durante los diez años siguientes pu-*

blicó nuevas entregas de relatos. Todos los fuegos el fuego *(1967);* La vuelta al día en ochenta mundos *(1967);* La isla a mediodía y otros relatos *(1971). También en ese período escribió una novela,* 62, Modelo para armar, *que sería la última coletilla de* Rayuela. *Cerró ese decenio con su tercera novela,* El libro de Manuel. *Y siguieron más y más relatos, en una continua persecución de lo que él mismo llamó «lo maravilloso», ese mundo integrado en lo real, pero recóndito, huidizo. A su ya extensa bibliografía, añadió* Octaedro *(1974),* alguien que anda por ahí y otros relatos *(1977),* Queremos tanto a Glenda *(1979),* y Los autonautas de la cosmopista.

Poco antes de morir pudo cumplir su sueño de ver a Argentina liberada del yugo militar. Pero ya la enfermedad había anidado en él, y le llevó a la muerte en febrero de 1984.